Андрей

Курков

Львовская гастроль *Джими* Хендрикса

Роман

Харьков
«Фолио»
2012

ББК 88.4 УКР-РОС
К93

Художник-оформитель
А. Г. Жуков

Курков А. Ю.
К93 Львовская гастроль Джими Хендрикса: роман / А. Ю. Курков; худож.-оформитель А. Г. Жуков. — Харьков: Фолио, 2012. — 442 с.
ISBN 978-966-03-5886-7.

«В жизни самое интересное — это жизнь», — сказал однажды Андрей Курков, обращаясь к своим читателям. И его новый роман «Львовская гастроль Джими Хендрикса», где переплетаются действительность и вымысел, где нет границы между реальностью и сюрреализмом, прекрасное тому подтверждение. Над сухопутным Львовом летают чайки, и в городе временами пахнет морем. Бывшие хиппи в компании с экс-капитаном КГБ собираются на Лычаковском кладбище у могилы... американского рок-певца и гитариста Джими Хендрикса. А по древним улочкам города носится ночами старенькая иномарка с людьми, желающими излечиться...

ББК 88.4 УКР-РОС

ISBN 978-966-03-5886-7

*Автор выражает искреннюю благодарность
мэру Львова Андрею Ивановичу Садовому
за приглашение написать роман о городе,
который был, есть и будет всегда оставаться
одним из самых интересных и самых красивых
городов-загадок на карте Европы,
владельцам и персоналу отеля «Леополис»
за доброту и предоставленные уют и комфорт
во время моих частых приездов и отдельно —
за изысканную, потрясающую кухню,
героям этого романа Юрку Винничуку, Алику Олисевичу
и Оксане Прохорец за согласие стать героями и за то,
что впустили меня в свою жизнь и в свои биографии,
моим давним и новым львовским друзьям:
Михайлу Ватуляку и его семье, Тарасу Возняку,
Галине Вдовиченко и многим-многим другим,
издателю Юрию Николишину и издательству «Априори»
за подаренную мне библиотеку книг о старом и новом Львове,
Руслане и ресторану «Старый рояль», работникам
и завсегдатаям кафе на Армянской, кафе «Кабинет»,
«круглой» чебуречной в Брюховичах, гриль-бару в Винниках,
безымянному бару на Старознесенской,
кафе «Кафе» на Повитряной, 24
и другим теплым и уютным уголкам города,
осознанно и неосознанно предоставлявшим мне
душевное тепло и возможность отдохнуть,
организаторам, обитателям и волонтерам
общины самопомощи для бездомных «Оселя» (Винники),
жителям города за то, что не замечали приезжего писателя
и вели себя естественно,
тем самым помогая написанию романа.*

Глава 1

Походка почти всегда выдает возраст идущего. Человечек, пока мал, ходит смеющейся, любопытной походкой. Он то и дело на ходу на цыпочки поднимается, чтобы что-нибудь скрытое для его роста увидеть. Никто обычно не против, пока вертикальный рост человечка не увеличится до полутора метров. После этого кратковременно походка становится слегка хулиганистой и надменной или, наоборот, приутюженной, с едва заметным наклоном вперед. Это уже, конечно, далеко не всем нравится, да и опасения у прохожих вызывает: мало ли что человек с такой походкой вытворить может?! Ну а дальше — у кого как. Кто лет двадцать ходит прямо, кто немного боком — это уже от жизненной позиции и уровня страха зависит. Однако данное правило действует только в светлое время суток. Ночью же можно ходить, отрешась от своей дневной походки и от возраста. Ночь раскрепощает. Особенно ночь с семнадцатого на восемнадцатое сентября.

Звуки шагов в эту сентябрьскую ночь 2011 года доносились и с Грушевского, и с Зеленой, и с Федорова, и с Замарстиновской, и со стороны Стрыйского парка, на деревьях которого издавна ночуют тучи тучных ворон, отъедающихся днем на городской свалке у села Грибовичи.

Это были «сольные» шаги отдельно идущих людей, никогда, даже в присно-советские времена, не умевших шагать строем. Попытайся какой-нибудь мальчишка-барабанщик упорядочить их шаг, сразу получил бы он «легкие телесные повреждения». На «тяжелые телесные повреждения» эти люди были положительно не способны. Даже если узнавали, что «мальчиком-барабанщиком», только уже в другом, не буквальном смысле, оказывался кто-нибудь из недавно принятых в их узкий круг. Узкий круг, впрочем, только недавно стал действительно узким. Раньше, лет двадцать пять — тридцать назад, он еще превышал полсотни людей, а в середине каждого сентября — значительно увеличивался, дополняясь приезжавшими автостопом, поездами и просто приходившими пешком единомышленниками и единочувственниками.

Мимо монастыря Святого Альфонса провинции Чина наисвятейшего Избавителя шаги идущего прозвучали немного нервно. Было слышно, что идущий спешит. Улица Замарстиновская, по которой спешил идущий, могла бы когда-то дотянуться своей кирпичной рукой и до Брюховичей, но почему-то не сделала этого. Ее длине до сих пор могут позавидовать парижские бульвары, а если бы ее порезать на равные куски и переставить эти куски улицы правильно пересекающимися линиями перпендикулярно друг к другу, то вышел бы полноценный немецкий райцентр со славной историей. Ведь на ней, на Замарстиновской, чего только не было за ее длинную и всё еще продолжающуюся жизнь. Улицы живут долго, переживая людей, их населяющих, поколение за поколением. На Замарстиновской всегда много молились, производили и пили водку и ликеры, в фильмобазе областной конторы кинопроката хранили фильмы и тут же их показывали в кинотеатре имени Шевченко, учили садить сады и выращивать овощи, учили водить автомобили и даже лечили больных и раненых милиционеров.

Впрочем, лечат их на этой улице до сих пор. И лечат, и отпевают в прибольничной часовне тех, кого не смогли вернуть в «строй». Всё должно быть по правилам, и всякое движение должно обладать признаком будущей законченности, как всякое предложение, сколько бы в нем ни было запятых, обязано заканчиваться точкой, многоточием или более эмоциональным знаком препинания.

Идущий, который прожил в самом конце этой улицы свою не бедную событиями жизнь, всегда носил Замарстиновскую с собой. Он ее чувствовал, как хороший водитель чувствует, не обращая на это сознательного внимания, габариты своей машины, заранее зная, в какую браму[1] она въедет, а в какую — нет.

Лицо идущего было заслонено от неба широкополой кожаной шляпой коричневого цвета. Из-под шляпы на плечи опускались длинные волосы с проседью. Все остальные детали можно бы и опустить. Разве что высокие, с виду военные ботинки, жестко зашнурованные, отечественные, надежной пешеходной модели, именующейся в последние 50 лет «говнодавы». Китайцы так и не научились делать эту модель. Им кажется, что на ее производство идет слишком много резины особой твердости и особого качества и слишком много грубой кожи. Последним оплотом производства «говнодавов» пока остаются Беларусь и Приднестровье. Но и во Львове остались еще умельцы, которые не только способны вручную цыганской иглой проколоть кусок толстенной свиной кожи, но и так скрепить верхнюю часть ботинка с нижней, как не удалось Советской армии скрепить в 1939-м Западную Украину с Восточной. Да и по звуку шагов хороший сапожник всегда поймет: сфальшивил производитель или же по совести обувь смастерил. Ведь обе по-

---

[1] Имеется в виду арка.

дошвы должны звучать в унисон. И во Львове, в городе тонкой звуковой культуры, это особенно важно. Нельзя, чтобы левый каблук стучал по булыжнику, как левый, а правый — как правый! Они должны звучать, как пара. Как влюбленная в дорогу пара.

У идущего в кармане зазвонил мобильник.

— Алик, ты далеко? — поинтересовался голос старинного друга.

— Мы же не немцы, нам спешить некуда, — ответил идущий. — А ты где?

— На Лычаковской.

— Понял, — сказал Алик. — Скоро буду.

Когда Алик подошел к закрытым воротам Лычаковского кладбища, из-под растущих рядом деревьев выступили человек десять. Вышли неспешно, обступили его, достававшего из кармана ключ от воротного замка.

Ключ уже шмыгнул в скважину к поворотному механизму, когда за спинами собравшихся, резанув слух, прозвучали «непарные» шаги. Алик тоже оглянулся и увидел двухметрового немного сутулого человека. Его длинные русые волосы как бы говорили: «Я — свой».

— Labas vakarus[1], — негромко вымолвил он.

— Аудрюс?! — удивился вслух Алик, проведя по говорившему глазами и остановив взгляд на его остроносых и тонкоподошвенных туфлях. — На поезде?

— Да, через Киев, — кивнул тот.

Замершие на минутку люди ожили, стали подходить к Аудрюсу, обниматься. Алик обнял его последним.

— Давно тебя не было, — сказал.

Потом обернулся к воротам, провернул ключ, и стальная дуга навесного замка выскочила из паза.

---

[1] Добрый вечер. *(Лат.)*

По кладбищу шли молча. Поднявшись на холм, приостановились, осмотрелись. Алик призывающе махнул рукой и повел остальных за собой следом меж могилок и оградок. Стал у железного креста, словно специально спрятавшегося от посторонних захоронений за стволом старого дерева и двумя разросшимися кустами. Оградки тут не было. Длинноволосая немолодая кампания столпилась вокруг неприметной могилки. На ржавой табличке, приваренной к самой крестовине, невозможно было прочитать ни имени, ни фамилии покойного. Один из пришедших опустился на корточки перед крестом, уткнулся коленями в край могильной насыпи и достал из кармана куртки пакетик. Развернул. Выложил на всё еще зеленую траву баночку с белой краской. В руках появилась кисточка.

Твердая рука вывела на табличке белыми масляными буквами: «Jimy Hendrix[1] 1942—1970».

В безветренной тишине кладбища вдруг хрустнула ветка. Где-то совсем рядом. Алик напрягся, вслушиваясь. Остальные затаили дыхание.

Хруст повторился. Послышались немного суетливые шаги человека. Зашуршали жалобно опавшие листья под его ногами.

«Сторож?!» — подумал Алик.

Той же дорогой, между могилками и оградками, к ним приближался невысокий не длинноволосый мужчина в кепке. Обычный чужой. Собравшиеся у могилы смотрели на его приближение безразлично. Любопытство — удел юных, а собравшимся было уже за пятьдесят.

---

[1] *Джими Хендрикс* (полное имя Джеймс Маршалл Хендрикс) — американский гитарист, певец и композитор. В 2009 г. журнал Time назвал его величайшим гитаристом всех времен. Широко признан как один из наиболее смелых и изобретательных виртуозов в истории рока.

— Прошу прощения за вторжение, — отчетливо, как теледиктор, произнес незваный гость, остановившись для разговора на вежливом расстоянии. — Я давно хотел... Хотел поговорить...

— Говорите, — спокойным голосом разрешил ему Алик.

— Вы меня не узнаете? — спросил мужчина и снял с головы кепку.

Лицо пришедшего, несмотря на ночное время, было достаточно освещено неполноправной, урезанной луной. Однако лицо это, хоть и освещенное, ни о чем Алику не говорило. Обычное лицо, каких мир наштамповал миллиарды: уши, нос, глаза, всё словно по единому ГОСТу, без брака, без запоминающейся или бросающейся в глаза ущербинки.

Алик отрицательно мотнул головой.

— Ну как же, — голос короткоостриженного наполнился обидой. — Мы были близки. Против вашей воли, конечно. Я — капитан КГБ Рябцев.

— Ой, — вырвалось у Алика, и он прищурился, всё еще глядя в лицо неожиданному собеседнику. — А здесь что вы делаете, капитан? Вы теперь, должно быть, капитан в отставке?

— Капитан запаса, — поправил Алика Рябцев. — Хотя это то же самое... Я извиниться хотел... И кое-что сказать.

— Ну, извиняйтесь! — пожал плечами Алик. — Только побыстрее. Мы ведь тут не вас послушать собрались, — и он кивнул на железный крест со свежей белой надписью.

Капитан надел кепку, кашлянул, словно прочищая горло.

— В общем, извините, ребята! И меня, и Мезенцева. Я недавно его похоронил... рак мочевого пузыря... Он тоже был за вас в ответе...

— Мы его должны слушать? — недовольным голосом вопросил Пензель, крупный длинноволосый и бородатый мужик в кожаной куртке, больше похожий на байкера, чем на хиппи.

— Ну, минутку послушаем, — выдохнул Алик. — Давайте, капитан, лаконичнее выражайтесь! Ребята теряют терпение и время!

— Если короче, — Рябцев заговорил тише и менее отчетливо, — то сначала вам от меня спасибо за то, что тридцать пять лет назад познакомили меня с Джими! Джими Хендрикс перевернул мне жизнь. Я из-за него потерял интерес к карьере. Поэтому я капитан, а не полковник... И именно поэтому мы с ребятами в 1978-м достали для вас частичку его тела, его кисть. Чтобы была у Джими своя могилка и здесь, во Львове, и чтобы вам было куда ходить кроме Святого сада.

— Что?! — глаза Алика округлились. — Да его кисть привезли ребята из Прибалтики, а им помогла литовская диаспора в Штатах! Скажи, Аудрюс! — Алик обернулся к самому высокому из присутствовавших. — Помнишь?

— Да, — кивнул Аудрюс. — Помню этих ребят. Йонас, Кястутис, Рамунас...

— Конечно, вам передали кисть они, а им из Штатов ее передали наши люди, — капитан Рябцев снова произносил слова твердо и по-военному четко, как произносят правду или приказ. — Москва об этом не знала. Это мы с покойным Мезенцевым тут, во Львове, придумали спецоперацию в Штатах по частичной нелегальной эксгумации его тела. Оплатила Москва, но если б они узнали всю правду, я бы сейчас с вами не разговаривал...

Кто-то из слушавших очень тяжело вздохнул. Капитан поискал глазами вздохнувшего, выдержал паузу.

— Это я рассказываю для того, чтобы вы не держали на нас зла. Мы не были тупыми бульдогами. Я вам хоть сейчас могу биографию Джими Хендрикса по годам рассказать, могу слова его песен в оригинале по памяти прочитать. Петь не могу, извините! У моих родителей не было денег ни на пианино, ни на гитару. В детстве у меня был только один музыкальный инструмент — свистулька! Я еще рад, что не стал милиционером!

— Я тебя вспомнил, — сказал Алик задумчиво. — Если то, что ты говоришь, правда, то нам придется найти стол, за который мы все, — он обвел рукой собравшихся, — можем усесться. И нам придется выпить и вспомнить прошлое поподробнее.

— Всё, что я сказал, — правда, — произнес капитан Рябцев. — Мне нет смысла вас обманывать. Я не на службе. Уже пятнадцать лет, как не на службе.

Алик посмотрел себе под ноги, помолчал. Перевел взгляд на крест со свежей белой надписью.

— Джими, ты слышишь? — сказал он, обращаясь к кресту. — В наши с тобой отношения опять вклинились органы. Но мы не будем пересматривать наши с тобой отношения. Мы тебя не предали ни до 18 сентября 1970 года, ни после. И не было такого года, чтобы мы тут не собрались и не обновили твою могилку. Даже тогда, когда нам очень хотели помешать!

Где-то недалеко, громко завывая, пронеслась «скорая помощь». Сирена постепенно затихла.

— Ну что, ребята? — призывающе произнес Алик. — Я начну!

Он достал из кармана конвалютку с люминалом, взял таблетку, присел к могиле, опустил белую таблетку на землю и, подождав минутку, вдавил ее указательным пальцем внутрь, под корни травы.

— Спи спокойно, — прошептал и поднялся на ноги.

Капитан сделал шаг назад, словно не хотел мешать. Но остался стоять неподвижно, наблюдая за происходящим.

У могилы присел другой пожилой хиппи, на его ладони — заготовленная таблетка снотворного. Ритуал повторился. Следующим к могиле на корточки присел Аудрюс. Зашептал что-то на литовском. Потом тоже вдавил указательным пальцем в землю могильного холмика белую таблетку.

Небо над Лычаковским кладбищем потемнело. Закапал по еще не опавшим листьям деревьев и кустов дождик. Зашелестели листья, зашептались, навевая ощущения притаившейся опасности.

Алик бросил взгляд вверх.

— Всё, как год назад, — сказал он. — Пора...

Они отправились назад, к выходу, спускаясь с холма, обходя могилки и оградки, склепы и памятники.

В затылок Алику дышал Лёня.

— Море волнуется раз, — зашептал он вдруг, и его теплое дыхание коснулось ушей Алика. — Море волнуется два, море волнуется три, счастливой фигурой замри!

Глаза Алика выхватили из темноты большое распятие на каменном кресте. Лицо распятого Иисуса Христа показалось Алику на мгновение счастливым.

Когда ворота были уже закрыты на замок, прямо перед Аликом оказался капитан Рябцев. Он был ниже Алика почти на голову.

— Ну что, ребята, пойдем искать большой стол?! — спросил Алик и, не дожидаясь ответа, повернул направо и зашагал вдоль кирпично-решетчатого забора кладбища. Остальные последовали за ним. Замыкающим оказался капитан.

Вскоре забор кладбища остался позади. По обе стороны дороги теперь серели спящие дома улицы Мечникова. Алик вдруг ощутил слабость в ногах. Он шел впереди, он показывал путь своим старинным друзьям, тем, с кем вместе его забирали в юности в РОВД, и думал одновременно о том, что там, впереди, никакого конкретного большого стола нет. А он был так нужен сейчас, этот стол. Раньше, в старые недобрые времена Советов, даже маленький прямоугольный кухонный столик, обставленный табуретками, казался большим и круглым. Те времена и те столы теперь в «двойном» прошлом: другой век и другая страна. Теперь хотелось полноценного стула — видно, задница с годами стала требовать нежности и удобств. А нежность и удобства на каждом шагу не встречаются.

— Может, в «Жорж»? — Теплое дыхание приятеля наполнило ушную раковину. —Там Геник в сторожах, пустит...

Алик, не сбавляя шагу, покосил взглядом на сказавшего.

— Нет, лучше... — заговорил он и осекся. Предложить что-то свое Алику не удалось.

Внезапно у него заболела голова, и еще сильнее ощутилась слабость в ногах. Перед глазами темный воздух зашевелился, словно кто-то в него струю сигаретного дыма пустил.

— Туман опускается, — произнес возникший справа, между Аликом и стенкой дома, капитан Рябцев. — Это нижний туман, — добавил он голосом знающего человека. — Он нас сейчас зальет... Лучше остановиться.

Алик остановился. Остановились рядом и следовавшие за ним. На глазах у всех, стоявших под надомной, освещенной слабенькой лампочкой табличкой «Лычаковская 84-А», темнота наполнялась воздушным молоком тумана.

Во рту у Алика, на языке, на нёбе ощутилась легкая сладость.

«Фабрика «Свиточ»?! — подумал Алик. — Этот туман явно оттуда... воздушные отходы молочного шоколада?!» — усмехнулся он своим по-детски ироническим мыслям.

Уставился на исчезающую на его глазах надомную табличку.

— Алик, я пойду, — сказал голос капитана Рябцева. — В другой раз.

— В какой раз? — спросил Алик.

— Ты же ни разу не переселялся, — дружелюбно говорил капитан. — Адрес я твой с семидесятых знаю. Зайду, расскажу тебе всё. Может, даже завтра.

Ребята попрощались и растворились в этом внезапном ночном тумане. Остался рядом только Аудрюс, он стоял, почти касаясь плечом Алика.

— Поедем ко мне, — предложил Алик своему прибалтийскому другу. — У меня бальзам есть.

— У меня тоже, две бутылки «Трех девяток», — ответил тот.

Алик достал мобильник. Набрал фирму такси, но телефон диспетчера не отвечал. Набрал другую — тот же результат. И вдруг услышал звук мотора. Он помнил, что стоял рядом с дорогой. Нащупал подошвой ботинка край бордюра, стал вглядываться в сторону, откуда приближалась к ним всё еще не видимая, но уже слышимая машина. Ступил на проезжую часть, заранее подняв правую руку.

Из молочного тумана выплыли два желтка фар, совсем рядом. Алик сделал еще шаг, чтобы его было лучше видно. И тут завизжали тормоза, и машину понесло по мокрому булыжнику прямо на Алика. Правый желток фары не сильно ударил его в колено, и он отскочил, взмахнул руками, пытаясь найти равновесие и удержаться в вертикальном положении, но не удержался.

Машина остановилась. В салоне вспыхнул свет, и в этом свете Алик увидел два перепуганных лица. Одно принадлежало молодому, может быть, тридцатилетнему мужчине, второе было постарше. Острота носа и ухоженные усы старшего пассажира выдавали в нем иностранца, скорее всего поляка. Молодой открыл дверцу, вышел. Его руки дрожали. Он был в шоке.

— С вами всё в порядке? — спросил он Алика, который снова стоял на ногах, потирая ушибленное колено. — Я вас не видел!

— Ничего, ничего, — приговаривал Алик. — Аудрюс, ты тут? — оглянулся он.

— Тут, — ответил приятель, подходя поближе к машине.

— Может, вас отвезти куда-нибудь? — спросил водитель старенького «опеля», сцепив ладони в замок, чтобы унять дрожь.

— А я как раз машину ловил, чтобы ехать, — произнес немного отрешенно Алик. — На Замарстиновскую, в конец...

— Садитесь! — водитель открыл заднюю дверцу и теперь не без интереса во всё еще перепуганном взгляде рассматривал эту немолодую длинноволосую парочку приятелей.

Машина тронулась и будто поплыла внутри туманного молока, словно подводная лодка по темным, глубоким и непрозрачным водам.

— А вы мою улицу найдете? — не без сомнения в голосе спросил Алик.

— Или мы ее, или она нас найдет. Главное — не спешить. Вы ведь не спешите?!

Малая скорость успокоила Алика.

— Ты как? — спросил он у Аудрюса.

— Нормально.

— Как ты думаешь, Рябцев правду сказал?!

Аудрюс пожал плечами. Отвечать ему не хотелось, да и не было у него конкретного ответа.

Ехали с полчаса молча, и вдруг в расступившемся внезапно тумане появились стволы сосен и знакомый забор милицейской больницы.

— Ну вот, — выдохнул облегченно водитель. — Вам дальше?

— Ага, тут уже недалеко, — Алик кивнул. И снова оглянулся на Аудрюса. — Посидим у меня немного, отдохнем, — сказал.

— Мне бы поспать пару часиков, — проговорил Аудрюс устало.

— Тогда сначала поспим, а потом отдохнем, — сказал Алик и зевнул.

Глава 2

Высадив длинноволосых пассажиров, «опель» развернулся и поехал обратно, в этот раз в сторону центра.

— У нас такие хиппи давно вымерли, — сказал по-русски с заметным акцентом усатый пассажир. — Наркотыки, гашыш... Хиппи вообще долго не жили, зато с сексом и весело! Мы еще спробуем?

— Что попробуем, пан Ярек? — удивился водитель, у которого из всего только что сказанного поляком в голове остались только слова «секс» и «весело».

— Ну а за что я тебе плачу, курва-мать?!

Водитель внимательно всмотрелся в дорогу. Туман рассеивался.

— Попробуем, — закивал он и зевнул, одновременно нажимая на педаль газа.

По протертым влажной тряпкой ночи булыжникам улицы Шпитальной, раздвигая туман фарами и корпусом, «опель» Тараса «мчал» со скоростью двадцать километров в час. Машину трясло — не пристегнутый ремнем безопасности пассажир подпрыгивал на правом переднем сиденье. Тарасу даже эта скорость казалась опасной. Но никакой туман не был в силах отменить наступивший в Украине двадцать лет назад капитализм. А капитализм — это жестко. Хочешь есть — иди работай!

— Ну как? — остановив машину, спросил Тарас у пана Ярека, поляка лет пятидесяти, специально приехавшего во Львов.

Месяц назад этот поляк нашел в Интернете рекламную страничку Тараса и заинтересовался. Заинтересовался — и приехал. Сколько сюда от Польши ехать? Смешно подумать. Польша вполне могла оказаться пригородом Львова — такие тут расстояния!

— Вы если устали, то пристегнитесь! — добавил Тарас. — Или можем уже и закончить на сегодня?

— Нет, — мотнул головой поляк и перешел с ломаного русского на польский. — Вешь цо... Може йеще трохэ... минут петнаща... — Пан Ярек говорил, стиснув от боли зубы. Его глаза были потухшими, такими же, как и голос.

— А может, всё-таки лучше завтра продолжим? — уже тише и осторожнее попробовал Тарас настоять на своем после минутной паузы. — В таком тумане...

— Завтра?! То задрого бендже... Хиппи ваших одвозили, тоже за муй рахунек?

— Ладно, — выдохнул Тарас.

Серый «опель вектра» с длинной и международной биографией — Германия конца восьмидесятых, Польша девяностых, Беларусь двухтысячных и вот теперь Украина 2011 года — тронулся и покатился по горбатому, неровному булыжнику, передавая водителю и пассажиру в точности каждую вибрацию, каждый толчок, каждую ямку.

Тарас наклонился поближе к лобовому стеклу. Он почти лежал грудью на руле. Всматривался. Стрелка спидометра поднялась до «60». Пассажир молчал, подпрыгивая на дороге вместе с машиной и ее водителем.

Лично разработанные «лечебные» маршруты по ночному Львову Тарас знал наизусть. Не просто названия улиц, а даже мимо каких домов они проезжают и какие машины под этими домами чаще всего стоят. Если бы не туман — никаких проблем.

Пан Ярек резко застонал, бросил руки в пах, зажал между ляжек, затянутых в джинсы, так, словно хотел их согреть.

Тарас покосил взглядом на пассажира. На его губах появилась едва заметная улыбка. Решительнее нажал на педаль газа, и машина понеслась по плотно затуманенной улице как бешеная.

В глазах Тараса застыли одновременно азарт и страх. Страх присутствовал на самом кончике его взгляда, упиравшегося вместе с лучами фар в туман. И хоть фары пробивали туман метров на двадцать, но, появись на дороге какая-нибудь преграда, неважно — живая или нет, машину вовремя было бы уже не остановить. Мокрый булыжник не намного лучше обычного гололеда.

Неожиданно «опель» подбросило так, что Тарас, в этот раз не пристегнутый, коснулся макушкой потолка салона. Поляка тряхнуло посильнее, и он сцепил зубы, словно пытаясь остановить вой, пытавшийся вырваться из его нутра наружу.

Тарас бросил нервный взгляд на пассажира.

— Стой, стоп! — заорал пан Ярек, расцепив зубы, и тут же словно судорога скрутила всё его тело. Скрутила и сразу же отпустила. Он обмяк, как-то весь сжался, опустил локти к ногам. Губы на его побледневшем лице вытянулись в трубочку, словно он собирался свистнуть.

Тарас ударил ногой по педали тормоза. «Опель» бросило к бровке.

Поляк протянул левую руку к Тарасу. Рука дрожала. Тарас мгновенно, заученным движением вытащил из-под своего сиденья литровую стеклянную банку и передал поляку.

Выключил двигатель. Замер. Туман с навязчивым любопытством облепил собою «ослепшую» машину и ее обитателей.

А пассажир, продолжая стонать, открыл дверцу. Торопливо и одновременно неуклюже выбрался наружу. Остановился спиной к машине, спустил джинсы, наклонился вниз. Рукава кожаной куртки странно-жестко шелестели из-за движений его рук.

Тарас закрыл глаза. Нет, особой усталости он не ощущал. Его биологический ритм давно включил в себя ночные поездки по городу. Просто туман обычно не входил в его планы. Туман всегда мешает. Но всё-таки туман куда лучше, чем снег или гололед! А ведь выпадет снег, потом расстает, потом снова ударит морозец — и всё, прощай, заработок, до весны! Удивительно, что работа, как-никак напрямую связанная с медициной, и та может оказаться сезонной! Хотя существуют же сезонные заболевания! Тарас, правда, к лечению этих сезонных заболеваний никакого отношения не имел. В этом, пожалуй, и заключался главный парадокс.

В полной тишине прозвучал звонкий удар камешка о стекло, и тут же зажурчал ручеек — поляк мочился в дрожащую в его руках стеклянную банку.

Потом бжикнула железная «молния» — поляк застегнул «молнию» то ли на джинсах, то ли на куртке.

До ушей Тараса долетело тяжелое и частое дыхание пассажира. Тот еще стоял, теперь неподвижно и беззвучно. Стоял перед спящим трехэтажным домом, перед спящими окнами города. Он находился метрах в двух от фасада здания, и даже в этом коротком промежутке между камнем и человеком, только что изба   шимся от маленького, но назойливого почечного камешка, висел туман.

Тарас терпеливо ждал. Снова послышалось журчание — пассажир аккуратно выливал мочу из стеклянной банки в канализационную решетку.

Через пару минут он осторожно сел на свое место рядом с водителем. Опустил на коврик под ноги пустую банку, а водителю протянул раскрытую ладонь, на которой лежала мокрая серая крупинка, маленький, размером с гречневое зернышко камешек. Тарас включил свет в салоне, аккуратно взял двумя пальцами крупинку, поднес к глазам.

— Поцо вам это? — спросил поляк хрипловатым, всё еще сдавленным от воспоминаний недавней боли голосом.

— На память, — спокойно и негромко ответил водитель. — Что б было, что детям показать, когда спросят: а что ты, папа, раньше делал?

Усталая улыбка сделала лицо Тараса приветливым.

— Маш джечи? — безразлично спросил поляк, перешедший на полушепот.

— Нет, и жены нет тоже.

— А иле маш лат?

— Тридцать семь.

— О! Да вы младше вашей автувки! — усмехнулся пассажир.

— Нет, она младше. На пару лет.

Поляк снова полез во внутренний карман куртки и извлек оттуда бумажник.

— Вот, — протянул он Тарасу несколько купюр по двадцать злотых.

— Вас в отель подвезти? — вежливо спросил Тарас.

— Я пешком, я тутай рядом, в «Старом Кракове», — поляк опять перешел на ломаный русский.

Пассажир выбрался из салона, махнул рукой на прощанье и исчез в тумане.

Тарас закрылся в машине. Достал из бардачка маленький пластмассовый тубус из-под гомеопатических шариков от кашля и опустил внутрь камешек, полученный от поляка. Выключил освещение.

Захотелось вздремнуть. Опустил спинку водительского кресла, откинулся, закрыл глаза. В салоне было темно, тепло и уютно. Этого тепла хватит на полчаса — час, а потом сырая прохлада сама его разбудит.

Глава 3

Воздушная сырость, просочившаяся в салон «опеля» через едва приспущенное стекло дверцы, дотронулась до щек Тараса. И он проснулся. Полусонный, сразу полез рукой в карман куртки и вытащил заработанные этой ночью злотые. Включил свет в салоне. Глаза, направленные на зажатые в пальцах купюры, наполнялись резкостью. Голова, казалось, уже полностью отошла от дремы, но ноги и руки пока не слушались. Заснул он сидя, а сон в такой позе телу не нравится. Вот оно и мстит. «Надо бы размяться», — подумал Тарас. Потянулся, поднял спинку сиденья. Завел мотор.

«Домой рановато, еще соседа розбужу, — решил он. — Поменяю-ка я лучше злотые и посижу часиков до шести в Интернет-кафе».

Взглянул на часы. Половина пятого.

Фары осветили тонкий туман, пробили его метров на сорок.

Тарас хмыкнул, обрадовавшись тому, что туман рассеивается. Мимо серого «опеля» поплыли неспешно дома улицы Шпитальной.

Как ему надоела эта осень. Дожди, туманы. Почти как в Лондоне, в котором он никогда не был. До лета далеко. А было бы неплохо сейчас попасть в лето, в тепло. Искупаться где-нибудь в море или в речке...

На лице Тараса четко выразилась страдальческая гримаса. Кто придумал построить это роскошный город так далеко от моря? Хуже того — далеко от воды! Вокруг сплошная суша, ближайший пляж — в Винниках, но там летом ступить негде. Может, уехать? Перебраться в Одессу?! Одесса тоже прекрасный город, к тому же на море!

Впереди справа появилась трамвайная остановка, а рядом с ней кирпичная постройка для предоставления двух очень важных для каждого человека услуг, о чем сообщали две скромные вывески: «Ремонт часов» и «Обмен валюты». Ремонт часов, конечно, ночью никто не делает, а вот окошко обменника горело ярким желтым светом. К этому окошку по улице Ивана Франко Тарас подъезжал иногда по три-четыре раза в неделю. Это если, конечно, была работа. Иногда мог и неделю не приезжать. И тогда оставалось только сидеть дома, читать книги и газеты или бродить-блудить по Интернету.

А ведь он мог бы так же комфортно и без особых претензий жить и в Одессе, тоже на втором этаже. Так же, как и тут, во Львове. Он был бы не против, даже если бы там, в воображаемом одесском доме, так же скрипели деревянные ступеньки и была такая же удивительная сквозная проникаемость звуков. Ему наплевать. Было бы море! И люди вокруг! Будут люди вокруг, найдутся и клиенты для его надежного заработка. Главное — найти в Одессе плохие дороги. Но разве это проблема? Нет, наверное, в стране города, в котором трудно было бы найти неровные булыжниковые мостовые! И слава богу!

Машина остановилась напротив обменки. Не заглушив мотор, Тарас выбрался из салона. Подошел к светящемуся окошку.

Слегка затемненное стекло с маленькой вырезанной нишей внизу для прямого контакта с клиентами позволило рассмотреть симпатичную девушку — бессменную ночную работницу этой круглосуточной обменки. Кто работал в этой обменке днем, Тарас не знал. Как-то не получалось у него пользоваться услугами «дневного» обмена валюты.

— Доброй ночи! — Тарас улыбнулся, глядя ей в глаза и просовывая в вырезанную в стекле нишу честно заработанные злотые.

— Доброй, — она кивнула.

Ее рука в белой ажурной матерчатой перчатке, уходящей под рукав красного свитера и, наверное, доходящей почти до локтя, забрала купюры.

Тарас увидел, как она покрутила в руках каждую из них.

— Вот, возьмите, — просунула она в нишу гривны.

— Вам там не холодно? — игриво поинтересовался Тарас, задержав взгляд на ее тонких пальчиках, скрытых тканью перчаток.

— Не беспокойтесь, -- ответила она. — У меня тут тепловентилятор.

Тарас прислушался и действительно услышал легкое жужжание.

— А я думал вас на кофе пригласить... Если вам холодно.

— Будет холодно, сама напрошусь! — немножко ехидно прозвучал ее голосок.

Тарас, уже подойдя к машине, на мгновение обернулся. Лица девушки отсюда было не разглядеть. Яркая лампа, светившая в обменнике, выталкивала свой свет в окошко с такой силой, что он бил по глазам.

Тарас оставил «опель» под своим домом на Пекарской, а сам отправился пешком к ближайшему «Интерактивному клубу».

Загадочно тусклое освещение подчеркивало, должно быть, то, что заведение это круглосуточное и не очень популярное. Несколько столиков с компьютерами, слева — голая барная стойка, справа от нее — холодильник со стеклянной дверцей, за которой стояли рядами бутылки пива, колы, воды. Но вокруг — никого.

— Эй! — негромко крикнул Тарас.

— Че, кто там? — прохрипел из-за барной стойки мужской голос.

Тарас подошел поближе, увидел парня, заспанного, с помятым лицом, в мешковатом свитере.

— Вам че, Интернет? — сонно спросил он.

— Нет, сначала пива, потом кофе.

— Кофе нет, пиво есть. Берите в холодильнике.

Тарас взял бутылку. Протянул парню. Тот открыл, достал чистый стакан.

— Может, вам Интернет включить? — предложил.

— Включи, — пожал плечами Тарас.

Парень вышел из-за барной стойки, присел за компьютер. Монитор засветился, появилось изображение.

— Ну вот, садитесь! — уступил он место Тарасу.

Тарас устроился за компьютерным отсеком. Справа и слева его индивидуальное пространство защищали деревянные перегородки.

Монитор освещал маленькую столешницу с клавиатурой и мышкой лучше, чем любая лампа. Тарас отодвинул от себя клавиатуру. Налил пива в стакан. Пригубил. Потом достал из кармана темно-синей китайской куртки белый пластиковый тубус из-под гомеопатических шариков. Открыл. И аккуратненько высыпал на стол два десятка маленьких камешков. Некоторые из них были темнее, некоторые светлее, но все они были серыми. Отпил пива еще раз и стал пальцами эти камешки двигать.

— У тебя лупы нет? — крикнул он в сторону бара.

— Нет, — ответил парень. — Ручка и бумага есть, а лупы...

— О! Дай мне бумаги! — попросил Тарас.

Парень принес чистый лист А-4.

Тарас сразу сдвинул ладонью камешки на белое полотно бумаги. Они стали заметнее.

— Что это? — спросил задержавшийся за спиной клиента работник круглосуточного Интернет-клуба.

— Это? — переспросил, обернувшись, Тарас. — Это лечебные камни, — пошутил он.

— А отчего они лечат?

— Еще не знаю, надо провести несколько экспериментов...

Парень, перед тем как отойти обратно к барной стойке, одарил Тараса подозрительным взглядом.

Допив пиво, Тарас аккуратно ссыпал с бумаги камешки обратно в пластиковый тубус, закрыл его и сунул в карман.

Расплатился и ушел.

Туман уже начинал подниматься над Львовом, словно улицы сами выталкивали его вверх.

Скрипнула дверь парадного. Тарас посмотрел на деревянные ступеньки, каждая из которых, как клавиша расстроенного рояля, издавала непредсказуемый звук. Пятая ступенька была самой громкой и пронзительной. Ее звук каким-то образом сразу будил соседа с первого этажа — злопамятного Ежи Астровского, бывшего парикмахера, бывшего банщика, бывшего переплетчика и бывшего охранника универмага. Сейчас Ежи Астровского можно было назвать просто «бывшим». Больше он нигде не работал, зато регулярно пил и, напившись, искал собеседников, при этом исключительно трезвых. К пьяным он сам в пьяном состоянии никогда не подходил — боялся. Может, этим поведением он хотел подчеркнуть, что и сам он опасен, когда пьян? Но в исходящую от него опасность верилось с трудом. Внешне он был пушист и котообразен. Даже когда он скандалил с Тарасом из-за шума, по его лицу, худому, изящному, с тонкими чертами, было очевидно, что он нуждается в ласке и жалости, а из-за отсутствия оных он и скандалит.

Тарас переступил пятую ступеньку и, преодолев еще с десяток, остановился у своей двери.

Из тихого приемничка-брехунца, стоящего с незапамятных времен на кухонном столике, донесся гимн Украины.

— Шесть часов, — Тарас зевнул. — Пора ложиться. Кто с гимном ложится, тому Бог дает!

Тарас со школьных лет старался быть человеком слова. Вот и в этот раз он сказал и уже через пять минут лег, пытаясь подсчитать: что же ему дал Бог за прошедшую рабочую ночь? Что и сколько?

Глава 4

Через открытую форточку кроме прохладной сырости в однокомнатную квартиру Тараса залетел еще и звон недалекого трамвая. Но Тарас сладко спал. Ему снился Жириновский, грубый и решительный, и говорил почему-то Жириновский во сне по-украински, но говорил правильные слова: «Украина должна быть от моря и до моря! Мы ще вмочимо украинские чоботы в Индийскому океани!»

И тут же приснилось Тарасу, что он спит и видит этого Жириновского во сне, а сам, в верхнем сне, в как бы более подконтрольной сознанию оболочке сна, думает о том, что нужны Украине свои Жириновские, свои, украинские до мозга костей. И пускай они будут отъявленными демагогами и даже идиотами, но служить они будут украинскому народу верой и правдой, внушая бдительность по отношению к врагу и толково объясняя само понятие «врага отчизны». Кроме этих мыслей что-то еще постороннее относительно Жириновского и Украины присутствовало на недодуманном и недосказуемом уровне. Присутствовало и как бы зудело, требуя внимания, как зудит только что укушенное комаром место. Еще, должно быть, минут двадцать сна, и понял бы, дождался бы Тарас прояснения этой недодуманности. Но тут зазвенел дверной звонок, встряхнув тело спящего хозяина квартиры своей физической неожиданностью. Вслед за этим выбралась из своего спящего состояния. И прежде чем исчезнуть, слились в одну обе оболочки его непростого сна.

Открыл глаза. Звонок уже затих, но он успел пройти насквозь через его слух, и эхо звонка всё еще звенело в воздухе квартиры и внутри головы.

Тарас никого не ждал, а значит, в дверь мог сейчас звонить только его сосед снизу. Но с какой стати? Ведь помнилось Тарасу очень отчетливо, как он переступил пятую ступеньку лестницы. Стало быть, разбудить его раннее возвращение домой могло соседа только в одном случае — если тот вообще не спал.

Тарас надел белый махровый халат, списанный из гостиницы «Жорж» знакомым банщиком. Влез ногами в шлепанцы и отправился к двери, настраиваясь на умеренную грубость, чтобы сократить до минимума общение с соседом.

Щелкнул замком и открыл деревянную дверь, украшенную следами от былых замков, неработающими замками и двумя, которые всё еще подчинялись ключам.

Перед ним стояла Оксана, давняя знакомая Тараса, в длинном пальто серо-зеленого цвета. На лице извечная улыбка, за которой могло прятаться любое настроение: от ехидного и раздраженного до светлого и праздничного. У ее ног лежала объемная хозяйственная сумка, закрытая на «молнию».

— Что, не ждал? — удивилась Оксана, осматривая махровый халат с вышитым красными нитками словом «Жорж» на нагрудном карманчике.

— Нет, — признался Тарас, не двигаясь с места.

— Чего стоишь? — улыбка исчезла с губ Оксаны. Она показала взглядом на сумку. — Бери, заноси! Только осторожненько!

В кругу общих знакомых было принято слушаться Оксану. Не то чтобы она командовала или решала, что кому делать. Просто хоть она и была актрисой, но природа дала ей характер режиссера.

Тарас поднял сумку, сразу ощутив ее тяжесть. Попятился с сумкой коридором прямо в комнату. Оксана зашла следом. Закрыла за собой дверь. Сняла и повесила на крючок вешалки пальто, сбросила сапожки. Нашла тапочки и — в комнату.

— Ну, давай я тебя поцелую! За уши дергать буду потом!

Потянулась к Тарасу, растерянно остановившемуся у столика.

— У меня че, день рождения? — сам себя спросил он. — А какое сегодня число?

Оксана рассмеялась.

— В паспорте посмотри, какое сегодня число! Восемнадцатое сентября!

— Елки-палки! — выдохнул Тарас.

И тут же попал в крепкие руки Оксаны. Обе ее ладони теплыми тисками сжали его виски и придвинули голову к ее губам.

— Ну, с днем рождения, Тарасик!!!!! — сказала она и смачно поцеловала его сначала в губы, а потом, как ребенка, в лобик и в щечку.

Отпустив голову именинника, Оксана оглянулась по сторонам.

— Я чего-то не понимаю, — сказала. — А шампанское что, в холодильнике?

Ее взгляд требовательно уперся в глаза хозяина квартиры.

— Я сейчас, пять минут... — залепетал он. — Только переоденусь. Как раз и деньги вовремя поменял!

Бросив халат на растеленный диван, Тарас натянул брюки, свитер.

— Секунду! — крикнул он уже от двери.

И дверь хлопнула, закрываясь. Заскрипели, как закричали, ступеньки лестницы под его ногами.

Оксана уселась на стул. Ее вдруг привлекло едва слышимое жужжание со стороны занавешенного двухслойным тюлем окна.

Подошла, чуть не споткнувшись о принесенную с собой хозяйственную сумку, отодвинула тюль и увидела на широком подоконнике самодельную тепличку из плексигласа, внутри которой росли кругленькие кактусы без колючек, а над ними светили три тонкие длинные лампы дневного света.

Оксана так увлеклась разглядыванием странных лысых кактусов, росших в пластиковых кубиках, что не услышала, как скрипнула, открываясь, дверь и как вошел в квартиру Тарас с пакетом в руке.

— Всё, шампанское есть! — радостно объявил он.

Быстренько достал из старенького буфета два бокала. Выложил из пакета уже в магазине нарезанные ветчину и колбасу, сыр.

— Погоди, а подарок?! — остановила его суету Оксана. — Так, иди сюда!

Она наклонилась к сумке, бжикнула «молнией» и развела в стороны края разомкнувшейся сумки.

Первым делом достала из нее и передала в руки имениннику маленький пустой аквариум.

Тарас присел на корточки рядом. Опустил аквариум на паркет. На лице — удивление, взгляд застыл на сумке, словно оттуда сейчас Оксана, как фокусник, собиралась достать за уши огромного кролика.

— Бери и красиво разложи на дне! — протянула Оксана Тарасу увесистый пакет с морскими камешками.

Настроение Тараса потихоньку становилось действительно праздничным. «Ну, молодец, — подумал он об Оксане. — Не может без сюрпризов!»

Следом за пакетом с морскими камешками из сумки была извлечена шестилитровая пластиковая бутыль с не очень прозрачной водой.

— Специально в Винники на озеро заезжала, — пояснила Оксана происхождение воды. — Видишь, сколько из-за тебя моя «Чебурашка» сегодня наездила! Выливай, только аккуратно!

Тарас наполнил аквариум водой, а перед ним уже появился прозрачный кулечек, в котором, тоже в воде, только совершенно прозрачной, колыхались водоросли, росшие в коричневых пластиковых мини-горшочках.

— Эту воду тоже туда? — осторожно спросил Тарас.

— Можно!

Аквариум на глазах наполнялся жизнью. Именинник опустил три горшочка с водорослями в аквариум, и длинные листья-лопасти заколыхались в потревоженной руками Тараса воде.

А из сумки уже появился очередной пакет с прозрачной водой, в которой нервно, короткими рывками плавали красно-синие экзотические рыбки, одни по размеру не длиннее мизинчика, а другие — не меньше указательного.

Минуту спустя аквариум был уже наполнен не только водой и камнями, но и подвижной жизнью.

— Ну вот, теперь тебе будет тут не так одиноко! — сказала Оксана, с гордостью глядя на свой подарок. — Нравится?

— Нет слов! — удивленно мотнул головой Тарас. — Только куда его лучше поставить?

— Как куда? — удивилась гостья. — У тебя на подоконнике как раз хватит места! Рядом с кактусами.

— Да я хотел туда еще одну тепличку... Может, лучше на подоконник в кухне?

— Как раз туда лучше твою вторую тепличку! — отрезала Оксана решительно. — Живым рыбкам на кухне не место! Они могут тебя неправильно понять!

Тарас рассмеялся.

— Они что, еще и людей понимать могут? — с ехидцей в голосе изрек он.

— Не всех. Но таких, как ты, — смогут. Если ты будешь к ним нормально относиться. Кстати, это очень полезные рыбки! Ты даже себе не представляешь! Они тебе жизнь спасти могут! Мне продавец сказал!

— Ой! — Тарас расплылся в широкой улыбке, и тут же Оксана заметила, что этим утром он зубы не чистил.

— Будешь смеяться — подарю тебе в следующий раз тюбик «Колгейта»!

Тарас намек понял и спрятал зубы за сомкнувшимися губами.

— Этот вид живет в японских озерах и чувствует приближение землетрясения! Усёк? Если вдруг они начинают восьмерки по поверхности выписывать — можешь сразу выбегать на улицу!

Тарас замолчал. Лицо его стало нестерпимо серьезным. Он уставился на красно-синих рыбок, которые мирно и неспешно осваивали новое водное пространство.

— А ты что, тоже веришь, что скоро будет землетрясение?

— Верю или не верю, а готовиться надо! Уже сколько раз об этом писали! Горы ведь совсем рядом! Так, ставь рыбок на подоконник и наливай!

Тарас аккуратно поднял с паркетного пола аквариум. Локтем сдвинул двойной тюль и опустил аквариум на подоконник справа от теплички.

— А зачем ты кактусы бреешь? — спросила из-за спины Оксана.

— Это такой вид! Они от природы лысые. Называются лофофора Вильямса. Уникальные кактусы! С их помощью ацтеки и майя со своими богами разговаривали. Как-нибудь расскажу!

Как только Тарас выстрелил шампанским в высокий потолок, от которого тут же отвалился кусочек штукатурки, из коридора донесся длинный звонок в дверь.

— Мать его! — вырвалось у Тараса. — Вот сука же! Обязательно момент испортит!

— Кто это?

— Да сосед! Понимаешь, я случайно на пятую ступеньку наступил... Ну когда за шампанским выбегал... А он по этому поводу каждый раз скандал устраивает.

Тарас шагнул к двери, ведущей в коридор.

— Стой тут! — остановила Оксана его решительно. — Я сама.

За дверью Оксана увидела мужчину в спортивном костюме с изрядно помятым лицом и беспорядочно взъерошенными слегка кучерявыми волосами на голове. Его изначально сердитое выражение лица под вопросительно-требовательным взглядом Оксаны «поплыло» и стало извинительно-нейтральным.

— Вы пришли поздравить Тараса с днем рождения?!

— Я? — повторил он, нахмурившись от мысли. — А что, сегодня?.. Да, да, конечно!

— А где бутылка? — спросила Оксана, опустив свой выразительный взгляд на сцепленные в замок ладони соседа.

— Бутылка? — переспросил он, будучи не в состоянии сосредоточиться на неожиданной ситуации. — Бутылка... Водки?

— Ну да, бутылка водки! — Оксана кивнула. — Несите! Мы ждем! Да, Тарас? — она оглянулась назад.

— Ага, — послышался нетвердый голос хозяина квартиры.

Сосед затрещал по ступенькам вниз, к себе.

— Я дверь открытой оставлю! — крикнула ему в спину Оксана. — Только быстрее!

Через минут пять он действительно появился с бутылкой водки в руках. Одет он уже был в неглаженый коричневый костюм. На розоватой рубашке топорщился широкий и короткий галстук зеленого цвета, рубашка была неряшливо заправлена в брюки, на босых ногах — тапочки.

— Заходите, заходите! — крикнула ему Оксана из комнаты.

Сосед прошел по коридору и остановился в дверном проеме.

За круглым столиком уже сидели именинник и его гостья. Три наполненных шампанским бокала приглашали к немедленному действию.

Сосед сел на свободный стул, поставил рядом с бутылкой шампанского бутылку водки и посмотрел пытливо на женщину, обладавшую не только командирской дикцией, но и непреклонным взглядом.

— Если можно, — заговорил он, — меня зовут Ежи Астровский...

— Можно, — кивнула Оксана, протягивая руку за бокалом.

— Я — бывший парикмахер и мог бы дать вам совет...

— Потом, — оборвала его Оксана и указала взглядом на Тараса. — Сначала тост за именинника!

— Да, да, — Ежи взял бокал в руку. — Поздравляю! По-соседски желаю мира... любви, — при этом слове он покосил взглядом на Оксану, — счастья, и, главное, чтоб были деньги... Вот.

Тост разморозил именинника, пребывавшего во внутреннем замешательстве из-за внезапности наступления собственного дня рождения.

Три бокала нашли общую точку соприкосновения над столиком, покрытым желтой льняной скатертью с неотмывающимися следами былых праздников. Из бокала именинника выплеснулись несколько капель шампанского, и упали они прямо на порезанную салями.

— Спасибо! — Тарас кивнул. — Я очень тронут. — Взгляд именинника, дотронувшийся до глаз соседа, совершенно серьезно подтвердил значение сказанных слов.

Сосед выпил шампанское одним глотком. Наблюдавший за ним именинник сделал то же самое. Только Оксана оказалась скромной — ее бокал был еще почти полным. Тарас потянулся к шампанскому.

Оксана деловито открыла бутылку водки.

— Мой папа, — заговорила она, переведя взгляд с хозяина квартиры на его соседа, — когда был военным, с друзьями всегда коктейль «Северное сияние» делал, и ничего! Ничего не болело.

— А что это за коктейль? — живо заинтересовался Тарас.

— В полстакана шампанского вливается полстакана водки.

Ежи Астровский вздрогнул, услышав рецепт коктейля.

— Я пойду, пожалуй, — негромко проговорил он, остановив взгляд на бутылке водки в руке у Оксаны. Его глаза выражали тоску и нежность.

— Нет, вы не можете так быстро уйти! Это не по-соседски! — Оксана смягчила голос.

Сосед обреченно кивнул. Перевел взгляд на Тараса.

Именинник налил себе и соседу по полбокала шампанского, а Оксана долила в их бокалы водки.

— Вы должны мне кое-что пообещать, — под конец недолгого застолья обратилась Оксана к Ежи.

— Что? — испуганно спросил сосед именинника, сжимая в руке пустой бокал.

— Напоминайте Тарасу, что он теперь живет не один! — попросила Оксана.

Сосед задумчиво и в то же время смятенно осмотрелся по сторонам, потом возвратил взгляд на Оксану.

— Хорошо...

— Напоминайте, что рыбок надо кормить ежедневно. — Она кивнула на подоконник. — И договоритесь с ЖЭКом, чтобы ступеньки на лестнице починили.

— Да я им уже сто раз говорил, а они пятьдесят гривен требуют! — Из соседа вырвалось привычное для него возмущение.

Оксана молча достала кошелек и вытащила оттуда пятьдесят гривен.

— Оксана! Я сам! У меня есть! — Тарас, лицо которого уже отражало сложную сущность выпитого коктейля, поднял над столом руку. Его пальцы крепко сжимали смятые купюры, вытащенные из кармана джинсов.

— Да я... — Ежи побегал глазками от пятидесятки в руке у Оксаны до мятых двадцаток в руке у Тараса. — Я организую. Я сделаю!..

Он осторожно вытащил у Тараса три двадцатки, поднялся на ноги, кивнул на прощанье и ушел.

— Тебе посуду помыть? — спросила Оксана.

— Я сам, оставь!

— Ну, ладно! — кивнула гостья. — Я тоже пойду, есть дела! Про рыбок не забывай!

Оставшись один, Тарас подошел к окну, понаблюдал за рыбками, спокойно плававшими вокруг водорослей.

— Сегодня, похоже, землетрясения не будет, — прошептал сам себе Тарас. — Значит, можно еще немножко поспать.

Перед тем как снова улечься на диван, он бросил взгляд на стол с неубранной посудой и решительно отмахнулся от него рукой.

Глава 5

Алик и Аудрюс проснулись еще перед заходом невидимого в этот день солнца. За окном квартирки Алика в самом конце Замарстиновской улицы пытался еще бодриться день, насупленный низкой облачностью. В голове у обоих немного шумело — видимо, из-за рюмки «Немирова» и нескольких рюмок литовского бальзама «Три девятки», выпитых в память о Джими Хендриксе. Спали они одетыми. Алик на своем вечно разложенном диване поверх одеяла. Аудрюс заснул, не поднимаясь с кресла.

— Ты надолго? — спросил, протирая глаза, Алик.

— Не знаю, — Аудрюс пожал плечами. — Я же переехал. У меня теперь хутор километрах в сорока от Вильнюса. Рядом — никого.

— Это хорошо, — закивал Алик. — Мне тоже иногда хочется, чтобы рядом — никого! Но есть своя прелесть и в обратном... Хотя у меня тут рядом только мачеха да несколько миролюбивых соседей. Что-то у меня в животе скучно...

— Я б тоже съел... и выпил бы...

— Выпить легче. — Алик поднялся с дивана, размял плечевые суставы. — Когда человек пьет, у него только слух работает! А вот чтобы жевать, нужна энергия...

— А у тебя есть что пожевать? — поинтересовался Аудрюс.

Алик отрицательно мотнул головой.

— Был хлеб, было масло, но я каждый год к восемнадцатому сентября пощусь... сбрасываю вес...

— Ну так давай куда-нибудь сходим, — предложил литовец.

Алик задумался.

— Можно было бы в круглую чебуречную возле озера... Но чебуреки без пива нельзя... А я... я еще не готов к обжираловке. Как ты думаешь, наш гэбист правду сказал? Это же при тебе было...

— У меня память на пустую голову и трезвый желудок не работает, — выдохнул Аудрюс.

— Ты ничего не перепутал? — уставился на товарища Алик.

— Что перепутал? — удивился Аудрюс.

— Ну... пустая голова... трезвый желудок...

— А-а! А я что сказал?! Русский забываю потихоньку, на хуторе по-русски говорить не с кем.

— Так ты и так сказал, что вокруг никого и что ты на хуторе один.

— Вот и говорю, что не с кем! — Аудрюс для убедительности своих слов закивал. — Может, у тебя рижские шпроты есть? — спросил он. — Раньше в каждом доме был запас рижских шпрот!

— Откуда у меня рижские шпроты?! Пошли! — Алик призывно махнул рукой.

На улице пахло сырой лесной прелостью. За негустым частоколом сосновых стволов мелькали машины, несшиеся в сторону Брюховичей.

За спиной у довольно стройных для своего возраста хиппи завелась машина. Алик обернулся, увидел за лобовым стеклом желтого «москвича» лицо соседа по двору. Махнул ему рукой — то ли приветственно, то ли вопросительно.

— Подвезти? — вежливо поинтересовался сосед, опустив книзу половину стекла дверцы.

— Угу, — кивнул Алик.

Они уселись на заднее сиденье, жесткое и немного колючее из-за выпирающих снизу пружин.

Машина выехала на дорогу и повернула налево, в сторону города.

— Вам куда? — полуоглянулся водитель.

— Да, думали в Брюховичи... в чебуречную...

— Не, я на Повитряну, — проговорил сосед и нажал на тормоз.

— Поехали, поехали! — ободрил его Алик, не желавший выходить из «москвича» и снова оказаться на улице перед выбором, который начинал раздражать. — Там, кажется, тоже кафешка есть!

— Да, — оживился сосед. — Кафе «Кафе» на Повитряной, 24! Там такие смешные цены! Зэнык с Ткацкой там недавно на пятнадцать гривен так напился, что два дня на работу не ходил... Его там и спать оставили, вот какой сервис! Попробуй в «Макдональдсе» засни! Ни в жизнь! Вышвырнут, как... как... — сосед-водитель то ли потерял нить, то ли просто одно нужное слово и снова полуоглянулся назад, к своим пассажирам.

— ...как тварь последнюю? — предложил свой вариант концовки Аудрюс с мягким литовским акцентом.

— Ага, — кивнул, соглашаясь, водитель.

Возле дома номер 24 по улице Повитряной Алик и Аудрюс выбрались из желтого «москвича».

— Я как назад буду ехать — загляну к вам, — напутствовал их сосед-водитель. — Если что, домой подвезу!

Аудрюс, увидев перед собою вывеску «Гастроном», сразу направился ко входу.

— Эй, нам не туда, правее! — крикнул ему в спину Алик и, когда литовец обернулся, указал ему рукой на малоприметную, но многообещающую, особенно на пустой желудок, вывеску «Кафе».

Внутри было шумно и накурено, а значит — уютно. За каждым столом гудел разговор, пилось пиво, душевно хрустела на неухоженных, но острых зубах сушеная рыба. Легкий мат добавлял энергии этому хору замедленных алкоголем мужских голосов.

— Вон, — Алик ткнул пальцем в правый дальний угол.

Там действительно за столом сидели только двое, а могло к ним присесть еще не меньше четырех!

— Ты иди, садись! Я возьму! — скомандовал Алик и отошел к прилавку, под стеклом которого украшенные вызывающими улыбку ценниками лежали редко портящиеся продукты.

Двое соседей по столу, один в свежевыстиранном ватнике, второй в костюме с галстуком, уважительно приглушили свой разговор, когда Алик поставил на стол два бокала пива и тарелку, на которой бесстыдно соседствовали две котлеты по-домашнему, два соленых огурца и две таранки размером с ладонь.

— Ты мне всё-таки скажи, что думаешь! Наш гэбэшник сказал правду? — спросил Алик, уже усевшись напротив литовского друга.

Аудрюс пожал острыми плечами. Его куртка лежала рядом на лавке, а синий поношенный свитер выдавал недостаточность мясного и жирового покровов костей.

— Ты обе ешь! — Алик небрежно, но уважительно кивнул на котлеты. — Ты теперь в Европе... Там выжить сложнее...

Аудрюс взял котлету пальцами, поднес к носу, понюхал и улыбнулся.

— Может, и правда, — сказал он, глядя на котлету в руке. — Сам подумай! Разрыть могилу в Штатах, отрезать у покойника кисть, запаковать, чтобы не провонялась, перевезти через Атлантику в Литву и оттуда поездами во Львов... Разве хиппи когда-нибудь знали слово «логистика»?!

— А что это? — спросил, остановив глоток пива, Алик.

— Вот видишь, — сказал Аудрюс. — Не могли эти ребята сами такое прокрутить...

— Это в корне меняет многое, — задумчиво протянул Алик и продолжил прерванный глоток.

— Что меняет? — Аудрюс уставился в глаза старому другу.

— Ну... картину нашего мирозданья... Джими Хендрикс был врагом капитализма, и при этом его ценили в КГБ?!

— Послушай, извращенцы есть везде! Мой знакомый голубой диджей из Каунаса однажды так запал на одну барменшу, что чуть не поменял ориентацию! С каждым может случиться! Не только с кагэбистами! Да и этот твой капитан... он какой-то мягкий...

— Ты что, думаешь, он до сих пор за нами...

Аудрюс отрицательно мотнул головой, из-за чего длинная шевелюра чуть не сошлась, как занавес, на его лице, оставив только нос и часть глаз.

— Нет. — Он поправил рукой волосы. — Он романтик. Видно, случайно в органы попал...

— Да, но он сказал, что их там много было, тех, кто помог Москву обмануть и за деньги Москвы привезти нам его гениальные пальцы...

— Остынь! — Литовец взял в руку вторую котлету по-домашнему. — Ты живешь в прекрасной стране, в прекрасном городе, где даже в советские времена кагэбисты любили Джими Хендрикса! Да им памятник надо поставить, вашим гэбистам!..

— Ну, ты тоже романтик! Может, еще рядом с могилой Джими такой памятник воткнуть?!

— Старик, — на лице у Аудрюса расплылась слегка высокомерная улыбка, — ты что, забыл? Make love, not war! Главное в нашей жизни — любовь. И если нас когда-то любили кагэбисты и при этом старались не трахать?! Разве это не прекрасно?!

— Да. — Алик пожевал губы, побуравил взглядом два одиного лежавших на тарелке огурца. — Видишь, огурчики я взял, а к пиву они никак... Не гармонируют! Я сейчас!

Алик поднялся, отошел к прилавку. Аудрюс задумчиво наблюдал за барменшей, с внимательной улыбкой на лице выслушивавшей высокого длинноволосого клиента. Потом она сняла с полки за своей спиной рифленую бутылку с прозрачной водочной жидкостью. И полилась эта водка в стопочки, голодно уставившиеся своим незакрывающимся глазом в серый потолок.

— Эй, друг, ты не из Винников? — спросил неожиданно Аудрюса мужчина в чистом ватнике.

— Нет, я из Литвы.

— О! — Мужчина в ватнике поднял указательный палец перед своим собеседником. — Я ж говорил, они не наши... они котлеты пальцами едят! Другая культура!..

Глава 6

Въезд во двор дома со стороны улицы Федорова снова был закрыт — в этот раз какой-то недотепа оставил перед воротами свой «жигуль» цвета мокрого асфальта.

Оксана, осмотревшись, втиснула свою «Чебурашку» между двумя иномарками, припаркованными под Ставропигийским институтом, и, закрыв машину, вошла во двор. Со стороны Федорова на этом доме номера не было. Может, именно поэтому автолюбители с завидной регулярностью бросали свои машины под воротами.

Поднимаясь по деревянным ступенькам на свой второй этаж, Оксана прислушалась к их поскрипыванию. Ступеньки в ее парадном отличались тихостью и податливостью.

Стянув с ног высокие осенние сапожки, хозяйка прошла в единственную комнату маленькой и уютной квартиры, уселась на диван. Перевела дух. Прислушалась к легкому шуму усталости в голове. Вчерашний вечер затянулся до часа ночи, она с подругами веселила корпоратив страховой компании. За столом, как, видимо, и в самой страховой компании, заправляли женщины. Несколько тихих перепуганных мужчин среди расслабленных, украшенных алкогольным румянцем дам. Скорее всего, эти мужчины не были даже сотрудниками страховой компании, а всего лишь мужьями тех, кто праздновал.

Улыбка, вызванная мыслями о прошлом вечере, продержалась на лице Оксаны недолго. Вспомнилось сразу и это утро, и удавшийся сюрприз у Тараса, всегда забывавшего о своем собственном дне рождения. Вспомнились подаренные ему рыбки. И тут же вспомнились такие же рыбки, подаренные вчерашним днем себе самой!

Оксана подняла взгляд на подоконник, где теперь стоял небольшой аквариум, такой же, какой она купила Тарасу.

Подошла, отодвинула занавеску, наклонилась над своим собственным маленьким водным миром. Рыбки мирно плавали вокруг зеленых водорослей.

Оксана вытрусила из коробочки на воду немного сухого корма. Рыбки тут же устремили свои взгляды вверх.

— Кушайте, кушайте, гости дорогие! — проговорила шутливо хозяйка и оставила рыбок за занавеской на подоконнике. Через маленькую кухню прошла в ванную, умылась.

Холодная вода не добавила бодрости. И тогда решила Оксана немного отдохнуть. Вернулась в комнату и вскарабкалась по крутой деревянной лестничке на свою кровать, одновременно являвшуюся крышей сделанного под заказ платяного шкафа. Тут же, на высоте почти трех метров, у нее и лампа настольная стояла для чтения, и журналы лежали.

Прилегла на спину, голова на подушке. Глаза сами закрылись. Задремала она, настраивая себя, однако, на очень коротКую дрему, может, на пару часиков отдыха, не больше. Ведь день в разгаре. Рядом шумит площадь Рынок, журчит на ней фонтан, ездят трамваи, и стучат по мокрому булыжнику каблуки женских сапожек.

Глава 7

Жизнь Тараса по несколько раз в день давала трещину, словно он научился у своего старенького компьютера «зависать». Именно в эти моменты внезапно возникавшей в голове пустоты он автоматически нажимал кнопку «старт» и переводил свой примороженный взгляд на монитор. Следил безучастно за процессом оживания экрана, слушал таинственные звуки, сопровождавшие запуск компьютерных программ. Когда монитор украшался «созревшими» «иконками», Тарас поднимался и приносил с подоконника два-три кактуса в пластиковых кубиках-вазончиках. Ставил их под монитором, чтобы они перехватывали и втягивали в себя всю вредную компьютерную радиацию. Им-то что? Они, как и любые растения, созданы, чтобы фильтровать воздух, перерабатывать углекислый газ на кислород! Тарас не знал, на что кактусы перерабатывали вредное компьютерное излучение. Он не был уверен, что это излучение вредное, и даже иногда сомневался, что оно вообще существует. Но игнорировать народные мудрости было глупо. И если однажды народ решил, что перед работающим монитором надо ставить кактус, то Тарас пошел еще дальше и стал ставить не один кактус, а три! «Комьютерные кактусы» Тараса никакой ботанической ценности не имели. Ценность имели другие кактусы, росшие в маленькой тепличке под лампами дневного света.

Это были кактусы, над которыми он старательно проводил эксперименты, пытаясь скрестить их с живыми камнями — литопсами. Для таинства скрещивания он уже купил в магазине для художников тонкую колонковую кисточку. Но пока она лежала без дела. Три лофофоры Вильямса готовились к цветению. Несколько литопсов тоже готовились к цветению, но добиться от литопсов «откровенности и открытости» было делом не простым. Уже несколько раз их бутончики засыхали до цветения.

«У вас три новых письма!» — сообщило мониторное «окошечко» с нарисованным желтым конвертом. Тарас навел стрелку на конверт и «кликнул» мышкой.

Два письма предлагали недорого и быстро удлинить пенис на 8 сантиметров. Третье письмо оказалось более конструктивным.

«Я в вашем городе и пишу по объявлению. Перезвоните мне на мобильный 096-7049657. Лёня».

Мысли вытеснили из головы Тараса внезапную пустоту. Появилась перспектива заработка. Рука вытащила из кармана белого махрового халата мобильник.

— Алло, Лёня? Вы мне прислали e-mail! Вас беспокоят камни?

— Это уролог? — переспросил суетливый мужской голос.

— Я — по камням, — ответил Тарас, не осмелившийся назвать себя представителем врачебной профессии.

— Ага, — сказал голос. — Так шо, можно сейчас встретиться? Где ваш кабинет?

— Я работаю на выезде, не в кабинете, — пояснил собеседнику Тарас. — Вибротерапия обычно выводит камень за часа два-три... Иногда, правда, процедура может длиться и дольше.

— Эт шо, специальный вибратор?

— Нет, специальная машина, на которой я вас буду возить по специально выбранной дороге, чтобы возникала вибрация... Проверенный метод.

— Ну хорошо, куда подъехать?

Тарас глянул на настенные часы.

— Еще рано, надо дождаться, когда дороги будут свободными. Часиков в одиннадцать, а лучше в полночь... Только часика за два до процедуры надо выпить стакан коньяка и посидеть в горячей ванне.

— У меня тут ванны нет, а с коньяком — нет проблем! Не, давайте я сейчас подъеду. Мне всё равно делать тут нечего! — не унимался потенциальный клиент Лёня. — Я полсуток в поезде ехал... Кстати, тоже вибрировало... Только не помогло.

— Поезд не годится, — со знанием дела заявил собеседнику Тарас.

— Ну, шоб познакомиться, шоб легче было вечером друг друга узнать! — Лёня вернулся к одной из своих предыдущих мыслей.

— Ладно, — вздохнул Тарас. — Подъезжайте к Опере, перед входом через полчаса. Как вас узнать?

— У меня на голове — серая кепка!

«Интересно, откуда это он приехал? — задумался Тарас, пытаясь представить себе человека в серой кепке. — Может, из России? У нас вроде так не "шокают"!»

Полчаса спустя у оперного театра действительно стоял лишь один мужчина в серой кепке. Был он также одет в светло-серый плащ, черные брюки и туфли из светло-серой замши. В руке сжимал большой картонный конверт с надписью «Foto». Худощавый, невысокий, он переступал с ноги на ногу и немного нервно водил взглядом по лицам прохожих.

Тарас приостановился на минутку метрах в двадцати от него. Затем подошел, представился.

— Шо, может, пойдем присядем? — деловитой скороговоркой выпалил Лёня.

— На кофе? — уточнил Тарас.

— А шо, ты днем не пьешь? — голубые зрачки Лёни стали на мгновение колючими.

— Я ж за рулем буду.

— Так тож завтра, после двенадцати...

Тарас чувствовал, как теряет в глазах Лёни остатки уважения к себе, но даже если бы он и не садился этим вечером за руль, пить с человеком в серой кепке ему бы не захотелось. Уж очень иной был этот человек, с какой-то иной жизнью и иными правилами. Это Тарас чувствовал. Смотрел на Лёню и чувствовал. И тут что-то еще вмешалось в пространство между ними — запах бензина.

Тарас оглянулся по сторонам. От проезжей части они стояли далековато. На всякий случай поднес рукав куртки к носу, проверяя, не от куртки ли исходит этот запах.

— Че? — спросил Лёня. — Но поговорить ведь надо! Пошли! Ладно, возьмешь себе кофе!

Тарас, «освобожденный» от необходимости выпить, живым шагом повел будущего клиента в кафешку на Армянской. Там они устроились, хотя тоже не без выразительного неудовольствия Лёни, которого барменша поставила перед фактом: водки нет, есть только ликер.

— Шо-то у вас тут рюмочных не видно! — сказал Лёня, опрокинув рюмку ликера в рот и посмотрев на стоявшие перед ним еще три полных рюмочки.

Тарас чуть не рассмеялся. Претензии будущего клиента к его родному Львову говорили только о большом расстоянии между Львовом и тем местом, где жил Лёня.

— А вы откуда приехали? — спросил он.

— Та из Ворожбы...

— А где это? — удивился Тарас.

— Че, не знаешь? Эт крупнейший железнодорожный узел! — пояснил Лёня. — Сумская область!

Тарасу опять показалось, что рядом запахло бензином. Он оглянулся по сторонам. За соседним столиком сидели две пожилые дамы, пили кофе и интеллигентно ели штрудель. От них пахнуть бензином не могло.

— Сумы знаю, — кивнул Тарас, возвратив взгляд на собеседника.

— Ты вот што, рентген мой посмотри, шобы знать! — Лёня достал из фотоконверта рентгеновский снимок и протянул его Тарасу.

Тарас напрягся, ощутил неловкость, словно был он мошенником, а не фельдшером-недоучкой. Взял в руки снимок, поднял его на уровень глаз и развернулся со снимком в руке в сторону окна. Отчетливо узнаваемые две большие фасолины почек успокоили его. Он сразу заметил три камня, доставляющие Лёне неприятности. Два в левой почке и один — в правой. Тот, что был в правой почке, явно готовился «к выходу».

Тарас мысленно просчитал путь движения камней к выходу наружу. За одну ночь с этими камешками справиться было нереально. Им еще предстояло пройти по мочеточникам в мочевой пузырь, потом уже по уретре дальше на свет Божий.

Тарас бросил взгляд на лицо Лёни, представил это лицо в момент физической боли, представил и его голос в момент крика. Сразу расхотелось заниматься этим клиентом.

— Ну шо? — спросил Лёня, опуская на столик последнюю рюмочку, еще минуту назад бывшую полной.

Тарас тяжело вздохнул.

— За одну ночь не выйдут, — сказал он.

— Даже если всю ночь ездить? — Лёня наклонился вперед, и тут же запах кофе был на мгновение перебит запахом бензина.

— Всю ночь вы не выдержите, — мягко произнес Тарас.

— Я ж заплачу, — упрямо сказал Лёня и скривил губы. — Или ты хочешь сказать, шо будет дороже?!

— Ладно, попробуем, — успокоил Тарас Лёню. — В двенадцать я вас подберу там же, у Оперы! А сейчас мне надо по делам...

Леня задумчиво кивнул. Проследил, как Тарас подошел к барменше и расплатился за выпитый кофе. Потом сам подошел к стойке и заказал еще три рюмочки ликера.

В полночь Тарас нашел Лёню возле оперного театра. Тот стоял, прислонившись к левой колонне. Козырек его серой кепки был сбит налево. Светло-серый плащ расстегнут, руки в карманах плаща. Взглядом Лёня упирался в тротуарную плитку.

— Ну что, вы готовы? — вежливо спросил его Тарас.

— Что? — Лёня резко поднял голову, обернулся. — А! Да, всегда готов!

Город затихал. Дул несильный ветерок. Гасли окна домов.

— Мы сначала проедемся по Лычаковской два раза, чтобы камни ваши разбудить, а потом по Городоцкой — она пожестче, — стал пояснять Тарас уже в машине. — А потом, если не...

— А мне хоть по Дерибасовской, — махнул рукой выпивший клиент. — Лишь бы вышли они на хер!

Тарас замолк и решил больше ничего не объяснять Лёне. «Опель» тронулся с места. Привычные вибрации настроили водителя на рабочий лад. Он оглянулся на пассажира — тот зевал.

— Вы только не усните, — сказал ему Тарас. — А то всё будет без толку!

— Ну, тогда музыку включи! — ответил пассажир.

Тарас включил радио, и выехали они на Лычаковскую под песню «Бумбокса».

Навстречу машине понеслась неровная, уложенная мелким булыжником улица. Замелькали по обе стороны серые дома, закрытые магазинчики и парикмахерские. Тарас всем телом прислушивался к вибрации машины, чтобы понять: какая скорость быстрее «разбудит» и приведет в движение камни клиента. Клиент тупо смотрел вперед. Радовало одно — он не спал, его глаза были открыты. Не радовало то, что по его лицу было невозможно понять: слушает он свое тело или думает о чем-то совершенно постороннем.

— Вы что-нибудь ощущаете? — в конце концов спросил Тарас.

— А? Что? — Пассажир обернулся к водителю.

— Камни! Чувствуете что-нибудь?

Выражение лица Лёни изменилось. Он теперь явно пытался прислушаться к происходящему в его почках. Даже стал щупать живот рукой.

— Можете помассировать, — кивнул Тарас. — Тоже полезно!

Ободренный советом специалиста, Лёня принялся массировать низ живота обеими руками. Массировал минуты три, подпрыгивая на неровностях дороги вместе с машиной. Потом ойкнул и замер.

— Ну как? — спросил его Тарас.

— Что-то произошло, — ошарашенно прошептал Лёня и поднял испуганный взгляд вперед, на летевшую ему навстречу дорогу.

— Расслабьтесь! — сказал Тарас. — Сейчас переедем на Городоцкую! Проверим...

Тарас свернул с Лычаковской, и машина завиляла по узким темным улочкам. Объехав старую часть центра, «опель» выехал на широкую улицу и снова понесся вперед с не очень-то и большой скоростью.

— Стой! — закричал Лёня, схватившись за живот. — Больно!

— Процесс пошел, — с улыбкой произнес Тарас. — Теперь останавливаться нельзя! Потерпите!

У Лёни глаза на лоб полезли от боли, он бросил на водителя обезумевший взгляд, но рот не открыл — не хотел разжимать зубы, сцепленные от боли. Нагнулся вперед, к панели, не убирая рук от низа живота. Боль, колющая и даже царапающая, как бы медленно переползала с места на место. Лёня отчетливо чувствовал ее движение.

— И долго так? — сдавленно спросил он минуты через три-четыре.

— Минут пятнадцать, — ответил Тарас. — Потом, если не выйдет, перерыв, и продолжим.

Эта ночь показалась Тарасу бесконечной. После четырех полных дистанций улицы Городоцкой, а это без малого тридцать километров, Лёне стало совсем плохо. И тут на дороге мелькнула подсвеченная изнутри полосатая палка гаишника. Тарас остановился. Гаишник вежливо попросил документы и с подозрением уставился на Лёню, точнее, на его скорченное от боли лицо.

— В больницу везу, — нашелся Тарас. — Товарищу плохо.

— Счастливой дороги! — Гаишник вернул права и документы на машину.

Три часа спустя, уже отказавшись от длиных «вибраций» Городоцкой и Лычаковской улиц, переехал Тарас на «короткие вибрации» улицы Лесной. Лесная была действительно коротенькой и крутой улочкой с такими дырками в дороге, что машину подбрасывало там почти на полметра. Улица Лесная и помогла вытрусить из Лёни первый камешек, который звонко ударился о дно литровой стеклянной банки под не порадовавшее в этот момент Лёню журчание собственной мочи. Лёня стоял скрючившись, спиной к машине и лицом к лестнице, ведущей на горку, наверх к парку «Знесиння». Когда звякнул о стекло камешек, он замер и так неподвижно, враскорячку, простоял пару минут, освещенный рассеянным желтым светом одинокого уличного фонаря.

Тарас посмотрел на часы — почти половина пятого. Скоро будет светать. Зевнул. Задумался. Организм привычно настраивался на утренний сон.

— На, держи! — сдавленно проговорил вернувшийся к машине Лёня, протягивая водителю банку с камешком и желтой жидкостью.

Тарас молча взял банку, открыл дверцу со своей стороны и аккуратно слил мочу на дорогу.

— Следующим камнем заниматься будем? — спросил он Лёню.

Голова Лёни дернулась. Его испуганный взгляд скорее говорил о полном нежелании общаться на эту тему.

— Вас куда отвезти? — чуть тише спросил Тарас.

— К Опере, туда же, — выдавил из себя Лёня. — Я днем позвоню... еще не знаю.

Его правая рука полезла в карман расстегнутого светло-серого плаща. Вытащила оттуда три долларовые десятки, мятые и потертые. С долларами в руке он сначала уселся на переднее пассажирское сиденье. Тарас взял доллары, сунул в карман куртки. Машина тронулась, покатилась вниз по улице тихо, с выключенным двигателем. Тарас просто снял ее с ручника. Мотор завел уже внизу.

Высадив клиента у Оперы, поехал дальше к обменнику на Ивана Франко. Маленькое окошечко обменника, освещенное изнутри, обрадовало Тараса. Даже если б не было чего менять, он всё равно сюда подъехал бы. Ради одного лишь взгляда на симпатичную странную девушку, работающую тут по ночам, всегда в длинных, под старину, матерчатых перчатках на руках.

— Доброе утро! — Он просунул в нишу окошка заработанные тридцать долларов. — Как у вас ночка прошла?

Рука в длинной перчатке изумрудного цвета элегантно забрала доллары.

— Что-то вы поздно сегодня, — сказала девушка.

— Клиент трудный попался, — ответил Тарас.

— Вы что, в ночном клубе работаете?

— Нет... я в медицине. — Рассказывать более подробно Тарасу не хотелось, и он наклонился поближе к стеклу. — Вы обещали со мной на кофе пойти!

— Я? Не может быть? Я с незнакомыми мужчинами по кафе не хожу! — смешливо ответила она, отсчитывая гривны.

— Так давайте познакомимся! Меня зовут Тарас! А вас?

— Дарка, — ответила девушка. — Но всё равно в кафе не пойду. А вот если вы принесете, то выпью! А то я уже засыпаю... Работы почти не было.

— Я принесу! — пообещал Тарас. — Привезу буквально через десять минут!

— Все вы только обещаете! — девушка усмехнулась.

Сегодня она была в удивительно хорошем настроении. Еще никогда она не разговаривала с Тарасом так охотно, как в это раннее утро. И он взбодрился, возрадовался. Его организм забыл о приближающемся времени исполнения гимна Украины по радио, о том моменте, который закрывал его глаза и отправлял его в сон.

Тарас, спрятав гривны в карман, вернулся к машине. Проверил: не забыл ли он свой дорожный термос — термос был на месте! Теперь оставалось только найти кофе. И он поехал, пытаясь на ходу припомнить, где ему удавалось в это странное время суток выпить хорошего крепкого кофе.

Пока ехал, заметил освещенный изнутри киоск. Притормозил.

— Кофеек делаете? — спросил он у женщины, открывшей на его стук «продажное окошечко».

— «Якобс», «Нескафе»? — спросила она сонно.

— А натуральный?

— Натуральный в такое время не пьют, — со знанием дела произнесла она.

— Ладно. — Тарас просунул свой термос в окошечко. — Сделайте и налейте сюда! Две чашки! И без сахара!

Снова усевшись за руль и аккуратно, если не сказать нежно, опустив термос на сиденье рядом, Тарас снял «опель» с ручника. Машина «отвалила» от бровки неспешно, как лодка от причала.

Минут через пять его глаза обрадовались знакомому квадратику освещенного окошка обменника, за которым, как в темнице-башне, томилась загадочная девушка.

— Вот, — наклонившись к стеклу, сладко произнес Тарас, прижимая серебристый термос к левой щеке и ощущая его прохладу. — Кофе подан! Извините, что не в постель!

— Я думала, вы шутите! — усмехнулась за стеклом и решеткой Дарка.

— У вас своя чашка? Или вам в колпачок термоса?

Дарка обернулась, в руках у нее появилась керамическая кружка, но на личике вдруг выразилась детская наивная растерянность.

— Она не пролезет, — вымолвила девушка, показывая Тарасу кружку.

— А что, окошко не открывается?! — удивился он.

Она трицательно мотнула головой. Потом просунула правую руку в изумрудного цвета перчатке в нишу для обмена купюрами, дотронулась тыльной стороной ладони до верхней границы прорези и огорченно подтянула нижнюю губку.

— А дверь? — спросил Тарас. И тут же сделал шаг назад, пытаясь ее найти взглядом.

Слева виднелось еще одно, большего размера окошко этой странноватой кирпичной «зашубленной» и покрашенной в мышиный цвет будочки. Над ним надпись: «Ремонт часов». Дверей Тарас не увидел. Снова прильнул к окошку обменки.

— Дверь закрыта, — произнесла Дарка жалобно. — До утра. Против бандитов...

— А если пожар?!

— У меня тут красная кнопка и телефон, — пояснила девушка более серьезным голосом. — Наряд милиции приезжает через пять минут!

— И что, уже приезжал?

— Да, два раза... Всякое ночью бывает.

Тарас задумался, открыл термос, налил в колпачок кофе, выпил. Вкус был мерзким. Может, именно поэтому в этот момент осенила его неожиданная мысль, и он, попросив Дарку подождать и оставив термос на обменном прилавке, вернулся к машине. Вытряхнул всё из бардачка, но того, что он хотел там обнаружить, не нашел. Разочарованным вернулся к окошечку.

— Я что-нибудь придумаю, — пообещал девушке.

Вылил недопитый кофе из колпачка-крышки термоса, закрутил ее на место. Попрощался с Даркой нежно и одновременно по-дружески. И вернулся к машине.

«Хорошо, что ей этот кофе не достался», — думал, поглядывая на термос, лежавший на соседнем сиденье.

Думал-думал, а потом вдруг затормозил резко у бровки, приоткрыл свою дверцу и вылил коричневую горячую жидкость из термоса на дорогу. Журчание напомнило ему о литровой банке под сиденьем, в которой барахтался в остатках другой, настолько же «привлекательной» жидкости, как только что вылитый из термоса «кофе», серый камешек, с таким трудом добытый из почечных недр пахнущего бензином приезжего из какой-то там Ворожбы. Достал Тарас из бардачка бумажные носовые платки, умело вытряхнул камешек из банки на развернутую салфетку-носовичок, протер аккуратно и уже без всякого раздражения, словно смена мысли оказалась лучшим успокоительным, сбросил подсушенный почечный камешек в пластиковый «гомеопатический» тубус, который тут же закрыл и возвратил на его место в ближнем углу бардачка.

Глава 8

— Думаешь, пора? — спросил Алик, тепло и чуть-чуть вопросительно глядя на старого товарища. — Тебе ведь тут никогда не было тесно!

Он окинул взглядом свою маленькую комнатку, в которой все стены напоминали о замечательно-вольном хипповском прошлом. Прошлого, конечно, на стенах было намного больше, чем настоящего, — оно всегда так. Просто прошлое накапливается, а настоящее, задержавшись на мгновение, туда же, в прошлое капает. Человек — ведь это вообще самый обыкновенный и элементарный живой «аппарат» по переработке будущего в прошлое. Алик, впрочем, не был одним из таких обыкновенных «аппаратов». Его будущее всегда отличалось вопросительностью и яркостью. Поэтому и прошлое у него оказалось соответственным — никаких тебе пионерских галстуков и лагерей или октябрятских звездочек и косичек одноклассниц. Детство — отдельно, котлеты — отдельно! Котлетами была юность и ее продолжение.

Аудрюс тоже оглянулся, прошелся прищуренным взглядом по десяткам старых черно-белых фотографий, расклеенных на основной стене над вечно разложенным диваном. (Когда и для кого Алик его разложил — этого уже не вспомнить никому.) Посмотрел на рукомойник с наклейкой: «Amnesty International», на плакаты, на любительский портрет Джона Леннона, на доисторическую печку, в топку которой был проведена дюймовая газовая труба, и теперь топилась эта печка не дровами или углем, а скандальным русским газом, который и горел, как положено всему скандальному, синим пламенем. Горел, грел печку и комнату, кипятил воду и подогревал наутро то, что оказалось не съеденным накануне.

— Я в туалет! — Аудрюс поднялся, вышел в маленький коридорчик и сразу за дверь, на улицу.

Жилище Алика — это комнатка, в которой было не больше семи квадратных метров, отличавшаяся не только размерами, но и полным отсутствием так называемых удобств. Но от этого она не казалась Алику неудобной. Всю свою жизнь он проводил в ней, хотя за стенкой находилась территория гораздо большая, хотя тоже однокомнатная — территория его мачехи, заменившей ему мать по решению отца, когда мальчику не исполнилось и восьми лет. Комнатка Алика казалась пристройкой к дому, странной пристройкой, отодвинувшей задний от дороги угол дома на добрых полтора—два метра. Выйдешь из ее отдельного входа, тут тебе и удобства: налево, метров двадцать пять по тропинке мимо огорода — туалет, направо, пять метров по бетону — колодец с рекордно малой глубиной — не больше полуметра. Это ведь и не колодец, а источник, который выбрался из-под земли, когда старушка-соседка решила возле старой колонки свою веранду расширить. Ударили ломиками по камням, которыми когда-то замостили дворик, и пошла вода. Вода оказалась вкусной. Отвели ее от веранды на метр, подкопали чуток и опустили сверху колодезное кольцо. Вот и вышел колодец. А колонка замолчала навеки, словно успокоилась, узнав, что есть теперь во дворе и другой источник воды.

На лице Алика возникла улыбка, вызванная мыслью о том, что его дворик, практически последний на его улице, пережил такую большую страну, как СССР. Нет, он никогда не был бойцом с советским режимом. Он никогда с этим режимом не боролся. Он его просто игнорировал. За это режим обижался и не игнорировал Алика и его друзей. Но они, Алик и друзья, умудрялись сосуществовать с режимом так близко и так долго, что даже место их традиционных сборов, известное каждому львовянину как «Святый сад», практически просматривалось из окон обкома партии. И никогда у тех, кто существовал за этими окнами, внутри серых кабинетов, не возникло даже мысли о том, что всю эту территорию рядом с общежитием, частично огороженную стенами древнего монастыря, территорию, с которой то и дело, да к тому же и громко — благодаря протянутому из общежития удлинителю, громыхала чуждая обкомам партии музыка с чуждыми, но, слава богу, непонятными иностранными словами, можно было бы затянуть колючей проволокой, застроить закрытыми распределителями или, в худшем случае, пунктами приема макулатуры и металлолома! Нет, никто не спешил вытащить лужайку земли из-под ног и задниц длинноволосой молодежи с гитарами в руках! Теперь это казалось гуманизмом или близорукостью. Хотя, возможно, всё это происходило по причине пониженного слуха у работников обкома?! Вот участковый наведывался сюда часто, но разговоры с ним обычно не заканчивались неприятностями. Было видно, что не по своей воле он раздражает молодежь своим присутствием, а на всякий случай или по указанию.

— О чем задумался? — прозвучал над головой сидящего в кресле Алика голос Аудрюса.

— Не поверишь! — усмехнулся, задрав голову, хозяин комнатки. — Молодость вспомнил!

— А что еще вспоминать?! — удивился Аудрюс. — Ну что, пора!

Алик поднялся с кресла, поднялся бодро, словно хотел показать, что он еще в хорошей спортивной форме.

Вышли во двор.

Вокруг темно. Жужжат редкие машины, проносясь по Замарстиновской. Остановились у колодца.

— Ну что, на дорожку! — Алик зачерпнул оцинкованным ведром воды, поднес холодный край ведра ко рту, отхлебнул — на языке легкая сладость взыграла. Передал ведро Аудрюсу. Тот тоже сделал несколько глотков.

Скрипнула металлическая калитка, они вышли на улицу и повернули налево, в сторону центра.

На небе оголился острый угол желтой луны и тут же снова спрятался, накрылся тучами. Резкий птичий крик-хохот упал с неба прямо в уши идущим.

Алик поежился на ходу.

— Как у нас в Паланге, — с удивлением выдохнул Аудрюс.

— Что у вас в Паланге? — не понял Алик.

— Ну, тоже чайки так кричат...

— У нас нет чаек, откуда тут? — пожал плечами Алик.

Аудрюс посмотрел в темное небо, откуда снова донесся тот же птичий крик-хохот, только теперь он был тише, словно птицы уже обогнали идущих по земле.

— У нас тут и моря нет, — с сожалением сказал Алик, тоже бросив кратковременный взгляд на небо. — Это то, чего здесь не хватает... Вода — только дождем или из источника...

— Море есть везде, — не согласным, но приветливым тоном сообщил Аудрюс. — Иногда оно видно, иногда нет... Иногда оно сверху, иногда снизу...

— Да, с этим я согласен. — Алик кивнул. — Говорят, что и Карпаты раньше были дном моря и там можно найти окаменевших моллюсков...

— В нашей северной глуши есть море, ну и что?! — усмехнулся Аудрюс.

— Выросший у моря не поймет жителя пустыни! — Алик тоже улыбнулся. — Кстати, мы с тобой так и не побывали в Сан-Франциско!

Аудрюс тяжело вздохнул. Через несколько шагов остановился. Остановился и Алик.

— Знаешь, — уверенно произнес литовец, — некоторые города существуют только для того, чтобы кто-то мечтал в них попасть. А мечтать иногда важнее, чем ехать...

За спиной зазвучала приближающаяся милицейская сирена. Алик и Аудрюс отошли за край проезжей части, по которой только что мирно и свободно шагали. Подождали, пока машина пронесется мимо, и снова ступили на асфальт.

Через полтора часа неспешной ходьбы они остановились на Ткацкой недалеко от ворот шоколадной фабрики. Воздух был здесь тяжел и сладок. Говорить уже не хотелось, да и так последние минут десять пути они шли молча.

Аудрюс достал мобильник, набрал номер, поговорил с кем-то по-литовски. Потом обернулся к своему старому другу и кивнул:

— Минут через пять будет выезжать. Уже загрузился.

— Кто? — не понял Алик.

— Альгис, приятель. У него своя многотоннка, ну то, что вы тут называете фурой. Он львовский шоколад в Литву возит. Давно мне свои услуги предлагал. Вот и пригодился!

Из открывшихся высоких ворот медленно выехал длинный крытый грузовой «вольво». Остановился. Аудрюс и Алик обнялись.

— Ну что, Алик, — забрасывая длинные прямые волосы назад, заговорил Аудрюс грустным голосом. — Если всё в порядке, то в следующем году ночью, там же...

Легко, словно не работал на земле в этот момент закон притяжения, запрыгнул Аудрюс на высокие ступеньки кабины фуры, захлопнул за собой дверцу, и поехали сорок тонн львовского шоколада прочь от оставшегося стоять у уже закрытых ворот Алика, увозя с собой и его приятеля-литовца в далекую северную «глушь», «глушь у моря».

Назад домой Алик тоже отправился пешком, останавливаясь на пустых, безлюдно-безмашинных перекрестках на красный цвет светофора и снова продолжая свой путь при появлении зеленого. Над головой его, в небе, еще несколько раз звучал резкий, ранее не слышанный во Львове крикхохот каких-то птиц. В воздухе витал солоноватый запах.

«Может, Аудрюс прав? — подумал на ходу Алик. — Это чайки летят на юг, на зиму... А воздух кажется соленым, потому что из него ушла сладость от близости «шоколадки» — шоколадной фабрики «Свиточ». Всё на этом свете подлежит объяснению...»

И мысли Алика сами по себе вернулись на Лычаковское кладбище, на могилку с обновленной надписью на железном кресте, сделанной белой масляной краской: «Jimy Hendrix 1942—1970».

Глава 9

Сине-сиреневая «Таврия» по имени «Чебурашка» послушно притормозила у продуктового магазинчика на улице Гоголя. Из машинки вышла Оксана. Аккуратно закрыла за собой дверцу и, прошептав машине: «Не беспокойся, я через пять минут вернусь!» — энергичной походкой отправилась за будущим ужином. Она еще не знала, что будет покупать, так как не имела привычки заранее составлять собственное меню. Еда ее радовала не только вкусом, но и неожиданностью появления. Обычно она заходила в магазин, безразлично водила взглядом по полкам и прилавкам, по всем съедобным товарам, выложенным, вывешенным, высушенным и высоленным. Аж до того момента, пока ее взгляд вдруг переставал быть безразличным. Это происходило спонтанно и не преднамеренно, как бы помимо мышления. Три дня назад ее взгляд ожил при виде совершенно обычных шампиньонов, с покупки которых она тогда и начала. В результате шампиньоны «обросли» луком, картошкой, грудинкой, морковкой и специями и уже дома легко и как бы естественно превратились во вкусное рагу, которым Оксана питалась два с половиной дня, аж до сегодняшнего утра. Но сегодня ее взгляд проскользил мимо шампиньонов и остановился на морозильнике со стеклянной крышкой, под которой хранились, не теряя своей минусовой температуры, тушки и филешки нескольких видов рыб. Оксана обследовала замороженную рыбу и, несмотря на собственное к ней внимание, сделала шаг назад и отвернулась. Вспомнила, как сегодня кормила своих аквариумных рыбок. Задумалась. Снова ожила и возвратила взгляд на стеклянный прилавок с копченой и соленой рыбой. Всё-таки рыба этим ранним вечером преследовала ее желания! Она присмотрелась к селедке по 25 гривен за кило. Селедочка была толстенькой, жирненькой, наверняка вкусненькой, если ее правильно разделать, очистить от костей, полить нерафинированным подсолнечным маслом, украсить кольцами лука, ну и, конечно, обложить отварной картошкой, которую можно было и не покупать, так как дома ее было достаточно.

Непонятно каким образом, но между Оксаной и продавщицей возникла очередь из двух бабушек. Не успела Оксана удивиться, как в затылок ей задышал следующий член этой очереди.

— Вот эту, пожалуйста! — показала пальцем и взглядом Оксана продавщице на выбранную рыбку, когда настал ее черед отовариваться.

— Семьсот грамм, берете?! — спросила продавщица в белом фартуке, о который, похоже, уже несколько раз сегодня вытирала свои трудовые руки.

— Ну да, — Оксана кивнула. — И еще вот этих, штучки три-четыре! — показала она на маленьких, длиной в ладонь, соленых мойвочек.

Заплатив, собиралась уже идти к выходу, как перед ней вдруг возник худой мужчина в коричневом пиджаке поверх синего свитера с воротником «под горло», в синих штанах и с синеватым лицом профессионально пьющего человека.

«Сейчас будет просить деньги!» — мысленно и уже заранее недовольно сказала Оксана себе, настраиваясь на защитную грубость.

— Ой, извините! Вы меня узнаете? — мужчина растянул на худощавом лице приветливую улыбку.

— Я? Вас? — Оксана смотрела ему в лицо и думала, что мужчин с такими чертами лица можно найти в любой пивной.

— Вас ведь это... Вас Оксаной зовут! — добавил он.

Оксана начинала нервничать. Она заглянула за спину этого приставалы, туда, где должна стоять и ждать свою хозяйку «Чебурашка». Тем более, что хозяйка обещала ей вернуться через пять минут!

— Вы, наверное, ошибаетесь! — произнесла Оксана миролюбиво, но твердо, и всё ее тело приготовилось к решительному шагу вперед.

— Мы же с вами вместе пили! Вы меня за водкой посылали! Что, не помните?! — Мужчина поднял обе ладони в неком просительном жесте.

Оксана вместо того, чтобы шагнуть вперед, шагнула назад. Лицо выражало недовольную озадаченность.

— Вы что, думаете, я со всеми подряд водку пью! — возмутилась довольно громко она, и тут же закрутили головами в поисках назревающего скандала другие посетители гастронома.

— У Тараса! Ну, помните, день рождения у него был... совсем недавно! Даже я помню! — Мужчина опустил руки и испуганно оглянулся по сторонам, явно ощущая дискомфорт от направленных на него взглядов посторонних. — Давайте выйдем! Я уже купил то, что хотел...

Они вышли на улицу. Оксана чувствовала себя неловко. Теперь она уже вспомнила этого соседа Тараса, который приходил скандалить, а попал на день рождения. Захотелось перед ним извиниться и сразу уйти, точнее — уехать. «Чебурашка»-то ждет!

— Можно вас на кофе пригласить?! — спросил неожиданно мужчина, словно осмелев от прочитываемой на лице Оксаны неловкости. — Вон! — обрадованно показал он рукой на вывеску кафе на другой стороне дороги. — Пойдемте! Я так рад снова вас встретить!

Оксана посмотрела жалобно на свою «Таврию», потом перевела взгляд на кафе. До него действительно было метров пятнадцать, и из его окон наверняка была бы видна ее «Чебурашка».

— Ладно, — выдохнула Оксана. — Но у меня мало времени, минут десять...

— Ой, сколько там надо для чашечки кофе?! — игриво, с деланым еврейским акцентом произнес осмелевший мужчина. — Я — Ежи Астровский, помните?

Оксана сдержанно улыбнулась и закивала.

В кафе Ежи заказал к кофе по маленькой шоколадке. Пока пили-ели, он рассказывал Оксане о том, как у него стриглись лучшие дамы Пекарской улицы и ближайших переулков, и о том, как он их стриг дома, когда парикмахерскую продали и открыли в ней очередной магазинчик «Всё по 1 гривне!».

Оксана, допив кофе, посмотрела на часы и удивленно мотнула головой:

— Вы извините, Ежи, но я — женщина занятая...

— Понимаю, понимаю, — закивал тот и тут же обернулся к стойке. — Счет, пожалуйста!

Парень-официант сразу же подлетел и опустил на столик перед Ежи листик бумажки.

— Тридцать пять?! — удивленно вырвалось у Ежи.

Он полез в правый карман пиджака, выложил из него несколько пятигривневых купюр, потом полез в левый — оттуда извлек еще две десятки, пересчитал задрожавшими руками, и тут его попустило. Перед ним на столе лежало ровно тридцать пять гривен. Он гордо отодвинул их от себя и поднялся над столиком.

— Всё так резко подорожало! — сказал он уже на улице, придерживая дверь кафе. — Такого раньше не было!

— Когда не было? — поинтересовалась Оксана.

— Ну, раньше. Когда я чаще ходил по таким заведениям... Я и сейчас знаю места, где пиво дешевле, чем тут кофе... Но в следующий раз давайте лучше у меня дома кофе выпьем...

Оксана подняла на Ежи удивленно-строгий взгляд.

— Лучше у Тараса, — сказала она. — Кстати, вы напоминали ему о рыбах?

— А! Ну да! Конечно, — скороговоркой выпалил он, потом выдержал паузу и спросил: — А о каких рыбах?!

— В аквариуме! У него на подоконнике! Я просила вас напоминать ему, чтобы он их кормил...

— Да, — твердо произнес Ежи. — Несколько раз напоминал, а потом я забыл. Извините! Я ему напомню! Обещаю! А вы на машине?

— Да, но я в другую сторону, — учтиво объявила Оксана уже совершенно осмелевшему Ежи. — До свидания!

— До свидания, — тихо, но как-то излишне сладко произнес он.

Оксана села в машину, завела двигатель и, не оглядываясь на провожающего её взглядом мужчину, уехала. А в ушах всё еще приторно-сладко звучало его «до свидания!».

«Ну и типчик, — подумала Оксана и, чтобы отвлечься, погладила рукой черную пластиковую панельку «Таврии». — Ты прости, «Чебурашечка»! Заставила тебя ждать! Ухажеры пройти не дают!»

Глава 10

В длинном сне, наступившем сразу за утренним радиоисполнением гимна Украины, Тарасу снилось многое: и звуки, и картинки, и ночь. Несколько раз совершенно реальный, узнаваемый звук врывался в сновидение, и, к своему, тоже спящему, удивлению, Тарас сразу узнавал его, этот звук, — это «сквикала», «вскрикивала» пятая деревянная ступенька его родного парадного. Странно, что впервые этот звук доносился не снизу, из-под ноги, забывшей переступить злосчастную ступеньку, а извне, из-за пределов его маленькой квартиры. Вскоре после четвертого или пятого проникновения этого звука в сон Тараса в дверь его квартиры постучали.

За окном еще было светло и шумно. Уличный гам легко вытеснил из ушей Тараса саундтрек сна. Он открыл двери в квартиру и замер, увидев перед собой соседа Ежи Астровского.

— Добрый вечер! Можно на минутку?

Тарас впустил соседа в коридор.

— Я обещал нашей общей знакомой напомнить вам о рыбках! — подчеркнуто деловито произнес Ежи. — Вы их кормите?

Тарас удивленно хмыкнул.

— Конечно, кормлю! Что у меня, склероз?

— А посмотреть на них можно? — попросил Ежи.

— Заходите, смотрите! — Тарас пожал плечами и показал правой рукой в сторону комнаты.

Сосед снял туфли и в двух разных носках — черном и синем — потопал в квартиру. Тарас — за ним.

— Что-то они худые, — прошептал задумчиво Ежи и покосил взглядом на стоящего рядом хозяина квартиры.

Тарас взял коробочку с кормом, стоявшую тут же, на подоконнике, потрусил ее над аквариумом, и тут же на воду упала целая россыпь мельчайших коричневых хлопьев. Рыбки бросились к поверхности и стали жадно поглощать еду.

Ежи, наблюдая за происходящим в аквариуме, недовольно скривил губы.

— Они всегда голодные, — недовольно пробурчал Тарас. — Вам что-то еще надо?

Ежи отвлекся от рыбок, повернул свое теперь уже снова приветливое лицо к хозяину квартиры. Взгляд соседа поднялся выше глаз хозяина и остановился на непричесанной и примятой сном шевелюре Тараса.

— Знаете, я сегодня у себя дома прибрал, — Ежи опустил взгляд и смотрел теперь в глаза Тарасу. — Сорок семь гривен нашел! В старом пиджаке, не в этом. — Он бросил взгляд на свой коричневый пиджак. — Приятно, знаете, когда дома порядок... Может, зайдете?

Тарас растерялся.

— Сейчас?

— Ну да, вы же у меня никогда не были, а так, по-соседски...

— У меня позже работа, — соврал Тарас. — Я пить не буду...

— Да у меня и так нечего выпить, — спокойно ответил Ежи. — Просто так зайдем.

Они спустились на первый этаж, аккуратно переступив пятую ступеньку. Ежи открыл перед Тарасом деревянную покрашенную в «школьный» коричневый цвет дверь в свою квартиру. В нос Тарасу сразу бросился неприятный странный запах. Слева к стенке была прибита вешалка для пальто. На крючке висел синий плащ и ватник. На противоположной стенке — зеркало. Под вешалкой лежали на дощатом полу три пары тряпичных тапочек.

— Проходите, проходите! — поторопил сзади Ежи. — Комната — прямо!

Тарасу и так было понятно, что комната прямо. Три шага — и он оказался в центре жилплощади. На противоположной от окна стене — ковер, у стены — полуторная железная кровать, накрытая пледом. У другой стены — письменный стол, заваленный старыми газетами и журналами, напротив стола — видавшее виды парикмахерское кресло, развернутое к стенке, на которой в резной деревянной рамке висела черно-белая фотография какой-то пожилой дамы в шляпке.

Взгляд Тарас застыл на этом кресле. Ежи обошел гостя, развернул кресло и жестом предложил Тарасу присесть.

— Вот тут я и живу, — сказал он. — Но в последние несколько лет здесь было очень неуютно, и я никого к себе не приглашал... А сегодня убрал, и сразу захотелось вас увидеть! Присаживайтесь! — он повторил приглашающий жест руки, глядя на замешкавшегося, нерешительного Тараса.

Тарас уселся в парикмахерское кресло.

— Вы много работаете, — продолжил Ежи и снова поднял взгляд на волосы гостя. — У вас даже нет времени постричься! Давайте я вас приведу в порядок! Вы не думайте, — он поднял ладони на уровень лица сидящего соседа, — я в порядке, и руки у меня не дрожат. Мне с вами поговорить хочется, но я понимаю, насколько вы занятой человек... Да и мне разговаривать обычно легче, когда руки работают...

Он подошел к тумбочке, стоящей между парикмахерским креслом и окном, открыл верхний ящик, достал ножницы, расческу и кусок сложенной ткани странной расцветки.

— Вы же не будете против?

Тарас провел рукой по своей не причесанной со времени сна шевелюре.

— Ладно, — сказал он не слишком уверенно, осматривая блестящие большие ножницы в руке у Ежи.

Ежи развернул ткань, оказавшуюся британским флагом, повязал ее вокруг шеи Тараса. Развернул кресло с соседом к стене, на которой висел портрет пожилой дамы.

— Помните, в восьмидесятых были дни Британии в СССР?! Этот флаг тогда на доме вывесили, а потом забыли снять — дворник у нас был пьяница. Вот я его и снял! Очень удобный размер!

Расческа острым частоколом зубьев вошла в волосы Тараса. Он вздрогнул и замер. Однако дальнейшие движения расчески оказались весьма плавными и не причинили никаких неприятных ощущений. Волосы податливо разлеглись на голове Тараса.

— А зеркала у вас нет? — поинтересовался Тарас.

Ежи поднес к лицу гостя круглое настольное зеркальце.

— Посмотрите, — сказал он. — Через пятнадцать минут вы себя не узнаете. В хорошем смысле!

Зеркало исчезло, руки Ежи — в одной расческа, в другой — ножницы, «затанцевали» вокруг головы гостя. На плечи, укрытые флагом Британской империи, посыпались состриженные волосы.

— Видите, — радовался сверху Ежи. — Мои руки помнят всё! А вы Оксану давно знаете?

— Оксану? Да, — выдохнул Тарас и попробовал обернуться.

— Не шевелитесь! — попросил сосед. — А то неровно выйдет! Хорошая женщина! Такая, знаете, с характером... Мы с ней кофе сегодня пили... Ну и цены теперь в кафе! В мое время всё стоило копейки!

— В ваше время?! А чем вам нынешнее время не ваше?!

— Это я так, мысли вслух... Я просто кофе сам себе делаю, а пиво в общественных местах пью, поэтому цены на пиво знаю... Но с пивом понятно — в нем алкоголь. А чего кофе так подорожал?

— Он вместе с жизнью подорожал, — Тарас пожал плечами, вдруг осознав, что доказывать соседу ничего не надо, он ведь просто мыслями делится, «мыслями вслух».

— Я вам потом сварю настоящего кофе, который раньше по 17 копеек был! — продолжал Ежи. — Вы на косой пробор носите?

Тарас задумался. Он вдруг понял, что не знает, как он носит волосы. Просто причесывает их, и всё.

— Я без пробора, так просто.

— Можно и без пробора, — кивнул Ежи, обошел кресло, осматривая результат работы своих рук, остановился.

— Освежить? — в его руках появился стеклянный флакончик одеколона.

Тарас кивнул.

Сладковато-спиртовой запах напомнил Тарасу о неприятном запахе в коридоре у Ежи. Тут, в комнате, и до одеколона запах был нормальным.

— Там у вас в коридоре чем-то пахнет, — задумчиво произнес Тарас.

— Да, знаю! Мышка умерла, еле нашел ее под полом. Уже вынес. Скоро выветрится! Вот вам зеркало!

Тарас взял круглое настольное зеркальце снова в руки, осмотрел свои волосы и остался доволен: Ежи аккуратно и вполне профессионально укоротил его прическу, придав лицу более ухоженный вид.

— Видите, никаких экспериментов! — довольно сказал Ежи. — Взял за основу то, что у вас было на голове после причесывания! А вы не знаете, где Оксана делает прически?

Тарас поднялся с кресла, обернулся.

— Нет, не знаю.

— А у нее кто-то есть? — осторожнее и потише спросил сосед.

Тарас пожал плечами.

— Она бездомным помогает... В свободное время. А больше она мне ничего не рассказывала...

— Бездомным? — повторил, задумавшись, Ежи.

— А это ваша мама? — Тарас указал взглядом на фотопортрет дамы в шляпке.

Ежи улыбнулся.

— Правда, я на нее похож?

Тарас кивнул.

— Вы Оксане покажите, как я вас подстриг! — В глазах у Ежи блеснул хитроватый огонек. — И, если спросит, скажите, что у меня тут порядок, — он обвел взглядом свою комнату. — Вам же не будет это сложно ей сказать? А я скажу, что вы рыбок регулярно кормите и воду в аквариуме меняете...

— А что, ее надо менять? — спросил ошарашенный Тарас.

Ежи кивнул.

Тарас торопливо попрощался, поблагодарил Ежи за стрижку.

Поднимаясь на свой второй этаж, аккуратно переступил пятую ступеньку. Закрыв за собой дверь, сразу отправился к подоконнику посмотреть на рыбок. Поверхность воды была чистой и гладкой, от корма не осталось и следов.

Глава 11

Налюбовавшись рыбками, Тарас подошел к зеркалу в коридоре. Осмотрел свою прическу, удивляясь в очередной раз, с одной стороны, своей глупой податливости, благодаря которой он оказался в старом парикмахерском кресле соседа, с другой стороны — добротной прическе, появившейся в результате на его голове. Но время назад не отмотать, как пленку в старом бобинном магнитофоне. Да и не надо. На голове ведь полный порядок. И в голове тоже. Только за окном заканчивается сентябрь. Солнце стало редким гостем. Дождь то капает, то льется. Простое человеческое общение на фоне львовского сентября приобретает дополнительную ценность и становится более желанным, чем в летние жаркие дни. И поймал себя Тарас на том, что впервые в своей жизни думает он хорошо о соседе. В мыслях проскочила даже определенная жалость к этому странному, суетливо-неустроенному в жизни человеку, которому, должно быть, и в теплые месяцы года не хватает обычного человеческого тепла. Мысль эта могла бы развиться у Тараса и дальше, но тут зазвонил мобильный.

— Это я, Лёня! — донесся из мобильника знакомый голос. — Помните?

— Помню, — выдохнул Тарас, возвращаясь из коридора в комнату.

— Я решил, — сообщил Лёня. — Готов, так сказать, на второй сеанс!

— Может оказаться больнее, чем прошлой ночью! — предупредил Тарас серьезным голосом.

— А я бутылку с собой возьму, а то вчера как-то не додумался...

— Хорошо, в полночь там же, у Оперы! Только не забудьте за два часа до встречи принять стакан коньяка!

Опустив мобильник на стол, Тарас задумался, пытаясь разобраться: рад он тому, что есть на ночь работа, или не рад? С одной стороны — рад. Но показалась ему вдруг эта работа мелкой, не важной. Двадцать-тридцать евро за бессонную ночь — тоже деньги, на которые вполне удавалось нормально, без претензий жить. Но жить одному. А жить одному, хоть и дешево, но как-то неудобно. Да и опасно — можно дожиться до состояния соседа Ежи Астровского и потом вдруг неожиданно заметить, что жизнь прошла, а тебя никто не любит и ты никому не нужен. И тогда уже в обмен на то, чтобы тебя выслушали, ты стрижешь соседа или жаришь яичницу соседке!

Мысли явно пытались соответствовать меланхолической мелодии осени. Тарас понял, что надо притормозить, надо взбодриться! Отправился на кухню, заварил крепкого кофе. Выпил, явственно ощутив его горечь на языке. Вспомнил о Дарке из ночного обменника. Вспомнил о своей неудачной попытке угостить ее кофейком. На губах заиграла улыбка. «Этой ночью всё будет классно!» — решил он. План созрел и оказался идельно простым для исполнения. Молотый кофе — тут, на кухне. Термос — в машине во дворе. Только вот как просунуть ей чашку с кофе внутрь обменки? Тарас поднял правую руку, уставился на большой и указательный пальцы, пытаясь ими восстановить высоту выреза в окошке, через который просовывались туда-обратно денежные знаки.

— Надо быть изобретательнее, — сказал он сам себе и, переодевшись в джинсы и свитер, накинув ветровку и зашнуровав кроссовки, вышел на улицу. Совсем рядом с его домом был один из многих в городе магазинчиков с многообещающим названием «Всё за 1 гривну».

Уже минут пять спустя он оказался в этом царстве дешевизны, где на полках лежали в ожидании своей участи десятки ненужных товаров. Некоторые действительно стоили одну гривну, другие от этой цены оторвались, но не далеко. Были тут и керамические кружки по семь гривен, были и пластиковые тарелки. Тарас внимательно осматривал полку за полкой в надежде увидеть какую-нибудь низкую, приземленно-приземистую чайную чашку — именно так он представил себе то, что ему нужно для осуществления задуманного романтического акта, который можно было бы назвать «Угощение крепким кофе очаровательной затворницы». Но чашек нужной высоты в магазине не оказалось. Продавщица стояла у двери с книжкой в руках. Читала. Тарас отвлек ее, обрисовал словами то, что он ищет. Девушка-брюнетка лениво прошлась вдоль полок с товарами, словно освежала их в памяти. Остановила взгляд на черных фаянсовых пепельницах с надписью «Venezia» на дне. Бортики пепельниц были прямые и высокие, с маленькими квадратными вырезами-бойницами для удерживания сигарет. Тарас ехидно ухмыльнулся, проследив за взглядом продавщицы.

— Я не курю, — сказал он.

— Я так понимаю, вам нужна плоская емкость. — Девушка одарила клиента задумчивым томным взглядом. —

Это вот, — она кивнула на пепельницы, — самое плоское, что у нас есть.

Тарас уронил взгляд на книгу, которую она держала в руке. «Справочник фармаколога» — прочитал он на обложке.

— А если б вам предложили выпить из этой пепельницы кофе?! — едковато спросил Тарас.

На ее лице возникло сначала удивление, а потом — любопытство. Она взяла тонкими пальцами пепельницу, осмотрела. Отложив книгу на нижнюю полку, покрутила пепельницу в руках, в конце концов опустив ее на ладонь и удерживая, как воображаемое блюдце с чаем, поднесла к губам.

Тарас чуть не испугался, девушка могла бы быть талантливой актрисой. Ее губы едва приоткрылись и стали такими чувственными, словно пепельница, к которой они собирались вот-вот прикоснуться, была живой, была не пепельницей, а тоже губами, мужскими, может быть, даже его, Тараса, губами.

— Интересно, — томно выдохнула продавщица. — Я об этом никогда не думала...

— Что интересно? — переспросил Тарас.

— Это я о своем. — Она посмотрела на клиента. — А вообще, это от обстановки зависит, от атмосферы, — голос ее подобрел. Она поставила пепельницу на место. — Если атмосфера подходящая, то можно кофе и из пепельницы выпить!

Тарас, пораженный убедительностью сказанного, тут же заплатил за пепельницу и остановился на пороге магазина. На улице шел дождь. Он вернулся к полке и взял еще одну такую же черную «венецианскую» пепельницу. Потом, держа в каждой руке по пепельнице, он перебежал под дождем из магазина в свой двор, остановившись на мгновение под брамой. Настроение улучшилось. Теперь он уже думал о себе, а не о соседе. О себе, и о Дарке, и о том, что этой ночью ему удастся ее не только напоить хорошим кофе, но и повеселить!

Глава 12

Серый плащ и не местной моды кепка Лёни бросились бы в глаза любому прохожему, если бы последний оказался в полночь около входа в оперный театр. Но неспешных наблюдательных прохожих в это время суток во Львове не бывает, а потому только Тарас обратил на него внимание, подходя к театру со стороны улицы Армянской. Лёня стоял ровненько, не пошатываясь, и напряженно, как обычно стоят договорившиеся встретиться незнакомые между собою люди. Он, вероятно, ожидал появления Тараса с другой стороны, а потому дернулся, услышав совсем рядом, за спиной, стук подошв.

— Ну как, готовы? — спросил Тарас по-деловому, даже не поздоровавшись.

Манеры и способ поведения Лёни еще вчера подсказали Тарасу, что приезжий клиент, возле которого регулярно появлялся запах бензина, живет вне правил обычного обихода и этикета, живет, как слово в бесконечном нагромождении слов, так и не ставших предложением из-за своего неприятия правил пунктуации. Он тоже не поздоровался с Тарасом. Вероятно, потому, что и ночью он не попрощался, а значит, формально они и не расставались.

— Готов, — проговорил приезжий.

Пока шли к машине, Тарас вспоминал рентгеновский снимок, который Лёня вчера показывал. Ясно, что прошлой ночью на свет Божий явился ближний к уретре камешек. Думая категориями скорее геометрическими, чем медицинскими, Тарас представил себе одновременное движение всех трех камней, не забывая однако при этом, что у первого камня путь наружу был самым простым, остальным двум еще предстояло высвободиться из почек в мочеточники. Конечно, вчерашние вибропроцедуры вполне могли их сдвинуть с места, могли даже подтолкнуть второй камень к уретре. Эти краткие рассуждения привели Тараса к мысли о том, что начинать процедуры надо резкими «короткими» вибрациями, а потом, принимая во внимание состояние клиента, временно сменить их менее интенсивными и «длинными», чтобы в финале снова выйти на резкие и сильные вибрации, которые бы и довершили дело.

Лёня уселся на переднее сиденье так привычно и по-свойски, будто Тарас был его бессменным водителем. Тарас завел мотор, старенький «опель» тронулся по мелкому ровному булыжнику, плавно отвалив от бровки.

— Пристегнитесь пока! — попросил Тарас.

Лёня молча пристегнулся.

Тарас, уже нарисовавший в своем воображаемом GPS-карту сегодняшнего «камневыводящего» маршрута — улица Лесная (5—6 прогонов), Лычаковская (4—6 прогонов), Городоцкая (4—6 прогонов) и под конец снова улица Лесная (4—6 прогонов), — уверенно вел машину к выбранной точке старта.

Уловив носом запах бензина, он автоматически бросил взгляд себе под ноги, на резиновый коврик. Потом на мгновение обернулся, глянул на пассажира. Захотелось сказать ему что-нибудь ободряющее, но замершее выражение лица Лёни удержало Тараса от исполнения своих благих намерений.

Построенный в уме план процедур оказался верным. К четырем утра на улице Лесной, недалеко от неровных ступенек на парковую гору, слева от памятника «смайлику» — странной скульптурной конструкции, состоящей из бетонного постамента и немалого размера бетонного шара, на котором чья-то добрая рука нарисовала компьютерную рожицу с улыбкой, раздался «крик освобождения». К радости Тараса, ни одно окно в четырехэтажном желто-оранжевом доме напротив горки не зажглось в ответ на крик Лёни. Рука Лёни, когда тот передавал Тарасу стеклянную банку, дрожала.

— Ну что, завтра продолжим или хватит? — спросил Тарас уже у оперного театра.

Лёня помолчал, задумавшись. Его лицо более не выражало боли — только озлобленную усталость.

— Я помыслю, — сказал он после паузы. — Короче, позвоню, если што надумаю. — И, не попрощавшись, выбрался из машины, захлопнув за собой дверцу.

Тарас проводил его взглядом, потом вытряхнул из банки серый камешек размером с рисовое зернышко на разложенный бумажный носовичок. Промокнул и аккуратно опустил в пластиковый тубус из-под гомеопатических шариков. Захотелось спать. Но неожиданная мысль неприятно взбодрила его: Лёня не заплатил за процедуры! Тарас огорченно покачал головой, взгляд его упал на сиденье Лёни. И огорчение на его лице сменилось удивлением — на сиденье лежила три помятые десятидолларовые купюры. От купюр пахло бензином. Тарас поднес их к носу, понюхал повнимательнее. Действительно, доллары имели запах бензина, но не очень резкий, не отталкивающий. Настроение улучшилось. Вспомнил Тарас о Дарке, о термосе в багажнике, закутанном в большое полотенце и запакованном в сумку, чтобы крепкий, с любовью сваренный кофе не смог пострадать в результате «длинных» и «коротких» вибраций. В этой же сумке, также защищенные от вибрации, лежали две новенькие фаянсовые пепельницы.

А время приближалось к четырем. До гимна Украины было больше двух часов, и только одно могло придать смысл времени, остававшемуся до официального наступления следующего «государственного» дня — свидание с Даркой, с этой загадочной девушкой в длинных матерчатых перчатках, с этой хозяйкой ночных денег, затворенной вместе с деньгами в маленькой кирпичной башне на улице Ивана Франко рядом с трамвайной остановкой.

Старенький «опель» вез своего хозяина на свидание тихо, словно радуясь возможности просто наслаждаться более или менее ровной дорогой, не вытряхивая из пассажиров камни и матерные выражения.

Тарас остановил машину за углом на Костомарова. Он решил появиться внезапно и с термосом в руке. Улица была пустынной. За спиной, подсвеченное специальным фонарем, желтело рекламное пластиковое кресло, укрепленное на углу дома на высоте второго этажа, — креатив хозяев мебельного магазина, расположенного в этом же доме.

Высвободив термос из полотенца, Тарас достал и пепельницы, протер их тем же полотенцем и сунул в карманы куртки — по пепельнице в каждый.

Выйдя на Франко, он удивился, не заметив привычного электрического света, обычно вырывающегося из окошка обменника. Ускорил шаг, ощущая внезапное беспокойство. Остановился у окошка, заглядывая внутрь жадным взглядом.

За окошком горела свеча, освещавшая только собственное пламя. Перепуганный Тарас нервно сглотнул слюну и направил взгляд мимо пламени свечи. В правом углу в полумраке сидела Дарка. Сидела неподвижно.

— Добрый вечер! — прошептал Тарас. — Как вы тут?

Дарка наклонилась вперед, всматриваясь в лицо за окошком.

— Ой, — вздохнула она с облегчением. — Это вы! Слава богу!

— Что-то случилось?

— Электричество пропало, — сказала она тоже негромко, почти шепотом. — Я позвонила хозяину. Он сказал притаиться и ждать. Сказал, что бандиты могли перерезать провода, чтобы я не могла нажать тревожную кнопку...

— А сам он что, приехать сюда не может? — рассердился Тарас.

— Он не в городе, а в шесть меня откроет сменщик. У него ключи.

— Это же не работа! — возмутился Тарас. — Это форменное рабство! Вам нужно искать что-нибудь получше!

— Работа с деньгами — это всегда рабство, — спокойно ответила Дарка. — Но мне нужна ночная работа...

— Кофе? — спросил Тарас, поставив на прилавок с внешней стороны металлический термос.

— Я бы да, с радостью. — Голос Дарки больше не был испуганным, но теперь в нем прозвучала грусть. — Только как?

Тарас усмехнулся, но девушка этого не заметила.

Он достал из карманов новенькие пепельницы, поставил рядом с термосом, наполнил их кофе и аккуратно просунул одну в вырез-нишу для обмена купюрами.

Рука в синей матерчатой перчатке захватила двумя пальчиками черную пепельницу с кофе и затянула ее внутрь.

— Что это, блюдце такое? — спросила Дарка, уже придвинувшись со стулом к окошку. Теперь пламя свечи освещало правую сторону ее лица.

Не дожидаясь ответа, она пригубила кофе. Тарас поднес ко рту свою пепельницу.

— Ой! Да это же!.. — рассмеялась Дарка и смех ее прозвучал удивительно радостно, искренне и звонко, — ...это же пепельница! Кофе табака!!!!

Тарас ощутил момент счастья. Он был виновником ее смеха, ее радости. Молниеносная гордость захватила его. Захватила, подняла над городом и тут же отпустила. И стал он легким и бестелесным, как волшебник или сказочный герой. А лицо Дарки в окошке вдруг засветилось сильнее свечи, и огонь в ее глазах загорелся — веселый и дикий. Пустая пепельница стояла перед ней у горящей свечи, и слово «Venezia» теперь легко прочитывалось.

— Еще кофе? — спросил Тарас.

Дарка кивнула и просунула пепельницу наружу.

Тарас снова наполнил ее кофе. Подал обратно. В спину ему вдруг ударил порыв ветра, и свечка в обменке чуть не потухла. Дарка бросила к ней ладони, закрыла пламя свечи от ветра. Лицо ее враз стало перепуганным.

— Ой, когда свет пропал — тоже такой ветер был. Один порыв ветра, и всё! И птицы кричали странно и громко. Крик у них был похож на хриплый смех! А ведь обычно ночью они молчат! — говорила Дарка, подавшись вперед всем телом и приблизив лицо к внутренней части окошечка, чтобы лучше видеть Тараса.

Ее лицо при мягком освещении свечи казалось одновременно и детским, и иконописным. Даже испуг ей шел, делал по-особенному желанной. Тарасу сразу захотелось ее защитить. Он и стоял тут, как страж, как защитник.

За разговорами они допили кофе, и Тарас охотно предложил съездить домой и заварить еще один термос.

— Нет, не уходите! — попросила она, и Тарас впервые почувствовал себя нужным. — Давайте просто так, без кофе, поговорим. Вы мне уже что-то про себя рассказывали... Вы ведь медик?! Ночью, наверное, на вызовы ездите?!

— На выезды — да! — Тарас кивнул. — Но вообще-то я занимаюсь частной практикой по своей методике. Конкременты вывожу, то есть почечные камни. Это, конечно, тема не застольная... А вы... Вы так интересно одеваетесь! Я раньше только ваши руки видел... В перчатках...

— Ой, только не подумайте, что я — модница! — Голос Дарки снова стал чистым, живым, освободившимся от ноток испуга. — У меня аллергия на деньги... точнее, на денежные знаки и мелочь... Я, когда маленькая была, только возьму монетку или бумажные деньги в руку, так сразу жжение в коже начинается, сначала в пальцах, если я пальцами деньги держу, потом все руки красные по две-три недели и зудят. Страшно больно было! Сейчас я уже научилась. Всё хорошо теперь. Вот, смотрите! — В ее пальцах появилась банкнота в пятьсот российских рублей. Зашуршали деньги, а рука в синей перчатке заиграла пальчиками, заставляя банкноту хрустеть еще громче.

— Как-то я не пойму, — задумался вслух Тарас. — У вас на деньги аллергия, а вы с деньгами работаете!

Дарка пожала плечиками.

— Платят хорошо, да и мне врачи посоветовали ночную работу, чтобы с утра спать ложиться. У меня кожа очень чувствительная, не только на деньги. Когда я вечером ложилась, то долго не могла заснуть, ерзала, с боку на бок переворачивалась и тоже потом пятна красные, зуд... Если б вы не были врачом, я бы вам об этом не говорила...

— Жаль, что я только камнями занимаюсь, — выдохнул Тарас. — Но кто знает?! Может, и я чем-то смогу помочь...

Над обменкой закричала-засмеялась громко незнакомая птица. Потом опустилась прямо на крышу, еще раз резко крикнула-хохотнула, и шумно хлопнув крыльями, взмыла в черное небо.

— Слышали? — в голосе Дарки снова были слышны страх и испуг.

— Не только слышал, но и видел! — совершенно спокойно сказал на это Тарас. — Ворона! Только, кажется, белая!

— Ворона?! — удивилась Дарка. — Вороны так не кричат... Вороны каркают! Да и ночью они спят. В Стрыйском парке. А утром летят на свалку в Грибовичи.

— Откуда вы всё это знаете? — удивился Тарас. — Вы что, следите за воронами?

— Они над нашим домом летают и в детстве так летали, через весь центр. Вечером в парк, а рано утром — на свалку! Их же тут тысячи!

Тарасу даже не пришлось оправдываться за свое вранье. Не разглядел он эту птицу, только ее окраску, но была она, кажется, больше обычной вороны. Однако Дарку этот вопрос вдруг перестал интересовать. Она вспомнила свое детство. И стала о нем рассказывать. Кофе забылся, вкус его, как и тот заряд бодрости, который дает кофеин, улетучился с языка. Усталость начинала одолевать, и противостоять ей становилось Тарасу всё сложнее и сложнее. Однако уйти без разрешения Дарки он не мог, не смел. Это было обычное «джентльменское» исполнение долга.

Около половины шестого напротив обменки остановилась белая «Лада», из нее вышел мужчина лет пятидесяти в очках, в кожаном пальто.

— Отойдите от окошка! — сказал он строго Тарасу.

— С какой стати? — возмутился Тарас.

— Тарас, отойдите, — из обменки донесся голос Дарки. — Это Орест Васильевич, он меня откроет!

Тарас сделал несколько шагов в сторону. Проследил за человеком в очках. Тот обошел левое окошко постройки, над которым висела табличка «Ремонт часов», в его руке звякнули ключи. Внезапно окошко обменки наполнилось светом — снова загорелась лампочка. И тут же свет появился в двух-трех окнах дома напротив.

— Ну вот, теперь всё хорошо, — произнесла Дарка, внезапно оказавшись рядом вместе со сменщиком. Она выглядела невысокой, миниатюрной, лакомой.

— Так, может, вас домой подвезти? — предложил Тарас.

Дарка бросила взгляд на мужчину, приехавшего на «Ладе», помедлила с ответом, но потом отрицательно мотнула головой.

— Орест Васильевич лучше дорогу знает.

Она кивнула на прощанье, села в белую «Ладу», и унесла ее машина куда-то вдаль по пустынной улице.

Поднимаясь на свой второй этаж усталой походкой, задумчивый Тарас чуть было не наступил на пятую ступеньку. В последний момент удалось ему из последних сил податься вперед всем телом и перенести правую стопу на следующую, шестую ступеньку.

Уже сквозь сон он услышал из радиоточки звуки гимна. На лице улыбка появилась. И вдогонку мысль пролетела об их с Даркой сходстве — оба ведь ложились спать очень уставшими и рано утром. А значит, оба спали крепко.

За окном уже вовсю шумела жизнь, громыхали грузовики, машины. Стучали по тротуару подошвы дешевых ботинок. Город ожил и издавал тысячи звуков, не способных проникнуть в глубокий сон Тараса.

Глава 13

Далеко за полночь Алик шел по Замарстиновской к себе домой, на свой личный, маленький и уютный край города Львова, где во дворике, который он делил с пятью полными и не полными семьями, не было ни одной собаки. Отсутствие собак позволяло приходить домой в любое время, не тревожа ни тишину, ни сон соседей.

Настроение было легкое и романтическое. Именно с таким настроением он выполнил свои служебные обязанности «левого» осветителя в театре оперы и балета, а именно — осветил со своей рабочей ложи левой стороны зала мощным прожектором симпатичную постановку «Веселой вдовы» Оффенбаха. В антракте посмеялся с дамами-гардеробщицами, угостившими его чаем из термоса. Пару раз улыбку на его лице вызвали уже не раз виденные сценки из оперетты. Для него эта оперетта несла как бы двойной смысл. Видел он в ней больше, чем обычный зритель, потому что, зная актеров и актрис и их между собой отношения, улыбался он еще и тогда, когда актеры по велению случая и Оффенбаха вдруг начинали играть самих себя. Бывшие реальные возлюбленные талантливо играли опереточных возлюбленных, но в их глазах в это время вспыхивали совсем не театральные искорки. С высоты боковой осветительной ложи, конечно, «прочитать» глаза актеров мог только Алик. Неосведомленному зрителю куда интереснее казались яркие костюмы, жесты, фразы.

Мимо пронеслась «скорая помощь» с синей мигалкой, но без сирены. Порыв ветра от промчавшейся машины чуть не сорвал с головы Алика его любимую кожаную широкополую шляпу. Синие отблески виднелись впереди даже тогда, когда машина уже скрылась из виду. Темное небо насупилось. Алик почувствовал, как оно опускается ниже, словно хочет именно в него попасть дождем или ливнем. Прибавил шагу. Его шаги, создававшие в ночной львовской тишине единственный ритм, зазвучали чуть громче.

Впереди показался очередной перекресток со светофором. Когда Алик приблизился к нему, светофор включил красный сигнал, и Алик остановился. И лишь тогда заметил, что идет он по проезжей части дороги. Хоть и по краю, но по проезжему краю. И, особенно не задумываясь, но где-то подспудно ощущая себя собственным транспортным средством, он дождался зеленого сигнала и только после этого быстро перешел пересекающую его путь улицу.

Этот путь и именно в это время он проделывал сотни раз. Человек создает себе маршруты и потом всю жизнь следует им. И если маршрут меняется не по его воле, то чувство возникающего дискомфорта может равняться по последствиям серьезному заболеванию.

Вот и сегодня, а точнее, вчера поздним вечером, после работы в театре он отправился на Грушевского к своей давней подруге, и с ней они просидели за кухонным столом и разговорами почти до двух ночи. Ночное время «заговаривается» быстро и незаметно. Оно не идет, как часы. Оно присаживается с вами рядом за стол и оказывается тем невидимым третьим, который хранит удовольствие вашей беседы, позволяет расслабленно углубиться в воспоминания. Оно никогда не торопит.

Но когда беседа уже позади и человек вышел из уютного частного мирка в менее уютный общий, к тому же ночной и вот-вот готовый разродиться дождем, тогда уже время торопит и никуда от него не деться, потому что вместо тикающих стрелок стучат подошвы по булыжнику или асфальту и человеку, как особому часовому механизму, позволяется ускорять свое движение, ускорять свое собственное время как для обычной безопасности, так и просто для быстрейшего перехода в свой следующий уютный частный мирок.

Где-то высоко над головой Алика раздался странный шум, и Алик поправил широкополую кожаную шляпу, насадил ее на голову покрепче, чтобы внезапный порыв ветра ее не сорвал.

Впереди, метрах в десяти, на дорогу упало что-то грузное и темное. Алик приостановился. Через минуту подошел осторожным шагом и присел на корточки над распластанной на асфальте большой мертвой вороной. Ее черная головка была в крови. Бросив встревоженный взгляд в темное небо, Алик поднялся, обошел неподвижную птицу и продолжил свой путь. Только легкие мысли и ощущения оставили его. Тишина ночного города была теперь созвучна тишине в его голове. Он только отметил мысленно, что до его дома еще минут пятнадцать ходьбы.

Увидев свою калитку и свой ближний к дороге одноэтажный домик, который он делил со своей мачехой, Алик обрадовался. Еще пару минут, и он зайдет в свой флигелек, комнату-пристройку с двумя окошками: одно на огород мачехи и на деревянную будочку туалета и второе — на узкий проход между домом и несколькими пристроенными друг к другу кирпичными сарайчиками. Если выйти из его жилища, повернуть налево, а потом сразу направо и вверх, то можно подняться по тропинке на горку, где усилиями его и его друзей была обустроена площадочка для шашлыков с деревянными столиком, скамейками и навесом от дождя.

— Добрый вечер! — прозвучал за спиной Алика мужской полушепот, когда его рука уже взялась за верхний край калитки.

Алик напряженно замер. Оглядываться не хотелось. Вспомнились лихие семидесятые-восьмидесятые и досаждавшие ему представители внутренних органов — милиционеры, гэбисты, появлявшиеся совершенно неожиданно и иногда так же игриво и издевательски вежливо говорившие неуместные случаю слова приветствия.

— Кто это? — спросил Алик, не оборачиваясь и не трогаясь с места.

— Рябцев, капитан Рябцев, — ответили из-за спины уже нормальным, не приглушенным голосом, и интонация теперь оказалась подчеркнуто приветливой.

Алик обернулся. Перед ним стоял его бывший «куратор» из КГБ.

— Что вы здесь делаете? — удивился слегка раздраженно Алик. Просительное выражение лица бывшего гэбиста навело Алика на мысль, что Рябцев пришел попросить в долг денег. От этой мысли Алик улыбнулся — более смешного адреса для одалживания денег, чем Замарстиновская, 270, во Львове и быть не могло.

— Я ж не с пустыми руками, — Рябцев показал взглядом на старомодный черный портфель-дипломат в правой руке.

— А там что? — подозрительно поинтересовался Алик, вспомнив о недавнем недвусмысленном заявлении Рябцева на Лычаковском кладбище.

Рябцев слегка встряхнул дипломатом, и оттуда донеслось звяканье стекла.

— Бутылочка, — сладко произнес ночной непрошеный гость. — К разговору...

— Ладно. — Алик вздохнул, открыл калитку и пропустил Рябцева вперед.

Тот, словно был частым гостем у Алика, тут же прошел за дом, повернул налево и остановился у узкой дверцы, заклееной плакатами, наклейками и различными памятными этикетками прошлого века.

В маленькой комнатке вспыхнул свет. На стенах ожили старые фотографии.

— Тут ничего не поменялось! Просто удивительно! — вырвалось у Рябцева.

— А вы разве у меня бывали? — удивился Алик, засовывая свою шляпу на верхнюю полку вешалки в коридорчике.

— Конечно, бывал, но в ваше отсутствие... Извините, так уж тогда положено было. Сами вы меня не пригласили бы... А мне тут у вас нравилось! — И Рябцев прошел к дивану у левой стены и уселся на него без приглашения. Уселся и словно пощупал его худой задницей, проверяя на упругость.

— Чай? Кофе? — вежливо спросил Алик.

— Что вы, что вы! Не беспокойтесь! Я всё с собой принес! — Рябцев поднялся, раскрыл портфель-дипломат и выложил из него на стол бутылку водки, консервированный салат из морской капусты, хлеб, колбасу.

Алику ничего не оставалось, как заняться сервировкой стола. Радовало одно: не надо было выдвигать столик от окна на середину комнатки.

Рябцев больше не вызывал у Алика раздражения. Как-то слишком легко он вписался в микроландшафт этой комнатки, словно специально уменьшившись в размерах, чтобы не выделяться на фоне предметов жизненного обихода. Так же легко и по-свойски он воспользовался садовым умывальником, висевшим в левом углу над тумбой-раковиной, внутри которой стояло обычное ведро для воды. Тут же он вытер руки о полотенце, висевшее на гвоздике слева от умывальника. И уже сидел в позе «всегда готов» за столиком, на который хозяин выкладывал не спеша рюмки, тарелки и вилки.

— Вы не подумайте, что я хотел вас напугать! — Рябцев взял в руку наполненную рюмочку. — Иногда просыпается давний инстинкт. Поэтому и «добрый вечер» шепотом в затылок... Понимаете! Я ведь совсем не такой... Да и меня к вам привело серьезное беспокойство... У меня ведь тут никого нет... Вы, да еще парочка старых коллег, с которыми изредка вижусь... А голова работает, информацию обрабатывать меня научили хорошо, а с обработанной информацией больше идти некуда и не к кому...

— А в СБУ? — пошутил Алик, поднося свою рюмку ко рту.

Рябцев отмахнулся левой рукой.

— Дела ведь серьезные... Давайте выпьем!

Они выпили, Алик вывалил себе на тарелку морской капусты. Давно он ее не ел. Должно быть, с советского времени. Тогда, в последние годы советской власти, морская капуста продавалась везде и была почти единственными не дефицитным продуктом. И тогда же он, Алик, наелся ее лет на тридцать вперед. Но вот сейчас, этой ночью, оказалось, что не на тридцать, а на двадцать! И вкус ее освежил язык после того, как пролилась по нему рюмка водки.

— У меня, Алик, уже многие годы бессонница. Брожу ночами по городу, думаю, вспоминаю. И вот в последнее время что-то в городе не так... Что-то происходит...

Алик пожал плечами.

— В городе всегда что-то происходит и часто что-нибудь не так, — выдохнул он.

— Нет, я не о самом городе... Я о другом... Такое ощущение, что вот-вот произойдет катастрофа. Природная катастрофа. Землетрясение или потоп...

— Потоп? В городе, где постоянно не хватает воды и где нет речки?!

— Я сейчас объясню, — Рябцев выдержал паузу. — Несколько раз за последнее время во время моих ночных прогулок по городу я попадал в места, где в воздухе вдруг появлялся отчетливый запах моря, запах йода и водорослей. И я ясно слышал крики чаек. В это время воздух как бы дрожал, понимаете. Становилось не по себе...

— Мистика, — задумчиво произнес Алик.

Рябцев кивнул и снова наполнил рюмки.

— Да, мистика... Но мой старый товарищ, тоже любитель ночных прогулок, рассказывал мне такие же вещи! Я порылся в книгах и, конечно, сразу нашел информацию о том, что здесь раньше было дно доисторического Карпатского моря. То есть мы живем на дне! Это, конечно, и нынешней ситуации в стране созвучно, но я не о политике! Я тогда подумал — а что если это море возвращается, поднимается из-под земли, просачивается?! Оно же было соленое! А подниматься оно может и грунтовыми водами, и источниками. Город, конечно, застроен, забетонирован. Вода может упираться в подвалы, в фундаменты, но там, где она находит выход, она выходит наружу и оставляет этот йодистый соленый запах. Мой товарищ с моими выводами согласен... Карпатское море хочет, чтобы мы снова стали дном!

Алик усмехнулся.

— У нас лет восемь назад во дворе появился источник, — сказал он. — Я вам сейчас налью!

Он взял с печки ведро с водой, наполнил стакан и протянул Рябцеву.

Рябцев попробовал, посмаковал во рту сладковатую мягкую воду.

— Не соленая? — спросил Алик.

Капитан отрицательно мотнул головой.

— Но что-то точно происходит! — упрямо сказал он. — Я это чувствую... Вы не думайте, что это шутка... Что-то не шуточное происходит!!!

Натолкнувшись на недоверие к своей теории со стороны длинноволосого хозяина флигелька, Рябцев сник и перестал быть разговорчивым. Так, довольно быстро, встреча-застолье подошла к концу.

— Может, вам вызвать такси? — спросил Алик.

— Не надо, у меня «piaggio» в кустах, — ответил Рябцев.

— В кустах?

— У пруда. Мне ведь на Сыхов, тоже не ближний свет! На такси с моей-то пенсией дорого!

Алик проводил гостя через дорогу к пруду. Там Рябцев сел на свой мотороллер, поразивший убежденного хиппи своим ярким желтым цветом, и обернулся.

— В следующий раз вы — ко мне! — сказал он. — Вы же у меня никогда не были!

Алик кивнул.

— Я позвоню! Скоро позвоню! — пообещал Рябцев и уехал.

Алик остался на берегу пруда. Воздух был влажен, и свеж, и тяжел. И показалось вдруг Алику, что действительно пахнет тут морем и йодом. Он оглянулся по сторонам, подышал носом, пошевелил во рту языком. На языке всё еще ощущался вкус морской капусты.

«Отсюда и иллюзия запаха! — подумал Алик. — Он, наверное, эти водоросли каждый день ест! Они ведь дешевые!»

Глава 14

К обеду Тарас проснулся. На губах яркий, но воображаемый привкус женской помады с малиновым ароматом — приснилось, что Дарка несколько раз целовала его в губы, при этом не прикасаясь к нему своими руками в длинных матерчатых перчатках.

На улице шумно и светло. Выглянуло солнце, и его лучи пробивались через щель в занавеске, падая на старый протертый паркет комнаты.

Тарас, умывшись, вспомнил о рыбках и тут же насыпал им корма, после чего задумался о том, что и ему бы обеденный корм не помешал. Но прежде чем отойти от подоконника, зачерпнул ладонью воды из аквариума и обрызгал ею стоящие рядом кактусы.

Пока разглядывал освещенные внутренней лампочкой просторные недра холодильника, до его ушей донесся визг пятой ступеньки. Слух резануло так, что он скривил губы. И с сочувствием вспомнил о Ежи, который всегда воспринимал «вскрик» этой ступеньки как личное оскорбление. Несколько мгновений Тарас ожидал звонка в дверь, но, как ни странно, звонка не последовало. Значит, некто, не знающий музыкальных тонкостей старинной деревянной лестницы их парадного, поднялся этажом выше, где между небом и землей, на третьем этаже проживала парочка пенсионеров, время от времени дышащая свежим воздухом на балконе своей квартиры. Еду им приносила социальная работница, знавшая о «пятой ступеньке». Возможно, в этот раз ее кто-то заменял?!

От размышлений отвлек звонок мобильного.

Бодрый голос Лёни сообщил, что он готов к процедуре по выведению последнего, третьего камня.

Тарас, услышав о решимости пациента, замер.

— Может, в другой раз? — предложил он после паузы. — Вы уже две ночи подряд напрягались... это всё-таки не легко.

— Бог троицу любит, — упрямо заявил Лёня. — Давайте! Я доплачу...

— Бог имел в виду другую троицу, — проговорил Тарас задумчиво. — Перезвоните, пожалуйста, часиков в шесть. Я пока себя неважно чувствую. Если вычухаюсь, то поедем!

— Я позвоню! — твердо пообещал прямолинейный клиент.

Тарас закрыл форточку на кухне, и тут же в помещении стало тише и уютнее. Присел за стол, вспомнил о своем желании что-нибудь съесть и сразу же услышал бодрый дверной звонок.

Судя по тому, что «пятая ступенька» перед звонком промолчала, пришел кто-то из своих. Скорее всего, Ежи. Догадка не вызвала у Тараса радости. Он не спеша прошел в коридор.

— Привет, Тарасик! — В открытую дверь впорхнула Оксанка. — Я тут мимо проезжала, дай, думаю, загляну в твой холодильник!

И подруга направилась в кухню с синей хозяйственной сумкой в руке. Щелкнула, открываясь, дверца холодильника.

— Я так и думала! — прозвенел строгий голос Оксаны. — Ты хочешь себя до язвы довести?!

Когда Тарас зашел на кухню, Оксана уже перегружала продукты из сумки в холодильник.

— Вот это, — она показала супермаркетовскую упаковку телячьих ребер, — для супа! Помнишь, как варить суп?

Тарас кивнул. Он действительно помнил, ведь Оксана ему раза четыре показывала, заставляя устно повторять всю последовательность действий.

— Так, с тебя восемьдесят пять гривен! Вот чек! — сказала она, выпрямившись и стоя напротив.

Тарас полез в карман за деньгами. Пока вытаскивал, Оксана успела сходить в комнату и вернуться с довольной улыбкой на лице.

— Молодец, что про рыбок не забываешь! Я, кстати, тебе рассказать кое-что хотела!

— Может, присядешь? — предложил Тарас.

— Нет, спешу! У нас через час репетиция, новые номера будем учить... Так вот, прошлой ночью была магнитная буря! Такой силы, что в центре города свет пропал! А на Франко в одном доме — два самоубийства, представляешь?! И еще по радио передавали, что Львовэнерго сообщило, будто не было никаких аварий и электричество поставлялось бесперебойно! Понимаешь?

Тарас отрицательно мотнул головой.

— Ну, все счетчики показывали, что электричество поставляется, а на самом деле в центре города его несколько часов не было! Это значит, что эта магнитная буря на себя энергию перетянула... Ой, ты постригся! — Оксана обратила внимание на волосы Тараса. — Молодец! Хорошая стрижка! Наверное, влюбился! — хитровато улыбнулась она.

Тарас едва заметно кивнул и тут же покачал головой, словно стараясь отменить свой кивок. Однако Оксана этого не видела. Она выглянула в окно.

— Так, мне пора! — Гостья шагнула к двери, но остановилась и снова обернулась к хозяину квартиры. — Твой сосед меня на кофе приглашал! А я его не узнала сначала! У вас с ним всё в порядке?

— Да.

— А ступеньку он починил?

— Нет.

— Передай ему привет и напомни о ступеньке! Он обещал плотника вызвать!

Оксанина «Чебурашка» отъехала от парадного, и Тарас вздохнул с облегчением. Ураган промчался, не очень-то задержавшись и ничего не разрушив!

Приготовление простенького супа на телячьих ребрах возвратило Тараса к состоянию комфортного покоя. А съеденная тарелка супа подняла настроение настолько, что даже мысль о том, что и сегодня ночью, возможно, придется возить пахнущего бензином клиента из Сумской области, не испугала Тараса.

«У него же было три камня, два теперь у меня в коробочке. Надо и третий забрать... Бог троицу любит!» — подумал с усмешкой хозяин квартиры.

Глава 15

Алик сидел на скамейке в скверике у Пороховой башни. Сидел задумчиво. После беспокойного короткого сна, вызванного рассказами капитана Рябцева, ему захотелось выбраться в центр города, хотя особой нужды в этом не было. Но у старого хиппи слова «нужда» и «необходимость» в мыслях возникали редко. Причесав свои длинные прямые волосы перед квадратным зеркалом на стене, он оделся в джинсовую униформу, не нуждавшуюся в глажке, и вышел на улицу.

Солнце на небе не светило, но посвечивало, перебиваемое облаками. На первых порах, шагая в сторону центра, Алик принял его посвечивание за тепло, но вскоре налетел прохладный ветер и Алик вспомнил, что свою надежную широкополую шляпу забыл дома. Однако возвращаться не стал.

Еще несколько раз макушкой головы он ощущал в дороге солнечное тепло, но о шляпе уже не думал. Думал о кафешке на Армянской — единственной, сохранившей с давних времен атмосферу доступности и «самости»: это когда сам подходишь к барменше, сам заказываешь, сам платишь и сам уносишь к своему столу заказанное. Алику не нравились кафе с официантами. Когда-то он понял, что в стране подготовили слишком много официантов и для них не хватило рабочих мест в ресторанах. Тогда-то они и хлынули в кафе, поднимая цены на кофе и ожидая чаевых. После этого кафешки стали «цукернями», «шоколадницами» и прочими гламурными заведениями для клиентов, уважающих польские слова «шляхта и шляхетно» и примеряющих их на себя. И Алик покидал одно за другим эти заведения, оставшись в конце концов постоянным клиентом «Армянки». Круг «не шляхетных» любителей кофе сужался и в финале мог легко разместиться за несколькими столиками этого кафе на Армянской улице.

Вот и сегодня первым делом Алик выпил там два кофе по-восточному, пятьдесят грамм ликера, а после этого отправился к Пороховой Башне. Сидение в скверике у башни успокаивало и мысли, и нервы, и взгляд. Тут никто никуда не спешил. На соседних скамейках расположились обычные львовяне — и пожилые, и молодые. Две мамы толкали вдоль аллеи коляски с младенцами, о чем-то мирно беседуя. Лысый толстячок зрелого возраста в синем спортивном костюме выгуливал подстриженного пепельного пуделя. Собака всё время оглядывалась на хозяина, словно хотела ему сказать нечто приятное.

Этот день Алик решил провести медленно. На работу в театр надо подойти к шести вечера. Через часок-другой он сходит где-нибудь перекусить — благо, дешевые забегаловки на каждом шагу. А пока можно расслабиться и послушать птиц.

Алик посмотрел на высокие кроны деревьев, усеянные омелами. Прислушался. До ушей донесся шорох краснеющих осенних листьев.

Опустил взгляд под ноги. Задумался. Вспомнил Святый сад, в котором провел столько прекрасных часов, вспомнил хипповскую молодость, плавно перешедшую в хипповскую зрелость, песни, гитары, длинный самодельный провод-удлиннитель, протянутый от студенческой общаги прямо на их полянку в саду. Вспомнил милиционера, дежурившего у входа в обком партии, располагавшийся в каких-то пятидесяти метрах от их гнезда, от их травы, от их вселенской любви. Милиционеры всегда жили не по любви, а по уставу. Поэтому и возникали конфликты, поэтому рвались удлинители, с помощью которых группа «Супервуйки» делилась музыкой и песнями с не доросшим до вселенской любви окружающим миром. Что изменилось с тех пор? Хиппи ушли, милиционеры остались. Остались и бывшие гэбисты, которым, как оказалось, вселенская любовь была не такой чуждой, но, будучи хитрее и умнее милиционеров, они прятались под уставом, как прятали свою службу под гражданской одеждой, а внутри некоторые из них были не прочь присоединиться к этой неодобряемой партией и правительством вселенской любви. И, если верить рассказам Рябцева, присоединялись с риском для карьеры, а может быть, и для жизни!

Негромкий шум отвлек Алика от размышлений. Он поднял голову и увидел, что к третьей скамейке от лестницы, по которой можно было подняться от трамвайных путей к Пороховой Башне, сходятся бомжи с сумками и пакетами в руках. Одни только подтягиваются, а другие уже стоят и о чем-то живо разговаривают. Собрание бомжей как-то направило мысли Алика в другое русло. Вспомнилась конституция с ее правом на собрания. Алик улыбнулся. «Всякая тварь Божья собираться любит», — подумал он. И возникли снова в зрительной памяти их хипповские «собрания» тут же рядом, в саду. Промелькнули подогретые летними солнечными лучами скопления красных клопов-солдатиков на пеньках в лесу за его домом, виденные когда-то по черно-белому телевизору съезды партии с тысячами одетых в одинаковые темные костюмы человекоподобных клопов-солдатиков. И тут же следом вынырнули тоже виденные по телевизору в детстве марширующие солдатики, совершенно обычные, не клопы.

А бомжи прибывали, и уже видел Алик, что есть среди них и не бомжи, а просто слегка ободранные жизнью и обществом старушки и старички, обладавшие другой походкой и другими движениями тела, движениями, которые словно подсказывали, что эти старички и старушки имеют печку или плиту, имеют стол, за которым сидят. У бомжей такие движения отмирают за ненадобностью.

На аллее вдруг появилась машинка-«пирожок», белая, с надписью «Оселя». Остановилась у этой же третьей скамейки, только заехала на траву. Собравшаяся объединенная внешним неблагополучием публика выстроилась в очередь. Возле машины появились и прилично одетые люди — девушки и женщины. Они обошли очередь, уже насчитывавшую человек двадцать пять. Остановились, объяснили что-то стоящим. Задняя двойная дверца машины распахнулась, и по очереди пробежала волна оживления.

Алик с интересом продолжал наблюдать за происходящим. Он даже забыл о том, что минуту назад уже хотел встать и пойти в какую-нибудь забегаловку перекусить.

Он смотрел на очередь, на лица людей, не замечая, что симпатичная круглолицая дама, одетая в джинсы и в короткую синюю дутую курточку, внимательно смотрит на него. У нее на груди висел на ремешке фотоаппарат с большим объективом. Отвлекшись от Алика, она несколько раз сфотографировала очередь и девушек, которые, стоя у открытого багажника машины, наливали в одноразовые пластиковые мисочки горячий суп из бидона-термоса. Третья девушка выдавала получившим суп одноразовые ложки и черный хлеб.

Алик, задержав взгляд на машине и собравшихся около нее людях, задумался о человеческих ценностях, о простых и важных вещах. О любви и тепле, о цветении деревьев, о мягкой траве, о бабочках и детях.

— Зря вы стесняетесь подойти! — раздался над его головой сильный женский голос. — С каждым ведь может случиться!

Он поднял голову и увидел перед собой симпатичную круглолицую женщину с фотоаппаратом, в руках она держала одноразовую миску с горячим супом.

Алик и не заметил, как миска оказалась у него на коленях, а в руках теперь он держал хлеб и ложку.

— Кушайте! — Женщина присела рядом, не сводя с него добрых зеленых глаз. — Вы, наверное, первый раз сюда пришли...

От неожиданности появления этой женщины у Алика пропали слова. Он только отрицательно мотнул головой, тоже не сводя с нее глаз.

— Вы кушайте, кушайте! Суп гороховый, не из концентрата! На копченых ребрах. Вкусно, — говорила она, и голос ее становился мягче и задумчивее, словно она вот-вот замолкнет и сама погрузится в какие-нибудь размышления и воспоминания. — На второе у нас пюре с сосиской. И компотик!

Взгляд женщины вдруг стал строгим, как у воспитательницы в детском садике, и Алик, понимая, чего от него хотят, стал с аппетитом поглощать горячий суп.

На лицо зеленоглазой женщины с кудрявыми короткими волосами вернулась улыбка. Она спокойно краем глаза наблюдала за обедавшим, успевая думать и о чем-то своем.

Как только одноразовая миска опустела, женщина взяла ее с колен Алика, забрала и ложку и, сказав: «Я сейчас! Мы мусор с собой увозим!», отошла.

Озадаченный Алик проводил ее взглядом и буквально через минуту этим же взглядом встречал ее приближение. На его колени опустилась одноразовая тарелочка с пюре и сосиской. Из пюре торчала пластиковая вилка.

— Как вас зовут? — удивленно спросил Алик.

— Оксана.

— А я — Алик.

— Вы кушайте, пока горячее!

Алик кивнул и принялся за второе.

А Оксана, женщина с зелеными глазами, продолжала на него смотреть, и в ее взгляде прочитывалась искренняя жалость, сочувствие чужому горю.

— У нас в Винниках и горячий душ есть, и стиральная машина! — заговорила она после паузы. — Приезжайте! Постираетесь, помоетесь. Вы, наверное, совсем недавно на улице...

— Да я утром сюда пришел, — начал было Алик, но взгляд Оксаны снова стал строгим, как у воспитательницы, и он замолк, вернувшись к горячему пюре и сосиске.

— Я могу вас к бесплатному парикмахеру записать, тут недалеко, — снова сказала Оксана, посмотрев на его длинные волосы.

— Не надо, — прожевывая кусок сосиски, выдавил из себя Алик.

— Вам не нужно стесняться вашего положения, — Оксана произнесла мягко, с интонацией фронтовой медсестры. — Запомните! Мы здесь по четвергам с часу дня! Я вам сейчас компот принесу.

Круглолицый ангел по имени Оксана исчез и снова появился с пластиковым стаканчиком.

Она ушла, дождавшись, когда Алик доест второе. Одноразовую миску и вилку унесла с собой, стаканчик попросила выбросить в урну и на память оставила листовочку с адресом и телефонами бесплатного горячего душа и стиральных машин в Винниках.

Алик долго пил сладкий вишневый компот. Пил и снова думал о мелких ценностях и ценных мелочах обычной человеческой жизни. Листовочку с адресом он сложил вчетверо и сунул в карман джинсовой куртки. Посмотрел на свои джинсы, которые всегда ценил в том числе и за то, что грязь на них была практически не видна. «Может, действительно постирать их?» — подумал, прежде чем подняться со скамейки.

Прочь от него по аллее уезжала белая машина-«пирожок» с надписью «Оселя». Человеческое собрание, возникшее вокруг этой машины, тоже рассасывалось, рассыпалось, рассредотачивалось, расходилось. Уже поднявшись, Алик поискал глазами Оксану, но ее среди остававшихся возле третьей скамейки не было.

Глава 16

По внешней стороне кухонного окна медленно сползали крупные капли вечернего дождя. Тарас залил свежесваренный кофе в металлический термос, плотно закрыл пробкой, затем накрутил крышку-чашку. Теперь, когда он пил или варил кофе, он не мог не думать о Дарке, о ее веселых глазах, очаровательных странностях. Думать о Лёне, которого он этой ночью увидит в третий и в последний раз, не имело никакого смысла. Лёни приходят и уходят, а Дарка остается в своем ночном обменнике на улице Ивана Франко, за маленьким окошечком с узенькой нишей для обмена одних купюр на другие.

Еще ни об одной женщине не думалось Тарасу в жизни так легко и приятно. Нет, в его жизни было достаточно романтических приключений, но дамы ему попадались, как ни странно, только двух типов: молчаливо-томные, чего-то от него ждущие и любящие держаться за руку во время прогулки, и стервы, которые всегда чего-то требовали и громко хотели, из-за чего отношения у Тараса с ними оказывались удивительно короткими, а конец этих отношений всякий раз приносил ни с чем не сравнимое душевное облегчение и мысли о невероятной ценности одиночества как образа жизни. Ему приходилось выбирать между молчанием и криком, хотя разве это выбор? После очередной стервы Тараса очаровывало томное и многозначительное молчание какой-нибудь задумчиво-флегматичной красавицы, и он брал ее за руку и вел в кафе, и она шла, легко и безоговорочно подчиняясь выбранному им направлению движения. Нет, о них, об этих прежних спутницах его романтических прогулок, ему не хотелось сейчас думать. Только о ней, о Дарке, словно именно ради встречи с ней ему надо было носиться на старой машине по самым ухабистым улицам Львова, вытряхивать из своих пассажиров почечные камни-конкременты, получать от них же за свою медицинскую изобретательность и за труд денежные купюры и только потом ехать к ней, спрятавшейся в глубине обменника, к ее горящему ночью окошку, за которым таились не столько денежные знаки разных народов, сколько она сама, Дарка, волшебница в цветных до локтя перчатках. И он приезжал в самые ранние предрассветные часы, и просовывал в нижнюю прорезь окошка заработанные купюры, словно отчитываясь перед ней за очередную трудовую ночь своей жизни.

К полуночи, когда Тарас подъехал к оперному театру, дождь уже прекратился. Перед входом в театр стояла одинокая фигура в сером плаще и такой же серой кепке. Тарас, не выходя из машины, понаблюдал за Лёней. Потом выбрался, окликнул его, и клиент зашагал к старому «опелю» мельтешащей, не львовской походкой, что заставило Тараса снисходительно улыбнуться. Он даже успел представить себе, будто походка Лёни была типичной походкой жителей городка Ворожбы, откуда Лёня прибыл. И тут уже, представив себе улицу неведомого ему города, заполненную вот так странное шагающими по своим делам лёнями, Тарас рассмеялся.

— Чего? — спросил удивленный Лёня, остановившись у машины.

— Да так, анекдот вспомнил, — соврал Тарас и, тоже не поздоровавшись, уселся на свое сиденье.

Следующие три часа тянулись удивительно медленно, несмотря на скорость, которую развивал старенький «опель» по булыжнику Городоцкой, Лычаковской и Зеленой. Несколько раз Лёня вскрикивал, бросал руки в пах, просил остановить машину. Но последний камень держался, как последний боец Брестской крепости. Только после нескольких коротких проездов по ямам Лесной улицы на бледном лице Лёни загорелись неким электрическим светом глаза. И Тарасу показалось, что в салоне вдруг стало светло. Лёня и сказать ничего не смог, а только его рука вдруг ухватилась за правое плечо Тараса, и тот всё понял. Он ударил правой ступней по педали тормоза и тут же выключил двигатель. Машина дернулась и остановилась. Внезапная тишина ударила в уши. Лёня застыл, и лицо его замерло с поджатыми тонкими губами и чуть вперед выдвинутой челюстью. Его тонкий нос, казалось, заострился еще больше.

Тарас протянул ему стеклянную банку. Лёня не пошевелился, только движение его зрачков подтвердило то, что банку он заметил. Несколько мгновений спустя он отмахнулся от банки дрожащей рукой, потом этой же рукой открыл дверцу машины и просто отвернулся от водителя, переставив сведенные вместе ноги на порожек машины. И снова замер.

Озадаченный Тарас опустил банку себе на колени и терпеливо ждал.

Через несколько минут Лёня качнулся вперед и слез с сиденья. Он теперь стоял перед машиной спиной к водителю. Его движения были скованны. Тарас наблюдал, как клиент расстегивает плащ, наклонив голову книзу, как возится с «молнией» брюк.

Время остановилось, и затянувшаяся пауза начинала действовать Тарасу на нервы. Наконец Лёня повернулся к водителю лицом. Он стоял, левой рукой прижимая к груди борт расстегнутого серого плаща. Правую руку он протянул Тарасу, и на ладони Тарас увидел серый камешек, крупнее обычного. Взял его и опустил в банку, лежавшую на коленях. Камешек цокнулся о стекло, и снова стало тихо.

— Я обоссался, — надрывным шепотом с нотками трагедии проговорил Лёня. — Как пацан...

— Бывает, — мягко произнес Тарас. — Это из-за камня...

Леня едва заметно кивнул.

— Можно сесть? — он показал взглядом на свое сиденье.

И, не дожидаясь ответа, медленно уселся. Потом вытащил из кармана плаща тысячу российских рублей одной бумажкой, протянул Тарасу.

— Куда отвезти? — спросил Тарас.

— А куда отвозят обоссанных?! — с горечью сдавленным голосом сказал Лёня. — На вокзал!

Тарасу снова показалось, что от клиента пахнет бензином.

Уже на привокзальной площади, перед тем как выйти из машины, Лёня поблагодарил Тараса и сказал, что если тот когда-нибудь будет проездом в Ворожбе, он ему подарит полный бак настоящего «девяносто пятого».

— У нас в городе море бензина, — похвастался он. — Через нас цистерны из Беларуси и Литвы идут, мы из каждой по несколько тонн сливаем! Тем город и живет!

Тарас проводил Лёню взглядом, пока тот поднимался по ступенькам ко входу в вокзальное здание. Лёня шел мелкими шажками человека, ощущающего физиологический стыд и физическое неудобство из-за своих мокрых брюк.

«Хорошо хоть на нем есть плащ!» — подумал напоследок Тарас, перед тем как нажать на педаль газа.

Через двадцать минут он уже был у любимого ночного окошка, за которым горел свет и улыбалась Дарка, а ее руки, в эту ночь — в темно-синих перчатках, просовывали в прорезь для купюр чистенькие черные пепельницы с надписью золотого цвета: «Venezia». Потом они пили кофе из этих импровизированных «блюдец», каждый по свою сторону обменного окошка. И говорили, говорили ни о чем и о себе, слушали голоса друг друга. Разговор сам собой вышел на возможность свидания в другом месте и в другое время, и Дарка, к великой радости Тараса, согласилась. Они условились встретиться на проспекте Свободы у Девы Марии следующим вечером в шесть.

— А почему ты раньше не соглашалась?! — удивился обрадованный новостью Тарас.

— Раньше мне папа не разрешал, а вчера сказал, что не против.

— А разве он меня знает?

— Уже знает, — Дарка протянула руку к левому верхнему углу окошка и, сняв оттуда что-то, показала Тарасу. Это была маленькая веб-камера.

— Он про тебя всё узнал и сказал, что ты — безвредный лопух без уголовных и политических связей. — Дарка улыбнулась и прицепила веб-камеру на ее прежнее место.

Тарас тоже улыбнулся, только его улыбка на этот раз оказалась несколько ущербной, словно ему с ложкой вкусного борща на зуб попала целая перчинка.

— А куда ты меня поведешь? — спросила игриво Дарка, глядя прямо в глаза Тарасу.

И перчинка пропала, улыбка выровнялась.

— Нет, мы просто пойдем по улице и зайдем в третье по счету кафе, — сказал он и приложил ладонь к стеклу окошка.

С другой стороны ко второму стеклу окошка Дарка также приложила свою ладошку в темно-синей перчатке. Тарасу показалось, что он ощутил ее тепло.

Глава 17

Вернувшись домой, Тарас привычно разделся и улегся на диван. До исполнения государственного гимна оставалось не больше двадцати минут. Тело ощущало усталость, но в голове было светло, будто бы там включили лампочку-стоваттку. И мыслям в голове из-за этого внутреннего света было так просторно, что казалось: найдется там место и еще для тысячи других приятных размышлений, которые, конечно же, начинались и заканчивались Даркой, и снова начинались и заканчивались ею. Она заняла всё пространство, все клетки его мозга, ответственные за эмоции и воображение, работали словно только на нее, на ее имидж, на ее «пиар». Его мозг был сейчас гениальным имидж-мейкером Дарки. Ее руки в темно-синих матерчатых перчатках до локтей нежно прикасались к Тарасу изнутри, словно она вся перебралась внутрь его тела и внутрь его мозга и ему не нужно было искать способа прикоснуться к ней, достаточно было ощутить ее присутствие в себе, внутри своей собственной оболочки.

Он лежал, накрывшись легким одеялом, накапливая под ним свое личное тепло для более легкого вхождения в сон, такой нужный и необходимый для того, чтобы потом бодрым и радостным приготовиться к их первому свиданию. Ему много не надо, часика четыре, может, пять. Ему наверняка что-то будет сниться. Возможно, даже прошедшая ночь и питьё кофе из черных пепельниц с золотой надписью «Venezia» на дне. Этого никому не расскажешь, потому что никто не поверит, во-первых, в то, что такое кофепитие возможно, а во-вторых... Во-вторых, и в-третьих, и в-десятых, всё, что происходит ночью, днем кажется не реальным. Если рассказать, что девушку, работающую в ночной обменке, закрывают, как принцессу в башне, с кучей валютных богатств под рукой, а потом, утром, открывают и увозят?! Если рассказать, что принц без коня, но на старом «опеле», приезжает к этой закрытой башне и пытается эту принцессу освободить?! Если рассказать, что принцесса, с симпатией вроде бы относясь к принцу, тайно снимает его веб-камерой и показывает портрет королю-отцу, а тот поручает своим стрельцам вычислить и «пробить» по системе этого принца, прежде чем даст согласие на то, чтобы принц вызволил принцессу из башни?!?!?! Да он сам бы никогда не поверил в реальность происходящего! Но никто его и не просил верить. Для него видеть — это уже верить. А он всё это видел, слышал, пережил и переживает до сих пор!

— Ще не вмерла України ні слава, ні воля... — запела приученная к гимну радиоточка.

Тарас закрыл глаза, приготовился ко сну, замер. Все мысли остановились в ожидании перехода тела в другое состояние.

Радиоточка исполнила гимн как всегда — пафосно и до конца. И Тарас, дослушав его, понял, что сон не приближается, понял, что он так же, как и перед гимном, лежит с закрытыми глазами и остановленными мыслями и ждет погружения, которое не наступает.

«Я слишком возбужден», — понял Тарас и снова подумал о Дарке. И подумал о том, что хорошо бы хотя бы минут десять не думать о ней. Может, тогда он заснет и Дарка просто ему приснится? И он попробовал не думать о Дарке, но не смог. Потому что сейчас он думал о том, что не думает о Дарке, хотя ему и хочется о ней думать.

Он лежал еще полчаса, потом час. Глаза его по-прежнему были закрыты, а мысли заняты ею, Даркой. Тело жаловалось на усталость, голова жаловалась на преждевременную бодрость. Этот диссонанс раздражал.

Он подумал, что хорошо бы послушать гимн несколько раз, чтобы тело с его помощью победило бодрость головы. Но из радиоточки доносились какие-то бессмысленные новости об улучшении жизни и о европейских перспективах.

Утомившись от ожидания сна, Тарас опустил голые пятки на пол, уселся. Усталости в нем явно прибавилось, но деть ее было некуда. Она просто накапливалась в нем, как электричество в заряжаемом аккумуляторе. Что он потом с ней будет делать? Особенно вечером, когда они встретятся? Вдруг тогда эта усталость вырвется и заставит его заснуть прямо за столиком в кафе, а Дарка будет сидеть напротив и смотреть на него странным, грустным взглядом, вспоминая древнегреческий миф о свиданиях Леандра и жрицы Афродиты Геро.

Одевшись, Тарас вышел на улицу и отправился к ближайшему киоску, торговавшему компактами и дивидишками.

— У вас гимн Украины есть? — спросил Тарас.

И тут же встретился взглядом с парнем, который, казалось, чуть из своего окошка не вылез из любопытства и желания посмотреть на автора вопроса.

— У нас тут популярная музыка, — сказал он после паузы.

— А где можно купить? — поникшим, уже утратившим последнюю свежесть голосом поинтересовался Тарас.

— Знаете, — парень, казалось, сжалился над странным клиентом, — за киоском в окне первого этажа клетка с попугаем, видите?

Тарас отступил в сторону, заглянул за киоск и действительно увидел окно с клеткой на первом этаже трехэтажного дома. Вернулся к окошку.

— Там один придурок живет, он точно на гимне помешанный, несколько раз просто так без повода включал его на полную громкость, пока я не вызвал милицию. Можете у него попросить!

Тарас, пройдясь по траве, разделявшей стену дома и тротуар, остановился перед окном. С сумашедшими ему общаться не хотелось, ему хватало общения с соседом с первого этажа. Но состояние тела так раздражало душу, что отступать было некуда. И Тарас постучал кулаком в окно. Заметил, как испуганно заметался по клетке зеленый волнистый попугайчик.

Тюль за клеткой отъехал в сторону, и в окне Тарас увидел раздраженное лицо пожилого человека. Хозяин квартиры недовольно и вопросительно уставился на Тараса.

Тарас показал рукой на форточку. Старик-хозяин убрал с подоконника клетку и приоткрыл окно.

— Че надо? — спросил он голосом человека, готового к словесной самообороне.

— Мне очень нужен гимн, украинский, — залепетал Тарас, просительно глядя в голубые глаза старика. — Мне сказали, что у вас есть...

— Гимн?! — повторил старик, и лицо его постепенно утратило следы раздражения. — Зайдите, вход со двора... квартира тринадцать...

Тарас благодарно кивнул и поспешил по бетонной отмостке прямо под стенкой дома к его углу.

Старика звали Назар Орестович. Он уже стоял в проеме открытой двери, когда Тарас вошел в парадное. Завел его в комнату, наполненную старой мебелью. Тарасу сразу бросились в глаза суперсовременный музыкальный центр, стоявший прямо на полу у окна, и компьютер на допотопном письменном столе.

— Два года пенсии копил, — с гордостью прокомментировал хозяин квартиры, заметив, на что обратил внимание гость. — А зачем вам гимн?!

— Как зачем?! — вырвалось у Тараса скорее от непонимая вопроса, чем от очевидности ответа.

— Извините, — тут же пошел на попятную старик. — Конечно, вижу, что вам нужен... У меня, тут... — Он открыл ящик письменного стола, вытащил парочку компактов в бумажных конвертах. — Вот, возьмите! Просто в подарок. — Он протянул диск гостю. — Только с одним условием.

Тарас уже держал диск в руке, когда до его мозга добралось прозвучавшее из уст старика слово «условие».

— С каким условием? — спросил он с опаской в голосе.

— Вы понимаете, мы живем в такое время... я даже не решусь сказать в какое...

— Да я понимаю. — Тарас кивнул.

— У вас же компьютер есть?

Тарас снова кивнул.

— Сделайте пять копий и раздайте пяти друзьям или знакомым. Я на себе проверил: если каждый день его слушать, он приносит счастье. Просто мало кто его слушает в стране... Поэтому и страны как бы нет... Вы друзьям раздайте, пусть слушают. И пусть каждый из них тоже по пять копий сделает и своим друзьям раздаст. Понимаете?

— Это как письмо счастья, что ли? — спросил Тарас.

— Это — гимн счастья, письма же не звучат! Да и никакой от них пользы! Я сам проверял! А вот в нем, в гимне, закодировано счастливое будущее нации, но сбудется оно, только если вся нация будет его слушать. Каждый день! И по много раз!

— Я слушаю, — признался Тарас. — Каждое утро... Но мне этого сегодня не хватило... По радио только один раз его играют.

— Я им писал уже, — понимающе вторил гостю хозяин. — Просил хотя бы три раза в день передавать... Им всё пофиг, лишь бы реклама, а то, что гимн — это реклама будущего счастья, они не понимают!

Когда Тарас вышел от старика на улицу с компактом в руке, воздух показался ему удивительно свежим и душистым.

Он вернулся домой, разделся. Скопировал файл с гимном на компьютер, зашел в компьютерный проигрыватель и выбрал для этого файла режим продолжающегося повторения. Нажал курсором на «play» и быстро нырнул под одеяло. Сон наступил во время третьего повторения государственного гимна.

Глава 18

На небе светило солнце, отражавшееся в лужах тротуара. Оно уже светило, когда Тарас проснулся, хотя сквозь сон он отчетливо слышал дробь косого дождя в окно. Теперь же ни ветра, ни дождя не было. Вечереющее чистое небо не отличалось яркой синевой, однако его голубая серебристость как-то успокаивала Тараса, настраивала на неспешные мысли. Или это предстоящее этим вечером первое настоящее свидание с Даркой неким странным образом успокаивало его?

Вышел Тарас из дому слишком рано, почти за час до обусловенного времени встречи. От его дома на Пекарской до статуи Девы Марии на проспекте Свободы от силы пятнадцать минут пешего хода. Удлинять путь искусственно, изменяя и усложняя маршрут, Тарасу не хотелось. И он просто максимально замедлил шаг. Несколько раз останавливался, находя для таких остановок причину то в чьем-нибудь окне, за стеклом которого сидела и смотрела на улицу белая кошка, то обращая внимание на старинные двери с решетчатым окошком в стиле модерн.

Встретившись в условленном месте, они стояли несколько минут возле статуи, наблюдая, как останавливаются перед Божьей Матерью прохожие, как они молятся и сразу продолжают свой путь.

Дальше отправились они в сторону площади Рынок и именно там остановились у третьего по счету попавшегося на их дороге кафе.

Ее изумрудного цвета перчатки удивительным образом гармонировали с интерьером этого кафе. Темно-зеленый приталенный жакетик подчеркивал любовь Дарки к моде тридцатых годов. Твидовая слегка зауженная книзу юбка такого же цвета и более темные, но тоже зеленые кожаные полусапожки дополняли ее образ, и в этом наряде она никак не походила на работницу обменного пункта. Скорее, ее вид соответствовал образу начальницы отделения банка. Однако для начальницы ей чего-то недоставало. И Тарас быстро понял чего. Ее лицо в этот день было территорией, свободной от косметики. Но это не бросалось в глаза. Этим вечером ее щекам хватало собственной румяности и свежести, ее губам — естественного малинового блеска.

— Кажется, нам повезло! Тут вполне уютно! — улыбнулась, присев за столик, Дарка. Поправила воротник жакетика, оглянулась и посмотрела в сторону барной стойки, где стоял высокий с набриолиненными черными волосами парень-официант.

— Знаешь, на самом деле это пятое по счету, ты просто не заметила! — признался Тарас. — Мне это местечко больше нравится! Тут и кофеварка никогда не ломается! И шоколад горький всегда есть!

— А ты что, горький шоколад любишь?

— Нет, — смешливо продолжил Тарас. — Но тут он всегда есть, посмотри на рекламу на стене!

Набриолиненный парень-официант подошел и остановился между Даркой и Тарасом. Тарас заказал кофе по-венски. Дарка попросила себе двойной эспрессо.

Когда ее пальчики изумрудного цвета поднесли чашечку кофе к губам, Тарас замер. Он словно почувствовал, что прямо сейчас, как только она сделает маленький глоток, его, Тараса, мир изменится. Будто бы не кофе был в ее чашечке, а особый элексир, элексир, изменяющий видение и чувствование мира, изменяющий его размеры, формы и звуки. Тарасу стало жарко. Он снял куртку и остался в длинном вязаном свитере, купленном специально для того, чтобы носить с джинсами.

— А что ты обычно делаешь днем? — спросила вдруг Дарка.

— Сплю, — растерянно ответил Тарас, но тут же встрепенулся и добавил: — А еще поливаю кактусы и кормлю рыбок.

— Кактусы и рыбки? — удивилась вслух она.

— Они друг другу не мешают, хоть и стоят рядом, на одном подоконнике. А ты что делаешь днем?

— Тоже сплю. Я легко засыпаю, только когда тело очень устало, поэтому и работаю ночью... А потом, после сна, читаю, помогаю отцу.

— Ты с отцом живешь?

— Да. Мама у нас была со странностями. Когда отец заболел, она ушла. А потом в другой город переехала, в Черновцы. Иногда звонит.

— Странно! — Тарас пожал плечами. — Что, ушла потому, что отец заболел?

— Не судите, да не судимы будете! — Дарка вздохнула. — Она просто устала от моих болячек. Я ведь с детства доставляла только хлопоты. Им пришлось ради меня в квартире воздушные антиаллергические фильтры устанавливать. А потом еще и отец...

— Ты же говорила, что у тебя аллергия на деньги, а не на пыльцу.

— В воздухе не только пыльца летает. Деньги тоже в воздухе есть, мельчайшие частицы. Вот ты берешь деньги в руки, на пальцах остаются их частицы, кислоты. Возникает реакция, которую ты не замечаешь, потому что толстокожий!

— Я толстокожий? — вырвалось у Тараса.

— Я в медицинском смысле говорю, — подчеркнуто мягко произнесла Дарка. — Толстокожие не подвергнуты аллергиям, а тонкокожие, такие, как я, подвергнуты. У человека ведь пальцы всегда влажные, даже когда он думает, что они сухие и вытерты полотенцем. И когда пальцы касаются денег, то влага тела вступает в реакцию с денежной кислотой — она и на купюрах, и на монетах. У толстокожих реакция проходит сверху, а у тонкокожих денежная кислота проходит в кровь...

— А воздух тут при чем?

— Наша температура 36 и 6, — спокойно продолжила объяснять Дарка. — Температура реакции телесной влаги и денежной кислоты еще выше, а значит, в результате, если кислота не попадает в кровь, то она испаряется и остается в воздухе. И попадает в кровь тонкокожих уже через легкие.

— Ты хочешь сказать, что мир состоит из тонкокожих и толстокожих и толстокожие виноваты в проблемах тонкокожих? — сформулировал не без труда Тарас.

Дарка, улыбаясь, отрицательно замотала головой.

— Нет, во всех проблемах виноваты деньги. Толстокожие не виноваты.

— Так всё-таки я — толстокожий? — немного успокоившись, снова спросил Тарас.

— Да, — она кивнула. — Очень симпатичный толстокожий, краснолицый и очень забавный и изобретательный!

Около семи вечера Дарка заспешила домой. К радости Тараса, она позволила ему проводить ее, и они под ослабевшими лучами солнца прогулялись до ее дома на улице Дудаева, поднялись на третий этаж.

— Ты сегодня ночью заглянешь? — спросила Дарка, уже вставив ключ в замочную скважину.

— У меня сегодня нет работы, — признался Тарас. — Но если хочешь, могу организовать кофе с доставкой!

— Хочу.

— В котором часу? — Тарас шутливо стал в позу официанта, принимающего заказ.

— Давай часика в четыре! В это время я страшно зеваю!

— Будет исполнено! — пообещал Тарас и подался вперед всем телом, пытаясь оказаться губами как можно ближе к ее губам.

Дарка сделала полшага назад, не убирая с лица улыбки. Потом, наоборот, чуть наклонилась вперед и коснулась своими губками его губ. Но только на мгновение.

Этого мгновения оказалось достаточно, чтобы электрический ток прошелся по всему телу Тараса сверху вниз. Тарас замер.

— Это пробный поцелуй, — шутливо проговорила Дарка перед тем, как исчезнуть за дверью своей квартиры. — Ночью я тебе скажу: есть у тебя на губах денежная кислота или нет!

Домой Тарас шел, ощущая невесомость. Он ничего вокруг не видел. Ноги сами знали дорогу на Пекарскую. В голове неповоротливые мысли спотыкались одна о другую, но он не обращал на них внимания. Всё его самоощущение в это время находилось на губах, до сих пор хранивших вкус прикосновения к губам Дарки, вкус утренней свежести, малины и кофе.

Глава 19

Желтый «piaggio» капитана Рябцева остановился у калитки Алика в начале шестого. Воздух уже наполнялся вечерней тяжестью, терял потихоньку свою легкость и прозрачность. Темнело и небо над Замарстиновской улицей, и из-за этого темнело его отражение в озере через дорогу от дома Алика.

Алик не очень удивился, когда бывший капитан госбезопасности позвонил ему этим утром на мобильный и напомнил о своем обещании пригласить в гости. Настроение у Алика в момент звонка не отличалось от обычного, был он благодушен и настроен к миру положительно. Да и странное признание Рябцева на Лычаковском кладбище в ночь на восемнадцатое сентября до сих пор всплывало в его памяти, напоминало о том, что Алик эту информацию так и не воспринял как окончательную, трижды перепроверенную правду. И висела она в его сознании, как если бы книга висела над книжной полкой в воздухе, а не стояла на ней. К самому Рябцеву Алик ощущал одновременно и жалость, и любопытство. Тут уже и его малый рост играл роль, и его очевидная русскоязычная неустроенность в украиноязычном Львове, хотя говорить по-украински он научился вполне сносно. Стареющий осколок государственной машины Советской империи не вызывал антипатии, хотя и особой симпатии тоже не вызывал.

Когда Алик уселся за его спиной на мягкое сиденье мотороллера, у него возникло впечатление, что вести «piaggio» придется ему. Голова Рябцева макушкой едва доставала до подбородка Алика, взяться руками за руль не составило бы труда, но, с другой стороны, капитан Рябцев сидел за рулем уверенно и компактно, и ноги его удобно помещались в нише мотороллера. Сядь Алик на его место, вот тогда бы он и почувствовал все неудобства роста, который называется «намного выше среднего». С таким ростом удобнее и естественнее сидеть за рулем мотоцикла.

Перед тем как поехать, Рябцев вдруг вспомнил о том, что хотел взять к столу воды из колодца-источника во дворе. Пришлось Алику возвращаться в дом за двухлитровой бутылью, набирать воду.

— Мне в прошлый раз она так понравилась, — оправдывающимся тоном произнес Рябцев, когда Алик снова усаживался на мотороллер.

Замарстиновская в час пик была улицей малоприятной для езды, особенно на открытом виде транспорта. Им то и дело приходилось объезжать грузовики, маршрутки. Выхлопные газы мешали Алику сосредоточиться. Он отворачивался, пытаясь дышать «боковым» воздухом, на ходу поправляя длинные волосы, развевавшиеся под широкополой кожаной шляпой, державшейся на голове только благодаря подтянутой под самый подбородок лямке.

Наконец на горизонте появился Сыхов, поднялся своими белыми многоэтажками над ближним частным сектором. Здесь уже был ровненький асфальт, да и грузовики куда-то исчезли с дороги.

— Я тебя, Алик, домой не приглашаю. Там убрать надо, — снизив скорость, заговорил Рябцев. — Но зато гарантирую, что так, как сегодня, ты еще никогда не сидел!!!

Рябцев повернул направо, проехал вдоль нескольких девятиэтажек. С противоположной стороны от домов зеленел хвойный лес. Неожиданно Рябцев свернул на узенькую тропинку, ведущую от дороги в сторону леса. Удивленный Алик оглянулся на оставшиеся за спиной дома, потом бросил взгляд вперед и увидел, что тропинка упирается в зеленую деревянную башню-голубятню, за которой уже ничего, кроме деревьев, нет.

«Piaggio» остановился у голубятни.

— Ну вот, — улыбнулся капитан Рябцев. — Милости прошу!

Алик слез с мотороллера, потянулся, разминая плечевые суставы после не очень удобной езды. Рябцев тем временем снял с двери голубятни навесной замок, завел внутрь мотороллер, потом выглянул и, поймав взгляд Алика, зазывно махнул ему рукой.

В темноте, пронизанной запахом калийных удобрений, загорелась тускловатая лампочка и осветила грубо сбитую деревянную лестницу.

Хозяин голубятни закрыл дверь на задвижку и покарабкался наверх. Алик — за ним следом.

Второй этаж почему-то показался Алику просторнее первого. Должно быть, потому, что тут стоял маленький столик, две табуретки, старомодная тумбочка. Все предметы мебели были накрыты развернутыми газетами. Под ногами хрустел высохший голубиный помет. Над головой ворковали голуби, сидевшие в двух частично видимых снизу просторных клетках. На деревянной перекладине между клетками неподвижно и молча расположился одинокий белый голубь.

— Сюда я приглашаю только самых близких. — Рябцев, сбросив газету под ноги, присел на табуретку перед столиком. — Ты, Алик, второй человек, которого я сюда позвал...

Алик снял газету со второй табуретки и тоже присел. Взгляд его замер на столе. Под прикрывавшими стол «Известиями» угадывалось наличие посуды и бутылок. Сама газета отличалась свежими следами голубиного присутствия. Тусклая лампочка светила и тут, свисая на черном проводе с верхней деревянной перекладины, оттуда, где одиноко сидел белоснежный голубь.

— Ну что, к столу! — торжественно произнес Рябцев и за краешек стащил «Известия», отбросив газету затем на пол.

Перед Аликом открылась приятная и знакомая по содержанию картинка: открытая банка шпротов, миска с морской капустой, тарелочка с нарезанными колбасой и сыром, хлеб, стеклянная поллитровка с солеными огурчиками, бутылка водки, две стопочки, два стакана.

— Это мой маленький храм, — с любовью произнес Рябцев, и теплота, прозвучавшая в его голосе, заставила Алика еще раз оглядеться по сторонам.

Странное чувство возникло у хиппи: будто он сейчас высмотрит в каком-нибудь неприметном уголке этой голубятни повешенную на стену иконку. А может быть, даже портрет Сталина или Берии. Но ни иконки, ни портретов в голубятне не оказалось. Взгляд Алика вернулся к лампочке над столом.

— А как удалось протянуть сюда электричество? — спросил он.

Рябцев усмехнулся и отрицательно мотнул головой.

— Аккумулятор поставил. Раз в неделю вожу его домой на подзарядку. Я ведь тут чаще, чем дома, бываю... Здесь все мои друзья. — Он посмотрел вверх. — И самый большой друг — Никишка! — Рябцев показал пальцем на сидящего на перекладине крупного белоснежного голубя с необычно кудрявыми крыльями. — Он у нас не простой, а серпокрылый! Красавец и умница!

Рябцев наполнил рюмки водкой, опустил на тарелку Алика алюминиевую вилку.

— Был бы женат, — Рябцев посмотрел на закуски слегка критически, — тут бы и запахи другие стояли! И вилки б мельхиоровые были. Но меня покойная родина учила, что государство — первичное, а семья — вторичное!.. Вот и не успел...

— Да чего там, — принялся успокаивать капитана Алик. — У меня тоже всё всегда по-простому! И тут есть всё, что человеку надо!

— Да, в этом ты прав! — Рябцев поднял рюмку. — Я и раньше, лет тридцать назад, думал, что ты прав. А сейчас для меня это просто факт! Давай, за добрые воспоминания!

Выпив, Рябцев налил себе и гостю в стаканы воды, набранной в колодце-источнике. Тут же отпил половину, причмокнув от удовольствия.

— Нас раньше учили, что запивать водку — неправильно. Правильно только закусывать! А я думаю, каждый человек свободен выбирать, что ему правильнее: закусывать или запивать. Мне вот и то, и другое нравится.

Алик, прожевав шпротину и обмакнув мякиш черного хлеба в «шпротное» масло, закивал.

— Прошлый мир состоял из условностей, поэтому и рассыпался, — проговорил он задумчиво. — Этот мир тоже состоит из условностей, только из других! Тоже рассыпется со временем. Самое важное — охранять свой собственный внутренний мир от всяких условностей!

— Ты прямо как батюшка говоришь! — удивился Рябцев.

— Это я тут, — смутился вдруг Алик. — Обычно я нормально выражаюсь.

Алик в очередной раз осмотрелся по сторонам, задержал взгляд на серпокрылом голубе, сидящем прямо над их столом.

— Видно, место так на меня действует, — добавил Алик и вздохнул.

— На меня это место тоже действует, возвращает меня к себе... Я вот за ними присматриваю, выпускаю полетать, свидания иногда разрешаю, видишь же, они в клетках отдельно сидят. Мальчики отдельно, девочки отдельно... Только вот Никишка на свободе постоянно, я ему доверяю. Да и к голубкам он не привязывается...

Алик скривил губы, и Рябцев тут же замолчал.

— Что-то невкусно? — осторожно спросил он, и его рука потянулась к бутылке водки.

— Нет, вкусно, — Алик вздохнул. — Просто в ваших словах что-то гэбистское послышалось... Девочек в одну клетку, мальчиков — в другую...

Рябцев, наливая водку, засмеялся и поднял горлышко бутылки, чтобы не пролить.

— Так ведь везде, где есть люди, возникает что-то гэбистское... Но с голубями по-другому нельзя. Бардак будет, яйца собственные подавят, передерутся...

И Рябцев принялся увлеченно и с любовью рассказывать о голубях, о своей голубятне, о том, что клубом львовских голубеводов руководит сейчас какой-то псих, но ему на это наплевать! Он в соревнованиях не участвует и, в отличие от других голубятников, своих умерших птиц в мусор не выбрасывает, а хоронит тут же неподалеку, в лесу.

Увлеченность, с которой бывший капитан славил свои с голубями отношения, опять настроила Алика на лирику, и он слушал Рябцева, одновременно и вникая в его монолог, и полузабывшись, внимая собственным мыслям, занырнувшим вдруг в далекое советское прошлое. Жизнь его много раз сводила в старые времена с гэбистами и ментами, но еще никогда не сталкивала с голубями и их фанатами. То, что фанатом голубей оказался бывший гэбист, он же тайный фанат хиппи, делало картинку этого вечера еще более сумасбродно-веселой. Однако Алик уже был в том возрасте, когда далеко не всё веселое вызывает смех или даже просто улыбку.

Незаметно опустела поллитровка водки, и так же, почти незаметно, Рябцев убрал пустую тару со стола, продолжая говорить и при этом глядя Алику прямо в глаза.

Алик уже давно сидел без шляпы. Она теперь лежала у него на коленях, исполняя функцию салфетки.

Еда тоже подходила к концу. Алик уже задумывался о способах возвращения на родную Замарстиновкую. Ему с трудом представлялось, что выпивший капитан повезет его обратно на своем желтом «piaggio».

А капитан вдруг замолчал, повернулся к тумбочке, вытащил из нее магнитолу. Проверил, какая кассета вставлена, и включил аппарат.

Знакомый Алику с прошлого века голос Джими Хендрикса запел:

«After all the jacks are in their boxes,
And the clowns have all gone to bed,
You can hear happiness staggering on down the street,
Footprints dress in red.
And the wind whispers Mary».

Алик замер, мысли его спрятались, отдав всю свою территорию слуху.

На голову что-то капнуло, но Алик не обратил внимания. Он сосредоточился на песне, слышанной тысячи раз и ни разу не надоевшей.

— Богатым будешь! — проговорил Рябцев, показывая пальцем на макушку головы Алика.

Алик провел ладонью по волосам, наткнулся на влажность. Поднес ладонь к лицу. Понюхал, посмотрел на сидевшего над ними на перекладине серпокрылого белоснежного голубя.

— Да мне богатства как-то не надо, — сказал. — Мне и так хорошо!

Полчасика спустя магнитола не доиграла песню и замолкла. И лампочка над столом стала тускнеть. Рябцев живенько встал, снова накрыл стол поднятой с пола газетой.

— Тебе так домой нельзя, — задумчиво произнес он, глядя на Алика.

— Почему? Я не пьяный!

— Нет, застирать надо! — объяснил хозяин голубятни и показал пальцем на едва видимые в тускнеющем пространстве белые пятна голубиного помета на рукавах джинсовой куртки.

Они спустились вниз, на землю. Рябцев закрыл двери голубятни на замок и обернулся к гостю.

— Придется ко мне зайти, у меня стиральная работает! Я тут рядом, — он показал рукой на многоэтажку, стоявшую фасадом к лесу метрах в ста от них. — Извини, что не убрано!

Только при свете уличных фонарей Алик оценил уровень «голубиного присутствия» на своей одежде, включая и шляпу, которую он теперь нес в руках.

— Это ничего, — успокаивал его на ходу Рябцев. — Отмывается мгновенно! В голубином помете совершенно нет жиров!

Однокомнатная квартира капитана оказалась уютной и никакого особенного бардака, о котором упоминал Рябцев, Алик не заметил. Разве что часть вещей находилась в картонных коробках, стоявших у стенки рядом с балконной дверью.

Показав единственную комнату квартиры, хозяин тут же увел гостя на кухню. Усадил за стол и стал выкладывать на столешницу закуски. Появилась и еще одна бутылка водки, и чистые стопочки.

— А ты пока раздевайся! Не стесняйся! — проговорил хозяин между делом.

Алику действительно было как-то неудобно сидеть в обильно запятнанных то ли одним, то ли несколькими голубями джинсах и куртке. Сняв куртку и оставшись в свитере, он стащил с ног ботинки, потом джинсы. И почувствовал себя некомфортно.

— Боюсь, в одних трусах мне будет прохладно! — сказал гость.

Рябцев задумался.

— У меня размер поменьше, а то можно было бы мою старую форму одеть... Хотя!.. Минуточку! — Рябцев вышел из кухни.

Алику было слышно, как хозяин квартиры открывает картонные ящики, переставляет их, что-то бубня себе под нос. Наконец он вернулся, держа в руках синюю шинель.

— Вот, в ней будет теплее! Да и водочка согреет!

Рукава шинели оказались короткими, да и сама она едва закрывала Алику колени. Рябцев уже унес куртку и джинсы в ванную, и теперь Алик услышал, как журчит вода. Вскоре стиральная машина загудела, закрутила свою центрифугу. Вернулся Рябцев, уселся за стол. Снова стал наливать. Лицо его вдруг показалось Алику озабоченным.

— Я, когда в голубятне сижу, ощущаю только позитив, — заговорил он. — А вот дома... Дома совсем другие мысли приходят! Может, даже не мои мысли, а соседей. Тут же стенки тонкие! В доме больше ста квартир! Такая концентрация не синхронно работающих мозгов и сердец!.. А помнишь наш последний разговор, у тебя?

Алик кивнул.

— Я ведь не шутил! Это всё очень серьезно! Скоро любой, самый обычный человек заметит эти аномалии, на себе почувствует! Сам-то ты еще ничего странного не замечал?

Алик задумался. Вспомнилось, что действительно какие-то мелочи казались ему в последнее время странными. Крики птиц или еще что-то, да и запах моря или морской капусты догонял его в дороге пару раз.

— Да, — Алик кивнул. — Что-то замечал. Но что-то невнятное...

— Я ходил в контору, к своим бывшим коллегам. Они только похихикали! Там уже почти никого из старой гвардии! Одни салаги, которые ничего не понимают!

Алику вдруг расхотелось пить. Он только из вежливости пригубил из рюмочки и поставил ее на место. Рябцев всё понял и дальше, разговаривая, пил один. Пил и не пьянел.

В какой-то момент стиральная машина затихла одновременно с хозяином квартиры. И наступила тяжелая, гнетущая тишина, от которой Алика пробрал мороз. Он попробовал втянуть кисти рук в рукава коротковатой синей шинели, но ничего из этого не вышло. Рябцев всё так же сидел напротив, за его спиной белела газовая плита. За окном — чернильная темень ночи. Чувство привычного кухонного уюта исчезало, покидало кухню Рябцева, как покидают песчинки верхнюю полуколбу песочных часов, оставляя ее пустой и знаменуя этим окончание временного интервала. Видимо, интервал уюта тоже заканчивался. Часы на мобильнике показывали половину пятого утра. Мобильник, зажатый в руке Алика, тоже казался слишком холодным.

— Мне как-то нехорошо, — вымолвил гость, посмотрев на хозяина квартиры неуверенным, полувопросительным взглядом.

Рябцев кивнул, вышел. Вернулся с гладильной доской, разложил ее. Включил в розетку утюг, принес из ванной постиранные джинсы Алика и, разложив их на доске, стал разглаживать. Над джинсами под звуки шипения, доносившиеся из-под горячего утюга, поднимался пар. В воздухе запахло теплой, домашней сыростью. И Алику стало теплее. Он понял, что капитан ускоряет утюгом высушивание его одежды, и наблюдение за этим процессом увело мысли и ощущения гостя в сторону от дискомфорта и странного внутреннего беспокойства.

В половину шестого Алик снял гэбистскую шинель и снова надел джинсы и джинсовую куртку. Одежда передала ему тепло, полученное от утюга. Алик стал прощаться, но Рябцев настоял на том, что он сам выведет гостя на прямую дорогу.

На лестничной клетке, прямо за дверью квартиры Рябцева, лежала пустая бутылка из-под портвейна и надгрызенная луковица, вокруг валялись хлебные корки.

— Бомжей развелось! — огорченно выдохнул Рябцев.

Он проводил Алика до проспекта Червоной Калины, попрощался и, пообещав вскоре напомнить о себе и своих предчувствиях, зашагал обратно довольно твердой походкой.

Через полтора часа Алик вышел на безлюдную и безмашинную Замарстиновскую и отправился в сторону своего дома. На углу Татарской Алика словно током ударило. Он остановился. Снова рукам и ногам стало холодно, а по спине побежали мурашки. Дотронулся до лба, и пальцы стали влажными. В воздухе возник запах йода, запах моря, запах гниющих на песочном берегу водорослей. Сверху, с темного неба, долетел резкий птичий крик, похожий на крик чаек. И еще появился страх, страх идти вперед. Он сделал пару шагов назад, и внутренний холод потихоньку стал ослабевать. Так же и запах йода вдруг покинул воздух, которым дышал Алик. На смену птичьим крикам наступила тишина. Алик опять оглянулся по сторонам, всмотрелся в дорогу, по которой ему надо идти, если он хочет добраться до своего дома. Снова зашагал вперед, и тут же новый удар холода и беспокойства остановил его. И запах моря сильнее прежнего ударил в нос, крики чаек посыпались с неба, как град звуков. Опять отбежал назад, в тишину, остановился. Присел на корточки, скорее, поддавшись возникшей в ногах слабости, чем просто для отдыха. Лихорадочные мысли напомнили ему слова и подозрения капитана Рябцева.

— Похоже, он прав, — прошептал Алик, уставившись в уходящую в сторону Брюховичей улицу, улицу, которая по непонятной причине вдруг стала для Алика непроходимой, улицу, не желавшую пропускать его домой.

Глава 20

Ближе к пяти утра Тарас отложил в сторону пятый том «Малой медицинской энциклопедии», купленный на книжной раскладке возле памятника Ивану Федорову. Конечно, ему бы сейчас больше пригодился первый том, на букву «А», чтобы лучше понять природу и способы лечения аллергий, но пятый том начинался с буквы «Л», а если точнее — с описания воздействия противотуберкулезного средства «Ларусан». Поэтому Тарас листал источник выложенных по алфавиту медицинских знаний свободно, останавливая взгляд на отдельных статьях, которые, как это ни странно, освежали в памяти отрывки знаний, полученных во время попытки стать фельдшером. Если бы не ярко-зеленая обложка этого тома, если бы не название, в котором гордо присутствовало слово «энциклопедия», если бы еще и не цена в десять гривен, то не купил бы он этот пятый том. А теперь, налиставшись его вдоволь, ощутил Тарас необходимость укрепить свое незаконченное среднее медицинское образование покупкой недостающих одиннадцати томов. Как ни крути, а деньги он зарабатывал медициной! Здоровье — это самый надежный товар, лучше хлеба! И кто знает, какая еще в его, Тараса, умную голову может прийти мысль, связанная с медицинским заработком?! А мысль сама по себе не придет! Она должна от чего-то отталкиваться. И если соберет он все двенадцать томов этой энциклопедии, то прикладных мыслей может появиться множество. Но всё равно, начинать надо с буквы «А». С самого начала. Это не только естественно, это просто необходимо! Разобравшись с аллергией Дарки, он сможет лично снять с нее ее длинные, по локоть перчатки, сможет поцеловать подушечки пальчиков, сможет дотронуться до ее кожи!

Он заварил крепкого кофе, залил в термос. После короткого раздумья добавил туда пятьдесят грамм коньяка и плотно закрутил чашечку-крышку. Выйдя во двор со спортивной сумкой на плече, он постоял минуту перед своим «опелем» и отправился пешком к браме, ведущей на улицу. Заводить машину так рано утром во дворе, на который выходили окна трех десятков квартир, показалось ему не очень вежливым. Раньше он не задумывался о соседях, но сейчас, наполненный нежными чувствами к девушке из ночного обменника, вдруг поймал себя на подсознательном благородстве. Видимо, влюбленность действительно облагораживает.

Спящий Львов спокойно дышал влажным прохладным воздухом. Ни одно окно на Пекарской улице не горело. Только светофоры подкрашивали ночь поочередно то желтым, то красным, то зеленым цветом. Из-за окружающего Тараса уличного спокойствия он старался идти как можно тише, однако ему это не совсем удавалось по одной-единственной причине — он спешил на кофейное свидание.

Уже выйдя на улицу Франко, Тарас совсем забыл о своем недавнем бережном отношении к городской ночной тишине, и эхо его шагов ударилось в стены старых домов по обе стороны улицы и, оттолкнувшись от стен, взлетело еще выше, выше крыш города.

А впереди показалось маленькое, наполненное желтым светом окошко обменника. Перед ним — фигурка человека, напротив обменника на дороге — такси с горящими фарами.

Тарас остановился. Подождал, пока Дарка останется одна. Такси увезло клиента обменника через пару минут.

— Кофе заказывали? — Тарас прильнул к окошку, держа в руке термос.

За окошком приветственно замахала рука в длинной зеленой перчатке. Когда она опустилась, Тарас увидел радостное лицо Дарки.

— Где наши венецианские кофейные чашечки? — весело спросил он.

— Знаешь, сменщик с друзьями использовал их по назначению, — виновато улыбаясь, сказала Дарка. — Но я их отмыла. И его уже предупредила!

Она достала обе пепельницы и просунула их в нишу для обмена деньгами.

Тарас наполнил пепельницы кофе. Одну аккуратно вернул обратно за окошко.

— Сегодня он какой-то необычный, — проговорила Дарка, поднеся пепельницу с кофе ко рту.

— Другой сорт, особенный! — таинственно прошептал Тарас. — А у тебя выходные бывают?

— Бывают, — Дарка тоже перешла на шепот. — А у тебя тоже бывают?

— Тоже бывают, — Тарас кивнул. — Так, может, мы... что-нибудь придумаем?

Лицо Дарки стало серьезным.

— Можно и придумать, но ты не должен ни на секунду забывать о том, что я тебе говорила в кафе...

— Я только об этом и думаю, я даже том медицинской энциклопедии купил. Правда, не тот... Нет, я всё понимаю. Мне просто хотелось бы побыть с тобой подольше... в общественных местах. Ты не думай...

Дарка опять заулыбалась.

— У меня в среду выходной, — сказала она. — Могу задержаться до полуночи, если ты меня потом домой проводишь!

— Конечно, провожу! И местечко выберу поуютнее и повкуснее!

— А завтра ты мне кофе принесешь? — игриво спросила Дарка.

— Конечно! Этот же сорт или другой?

Дарка сделала еще один глоток, посмаковала.

— Давай этот же! — Она посмотрела на свои ручные часики, надетые поверх перчаточной ткани. — Тебе пора! Через минут пятнадцать за мной приедут!

— Ну и что?

— Я не хочу, чтобы кто-нибудь, кроме тебя, думал, что ты мне нравишься!

Тарас просунул руку в нишу, постучал пальцами по прилавку обменника. Дарка нежно провела пальцем в перчатке по тыльной стороне его ладони.

— Приходи завтра! — прошептала она.

Этот ее шепот так наэлектризовал мысли и тело Тараса, что, уже удаляясь от обменки, он, казалось, не шел, как человек, а летел над землею важно, как шаровая молния, готовая взорваться от внутреннего восторга при малейшем соприкосновении с посторонней для его чувств действительностью.

Удивительным было и полное отсутствие физической усталости. Близилось время гимна, после звучания которого по национальному радио несинхронно зашуршат своими метлами львовские дворники. Должны были уже зажигаться окна в домах, мимо которых он проходил. Но словно кто-то нажал на кнопку «пауза» в главных часах, по которым жил город. И ночь тянулась дольше обычного, утро запаздывало, сны не отпускали спящих, вороны Стрыйского парка задерживались с перелетом в сторону городской свалки возле села Грибовичи. И ничто не отвлекало Тараса от наслаждения накопившимся у него внутри восторгом влюбленности, восторгом жизни.

Он дошел до угла своей улицы, и вдруг предрассветный, но всё-таки прозрачный воздух потерял свою привычную податливость. Воздух, словно сильный встречный ветер, приостановил легкую походку Тараса, пронизал тело идущего неприятными холодными вибрациями, из-за чего возникла у Тараса неожиданная беспомощная растерянность. Он остановился, нервным взглядом «обошел» знакомые окрестности, дома и витрины магазинчиков. А ощущение холода только усиливалось. Дрожь пробежала по рукам, холодный воздух мокрыми пальцами дотронулся до голой шеи. Сверху посыпался неприятный и агрессивный крик-хохот птиц. Резкий запах моря ударил в нос, и Тарас чихнул. Не понимая, что с ним происходит, он попятился, и холод отпустил его. Птицы замолчали, улетучился и запах моря. Но на смену всему этому закапал дождь. Настроение внезапно изменилось к худшему, на душе стало тяжело, и страх перед грядущей зимой беспричинно и необъяснимо воцарился в его мыслях, заметавшихся, как перепуганная воробьиная стая. Минут десять—пятнадцать он стоял на месте, погруженный в себя и в своей неожиданный страх. Окна квартиры на первом этаже справа от него зажглись добрым желтым светом. Краем глаза заметил он, как загорелись и окна в доме по другую сторону улицы. Мимо прошла старушка с болонкой на поводке. Болонка понюхала штанины Тараса и продолжила свой путь, а ее хозяйка бросила на стоявшего молодого человека подозрительный взгляд.

Тарас оглянулся, проводил старушку с собачкой взглядом, и пошел к себе.

Уже у брамы, ведущей в его двор, слабый холод снова попытался обратить на себя внимание Тараса. И в воздухе что-то повторилось, только уже в более терпимой, едва уловимой форме. Это уже не был явный и отчетливый запах моря, а скорее, напоминание об этом запахе.

Раздевшись, Тарас улегся под одеяло. Из-за занавешенного окна пробивались полоски света. Глаза сами закрылись, мир потух, побежденный физической и эмоциональной усталостью.

Глава 21

Чувство голода вот-вот было готово разбудить Тараса, но, увы, опоздало буквально на пять минут. Вскрик пятой ступеньки парадного, жестоко-жалобный, пронзительный, острый, как наточенный серп, заставил тело спавшего содрогнуться. Этот вскрик проник в тело через оба уха и прошел насквозь, уколов собою даже внутренню часть стоп. Тарас поджал ноги, посмотрел в потолок. «Бедный Ежи!» — успел подумать он о соседе, которого пятая ступенька просто доводила иногда до бешенства.

И тут прозвенел дверной звонок. Тарас поднялся, натянул джинсы и, голый по пояс, с головой, пока еще полностью не способной воспринимать окружающий мир, вышел в коридор.

За открывшейся дверью стоял сосед снизу. Страдальчески-землистый цвет его лица насторожил Тараса. В глазах его не было живинки.

— Утром ты не перешагнул пятую ступеньку! — голос Ежи прозвучал мрачно и угрожающе.

Тарас почувствовал приближающийся скандал, который, видимо, с шести утра вызревал в этом худом и неустроенном теле и вот наконец вызрел. Скандал, так сказать, с доставкой на дом. Губы у Тараса скривились, в памяти аукнулся прозвучавший пару минут назад вскрик этой же ступеньки.

— Ты же только что сам на нее наступил, — проговорил Тарас.

— Значит, ты услышал? Значит, ты меня понимаешь! — Голос Ежи становился громче и резче.

Тараса залихорадило. Настроение испортилось. Однако он собрался с мыслями, задумался, как бы быстренько потушить эту искру, из которой вот-вот начнет разгораться скандальное пламя.

— Виноват. — Тарас решительно опустил голову и увидел на ногах Ежи пушистые тапочки. — Со мной под утро что-то странное произошло, прямо тут рядом, под домом...

Тарас сделал несколько шагов назад и предложил жестом соседу войти.

Взгляд Ежи ожил и наполнился недоумением. Воодушевленный этой переменой настроения соседа, Тарас повел его в комнату.

— Садись! Оксане так понравилось, как ты меня постриг!

— А что произошло? — спросил Ежи, присаживаясь за стол.

— Я не был пьяным, понимаешь. — Тарас уселся напротив. — На углу с Франко меня что-то остановило, стало удивительно страшно и холодно. В нос запах моря ударил, а сверху словно чайки закричали... А когда я отступил на пару шагов, всё это исчезло...

Ежи задумался.

— У тебя выпить есть? — спросил он после короткой паузы.

Обрадованный тем, что пятая ступенька потеряла в их разговоре актуальность, Тарас резко поднялся из-за стола.

— Водки? — уточнил он.

— Нет, давай чаю! — неожиданно попросил Ежи. — Со мной что-то похожее тоже недавно было, дней пять назад, ночью...

Стоя у закипающего чайника на кухне, Тарас не мог не думать о странностях в поведении Ежи, замеченных им за последнее время. Гладковыбритые щеки днем, чай вместо водки. Всё это вызывало невнятные подозрения.

К чаю у Тараса ничего, кроме сахара, не оказалось.

В комнате было темновато, и, поставив чашки на стол, Тарас отдернул две половинки занавесок.

Ежи обернулся к окну.

— Ты рыбок кормил? — спросил он.

— Вчера утром да.

— А сегодня утром?

Тарас улыбнулся, взял в руку коробочку с кормом и наклонился над маленьким аквариумом. Наклонился и замер. Рыбки неподвижно «стояли» в воде, собравшись в компактную стаю в ближнем к краю подоконника углу аквариума.

— Че-то с ними не то, — прошептал Тарас, не отрывая от рыбок взгляда.

Ежи подошел и тоже уставился на рыбок.

— Оксана говорила, что они могут предсказывать землетрясения. — Тарас обернулся к соседу. — Только в этом случае они должны нервно по поверхности плавать... Надо Оксане позвонить, спросить!

— Да они напуганы! — ткнул в сторону рыбок пальцем сосед. — Смотри! Кто-то тебе в окно камнем бросил!

Тарас проследил за взглядом Ежи и увидел на внешнем стекле окна розу трещин, расходившихся от небольшой дырки как раз на уровне аквариума.

— Я никогда не видел напуганных рыбок, — признался Тарас.

— Ты их хорошенько покорми, они и придут в себя! — посоветовал Ежи.

Тарас щедро насыпал на поверхность воды корма и замер.

Буквально через секунду рыбки устремились к еде, и Тарас успокоился. Они вернулись к столу.

— Надо будет теперь стекло менять, — грустно, но без трагизма проговорил Тарас.

— Да, скоро ведь зима! А там насквозь дырка, — закивал Ежи. — А вот насчет того, что тут у нас ночью творится, надо в милицию заявить. Это скорее всего какая-то новая форма хулиганства!

— А может, магнитные бури? — предположил Тарас. — Говорят, что такая буря может человека с ума свести, если он слабый или больной...

— А ты слабый или больной? — обеспокоенно спросил сосед.

— Я — нет, я — здоровый...

— Если я пойду заявлять, милиция посмеется и пошлет меня куда подальше! А вот если ты, то, может, и сделают что.

— Что? — Тарас пожал плечами. — Патрули сюда пришлют? А если это привидения? Милиция привидениями заниматься не будет! Привидения взяток не дают, и из карманов у них ничего на память не вытащишь!

— А позвони Оксане, — оживился вдруг Ежи. — Она ж такая умная и деловая! Она сразу скажет, что делать надо! Это точно!

Тарас посмотрел на соседа с подозрением. Интерес Ежи к Оксане у Тараса не вызывал энтузиазма. Однако то, что произошло с ним рано утром на родной улице, очень взволновало Тараса, а Оксана была именно тем человеком, который не только мог всё расставить по своим местам, но и на самые сложные вопросы ответить. И тут несомненное желание Ежи увидеть боевую подругу Тараса совпадало с желанием самого Тараса услышать, что Оксана думает по этому поводу.

Тарас позвонил Оксане и попросил заехать, сказав только, что рыбки, подаренные ею, как-то странно себя ведут, и что есть еще одна серьезная тема, по которой без ее совета никак не обойтись.

— Приедет? — осторожно поинтересовался Ежи после того, как Тарас опустил мобильник на стол.

Тарас кивнул.

Полчаса спустя из-под окон квартиры донесся знакомый звук мотора «Чебурашки». В парадном «вскрикнула» пятая ступенька, и сразу после этого трель дверного звонка погнала Тараса в коридор.

— Ну, что тут у тебя? — Оксана уставилась обеспокоенным взглядом на своего приятеля.

— Да тут... Пойдем, покажу!

При виде Ежи Астровского лицо Оксаны окаменело.

— Вы же собирались ступеньку заменить! — заговорила она строго, как учительница.

— Я помню... Да, — залепетал сосед снизу. — Просто накладка вышла, да и деньги потратились... Я сделаю... Тут проблема посерьезнее! — Сосед кивнул в сторону подоконника, где, склонив голову над аквариумом, стоял Тарас.

— Что? Рыбки? — Нотки строгости в голосе Оксаны исчезли. — Что с ними?

— Кто-то камешком бросил, — показал Тарас Оксане на выбоину в оконном стекле, от которой расходились несколько десятков трещин и трещинок. — Когда я сюда подошел, рыбы все в углу стояли, и так неподвижно, как мертвые... Словно напугались.

— Ну? — Оксана перевела взгляд с рыбок на Тараса. — Но теперь ведь они нормально плавают?

— Теперь да. Но я этим утром тоже... Меня тоже напугали...

— Камешком? — сердито спросила Оксана.

Тарас отрицательно мотнул головой и стал подробно рассказывать о том, что пережил по дороге домой. Усмешка на лице гостьи растаяла. Она слушала Тараса внимательно, позабыв о стоящем рядом Ежи.

— Со мной тоже что-то похожее было, — вставил сосед, когда Тарас замолк. — Только не тут, на Пекарской, а у Краковского рынка, ночью. Пришлось в обход идти, потому что воздух прямо трясся и от этого даже тело тряслось. Я думал, что пьяным был, но теперь понимаю, что нет.

Оксана уселась за стол, уперлась локтями в столешницу и, подперев щеки ладонями, замерла, углубившись в размышления.

— Может, чаю? — предложил Тарас и тут же заметил, как сосед взволнованно замахал рукой, привлекая его внимание.

— Лучше потом ко мне на кофе спустимся, — прошептал он, словно стараясь не тревожить размышления гостьи.

Оксана обернулась.

Ежи Астровский вытянулся в струнку, ощутив на себе ее взгляд.

— Вы подумайте пока, а я кофе сварю! Через пять минут спускайтесь! — проговорил он быстро и тут же исчез в коридоре, словно боялся услышать возражение.

Негромко щелкнула дверь, закрываясь.

— Это он тебя надоумил меня позвать? — спросила Оксана у Тараса.

— Нет, мы вместе. Пытались сами разобраться, а потом поняли, что без тебя — никак... Если не хочешь спускаться к нему, можем сказать, чтоб он сюда принес!

— Ну ты же со мной пойдешь на его кофе?

— Конечно, я тебя одну к нему не пущу!

— Видишь, знаешь своего соседа! — Оксана усмехнулась.

— Да нет, он нормальный сумасшедший, не маньяк!

Как только зашли в квартиру Ежи, в нос ударил резкий неприятный запах.

— Быстрее проходите в комнату! — настоятельно посоветовал Ежи. — Я тут дезинфекцию против мышей вчера распылил, но проветривать еще рано!

В комнате у него оказалось удивительно чисто и светло. Даже Тарас, который тут уже был недавно, удивился переменам. На стене висело новенькое овальное зеркало в ажурной, крашенной под бронзу, раме. Перед ним, накрытое белоснежной простынью, стояло старое советское парикмахерское кресло.

— Что там такое? — Оксана взяла Тараса за локоть и показала взглядом на кресло.

— Его рабочее место, — ответил Тарас и оглянулся. — Ежи в комнате не было. — Он же парикмахер, — добавил он.

— А я думала, что просто алкоголик!

— Одно другому не мешает, но сегодня утром от него пахло шампунем, — Тарас перешел на шепот, услышав, как открылась дверь.

В гостиную зашел хозяин квартиры. В руках — поднос с тремя фарфоровыми чашечками и такой же старый фарфоровый кофейник. На кофейнике и чашечках — сценка из охоты с борзыми собаками.

— Вы присаживайтесь! — Ежи взглядом указал в правый угол комнаты, где стоял круглый столик, в центре которого из вазы с водой выглядывала искуственная роза.

Гости заняли стулья, оставив хозяину табуретку с мягкой подушечкой.

— Этот сорт кофе советуют пить без сахара, — торжественно объявил Ежи, наполняя чашечки.

— Да, запах сильный, — одобрительно произнесла Оксана.

Ежи примостился на «смягченную» подушечкой табуретку, отпил кофе из чашечки, и его лицо выразило удовольствие.

— У тебя же в прошлый раз этого столика не было?! — полуспросил озадаченный Тарас.

— У меня и этих чашечек не было в прошлый раз, — Ежи кивнул. — Я в прошлый раз тоже был не очень, хоть и старался. — Ежи посмотрел на прическу Тараса, работу своих рук. — Всё купил на честно заработанные!

— Вы пошли работать? — восхищенно вырвалось у Оксаны, и Ежи, услышав эти слова, расцвел.

— Да-да, конечно! Работа облагораживает человека, помните? Только мне сначала пришлось облагородить себя, а потом уже всё получилось...

— Что получилось? — попробовал уточнить Тарас, внимательно всматриваясь в гладко выбритое лицо соседа.

— Ну что?! По специальности! Вот, — он кивнул на закрытое простыныю кресло. — Вожу сюда женщин, делаю красивыми...

— И что, идут? — удивилась Оксана.

— Ну, такие, как вы, не идут, конечно, — в его голосе прозвучала грустная нотка. — Но те, что попроще, идут. Я им прически делаю. Уже и фен на заработанное купил, и веник, и столик. — Он оглянулся по сторонам, словно проверяя: не купил ли он еще что-нибудь на свои недавние заработки. — Я, кстати, и мужскую стрижку умею, но мужчин сюда звать не хочется... Неправильно поймут. А вот женщины, даже если и неправильно понимают, а всё равно иногда идут...

— Хотела бы я посмотреть хоть на одну. — Оксана ехидновато улыбнулась.

Ежи скривил губы. Молча допил кофе. Отошел к телефону, стоявшему на тумбочке. Набрал номер.

— Алла Ивановна, это Ежи Астровский. Помните? Вы не могли бы мне дать рекомендацию как парикмахеру? Тут одна особа ко мне относится с подозрением. Да, спасибо! Секундочку!

Ежи перевел взгляд на Оксану и пригласил ее жестом к телефону.

Неохотно взяв телефонную трубку, Оксана поднесла ее к уху.

— Алло! Алло? — донесся оттуда хрупкий женский голос.

— Да, я слушаю, — произнесла Оксана нарочито строго. — Он что, вас подстриг?

— Вы знаете, у Ежи замечательные руки! Я теперь буду стричься только у него! Так что не бойтесь! Не пожалеете!

— О чем не пожалею?! — возмутилась Оксана, оглянулась, протянула трубку стоявшему рядом Ежи. — Сами разговаривайте со своими фанатками!

Ежи нежно взял трубку из рук гостьи. Его лицо выражало терпение и смирение, и, наверное, поэтому сердитость быстро покинула Оксану. Она вернулась за стол. Сделала глоток кофе. Посмотрела на Тараса виновато.

— Вы простите, — прозвучал рядом голос Ежи, продолжившего телефонный разговор. — Вы же знаете, иногда у женщин просто плохое настроение! Я вам завтра перезвоню! Да, не забудьте — пока никакого лака для волос!

За столом зависла тяжелая, как топор, тишина. Всем стало как-то не по себе.

Ежи долил из кофейника Тарасу и Оксане, но самому ему кофе уже не хватило.

— Пойду еще сварю, — проговорил он негромко, поднимаясь.

— Чего-то меня понесло. — Оксана пожала плечами, проводив взглядом хозяина квартиры.

— Иногда у женщин просто плохое настроение, — повторил Тарас слова Ежи и улыбнулся. — Не переживай! Кто-то же должен относиться к нему скептически. Мне — опасно. Я то и дело на эту чертову ступеньку наступаю...

— А кофе ничего, — проговорила Оксана.

Ежи вернулся за стол минут через десять. Налил себе кофе, отпил. Обвел взглядом гостей и тут же возвратил взгляд на волосы Оксаны, отчего ей стало немного не по себе.

— И много у вас клиенток появилось? — спросила она, попробовав убрать свою голову из-под его задумчивого взгляда.

— Ну, женщин восемь уже. — Ежи посмотрел ей в глаза. — Было бы больше, если б я не был такой застенчивый. Всё-таки нелегко выходить на улицу и выбирать женщину, которая не следит за собой и при этом явно никуда не спешит.

— Так вы прямо на улице к ним пристаете? — оживилась Оксана. — Так вот просто подходите и знакомитесь?!

— Это совсем не просто. — Ежи стал совсем серьезным. — После первой клиентки я полночи заснуть не мог. Сердце болело. Но надо как-то жить, особенно если я решил начать с нуля... То есть с чистого листа.

— Это нелегко, — Оксана закивала. — Вы еще вовремя решились на такой шаг! Я знаю многих, кто бы вам позавидовал!

— Да чего там завидовать! — Ежи застенчиво махнул рукой. — И не так уж это было и сложно. Перестал пить, решил по пять раз в день чистить зубы, правда, паста теперь очень дорогая. Но вкуснее, чем раньше! Бриться стал, — он погладил ладонью правой руки щеку, проверяя гладкость кожи. — Одеколон купил, наш, отечественный. Утюг вот тоже купил. — Ежи оглянулся, словно пытаясь найти взглядом упомянутый утюг. — Мне Тарас пример подал. Я же за ним давно наблюдаю! Был прохвост прохвостом, домой с пивом возвращался. А теперь вот рыбок кормит! Это, конечно, ваше влияние!

Взгляд Ежи опять пополз вверх и остановился на кудрявых недлинных волосах Оксаны.

— Ну почему «прохвост прохвостом»? — запоздало запротестовал Тарас. — Я и сейчас пиво люблю! Правда, меньше. Его же вечером пьют, а мне обычно вечером за руль надо! Работа!

— У меня там что-то не в порядке? — напряженным голосом спросила Оксана.

Ежи снова опустил взгляд и посмотрел ей в глаза.

— Может, только кажется, но... У вас летом волосы не секлись?

— А разве кучерявые секутся? — удивилась Оксана.

— Вы позволите? — Ежи поднялся из-за стола, отошел к тумбочке, из ящика взял увеличительное стекло на ручке и подошел к гостье.

Оксана опять заерзала, заревничала. Лицо ее покраснело.

Ежи наклонился над головой гостьи и, изучив ее волосы через лупу, тут же сделал шаг назад и вздохнул с облегчением.

— Извините, — сказал он, садясь на табуретку. — Я просто испугался. Показалось... У вас отличные волосы!.. Хотя вы ими не пользуетесь.

— В каком смысле не пользуюсь? — Уставшая от своего собственного раздражения, Оксана впилась взглядом в хозяина.

— Ну, вы могли бы привлекать множество взглядов мужчин, если б захотели...

— А зачем мне их взгляды?! — Ее голос стал колючим. — Меня вон один ваш взгляд из себя выводит, а если б таких взглядов было три или четыре, я бы взорвалась, как атомная бомба!

— Странная вы какая-то, Оксана! — снова миролюбиво заговорил Ежи и перевел взгляд на Тараса. — Я вам предлагаю бесплатно прическу сделать, а вы сердитесь! Поверьте, новая прическа — это новый шанс в жизни!

— Слушай, Тарас, пошли к тебе! — Оксана поднялась из-за стола. — А то добром этот разговор не кончится!

Тарас тоже поднялся. Покосил взглядом на застывшего в растерянной позе хозяина.

— Но вы же в какую-то парикмахерскую ходите? — жалобно спросил Ежи.

— Да ни в какую не хожу! — отрезала Оксана. — Подруга меня иногда подстригает, вот и всё!

Ежи огорченно замотал головой.

— У вашей подруги, наверное, и дача есть, где она на кустах тренируется!.. — полушепотом произнес он.

— За кофе спасибо! — твердо проговорила Оксана и многозначительно посмотрела на Тараса, рассчитывая, что он пойдет к выходу, а она за ним следом.

Но Тарас стоял на месте.

— Жаль, что вы уходите, — проговорил Ежи. — Давайте, я вам хоть свое кресло покажу! Советский антиквариат, но все механизмы работают!

Он подошел к парикмахерскому креслу, снял с него простыню, развернул к Оксане.

— Вы знаете, я бы даже вам доплатил, если б вы позволили мне сделать вам прическу!

— Послушайте, Ежи! По Львову ходит столько несчастных, лохматых, нестриженых бомжей, а вы на моих волосах зациклились! Вы бы для начала их постригли, а потом уже меня!

— И сколько мне их надо постричь, чтобы потом можно было вам прическу сделать?

— Да хотя бы десяток для начала! — Оксана опять улыбнулась, в очередной раз чувствуя, что переборщила со своей жесткой реакцией на парикмахерские фантазии этого бывшего алкоголика.

— Я готов, ради вас готов хоть пятьдесят бомжей постричь, — пробормотал Ежи.

— Так, Тарас, пошли! — Оксана уже сама шагнула к двери в коридор.

— А когда начинать? — спросил ее Ежи, тоже шагнув к выходу из комнаты.

— Что начинать? — переспросила она.

— Ну, бездомных стричь.

— Знаете, давайте потом об этом поговорим! Вы мне столько лапшы сегодня навешали, что даже думать теперь сложно! Если так уж хотите, то по четвергам в обед у Пороховой башни! Туда все львовские бомжи обедать приходят, — в сердцах выговорила Оксана и вышла в коридор, где резкий неприятный запах заставил ее ускорить шаг.

— Может, чаю? — предложил Тарас, когда они поднялись к нему, переступив через пятую ступеньку.

— Да ты что?! Я уже поеду! Твой Ежи меня уже так кофеином накачал, что я, наверное, и заснуть сегодня не смогу!

— Ты его прости, — попросил Тарас. — Он вроде как улучшиться пытается! Лишь бы снова не запил! Приходил пару раз меня от твоего имени контролировать: кормлю я рыбок или нет!

— Ладно, хватит о твоем Ежи-ёжике. Надоел он мне! И ты мне сегодня надоел! Поеду я к своим рыбкам. Хоть они нервы не портят и стрижку не предлагают!

Оксана поцеловала Тараса в щечку и, махнув рукой на прощанье, вышла.

Тарас подошел к окну. Подождал, пока синяя «Чебурашка» не выедет со двора. Потом включил комьютер.

Глава 22

Невнятное беспокойство охватило Оксану, как только она припарковала «Чебурашку» под кафе «Доминик». Ноги сами ускорили ход. Калитка в браму была отперта. Оксана поднялась на второй этаж, осмотрела двери. Целы! Да ведь за ними еще одни, вторые двери, и тоже с замком.

Ее квартиру ограбили несколько лет назад, буквально через месяц после покупки. Унесли немного, но многого у нее и не было никогда. Компьютер, украшения и новую тефлоновую сковородку.

Она вздохнула с облегчением, открыла первую дверь, затем вторую. Ступила в коридор и замерла в испуге. На полу перед ней в луже воды лежали ее рыбки. Две еще шевелились, переваливались вяло с боку на бок.

— Господи, что ж это! — вскрикнула Оксана, бросилась на кухню, схватила первую попавшуюся под руки кастрюльку, наполнила ее водой и тут же опустилась на колени на пол. Собрала рыбок, перебросила их в кастрюльку. Почувствовала в правом колене боль, посмотрела — кровь. Прошлась ладонью по мокрому полу перед собой и тут же наткнулась на стекла от разбитого аквариума.

Обернулась на занавеску, за которой аквариум стоял, задумалась. И вдруг хрип, раздавшийся совсем рядом, за этой занавеской, вогнал ее в ступор. Ее парализовало от внезапного страха. А хрип, словно кто-то пытается вдохнуть воздух и не может, продолжался.

Она отползла назад, забыв о порезанном колене. В руке у нее сам собой появился мобильник. Набрала номер Тараса.

— Тарас, быстро приезжай! Я дома! Тут кто-то есть!..

— Понял, лечу! — услышала она голос Тараса и, опустив телефон на пол, попятилась на кухоньку, где уселась прямо на полу, застыв взглядом на краешке занавески, из-за которой еще несколько мгновений назад доносился леденящий душу хрип задыхающегося человека.

Тарас, сбегая по лестнице, первый раз, должно быть, своевременно наступил на пятую ступеньку. Ее душераздирающий вскрик плавно перешел в дребезжание дверного звонка в коридоре у Ежи. Тарас прижал кнопку звонка со всей силы и всё еще держал ее, когда дверь открылась и в проеме появилось перепуганное лицо Ежи Астровского.

— Быстро, поехали! У Оксаны дома грабители! — выкрикнул Тарас и только после этого отпустил кнопку и побежал во двор к машине.

Ежи, как был в тапочках, так и понесся за ним следом.

Старый «опель» вырвался из дворовой брамы на Пекарскую со скоростью «феррари». Тут же раздался визг тормозов, на который Тарас не обратил внимания. Резко повернул налево и снова — на газ.

— Ты чуть потише, а то из меня сейчас сердце выпрыгнет! — вырвалось у Ежи.

— Да мы счас, тут рядом! — не отрывая взгляда от дороги, сказал водитель, и машина, промчавшись на красный сигнал светофора, выскочила на улицу Франко.

Бросив машину прямо напротив Оксаниного двора на проезжей части — места для парковки тут не было, — они выскочили из салона. Тарас забежал во двор, почти впрыгнул в парадное, застучал подошвами по деревянным ступенькам круглой лестницы. Дернул дверь в квартиру Оксаны. И первая, и вторая двери были открыты.

— Оксана, где ты? — спросил, остановившись уже в квартире.

— Я тут, — прошептала она из кухни.

Ее лицо было непривычно бледным, глаза влажными.

— А этот где? — Тарас тоже перешел на шепот.

Оксана показала дрожащей рукой на занавеску, закрывавшую окно.

Тут в коридор зашел, тяжело дыша, Ежи. Он только открыл было рот, чтобы что-то сказать, но Тарас поднес к его губам указательный палец правой руки, а потом им же указал на занавеску.

И оттуда, из-за занавески, снова раздался хрип. Ежи вздрогнул. Тарас сделал полшага назад.

— Нож, дайте нож! — зашептал Ежи, уже осмотревшийся и заметивший Оксану, сидевшую на полу в своей малехонькой кухоньке. — И палку!

Оксана показала взглядом на столик, но внезапно осмелевший Ежи Астровский уже был на кухне, аккуратно переступив через хозяйку. Он схватил со столика правой рукой хлебный нож с длинным пилообразным лезвием, в левую взял швабру на дюралюминиевой ручке и ринулся к окну.

Тарас и не думал, что у его соседа может оказаться достаточно силы, чтобы, размахнувшись, так ударить шваброй по занавеске, что поднятый ветерок сбросит с кухонного столика несколько бумажных салфеток. В ответ на удар шваброй из-за занавески снова раздался хрип.

— Ты в милицию не звонила? — спросил Тарас хозяйку квартиры.

Она отрицательно мотнула головой.

Тарас, которому вдруг стало неловко наблюдать, с каким рвением Ежи вступил в поединок с неизвестной опасностью, тоже взял в руки веник и кухонный нож.

— Ежи, — зашептал он, — ты шваброй отбрось с окна занавеску! Тогда мы его и прижмем!

Ежи кивнул. Он размахнулся шваброй и ударил по верхним кольцам занавески, которая тут же съехала по деревянной трубке-карнизу в правый конец.

Оксана вскрикнула и сама себе зажала рот ладонью правой руки. Мурашки пробежали по спине Тараса. Ежи застыл с открытым ртом.

В разбитом стекле окна торчала окровавленная огромная чайка. Кровь капала с нее на белый подоконник, а потом дальше на пол, на разбитый аквариум, на камешки и водоросли.

Оксана поднялась с пола. Ее трясло, но она всё равно подошла чуть ближе, присмотрелась к чайке.

Потом опустила взгляд на кастрюльку с водой, в которую она опустила поднятых с пола рыбок. Рыбки были живы. Чайка тоже.

— Я этой пернатой сволочи сейчас горло перережу! — возмущенно заявил Ежи, всё еще сжимавший в правой руке рукоять хлебного ножа.

— Зачем? — растерянно спросила Оксана.

— Ну... Чтоб не мучилась, — Ежи оглянулся на хозяйку. — Всё равно ведь сдохнет...

Оксана отрицательно мотнула головой, наклонилась к раненой птице.

— Осторожно! — предупредил ее Тарас. — Она может клюнуть!

Чайка, словно Тарас напомнил ей о ее оружии, приподняла клюв и, уставившись своими маленькими глазками на Оксану, захрипела снова.

Тарас заметил на кухонной полке скотч, оторвал кусок клейкой ленты и быстрыми, решительными движениями намотал ее на клюв раненой птицы.

— Теперь не опасно, — сказал он.

— Надо «скорую ветеринарную помощь» вызвать, — произнесла Оксана. — Набери справочную, узнай номер! — Оксана показала Тарасу на стационарный телефон, стоявший на пуфике под следующим окном, уже в комнате.

— Да рыбки, вроде, в норме?! — Ежи опустил взгляд на кастрюльку на полу.

Оксана кивнула, не сводя своих глаз с птицы.

— У них услуги платные! — крикнул из комнаты Тарас, всё еще прижимая телефонную трубку к уху. — За вызов сто гривен, дополнительно за помощь. Вызывать?

— Вызывай! — ответила Оксана.

Минут через двадцать в квартиру спешной походкой вошла ветврач в фирменном зеленом комбинезоне с пластиковым зеленым чемоданчиком в руке. Ее лицо выражало озабоченность. Коротко стриженные русые волосы были взъерошены. То ли случайно ветром, то ли сознательно парикмахером.

— Разуваться? — спросила она у Оксаны.

— Не надо. — Оксана жестом позвала ее за собой в комнату. — Вот, видите!

— Ой, как же это она так! — вырвалось у ветврача при виде чайки. — Надо ее освободить!

— А она при этом еще больше может пораниться, — предположила Оксана.

— Вы не вегетарианка? — Врач напряженно посмотрела на хозяйку квартиры.

— Нет.

— Тогда дайте молоток для отбивки мяса!

— Оксаночка, — отвлек хозяйку Тарас, — мы с Ежи за новым аквариумом сходим и за водой для него!

Оксана кивнула. Принесла из кухни молоток. Женщина в зеленом комбинезоне внимательно осмотрела стекло под чайкой, не обращая внимания на слабое похрипывание птицы. Потом ударила молотком по стеклу сразу над нижней перекладиной рамы. Послышался звон.

Оксана наблюдала, как сначала вылетел кусок стекла под чайкой, но чайка не упала, она продолжала как бы висеть в этой дырке, зажатая стеклом по бокам.

— Возьмите тряпку и стойте рядом! — скомандовала ей ветврач, примеряясь молотком к правой стороне стекла. — Я сейчас ударю по стеклу, а вы сразу ловите ее, чтобы не упала!

Так и получилось. Правая сторона стекла осыпалась. Чайка неуклюже взмахнула раненым крылом и тут же упала на руки Оксане, точнее, на старую зеленую кофточку, которую Оксана вовремя взяла в руки.

Она опустила кофточку с птицей на пол, уже очищенный и от крови, и от битого стекла. Ветврач принесла чемоданчик, раскрыла его. Чайка вдруг стала подпрыгивать, чем напугала Оксану.

— Ой, что делать? Что делать?

Ветврач, уже надевшая толстые резиновые перчатки, прижала правой рукой чайку к полу, потом развернула ее на спинку и показала Оксане, как надо придерживать птицу, придавив крылья к полу. Оксана так и застыла, упершись обеими руками в раскрытые крылья птицы. А ветврач уже наклонилась над чайкой и осматривала порезы на ее теле.

В дверь позвонили.

— Открыто! — крикнула Оксана.

В коридор зашел Тарас с двумя большими бутылями воды.

— Ежи еще не вернулся? — спросил он, поставив бутыли на пол.

— Нет еще. Иди сюда! — позвала она Тараса. — Подмени меня, а то я устала!

Тарас опустился на корточки, сменил Оксану, хотя, казалось, особой надобности в этом уже не было — чайка больше не трепыхалась.

Пока Тарас наблюдал, как ветврач поливает раны птицы каким-то раствором, Оксана поставила на огонь чайник и кастрюлю с водой.

— Я сегодня с ума сойду, — в сердцах сказала она. — То у тебя, Тарас, что-то не в порядке, то этот Ежи стрижку навязывает, то тут черт знает что происходит! Разве так можно? Чтобы всё это и в один день!

— Магнитные бури, наверное, — вступила в разговор и коротко стриженная женщина-врач в зеленом комбинезоне. — У нас сегодня три вызова от голубятников было — чайки покалечили голубей! Что-то в природе происходит...

В этот момент в коридор зашел тяжело дыша Ежи. В руках — аквариум.

— Вот, меньшего не было, — сказал он, показывая покупку Оксане, выглянувшей из кухни.

— Да он в два раза больше разбитого, — проговорила она задумчиво.

— Можно будет еще рыбок докупить, — предложил Ежи Астровский. — Им же чем больше их, тем веселей! О! — Он обратил внимание на успокоившуюся раненую чайку. — Ну что, жить будет?

— Будет, обязательно будет, — кивнула ветврач. — На чайках всё заживает, как на собаках!

— Но собаки лучше! — твердо произнес Ежи.

— Собаки лучше, — согласилась ветврач. — Но лечить их дороже.

Женщина-ветврач, оставив уже перебинтованную чайку на полу, поднялась.

— Ну вот и всё, — сказала она Оксане. — Пускай три дня полежит в бинтах. Кормить, конечно, надо. Можете купить ей мороженых бычков. Только размораживайте их под теплой водой, прежде чем ей давать!

— А клетку ей надо купить? — ответственно поинтересовалась Оксана.

— Зачем вам тратиться? — пожала плечиками ветврач. — Возьмите под любым гастрономом картонную коробку из-под маргарина и держите ее в ней. Испачкается — выбросите и возьмете новую. Сейчас она всё равно никуда не улетит!

— А клюв?

— Знаете, я бы перед тем, как кормить, связывала бы ей лапы! На всякий случай. Всё-таки хищник! Если лапы связаны, то и клюв можно освободить...

Оксана кивнула, оглянулась на Тараса и Ежи.

— Вы запомните всё, а то еще забуду, — произнесла она уставшим голосом.

Расплатившись и отпустив ветеринарного врача, Оксана решила покормить гостей-спасателей. Усадила их вокруг маленького столика на колесах. Подогрела в микроволновке картошку с грибами.

— Вы там себе налейте, если хотите, — крикнула из кухни. — Под столиком всё есть!

Ежи заглянул под столик. Увидел водку и коньяк. Достал водку и посмотрел на Тараса взглядом, требующим одобрения.

— Можно по рюмочке, — кивнул Тарас. — От стресса!

Выпив без закуски, и Тарас, и Ежи оглянулись по сторонам. Взгляд Тараса замер на пустом новом аквариуме, стоявшем на полу под окном, в метре от лежавшей на Оксаниной кофточке перебинтованной чайки.

Тарас поднялся, принес из коридора две бутыли с водой, вылил воду в аквариум.

— Оксан, а где рыбки?

— Да тут, в кастрюле, на плите! — ответила хозяйка квартиры из кухни.

Тарас подошел, с опаской заглянул под кастрюлю, в которой плавали приходившие в себя после шока рыбки — газ под кастрюлей не горел. Тарас с облегчением вздохнул.

Отнес кастрюлю с рыбками к аквариуму, руками переловил рыбок и отправил плавать в новую «квартиру». Нашел на подоконнике пакет с сухим кормом, насыпал и увидел, как устремились рыбки к этой непонятной для человека еде. Заметил, как чайка направила на рыбок свой острый и хищный взгляд. Ее маленькие глазки показались Тарасу злыми.

— И не вздумай! — строго сказал он забинтованной птице.

За едой все трое выпили еще по паре рюмочек, после чего Оксана немножко расслабилась.

— А что вы будете с ней делать? — спросил Ежи у хозяйки квартиры, кивнув на чайку.

— Подлечу и выпущу, что с ней еще делать?! — Оксана пожала плечами. — Надо не забыть бычков ей купить...

— Ей, наверное, сейчас больно, — задумчиво произнес Ежи. Потом налил рюмку водки, выпил почти до дна. Поднялся и подошел к чайке. Присел возле нее на корточки и вылил остававшуюся водку птице на клюв.

— Может, на язык попадет! Это же как анестезия! — пояснил он, усаживаясь на свое место. Снова оглянулся по сторонам. — Интересно тут у вас! — сказал, и взгляд его остановился на волосах Оксаны.

— Не начинайте! — строго предупредила его хозяйка квартиры.

Ежи покорно опустил взгляд на свою тарелку.

Глава 23

— Адрес? — Женщина за почтовым окошком вопросительно уставилась прямо в глаза Рябцеву.

— Освицкая тринадцать, квартира шестнадцать.

Она опустила глаза на стол перед собой и зашуршала пенсионными ведомостями.

— Рябцев? — спросила она, снова подняв глаза.

Рябцев кивнул и протянул ей паспорт.

Расписавшись в ведомости, он взял свои тысячу двести гривен и отошел в сторону, где дрожащими пальцами пересчитал полученную пенсию. Настроение у него всякий раз портилось после этого ежемесячного ритуала, состоявшего из стояния в очереди от получаса до часа, «идентификации» его личности почтовой работницей, подписи на ведомости и получения суммы, равнявшейся сотне евро. И это всё за тридцать пять лет верной службы в рядах сначала советских, а потом уже и независимых украинских чекистов!

За стеклянной дверью почтового отделения моросил дождь. Обычная львовская осень, погода, в принципе не влиявшая на планы бывшего капитана КГБ. Теперь надо где-то выпить кофе — он привык блюсти эту традицию еще с советских времен, только тогда, получив зарплату, он смело заходил в любое львовское кафе и громко заказывал чашечку кофе — всегда на русском языке. Ему почему-то нравилось, когда на него смотрели с опаской и нелюбовью. Сейчас, всякий раз получив пенсию, он отправлялся в кафе и заказывал себе чашечку уже на украинском. Теперь ему хотелось, чтобы его любили, но на него просто не обращали внимания, как, впрочем, уже не обращали внимания и на других клиентов, на каком бы языке они ни заказывали свой кофе. Он был просто клиентом, вот и всё.

Переставив свой желтый «piaggio» под дерево, он отправился в ближайший бар, на углу улицы. Заказал чашечку кофе, расплатился. Присел у окна.

Как только кофе приятно загорчил на языке, в мысли Рябцева впрыгнули грусть и осознанная жалость к себе. Он ведь еще не старый, а уже никому, кроме своих голубей, не нужен. Руки сильные, голова ясная, ростом — ну не меньше Путина, образованием — тоже. Но при всем при этом, да и при других положительных качествах — угнетающая душу бесполезность собственного существования. Бесполезность, подпитывающаяся смешной пенсией. Нет, он не из тех, кто жалуется на жизнь. Наоборот, раньше ему было приятно думать, что жизнь имеет право жаловаться на него, на капитана Рябцева, потому что не могла тогда жизнь диктовать ему условия! Жизнь пасла задних, она с завистью смотрела в спину Рябцеву, выглядывая из-за угла здания обкома партии. Нет, он не злорадствовал по этому поводу, не взирал на других свысока, не выпячивал свое «Я» так, чтобы это «Я» могли засечь из космоса враждебные спутники-шпионы. Он, Рябцев, всегда сохранял ровность и скромность характера, и всё, что происходило внутри него, всё, что отражалось не разумом, а сердцем, всё это оставалось никому не видимым и не ощутимым. Всё оставалось в себе. И тем более слабости, в которых он сам себе признался уже после смерти своей Родины — Советского Союза. Эти слабости в свое время доказали самому Рябцеву, что он не такой простой, каким кажется начальству. Они, эти слабости, добавили перца в его мысли, но при этом не вызвали никаких сомнений, не лишили Рябцева надежного и крепкого контакта с почвой, с землей, с устройством покойного советского мира. Один вопрос, правда, всегда беспокоил Рябцева: почему ему не дали звания майора? Почему его сослуживцы-одногодки ушли из конторы полковниками, а один даже генералом, а он остался на всю жизнь капитаном?

Второй глоток кофе добавил бодрости в его мысли и немного отодвинул грусть. Вспомнились двое друзей-сослуживцев, с которыми он иногда ночью в кабинете слушал конфискованные из международных почтовых отправлений пластинки. Стерео-проигрыватель, сделанный где-то на тайном сибирском военном радиозаводе, мог засунуть за пояс по качеству звука и Sony, и Philips, и Grűndic. Колонки по пятьдесят ватт ускоряли движение крови по венам и артериям. Тело само становилось музыкальным инструментом. Иван Сухих, человек, телесно полностью соответствовавший своей фамилии и ушедший в отставку полковником, при первых же звуках западного рока менялся лицом, и только теперь, вспоминая это лицо, Рябцев понимал, что выражало оно полную раскрепощенность и независимость, то есть приобретало лицо Вани Сухого выражение свободного западного человека. Правда, как только пластинку снимали с круга, чтобы перевернуть и поставить с другой стороны, лицо коллеги вновь принимало вопросительно-напряженное выражение советского чекиста. Второй сослуживец и коллега по тайной любви к року лицом во время прослушивания «вредоносной» музыки не менялся. Только глаза у Никиты Рюмачова загорались по-особенному и не затухали до последних аккордов. Никита Рюмачов ушел в отставку подполковником, потом стал Мыкытой Рюмачовым, а его сын, Василий, уже в независимой Украине шел на выборы от националистов под фамилией Рюмач. Пути Господни неисповедимы. Будь у него самого, у Рябцева, дети, кем бы они сейчас были? По одну сторону этнического фронта или по другую? Или в тылу? Или в Чехии на заработках?

Рябцев вздохнул, глотнул кофе, посмотрел в окно. Там светило внезапное солнце, и замершие на внешней стороне стекла капли недавнего дождя искрились, преломляя солнечный свет и превращая его в украшение воздуха.

В памяти зазвучала одна из первых песен Джими Хендрикса «Purple Haze» из его первого альбома «Are you experienced?». Давно Рябцев ее не слышал, очень давно. Попробовал усилить память и сделать песню, доносившуюся из прошлого, чуть погромче. Показалось, что получилось. На лице сложилась мягкая, добрая улыбка. И тут же под еще звучащую в памяти песню возник там же рядом образ молодого Алика Олисевича и еще нескольких ребят-хиппи, присмотру над которыми Рябцев посвятил бóльшую, да и можно сказать — лучшую часть своей профессиональной жизни. Ну, это так называлось для начальства. Для себя Рябцев всегда понимал, что он изучает мировые тенденции на примере этих, зараженных мировыми тенденциями, ребят. Правда, и сам он довольно быстро заразился одной из их тенденций — любовью к року и к физическому ощущению свободы, которое вызывалось именно этой вредной, с точки зрения коммунистической идеологии, музыкой. Конечно, даже сама эта песня — «Фиолетовый туман» — была и в действительности вредной, вредной для психического здоровья тех, кто понимал ее слова, ведь песня посвящалась курению травки! И ведь правда, что советская музыка, соответствовавшая идеологии, была куда более «конструктивной» и менее вредной для психики и здоровья. Она, как теперь говорят, помогала выстраиваться в шеренги, маршировать, строить будущее или просто новые коровники. В каждой советской песне слышалась конкретность поставленной авторами задачи. У рок-песен не было конкретики, они вызывали животный инстинкт радости, ощущение свободы, дрожь и внезапность желаний. Человеком, полюбившим такую музыку, управлять было невозможно. Вот и тогда, в конторе, после тайного прослушивания Джими Хендрикса, то ли ради звукового камуфляжа, то ли ради духовно-физического возвращения в нормальное состояние советского человека все они втроем прослушивали пару песен Магомаева или героические песни Иосифа Кобзона. И только потом расходились или по домам, или по заданиям. Втроем они тогда же рассматривали оперативные фотоснимки львовских хиппи и заезжавших к ним братьев по духу. В принципе, и Ваня Сухих, и Никита Рюмачов никакого профессионального отношения к оперативной разработке хиппи не имели, для них всё это было хобби. Но почему же Рябцев всё им рассказывал и показывал?

Рябцев задумался. И, к своей радости, вспомнил, что объединило их троих сначала прослушивание конфискованных пластинок, а только потом уже они заинтересовались теми, до кого не дошли эти почтовые посылки.

— Эх, — вздохнул вслух Рябцев.

И вспомнил, сколько всего не дошло по почте до Алика Олисевича и его друзей. И стало ему горько и стыдно. Но только на несколько мгновений.

«Это не я, это система», — успокоил себя Рябцев.

И вспомнил, как долго не мог решиться и как всё-таки решился недавно выйти к ним и признаться. И конечно, настороженно встретили его ночью на Лычаковском кладбище повзрослевшие, постаревшие, но не изменившиеся хиппи. Да, такую информацию переварить трудно. Трудно, но надо. Для справедливости. А справедливость очень важна для истории. История — высший судья. Это Рябцев знал. У львовских хиппи своя история, у львовского КГБ — своя. Но это не значит, что эти две истории пересекались только на линии идеологического фронта. Везде и всегда были коллаборационисты, сочувствующие, да и просто предатели или слабовольные. О последних думать Рябцеву не хотелось, а вот и себя, и своих двух сослуживцев он считал искренними сочувствующими и в чем-то носителями и вершителями высшей справедливости, вершителями того, что в конце концов в глазах истории позволит даже его бывшую контору — КГБ — красить не одним черным цветом, как это нынче принято. По крайней мере, так ему, Рябцеву, сейчас казалось.

Кофе закончился, но вкус его еще держался на языке. Рябцев прищурился, губы сложились в тонкую напряженную линию.

«Да, я еще в долгу, — подумал он. — Я еще себя не реабилитировал. Но это потом. Я им еще должен кое-что вернуть, и тогда... Тогда они сначала будут в шоке, потом — едва слышимые слова благодарности. Кто же станет громко благодарить бывшего гэбиста, пусть даже если он в каком-то смысле совершил подвиг, а если быть точнее — то предательство служебных интересов? Потом... Потом можно спокойно умирать».

Рябцев представил себе собственные похороны: желтый автобус с черной полосой въезжает в ворота Лычаковского кладбища, открытый гроб с покойником поднимают на плечи высокие и длинноволосые хиппи зрелого возраста. Все — в джинсовой одежде. Среди них первый слева — Алик Олисевич. Рядом с ним Пензель и Игорь Злый. За гробом — несколько постаревших сослуживцев в штатском...

— Может, вам еще кофе? — нарушила размышления Рябцева девушка за барной стойкой.

— Нет, спасибо! — Рябцев поднялся и, нажав на «паузу», остановив свои визуальные фантазии, пошел к выходу.

Доставив себе маленькую кофейную приятность, Рябцев задумался о своих пернатых подопечных. Уже остановившись у мотороллера, позвонил знакомому голубеводу, поинтересовался наличием витаминов. Тот ответил утвердительно, чем помог Рябцеву конкретизировать план на ближайший час.

И поехал Рябцев на своем желтом «piaggio» по мокрому асфальту Сыхова. Мимо многоэтажек и бывших пустырей, на которых выстроились церкви и костелы, мимо торгового центра «Арсен», мимо рынка Санта-Барбара.

Илько Нарижный, для которого голуби были не только хобби, но и маленьким бизнесом, принял Рябцева у себя дома, в двухкомнатной квартирке на пятом этаже.

— Всё свеженькое, даже не распаковывал, — сказал он, разворачивая вчетверо сложенный листок бумаги. — На вот, посмотри!

Рябцев пробежался взглядом по списку названий. Возвратил взгляд на хозяина — сутулого, усатого крепыша лет на десять младше Рябцева.

— А ты что посоветуешь? — спросил.

— Ну, в прошлый раз ты бельгийский витамикс брал... Я его в этот раз не привез. Зато омниформ есть, это то же самое, и тоже бельгийское. У тебя они все здоровые? Клещей нет?

— Здоровые, чего им болеть?!

— Омниформ, короче, а к нему еще форталита и декстротоника, чтобы они зимой спортивную форму не теряли! — более твердо предложил Илько Нарижный.

— А зачем им спортивная форма?! Я их на соревнования не вожу...

— И зря не возишь! Спорт не только людям жизнь продлевает! Выпить хочешь?

Рябцев отрицательно мотнул головой.

— Витамины возьму, а всю остальную чепуху — нет, — решительно сказал он.

Хозяин квартиры кивнул.

Получив в обмен на двести гривен пакет с витаминными добавками для корма, Рябцев попрощался.

День уже клонился к закату. Влажность утяжеляла воздух, вечерила его, закрашивала серым цветом.

Через десять минут бывший капитан уже открывал дверь своей голубятни, заводил внутрь мотороллер, включал свет.

На верху, между первым этажом и голубями, Рябцев сбросил с табуретки газету, уселся. Дальше он уже всё делал сидя, благо руками можно было достать и до маленького столика, за которым они с Аликом недавно неплохо пообщались, и до тумбочки, где стояла посуда и бутылка минералки. Налив себе стакан «Моршинской», Рябцев задумчиво посмотрел вверх. Лампочка светила слабо — аккумулятор нуждался в подзарядке. Но сверху отчетливо доносился бодрый голубиный говор. Рябцев улыбнулся, отпил воды и опустил взгляд на пакетик с голубиными витаминами, лежавший рядом на деревянном полу. Вот он сейчас минут десять отдохнет, воркованье мирное послушает, а потом уже и делом займется: смешает витамины с кормом и угостит своих пернатых приятелей оздоровительным ужином.

Глава 24

В самом конце улицы Замарстиновской рано-рано утром наступил четверг. Алик поначалу этого не понял и проснулся, как обычно. Посидел на диване, посмотрел в окно с «коротким видом», упиравшееся в стенку кирпичного сарая, потом перевел взгляд на старую печку, которую когда-то давно топили дровами, а теперь в нее была заведена газовая труба. Алик зажег спичку, открыл железную печную дверцу и, поднеся огонек к зауженному концу трубы, пустил газ. Синяя вспышка всколыхнула застоявшийся печной воздух, и стал огонь облизывать снизу старые металлические круги двух широких конфорок. Алик насыпал молотого кофе в турочку, залил водой из дворового колодца-источника и теперь посмотрел в окно «дальнего вида». За этим окном светило солнце. Оно своим неожиданным появлением и навеяло Алику календарные мысли, отчего он сначала вспомнил, что на улице — октябрь, а в доме, где всё всегда конкретнее, чем на улице, и даже часы тихо тикают в предбаннике под самым потолком, наступил четверг.

Крепкий кофе не ускорил течение мысли, но как бы добавил взгляду Алика резкости. Солнце же за окном, наоборот, расслабляло его и пыталось ослабить воздействие кофеина на мозг.

— Четверг?! — прошептал Алик и почему-то встревожился.

Вспомнил о том, с каким трудом недавно добирался он домой от капитана Рябцева, вспомнил и о встревоженности самого Рябцева некими странными событиями, происходящими в городе. Нет, четверг был тут явно ни при чем, не в четверг они посидели с Рябцевым в голубятне. Другой день недели это был.

И Алик отвлекся от ночного Львова, и тут припомнился ему более конкретно прошлый четверг. И всё встало на свои места: и Пороховая башня, и очередь бомжей за бесплатной едой, и круглолицая, строгой красоты женщина Оксана, которая проследила, чтобы он был сыт, и хотела, чтобы он принял горячий душ где-то в Винниках. Да! Еще она говорила, что там можно постирать его одежду... Но его одежду уже постирал капитан Рябцев!

Алик улыбнулся и посмотрел на спинку кресла в углу комнатки, где лежали его джинсы и джинсовая рубашка. Одежда была правильного синего джинсового цвета — то есть чистая, постиранная и высушенная утюгом лично бывшим штатным сотрудником КГБ.

Не допив кофе, Алик оделся. Посмотрелся в зеркальце над рукомойником, причесал свои длинные волосы, отчего они выровнялись и придали его лицу почти монашеский облик.

«Четверг, — снова задумался он. — Надо воспользоваться солнцем. Скоро его вообще не будет!»

Сгреб со стола мелочь и ссыпал в карман джинсов. Пересчитал мятые купюры, подумал о приближающемся дне зарплаты и... решил выпить чаю. Кофе с утра — всегда хорошо, но иногда его воздействие стоило «гасить». Тем более, перед длительной пешей прогулкой. Деловой походкой Алик никогда не пользовался, но когда выпивал лишнюю чашку кофе, эта походка сама появлялась и вызывала в нем недовольство собой. Ведь негоже свободному человеку куда-то спешить! Если человек куда-то спешит — он уже несвободен. Можно ведь и медленно идти к цели, можно неспешно прийти на встречу и даже оказаться первым! Это как раз случалось с Аликом очень часто. Он и жил по принципу: тот, кто не спешит, всегда успеет!

Две чашки зеленого чая привели Алика в состояние полного согласия с миром. И он, закрыв свою украшенную десятками наклеек дверь слабым подобием замка, отправился в город. Как всегда, пешком.

По дороге, заметив внезапно нахмурившееся небо, заглянул в придорожную забегаловку, где не без сомнения взял чашку кофе. Однако за окном забегаловки вдруг резко посветлело, и Алик, не допив кофе, снова продолжил путь.

Час спустя он уже присел на скамейку в скверике у Пороховой башни. С площади Рынок донесся полуденный бой часов. Небо расступилось и пропустило вниз несколько лучей усталого осеннего солнца. Один из них упал прямо на скамейку и сидящего на ней Алика, и он тут же снял свою широкополую шляпу — к чему ей солнечное тепло?! Настроение улучшилось, стало уютнее, словно сквер у башни превратился в большую коммунальную квартиру, где все друг друга знают, хоть и не все друг друга любят. Мимо прошла, толкая впереди себя коляску с малышом, женщина лет тридцати в синем плаще, и Алик, поймав ее взгляд на себе, кивнул ей. Она кивнула в ответ. Алик задумался. Сейчас ему показалось, что в прошлый четверг она тоже проходила мимо, в том же синем плаще, толкая перед собою ту же коляску бордового цвета. Город был рядом. Город, со всеми его шумами, делами и проблемами, лежал вокруг этого скверика. Но здесь если не светило, то хоть немного подсвечивало солнце и вместо городского шума звучали шорохи, поскрипывания колес детских колясок, шаги проходящих мимо людей, человеческие голоса, не разделяемые на слова из-за того, что расстояние и ветерок превращали их в музыку или даже, скорее, в отзвуки разговоров. Это натолкнуло Алика на мысли о том, что всякий уголок, будь то скверик или двор, живет своей постоянной и постоянно повторяющейся жизнью. Эта жизнь включается с рассветом, с открыванием или закрыванием форточек, включением-выключением света в окнах, скрипом деревянных ступенек в парадных старых польских домов да и с хлопанья-захлопывания входных дверей, подконтрольных тугим пружинам, в обязанности которых входит держать двери в нормальном состоянии — то есть в закрытом виде.

Если бы Алик приходил сюда каждый день к полудню, он бы знал не только имена мамаш, но и имена малышей в колясках, знал бы не только клички собак, которых тут выгуливали, но и имена их хозяев и хозяек. Ведь это они постоянно кричали: «Дружок! Барс! Джолли!» Собаки своих хозяев по именам не знают, поэтому и не кричат им, когда те вдруг потеряются или отвлекутся на пиво. Собаки знают своих хозяев по запаху.

И Алик, остановив свои мысли на собаках и запахах, снова задумался о своей жизни. Попробовал вспомнить запах своего флигеля, своего дома. Попробовал и не смог. «Наверное, это естественно, — подумал он, вздохнув. — Я ведь не знаю свой собственный запах?! Я не могу вдруг сказать: о, этот человек пахнет так же, как я!»

И тут память подбросила Алику воспоминание из совсем недавнего прошлого. Голубятня капитана Рябцева. Там запах стоял сильный и легко запоминаемый. Но это не был запах капитана Рябцева. Это был запах голубятни и голубей.

Алик усмехнулся своим мыслям и воспоминаниям. И заметил, как на аллею скверика выехала уже знакомая ему машина-«пирожок» с надписью «Оселя» на белом боку. К ней из разных углов сквера заспешили люди неблагополучного вида. Их движения были порывистыми, суетливыми, как у не постоянного ветра. Они стали неумело создавать из себя очередь, но тут им на помощь поспешили три прилично одетые девушки. Они обошли невразумительную очередь, и та приобрела форму и порядок.

Алик вдруг поймал себя на мысли, что он высматривает в этой толпе-очереди круглолицую брюнетку в джинсах и темной короткой куртке с большим фотоаппаратом в руках или болтающимся на ремешке. Он даже привстал со скамейки, чтобы лучше рассмотреть собравшихся у машины-«пирожка» людей.

А от машины уже отходили первые осчастливленные бесплатным супом бомжи. Они осторожно несли одноразовые пластиковые мисочки к ближайшим скамейкам.

Минуты через три на ближней к машине скамейке сидели уже плечом к плечу пятеро из них и почти синхронно поднимали ко рту одноразовые ложки. Ели они быстро, словно боялись не успеть.

Алик задумчиво наблюдал за ними, не замечая, что и за ним самим с соседней скамейки наблюдает худой высокий мужчина, у ног которого на асфальте лежит старый желтый кожаный саквояжик. Одет мужчина с саквояжем был скромно, но прилично: коричневый костюм конца восьмидесятых с острыми лацканами и синим значком-ромбиком какого-то советского вуза над нагрудным карманом, замшевые серые туфли, на голове — бежевая узкополая шляпа. На какой-то момент мужчина в костюме отвлекся на очередь возле машины-«пирожка», сглотнул слюну, из-за чего его кадык на худой шее сделал резкое движение вверх-вниз. Вид очереди бомжей почему-то заставил его волноваться, и он возвратил свой взгляд на Алика, отчего на его душе снова стало спокойнее и стабильнее.

А Алик ощутил чувство голода. Подсознательно он еще выискивал взглядом ту добрую и красивую круглолицую женщину, накормившую его в прошлый четверг здесь же, в сквере. Но ее не было видно. Значит, ее не было. Алик смотрел, как бомжи и просто бедные, доев суп, снова становились в очередь. Теперь уже за вторым блюдом. Потом они получат компот — память Алика вернула на его язык вкус этого компота, выпитого неделю назад. Чувство голода обострилось. Он стал припоминать: где тут рядом можно дешево и вкусно перекусить?

А в это время мужчина в коричневом костюме подхватил с асфальта свой желтый саквояжик и подошел к скамейке Алика. Присел рядом так тихо, что Алик даже не услышал. Не услышал и не увидел, поглощенный своими мыслями.

— А вы почему не идете? — спросил мужчина и кивнул в сторону машины-«пирожка».

Алик вздрогнул от неожиданности, посмотрел на внезапно появившегося соседа по скамейке растерянно.

— Неудобно?! — предположил вслух мужчина.

Алик кивнул.

— Мне тоже, — сказал мужчина. — Но я вам принесу. Вы только мои вещи постерегите! — И он указал взглядом на саквояжик.

Мужчина вернулся с двумя тарелками. Одну сразу передал Алику и только после этого уселся рядом. Алик смотрел на гречневую кашу, щедро сдобренную подливкой, на котлету, на белую пластиковую вилку.

— Спасибо! — произнес он, обернувшись к доброму незнакомцу.

— Не за что! — уже прожевывая пищу, ответил тот. — Я, извините, не представился. Ежи Астровский, бывший поляк.

— Почему «бывший»? — удивился Алик. — Разве можно быть «бывшим» поляком или русским?

— Бывшим кагэбистом или коммунистом быть нельзя — эти печати с тела и с души не смываются, — ответил Ежи, отвлекшись от еды. — А из меня в советское время всё польское выбили, кроме имени и фамилии. Да и те предлагали поменять! Вот и получилось, что я — «бывший».

Гречневая каша таяла во рту так же легко, как слова этого доброго человека таяли в ушах Алика, оставляя мысленное послевкусие.

— Меня Аликом зовут, — сказал он. Хотелось добавить что-нибудь о себе, чтобы сравняться по искренности и открытости с соседом по скамейке. — Я, вообще-то, из хиппи...

— Бывший хиппи? — переспросил Ежи Астровский.

— Нет, — Алик мотнул головой. — Не бывший.

— А что, хиппи еще есть? — удивился собеседник.

— Ну, те, кто не умер, еще живут. И я еще живу...

Ежи кивнул и, нацепив на вилку котлету, поднес ее ко рту, смачно откусил одну треть. Жевал долго и сосредоточенно. Потом обернулся к Алику.

— Знаете, я недавно жизнь наново начал! — сказал сосед по скамейке почти торжественно.

— Ну и как?

— Нравится. — Ежи кивнул. — Очень нравится. Теперь понимаю, что двадцать лет жизни потерял, но что-то ведь еще впереди осталось!!!

— Это хорошо! Я тоже оптимист, — произнес Алик, но голос его почему-то прозвучал грустновато.

— Если вы оптимист, то вам сам Бог велел тоже начать жизнь наново!

— А с чего ее начинают?! — с едва уловимой иронией спросил хиппи.

— С мелочей, — твердо ответил Ежи. — С душа и мыла, со стирки одежды, с отказа от вредных привычек, с уборки у себя дома и, конечно, с парикмахерской, с приведения своих волос в порядок. — Ежи остановил взгляд на голове Алика.

Алику вдруг показалось, что у собеседника в одно мгновение нос стал орлиным и хищным. Ежи был пониже Алика, и сейчас, сидя и глядя на волосы Алика, он немного задрал голову вверх. Алику стало немного не по себе. Странный запах защекотал в носу. Это не был запах еды или города.

Алик чихнул. Ежи наконец отвлекся от волос соседа по скамейке. Доел второе, посмотрел на уже пустую одноразовую тарелку на коленях Алика. Взял ее.

— Я за компотом схожу, — сказал, поднимаясь. — А вы саквояжик постерегите!

Как только Ежи ушел, пропал и запах, обеспокоивший Алика. Алик осмотрелся. Очередь перед машиной-«пирожком» рассосалась, хотя бомжи еще кучковались по пять-шесть человек в нескольких местах недалеко от их «полевой кухни». Прохладный ветерок подсказал, что солнца больше нет. Алик надел свою широкополую шляпу. Бросил опасливый взгляд на небо.

— Так как вы думаете? — Рядом снова уселся «бывший» поляк и тут же передал Алику пластиковый стакан с компотом.

— О чем? — просил Алик.

— О том, чтобы начать жизнь наново?

— Я еще не думал об этом, — признался Алик. — Это слишком серьезная тема.

— Да, — согласился Ежи. — Но, как я сказал, можно ведь начинать с мелочей!

Он наклонился к своему саквояжику, раскрыл его, не поднимая с асфальта. Достал оттуда квадратное зеркало размером с книжку, парикмахерские ножницы и ножницы-расческу, квадратный кусок ужасно знакомой Алику особой материи зеленого цвета, большой пластиковый гребень.

— Это всё я нашел у себя дома, когда сделал уборку после двадцати лет бестолоковой жизни, — пояснил Ежи, передавая зеркало Алику.

Алик взял квадратное зеркало, посмотрел в него. Его лицо, отраженное в зеркале, выражало недоумение. Он снова перевел взгляд на зеленую материю, которую Ежи встряхнул в воздухе, как встряхивают скартерть, чтобы освободить ее от крошек.

В носу снова защекотало от неприятного и непонятного запаха.

— Я вас могу подстричь прямо здесь и совершенно бесплатно, — серые глаза «бывшего» поляка уставились прямо в глаза Алика.

— А зачем? — спросил Алик.

— Мне это важно. Мне это зачтется!

— Там зачтется? — Алик указал пальцем на небо.

— Нет, — Ежи мотнул головой. — Тут! — и указал пальцем вниз, на землю.

— Вообще-то я против, — произнес Алик. — У меня есть близкий друг, женщина, она мне подравнивает кончики волос раз в три месяца. А стричься я не хочу!

— Но ведь новая жизнь чаще всего начинается с новой прически!

— Я не хочу новой жизни, — признался Алик. — Мне очень нравится моя нынешняя жизнь. Наверное, я консерватор. Мне нравится моя комната, мой двор. Мне не нравятся новые вещи и новые запахи... Кстати, мне кажется, что от вас как-то странно пахнет!

— Да-да, — закивал Ежи. — Извините! Переборщил! Выпрыскал на себя балончик средства против насекомых...

— Зачем? — Алик от удивления широко раскрыл глаза.

— Ну, чтоб на меня чужие насекомые не перепрыгивали... С людей, которых я буду стричь!

— У меня нет никаких насекомых, — обиженно проговорил Алик.

— Что вы, я не о вас! Я поэтому вам первому и предложил бесплатно постричься! Я же видел, что у вас ни блох, ни вшей нет! Я про них! — и он указал взглядом на еще остававшихся поблизости бомжей. — Им моя помощь важнее. Им и новая жизнь важнее, чем вам. Я это вижу. Просто мне трудно себя заставить сразу пойти к ним. Но ведь надо!

— Вы верующий? — поинтересовался Алик.

— Я бы этого не сказал. — Ежи взглянул под ноги, опустил в саквояжик ножницы с гребнем. Сложил аккуратно зеленую материю.

Алик внезапно протянул к материи руку и пощупал ее пальцами.

— Это я из старого плаща-болоньи вырезал, — пояснил Ежи, заметив интерес Алика.

— А-а, — Алик с пониманием кивнул.

— Я не верующий, хотя вера — тоже хороший стимул для начала новой жизни. У меня стимул тоже есть... Женщина...

— Она вам сказала стричь бомжей? — вырвалось вдруг у Алика.

— Не совсем так. — Ежи отрицательно замотал головой. — Но вы этого не поймете! Ладно! Мне пора, а то они сейчас разбегутся и получится, что я зря сюда пришел!

Ежи, подняв свой желтый саквояжик с асфальта и кивнув Алику на прощанье, отправился к ближайшей группе бомжей.

Алик видел, как он подошел к ним, заговорил. Говорил долго, минут пятнадцать. Потом одна из женщин-бомжей уселась на скамейку и сняла с головы платок. Ежи достал из поставленного на ту же скамейке саквояжика гребень и стал расчесывать ее волосы. И по ее лицу, и по лицу «бывшего» поляка было видно, что занятие это никому из них не приносит удовольствия.

Глава 25

После трех «Лёниных» дней, подпорченных непонятными то ли атмосферными, то ли другими явлениями, соседняя Польша подбросила Тарасу сговорчивого и интеллигентного клиента. Прежде чем Тарас назвал ему по телефону стоимость ночных медицинских услуг, Славомир сообщил, что готов заплатить сто евро, если вся процедура займет только одну ночь. Услышанная сумма смягчила до неузнаваемости голос Тараса, и он, взволнованный редко встречающейся среди его клиентов щедростью, забыл поставить свое непременное условие: о том, что добытый камень должен остаться ему на память. Поляк сообщил, что забрать его надо от отеля «Леополис» на Театральной, что еще больше добавило к нему уважения. Далеко не всякому поляку была по карману роскошь этого отеля, принадлежащего финскому магнату. Оговорив время встречи и вежливо попрощавшись, Тарас тут же перезвонил Дарке, сказав, что к пяти-полшестого утра принесет крепкого горячего кофе. Ночь обещала быть наполненной работой и романтикой, но не одновременно, а поочередно. Сначала, конечно, работа. Но впереди еще три часа, и надо хорошо поесть, посмотреть новости и, возможно, зайти на пару минут к соседу снизу, не наступив при этом на его «любимую» пятую ступеньку. «Хотя нет, — Тарас решил мысленно скорректировать планы, — к Ежи заходить не буду. Лучше покормлю рыбок!»

За окном сыпался мельчайший дождь. Во дворе было тихо, но тишина эта соответствовала времени суток. В девять часов вечера по Пекарской уже не несутся машины. Да и окна Тараса выходили во двор, который был неплохо защищен от уличных шумов. Иногда в самый разгар дня Тарасу удавалось заснуть и неплохо выспаться. Конечно, при двух неизменных условиях: усталости и закрытой форточке. Правда, последние несколько дней ему не удавалось выспаться даже ночью, хотя и усталость присутствовала, и форточку он закрывал. Нервы. Во всем виноваты нервы. Нервы и эта огромная чайка, которую Оксана приняла за грабителя. Может, позвонить Оксане? Узнать, как она там со своей чайкой?

Тарас отрицательно мотнул головой. «Нет, — решил, — лучше позвонить завтра. Ее беспокоить вечером, самому беспокоиться? Зачем?»

Чтобы отвлечься, Тарас зашел на кухню. Поставил греться чайник с водой, заглянул в холодильник. Может, запихнуть в себя полпачки спагетти? Тяжело, дешево и сердито. А если хорошо полить кетчупом, то еще и вкусно!

До полуночи оставалось пятнадцать минут, когда он, переступив пятую ступеньку, вышел во двор, сел за руль «опеля» и выехал на Пекарскую.

Съеденные спагетти действительно придали ему ощущение тяжести и стабильности, но ожидаемая телесная бодрость не появилась после сытного ужина. Усталости, однако, тоже не было.

Славомир стоял у входа в отель. Тарас остановился чуть поодаль, вышел из машины, помахал рукой, сразу ощутив, как на кожу ладони осела влажность, переполнявшая ночной воздух.

— Машинка старенькая, — сказал с акцентом Славомир, оказавшийся приятноликим, должно быть, сорокалетним мужчиной в твидовом пальто до колен и с «ролексом» на руке.

— Специальная, — пояснил Тарас. — Для процедур, а не для удовольствия!

Славомир понимающе закивал.

— Я себе «порше кайенн» неделю назад купил, — похвастался он.

— Бесполезная машина, — вздохнул Тарас. — На ней только девочек катать!

— Для этого и купил, — усмехнулся поляк. — Ну вот, вы просили рентген! — достал он из внутреннего кармана пальто свернутый трубочкой снимок.

Тарас включил салонный свет, поднес снимок к глазам, прищурился.

— Без проблем, — сказал он голосом профи, обернувшись к сидевшему рядом, на переднем пассажирском сиденье, клиенту. — За ночь справимся!

Славомир улыбнулся и пристегнул ремень безопасности.

— Вот этого не нужно! — сказал ему Тарас и отстегнул его ремень.

— Но вы же пристегнуты! — удивился поляк.

— Мне камни выводить не надо, а вам надо! Вы должны вместе с машиной подпрыгивать и вибрировать, а ремень вас будет сдерживать!

— А-а, — протянул Славомир. — Понятно!

Он аккуратно отвел ремень назад, на место.

Минут через пять Тарас выехал на Лычаковскую. Дорога была пустынной, булыжник матово поблескивал и что-то зловещее привиделось Тарасу в его блеске. Клиент вел себя непривычно спокойно и самоуверенно, словно и не болело у него ничего!

Тарас притормозил, обернулся и поправил спортивную сумку с термосом кофе на заднем сиденье.

— Ну что, готовы? — спросил он Славомира.

Тот кивнул. Тарас нажал на педаль газа. Машина рванула вперед и тут же поляка подбросило так, что он макушкой головы ударился о потолок кабины. Ойкнул, на лице молнией проскочила болезненная гримаса. Тарас, заметив это, внутренне улыбнулся. Еще пару километров, и от самоуверенного спокойствия поляка не останется и следа.

После ночной протряски по Лычаковской Тарас провез клиента туда и назад по Городоцкой, а после этого, понимая по цвету лица Славомира, что цель близка, въехал на Лесную. Там уже поляк так вскрикнул, зажав ладонями причинное место, будто заехали ему в пах тяжелой футбольной бутсой. Тарас затормозил и мысленно отметил, что опять оказался перед парадным знакомого четырехэтажного дома, где в ночной тишине уже не раз освобождались его клиенты от бремени мелких, но тяжких камней.

Поляк схватил протянутую ему литровую банку, скрючившись в три погибели, выбрался из машины.

— Эй! — сказал ему в спину Тарас. — Вы только не выбрасывайте камешек! Я их собираю!

Поляк, согбенно стоявший спиной к машине, повел удивленно головой, словно хотел обернуться. Но в какой-то момент он опустил голову, решив, что наблюдать за банкой ему в этот момент важнее.

Тарас выключил двигатель и фары — зачем беспокоить жильцов? Тем более, что все окна дома были темны. Посмотрел на часы — половина третьего. Подумал о Дарке — каково ей там, в ее обменной клетке? Хорошо еще, если электричество есть!

Секунды тянулись мучительно долго. Поляк словно замер, сгорбившись, наклонившись вперед. В открытую дверцу «опеля» дунул прохладный сырой ветерок. В этот момент обычно падает в стеклянную банку камешек, издавая одиночный цокающий звук. Потом звучит журчание, и клиент постепенно распрямляет спину. Но сейчас этого не происходило.

Тарас ощутил беспокойство. Поначалу подумал, что беспокоится за клиента, но несколько мгновений спустя мелкое неприятное дрожание охватило его пальцы. Он опустил ладони на руль, сжал руль что было силы и услышал своим телом, как дрожит всё вокруг — и он, и руль, зажатый в руках, и вся машина. Клейкая тишина, окружившая серый «опель», еще больше пугала Тараса. Он резко обернулся и взглянул на поляка. Тот вдруг вздрогнул, поднял обе руки, словно отталкиваясь от невидимых атакующих. Звон разбитой банки вытолкнул тишину из окружающего машину пространства. И тут зажурчала струя, Славомир, застонав, опустил руки, точнее, левую опустил просто вниз, а правой взялся за управление струёй.

Тарас всё еще чувствовал, как дрожит в руках руль машины, но теперь, когда тишины больше рядом не было, его внутренний ужас сменился страхом и растерянностью.

Поляк медленно обернулся, звякнула «молния» его брюк, он застегнул твидовое пальто и медленно опустился на сиденье.

— Вышел? — спросил его Тарас.

— Кажется, — тихо ответил Славомир. — Такая резкая боль... Я не ожидал... Даже сейчас как-то не по себе...

Тарас хотел было попросить поляка захлопнуть свою дверцу, как до его слуха донеслись шаркающие шаги. Он наклонился вперед и увидел, как вниз по улице, пошатываясь, странной болезненной походкой, едва поднимая ноги, прошел мужчина, сутулый, невысокий, то ли в ватнике, то ли в какой-то похожей на ватник куртке.

— Ну что, едем? — спросил поляк.

Дрожь в пальцах Тараса исчезла. Беспокойство отпустило его. На душе воцарился мир, и эту мгновенную перемену состояния Тарас ощутил в мельчайших подробностях, словно в разных местах его тела было воткнуто не меньше сотни тонких иголок и кто-то вдруг неким странным образом одновременно их вытащил.

Он снял машину с ручника. Она неспешно покатилась вниз. На ходу завел мотор, включил свет.

Тарас всматривался в освещенное фарами пространство, пытаясь разглядеть пару минут назад замеченного бомжа, но никого не увидел.

— К гостинице? — спросил он поляка.

Славомир отрицательно мотнул головой.

— А куда? — удивился Тарас.

— Ночной клуб. Надо прийти в себя.

Тарас пожал плечами и повез клиента в «Позитифф» на Зеленую.

Уже остановившись у дверей клуба, он обратил внимание на безлюдность улицы и тишину. Поляк тоже недоверчиво осматривал из машины улицу.

— Это здесь? — спросил он.

Тарас вышел, прислушался. Откуда-то, казалось, из-под земли, до его тела донеслись низкие вибрации. Он подошел ко входу в клуб, и вибрации усилились. Обернулся к поляку, призывно махнул ему рукой.

В клубе гудела музыка, именно гудела, а не играла. Они присели за столик, к ним медленно и неуверенно подплыл по тяжелому воздуху уставший молодой официант.

— Лаговаллин есть?

Официант кивнул.

— Два! — сказал ему поляк.

— Я — за рулем! — твердо заявил Тарас.

Официант замер. Только зрачки его глаз «сходили» посмотреть на того, кто «за рулем» и снова вернулись на Славомира.

— Всё равно два, — повторил он. — Без льда, в один стакан.

Тарас смотрел в спину удаляющегося официанта и пытался понять: был ли тот обкуренный, пьяный или просто уставший.

— Скажите, а вы другие болезни лечите? — спросил вдруг Славомир.

Его лицо словно освободилось от остатков перенесенной во время процедуры боли. Глаза казались снова совершенно сосредоточенными, взгляд — чистым и немного надменным.

— Нет, я только камнями занимаюсь.

— А может, друзья есть? К которым с другими болезнями обращаются? — настаивал поляк.

Тарас, кажется, понимал, куда клонит клиент.

— Вас интересует тяжелая венерология? — спросил он.

— Тяжелая?! — повторил Славомир, усмехнувшись и показав ряд белейших зубов. — Хороший термин! Сам придумал?

Тарас кивнул. И ощутил мгновенную гордость. Ведь это именно он еще в институте шутки ради разделил венерологию на тяжелую и легкую и сравнил ее с артиллерией.

Перед Тарасом на стол неожиданно опустилась банкнота в десять евро.

— Это за копирайт! — сказал поляк. — Я буду этот термин использовать!

«Сто десять!» — калькулятор в голове у Тараса подсчитал доход сегодняшней ночи.

Официант опустил на стол перед поляком стакан из толстого стекла, наполненный янтарной жидкостью. Резкий запах ворвался в ноздри Тараса, и он инстинктивно откинулся на спинку стула.

— Мне нужны люди с редкими заболеваниями! — поляк произнес более четко и членораздельно, не сводя взгляда с виски.

— У моей подружки аллергия на деньги, — сказал Тарас не потому, что хотел поддержать разговор на интересующую клиента тему, а потому, что в этот момент он думал о Дарке и о том, что пора бы ему с ней уже и кофе из термоса выпить.

— Интересно. — Славомир глотнул виски и наклонился вперед, отодвинув стакан вправо. Уперся локтями в столешницу, уставился ожидающе на Тараса. — Давно? Какие симптомы?

— Высыпания по всему телу, покраснения...

Тарас вдруг смущенно замолчал, словно сделал что-то нехорошее и теперь ему стало стыдно. Да! Он понял, что заговорил о ее теле с посторонним, незнакомым человеком. Заговорил о ее болезни, о ней самой. Зачем?

Тарас опустил взгляд на стакан с виски. Сейчас, чтобы еще крепче замолчать, он был бы не против сделать глоток-другой. Но ведь потом всё равно за руль! Она ведь его ждет в своей «валютной башне», закрытой снаружи! Он должен принести ей кофе. Это единственное, чем он сейчас может ее порадовать и отвлечь!

— Мне надо идти, — неловко выдавил из себя Тарас.

— Вы подумайте! Редкие заболевания — это хороший бизнес! Я мог бы вам предложить партнерство! — Славомир заговорил быстрее, понимая, что Тарас сейчас действительно уйдет и не дослушает его. — Я работаю на фармакологические лаборатории в Бельгии. Им нужны пациенты для испытания новых лекарств.

— А какой смысл делать новые лекарства для редких заболеваний?

— Вы не понимаете! У некоторых редких заболеваний есть большой потенциал! Они могут стать обычными болезнями. Аллергии уже полностью захватили Америку! Ваша знакомая — это, как у вас говорят, первая ласточка будущих серьезных аллергий! Она получит бесплатные лекарства, вы получите триста евро в месяц за административные услуги и контроль лечения пациента...

Тарас внезапно ощутил усталость. Или гудящие вибрации клуба доконали его голову, или бессонная ночь, или то внезапное необъяснимое волнение, охватившее и напугавшее его на улице Лесной. Он больше не мог и не хотел думать.

Поляк протянул визитку.

— Дело надежное! — сказал он. — Вы реально можете администрировать десять-пятнадцать пациентов, а это до пяти тысяч евро в месяц! Что вам стоит пройтись по больницам? Любой врач за двадцать евро выложит вам все диагнозы на стол! Останется только выбирать!

— Я потом, — произнес Тарас, пряча визитку поляка в карман куртки. — Мне что-то нехорошо.

Поляк окликнул его еще раз, когда Тарас уходил, но не для того, чтобы продолжить разговор. Подошел к нему, протянул сто евро и похлопал по плечу.

Уже на улице, ощущая на лице холодную влажность осеннего воздуха, Тарас посмотрел внимательно на банкноту в правой руке. Посмотрел и понял, что едва не остался без заработка! Отправил поляку в клуб мысленную благодарность за порядочность. И сел в машину.

Около половины пятого он уже был у светящегося окошка ночного обменника на улице Франко. Просунул в нижний вырез окошка сто десять евро.

— Гривны нет, — услышал знакомый любимый голос.

Наклонился, кончиком носа прилип к стеклу.

— Ой, это ты! — обрадовалась Дарка и помахала правой ручкой в длинной перчатке изумрудного цвета. — Знаешь, полчаса назад прибежал негр, кажется, он в казино «Сплит» на дверях стоит, и забрал все гривны!

— Что ж, — усмехнулся Тарас. — Тогда просто будем пить кофе! Кофейные пепельницы чистые?

Дарка просунула наружу обе «венецианские» пепельницы. Тарас наполнил их из термоса и одну аккуратно просунул обратно. Приятный запах защекотал в ноздрях.

— Ты сегодня после обеда свободен? — спросила Дарка.

— Да! — Тарас кивнул.

— Тогда придумывай: куда пойдем?

Тарас поднес «венецианскую» пепельницу к губам, отпил уже не горячего, но зато крепкого и ароматного кофе и задумался.

Глава 26

Казалось, что всё утро где-то на задворках сна Тараса звучал бесконечный гимн Украины. И затих гимн только после того, как запипикал будильник в мобильном телефоне. А Тарас поднялся, ощущая неприятную тяжесть в плечах, будто целые сутки носил он на спине тяжелый

походный рюкзак. Умылся, но завтракать не стал. Кто завтракает в два часа дня?! Самое время обедать!

С включенным ноутбуком прошел на кухню. Проверил почту — в виртуальном ящике только один e-mail, да и тот от ночного клиента Славомира.

«Большое спасибо, — писал поляк. — Не забывайте о возможном заработке! С вашей изобретательностью и энергией вы можете зарабатывать и больше, чем 5000 евро в месяц! Славомир».

Тарас хмыкнул, перешел на сайт метеопрогноза, увидел, что вечер во Львове будет дождливый, но не огорчился. Пускай идет дождь! Кто его тут, во Львове, боится? Зато он увидит через два часа свое личное солнышко и поведет его туда, где им обоим будет уютно и тепло!

Встретились они с Даркой в кафе «Кабинет». Он уже сидел за столиком, листая взятую с полки книгу, когда она зашла, на ходу складывая мокрый зонтик красного цвета. С зонтика капала вода. На ее лице светилась улыбка — Дарка смотрела на него озорными, веселыми глазками. Подошла. Нежно дотронулась до губ Тараса указательным пальчиком правой руки, затянутой в бордовую перчатку. Ткань перчатки оказалась хорошим проводником тепла. Дарка присела напротив, опустила зонт под ноги на пол, сняла с головы черную кепку, похожую на фуражку американских полицейских, расстегнула две верхние пуговицы короткого, до колен, черного пальто, чтобы освободить шею от темно-синего шерстяного платка.

— Тут тепло! — Тарас улыбнулся в ответ.

Дарка поднялась, сняла пальто, оставшись в темно-синих вельветовых джинсах и бордовом свитере. Перчатки на ее руках были чуть светлее свитера. Она помахала рукой официантке, смуглой женщине лет тридцати, похожей на цыганку.

— Латте[1]!

— А вам? — официантка перевела взгляд на Тараса.

— Эспрессо и пятьдесят «Закарпатского».

— Как дома? — поинтересовался Тарас, когда официантка отошла.

— Всё в порядке! А у тебя?

— А что у меня? — Тарас пожал плечами. — Я ведь сам живу. Ну, не совсем. Еще кактусы есть, и аквариум с рыбками. Их я покормил.

Дарка рассмеялась.

— Чем ты их кормишь?

— Чем? Кормом. Из коробки. А ты, кстати, обедала сегодня?

— Конечно, — ответила Дарка. — Тоже кормом из коробки. Сухой завтрак!

— Сухой завтрак на обед?

— Знаешь, — губки Дарки сложились в ехидную улыбку, — человек обычно завтракает три раза в день, только второй завтрак называет обедом, а третий — ужином. Для разнообразия. Понятно?

— Ну да, — кивнул Тарас. — Понятно!

— На жизнь надо смотреть свободнее, а не по инструкции! — добавила Дарка, оглянувшись на приближавшуюся официантку.

Тарас попивал кофе с коньяком, слушал сегодня более разговорчивую, чем обычно, Дарку и время от времени бросал взгляд на залитые дождем окна кафе. Он ждал от них сигнала, не хотел пропустить паузу в дожде. И когда за окнами кафе стало чуть светлее, заторопился, помог

---

[1] *Латте* (от итал. caffe latte) — кофейный напиток родом из Италии, состоящий из молока и кофе эспрессо.

Дарке надеть приталенное черное пальто, сам поднял с пола зонтик.

На улице они успели попасть под мимолетный солнечный лучик. Тарас взял Дарку за руку. Мягкая тонкая ткань перчатки не мешала ему.

— Как только пойдет дождь, побежим в ближайшее кафе! — предложил он.

Дарка кивнула.

Перерыв в дожде довел их до бара «Доминик» на Федорова. Там им пришлось задержаться на часик, пока дождь, превратившийся в настоящий ливень, не затих, не прекратился, давая влюбленным возможность снова прогуляться по старому центру Львова.

— Как твоя аллергия? — осторожно спросил Тарас, осмелев после коньяка.

— Пока не беспокоит, — ответила Дарка. — Я же умненькая! Я ее не провоцирую!

— Знаешь, мне тут один клиент из Польши сказал, что в Бельгии придумали новые лекарства от аллергии, — Тарас заговорил неуверенно, негромко. — Если хочешь...

Дарка отрицательно мотнула головой.

— Осторожность — лучшее лекарство! — сказала она. — Осторожность и трезвость!

Около шести Дарка попросила Тараса посадить ее в такси и уехала домой отдохнуть перед ночной сменой.

Моросил дождик. Тарас шагал домой в приподнятом настроении. Проходя мимо мини-маркета, не удержался и зашел, чтобы купить маленькую бутылочку коньяка. Уже в своем дворе на Пекарской заметил, что окна в квартире Ежи Астровского светятся. Возникло желание поболтать с соседом.

Ежи, открыв двери, обрадовался. Охотно впустил Тараса в коридор, но тут же попросил снять ботинки.

— У меня сегодня убрано, — сказал, и в его интонации одновременно прозвучали и гордость, и извинения.

В комнате действительно было чисто. У Тараса возникло ощущение, что уборка тут только-только закончилась. На подоконниках обоих окон, обнаженных сдвинутыми в сторону занавесками, стояли четыре вазона со взрослыми столетниками — по два на каждом подоконнике. Парикмахерское кресло было снова покрыто простыней. Столик, за которым они недавно втроем с Оксаной пили кофе, украшала зеленая стеклянная ваза. Из нее скромно выглядывала красная головка искусственной розы.

Тарас поставил бутылочку коньяка рядом с вазой и оглянулся на хозяина.

Ежи отрицательно замотал головой.

— Я здесь больше не пью, — мягко, не желая обидеть гостя, заявил он. — Только в культурных общественных местах! Кстати, у меня есть хороший чай! И чайник я купил новый! Со свистком!

— Ну я как-то уже настроился на коньяк. — Тарас бросил взгляд в сторону окон, за которыми на их двор опускались сумерки.

— Одно другому не мешает. — Хозяин квартиры пожал плечами и ушел на кухню.

Принес рюмочку и две чайные чашки. Тарас тут же наполнил рюмочку коньяком. Пригубил.

— Я посоветоваться хотел, — признался хозяину квартиры.

— Со мной? — удивился Ежи.

— Ну да, по-соседски.

Ежи закивал.

— Конечно, конечно, если я чем-то могу помочь... Я с радостью, ты же знаешь...

— У тебя, кстати, никаких редких болезней нет? — спросил вдруг Тарас, перейдя на полушепот.

— Нет, а что?

— Да так, просто... У моей девушки сильная аллергия на деньги...

— На деньги? — удивился Ежи.

И тут из кухни донесся нарастающий свист чайника. Разговор прервался ненадолго, но через пару минут Ежи снова уселся на свой стул.

— И она что, терпеть не может деньги?

— Не она, а ее тело. Сразу высыпания, покраснения, зуд... А вчера мне один знакомый поляк предложил для нее лекарства... Бельгийские...

— Так это ж, наверное, дорого...

— Нет, можно сказать — бесплатно, но за услугу...

Ежи задумался. Лицо его стало настолько серьезным, что и Тарас замер, ожидая услышать мнение соседа.

— Знаешь, — наконец заговорил Ежи, — я бы на твоем месте ее не лечил...

— Почему?

— У тебя что, много денег? Если у нее аллергия на деньги, значит, ей и без них хорошо! Моя первая жена... — В глазах Ежи блеснули внезапные слезы. — Она наоборот, так деньги любила, что мне пришлось ее разлюбить. Если б только у нее была аллергия на деньги! Может, я сейчас был бы уже дедушкой...

— Может, выпьешь? — Тарас кивнул на бутылку коньяка. — Или добавить в чай?

Ежи решительно отказался, заслонившись на мгновение от бутылки поднятой ладонью.

О Дарке больше за столом не вспоминали. Соседа понесло по волнам собственной памяти. Он почувствовал в Тарасе благодарного слушателя и стал рассказывать о своем первом браке, о первой жене — Терезии Владимировне. Рассказывал с нежностью, как об утраченной драгоценности. За окном темнело и стихало, отчего свет трехрожковой люстры под потолком становился, как казалось Тарасу, всё ярче и ярче.

В какой-то момент Ежи замолчал, задумался. Потом встал и подошел к шкафу. Скрипнула фанерная дверца. Тарас, оглянувшись, увидел выглянувшие из шкафа рубашки и пиджаки, висевшие на плечиках. Ежи опустился на корточки и перебирал что-то внизу, под ними.

Тарас возвратил свой взгляд на полупустую рюмку. Допил коньяк.

— Вот! — радостно прозвучал за спиной голос хозяина квартиры. — Посмотри!

Тарас обернулся и увидел в руках Ежи длинное женское платье. Он его держал перед собой так, чтобы нижним краем платье касалось пола. Темно-синее, с мелкими яркими цветочками желтого и красного цвета, оно действительно было красивое.

— Подойди! — попросил Ежи.

Тарас поднялся со стула.

— Возьми его тут, — он взглядом указал на свои руки.

Тарас взял платье за плечи, сменив Ежи. Оно оказалось удивительно легким, почти невесомым.

А Ежи отошел на пару шагов в сторону и замер, снова остановив на платье свой взгляд.

— Видишь? — спросил он через минуту. — Нет, тебе не видно!

Он снова подошел, завел ладонь за платье, прикоснулся ладонью к мягкой легкой ткани.

— Она была такая стройная! — снова посмотрел на Тараса. — Когда забирала свои вещи, устроила из-за этого платья скандал! Всю квартиру перерыла! А я его у Аркадьевны спрятал, у старухи, что напротив жила. Надо было что-то на память оставить... Да и не хотел, чтобы она в этом платье перед кем-то другим вертелась. Ты, кстати, понюхай! Понюхай платье!

Тарас поднес платье к лицу, уткнулся носом в ткань. Ощутил едва-едва различимый сладковатый запах.

— Духи «Красный октябрь», — пояснил Ежи. — Ее любимые. Я раз в году ими платье опрыскиваю... И видишь, моль его не берет!

Тарас вернул платье Ежи, возвратился за стол, обремененный внезапной мыслью о том, что он ни разу не видел Дарку в платье. Всё время джинсы да свитера, и перчатки, десять, наверное, пар разноцветных длинных, до локтя, перчаток. Хотя без них она не может, без них ей нельзя!

Ежи, спрятав платье обратно в шкаф, заварил свежего чаю и снова уселся напротив. Его лицо выражало тихую радость и спокойствие. Его лицо так светилось особенной чистотой помыслов и чувств, что Тарас замер, глядя соседу в глаза. Замер и напряженно вслушивался в наступившую тишину. Говорить больше не хотелось.

Когда минут через пять Ежи разлил по чашкам свежий чай, Тарас вздрогнул, поняв, что журчание чайной струи донеслось до его ушей несколько позже положенного, словно киномеханик, показывавший кино, забыл поначалу включить звук, и только когда весь зал закричал «Звук! Звук!», он исправил свою ошибку.

Однако журчание чая не нарушило безмолвия. Просто теперь в тишине двое мужчин, каждый погруженный в свои мысли и чувства, пили чай. Чай без сахара.

И вдруг тишина рассыпалась вдребезги. Что-то за окном зазвенело, затопало, женский крик ударился в закрытые окна квартиры и рассыпался на звуки прежде, чем Тарас и Ежи смогли его понять. Ежи бросился к ближнему окну, открыл форточку, сдвинул вазон со столетником и вскарабкался на подоконник. Тарас тоже подскочил.

— Быстро, на улицу! — скомандовал Ежи, спрыгнув с подоконника на пол. — Там женщину бьют!

Ежи успел забежать на кухню и схватить сковородку. Они выскочили во двор одновременно. Свет, падавший из окон Ежи, осветил присевшую на корточки женщину, руками закрывавшую голову. У ее ног лежал порванный бумажный пакет, рядом с ним — белый батон, рыбные консервы, вывалившийся из бумажной упаковки круг полукопченой колбасы и целая селедка.

Тарас оглянулся по сторонам, прислушался. Внезапная тишина напугала его. Словно бандиты, напавшие на эту женщину, тоже спрятались на мгновение где-то совсем близко.

Странный солоноватый запах защекотал в носу у Тараса. Он наклонился к женщине, дотронулся до ее плеча.

— Всё в порядке! — попробовал ее успокоить. — Они убежали! Вставайте!

Женщина медленно опустила руки, которыми закрывала голову, посмотрела с опаской на Тараса. А он, увидев на ее лице кровь, испугался и сделал шаг назад.

— Пойдемте ко мне, — сказал ей Ежи. — Надо вызвать милицию! Пойдемте!

Пока Ежи помогал женщине подняться на ноги, Тарас собрал ее покупки обратно в пакет, взял пакет под дно — ручки у него были оторваны — и занес в квартиру.

Уже усадив женщину на кухне, Ежи намочил полотенце и вытер ее лицо и руки. Тарас вызвал милицию и «скорую» и тоже зашел на кухню.

— Сволочи! — шептал Ежи, продолжая вытирать с ее лица снова и снова выступавшую из ран кровь. — Сколько их было?

Женщина вздрагивала и не отвечала. Только время от времени она поднимала напуганный взгляд на Ежи и стоящего рядом Тараса.

Через несколько минут во двор заехал милицейский джип. Милиционеры, встреченные Тарасом, тоже прошли на кухню. Ежи глянул на их грязные тяжелые ботинки и скривил губы.

— Кто это ее так? — спросил молоденький сержант.

— Мы не видели, — ответил Тарас. — Когда выбежали, их уже не было.

— Они сверху напали, — дрожаще прозвучал ее слабый голос. — Сверху, как птицы! И еще смеялись при этом!

«Скорая» приехала минут через пять. Женщина-врач осмотрела потерпевшую.

— Опять, — выдохнула она сокрушенно.

— Что «опять»? — осторожно спросил милиционер постарше.

— Лицо и руки исколоты тонким острым предметом, — пояснила врач. — Третий раз на этой неделе! Какой-то маньяк орудует!

Она помогла потерпевшей подняться и с помощью сержанта, взявшего ее с другой стороны под руку, вывела женщину из квартиры.

Старший милиционер задержался на минутку, записав телефоны Тараса и Ежи и сказав, что, возможно, перезвонит им позже.

Обе машины уехали, и снова стало тихо. И во дворе, и в квартире.

Ежи молча взял в руки веник и стал подметать пол на кухне. Наткнулся взглядом на бумажный пакет с продуктами. Выложил его содержимое на стол. Круг колбасы спрятал в холодильник.

— Может, всё-таки, коньячку? Против стресса? — предложил заглянувший на кухню Тарас.

Ежи отказался.

— Поздно уже, — сказал он. — Да и на трезвую голову сны снятся добрые, без этих ужасов, — он кивнул на окно, за которым осенний вечер вот-вот собирался превратиться в ночь.

Ночью Тарасу не спалось. Он крутился, лежал на спине с открытыми глазами. Несколько раз поднимался и подходил к окну, за которым было тихо и спокойно. Снова ложился, но заснуть никак не мог. Всё время вспоминалась эта женщина, на которую «напали сверху, как птицы». Ее крики со двора. Кровь на ее лице. Ужас в ее глазах. Все эти зрительные и слуховые воспоминания вызывали какую-то странную оцепенелость тела. Так, наверное, себя чувствует кролик, на которого смотрит удав перед тем, как проглотить. Ужас предшествует неминуемой гибели, смерти. Это, конечно, касается скорее кролика, чем Тараса. Ужас в глазах этой женщины с кровью на лице его, Тараса, не касался. Он — посторонний, даже не свидетель. Точнее — свидетель не произошедшего, а последствий.

Тарас вздохнул, повернулся на бок. Протянул руку к тумбочке и взял мобильник. Позвонил Дарке.

— Как ты? — спросил.

— Нормально, — ответил знакомый голос. — Тихо. Никого. Приходили из казино, обменяли десять тысяч долларов. Опять гривны нет. Ночью почему-то всем нужна гривна, а днем — доллары...

— Странно, — согласился Тарас, вспомнив, что и сам постоянно меняет евро и доллары на гривны, и всегда ночью. — А мне не спится...

— Выпей! — посоветовала Дарка.

— Я уже. Не помогает.

— Тогда приезжай! Поболтаем!

— Я же выпил, — стал оправдываться Тарас. — Теперь за руль нельзя. Только пешком.

— Так пешком приходи!

— Знаешь, — Тарас заговорил медленнее, — я боюсь. У нас сегодня во дворе на женщину напали... Вся в крови была...

— Ну, на женщин всегда нападают. На мужчин нападают, только когда рядом женщин нет, — голос Дарки зазвенел озорно и игриво. — А мне как раз кофе хочется!

— Прямо сейчас?

— Прямо сейчас!

— Хорошо, уже встаю! — сказал Тарас и опустил ноги на пол.

— Вставай-вставай! — подзадорила его Дарка. — Нечего без толку валяться!

Тарас оделся, заварил кофе, залил его в термос.

Вышел во двор и прислушался к окружающему ночному миру. То, что поначалу показалось ему тишиной, постепенно расслоилось на множество микрозвуков. При этом некоторые из этих микрозвуков доносились из телесных недр самого Тараса. Он одинаково хорошо слышал даже не ушами, а собственной кожей стук своего сердца. Слышал далекое жужжание самолета где-то высоко в темных небесах. Слышал что-то не совсем понятное, но ритмичное и обладавшее качествами некой индустриальной мелодии, будто бесконечно работающий станок или конвейер. Когда эта мелодия затихла, Тарас понял, что где-то далеко прошел поезд.

Ушедший за пределы слуха поезд успокоил Тараса. Он вышел на Пекарскую и повернул по ней налево. Теперь сам он стал источником ночного звука. Он шел, и слушал свои шаги, и одновременно старался ступать мягче, чтобы его шаги звучали как можно тише.

Возле Галицкого рынка им овладело уже знакомое беспокойство, и Тарас зашагал быстрее, словно спешил миновать опасную зону. И действительно, пройдя метров тридцать-сорок, остановился в начале улицы Франко и замер, понимая, что беспокойство покинуло его так же быстро, как и овладело им прежде, несколько минут назад. Оглянулся по сторонам, прислушался. Ничего необычного, только почему-то на языке появилась соленость. Поправив на плече сумку с термосом, Тарас сделал несколько шагов назад, к Галицкому рынку. И сразу ощутил странные неприятные вибрации. Теперь, когда он очень внимательно прислушивался к своему телу, возникшие ощущения не вызывали более беспокойства, а просто страх и любопытство. Причиной этого любопытства вполне мог оказаться выпитый вечером коньяк. Тарас сделал еще несколько шагов назад, и тут его словно затрясло. Дрожь прошлась по всему телу сверху вниз. Он замер. Любопытство исчезло. Остался только страх и соленый странный воздух, которым трудно дышать. Сверху резко закричала криком, напоминавшим старческий хохот, какая-то птица. Захлопали крылья. Тарас задрал голову и увидел, как на него падает что-то белое. Ударил по этому белому рукой, как по мячу, и белое, оказавшееся тяжелым и мягким, отлетело в сторону и, захлопав крыльями, стало подниматься в невидимое ночное небо. Тарас выбежал обратно, к началу улицы Франко. Но беспокойство теперь не отпускало его. Он был напуган, дрожал. На лбу выступил холодный пот. Он вытер его ладонью правой руки, но лоб остался неприятно мокрым. Еще раз вытер и ощутил на ладони щемящую боль. Подошел поближе к тускло освещенной витрине кафе, поднес ладонь к лицу. Увидел кровь. Оглянулся назад, прислушался. Дотронулся кончиком языка до нёба, пытаясь определить остаточный вкус на языке. Снова ощутил соль. Развернулся и быстрым, громким шагом отправился к обменнику Дарки, который находился совсем рядом, за «бумеранговым» изгибом улицы.

Глава 27

Под утро Алика Олисевича разбудил звонок мобильного, доносившийся со стороны двери. Разбудить разбудил, но с дивана не поднял. За окном было еще темно. Едва слышимо шуршал мелкий дождь, и мелодия мобильного на фоне дождя звучала приятно и совсем не раздражающе. Не возникало ни малейшего желания ее отключить. И она продолжалась с перерывами несколько раз. Алик лежал на спине и смотрел в потолок. Вот опять слышен только дождь, но, наверное, сейчас снова заиграет мобильник! И действительно, мобильник звучал еще дважды, прежде чем окончательно замолк. Алик перевернулся на живот и снова задремал.

Часиков около девяти ему захотелось выпить кофе. Поднялся и вспомнил о звонившем ранее мобильнике. Вытащил его из кармана куртки. Пять звонков от Рябцева. Первый — в шесть утра!

«Что с ним стряслось?» — подумал. Перезвонил.

— Ты новости по радио слушал? — взволнованно спросил Рябцев, даже не поздоровавшись.

— Да я только проснулся!

— Так сначала послушай, потом вспомни, что я тебе говорил, а потом снова перезвони мне! — выпалил бывший гэбэшник и отключился.

Озадаченный Алик оглянулся на печку, на заготовленную с вечера джезву, на стеклянную банку с молотым кофе, плотно закрытую капроновой крышкой.

«Новости или кофе? — спросил Алик сам себя. И сам себе ответил — Кофе!»

Минут через двадцать он-таки включил телевизор, но там по единственному нормально показывавшему каналу шел прогноз погоды.

Алик снова набрал номер Рябцева.

— Я ничего не нашел, — сказал ему. — А что там передавали?

— Ночное ограбление рыбного магазина на Липинского, через выбитую витрину вынесли всю живую рыбу. На месте преступления оставлены несколько птичьих перьев. За последние два дня — пять одинаковых нападений на женщин. Ничего не похищено, лица и руки женщин исколоты тонкими острыми предметами, у двух насквозь пробиты щеки, у одной оторвано ухо. Нападения были совершены в одном районе между двенадцатью и двумя часами ночи!

— Я не Шерлок Холмс, — сказал Алик и вздохнул. — И рыбу я, кстати, почти не ем!

— Я не закончил, — снова заговорил Рябцев. — Одна из пострадавших утверждает, что на нее напали две огромные белые птицы.

— Ну и что? — Алик, как ни напрягался, искренне желая понять взволнованность бывшего капитана КГБ, а всё безрезультатно. Ну, ограбление магазина... Ну, ночные маньячные нападения на женщин... Что тут нового? Женщин, конечно, жалко! Но слава богу, что живыми остались! Пускай не бродят по ночному городу, тогда и нападений не будет!

— Все жертвы утверждают, что перед нападениями почувствовали себя плохо, их тошнило, а на языке выступала соль! Я уже попросил моих бывших коллег собрать информацию! Это то, о чем я тебе говорил! Помнишь?

— О море? — спросил Алик, вспоминая недавний разговор с бывшим капитаном. — О Карпатском море?

— Ну да! Ты же дома сейчас?

— Да.

— Не уходи, я скоро приеду!

Озадаченный разговором Алик снова улегся на диван. И тут его словно подбросило. Он уселся, потер пальцами виски. Ему вспомнилось, как шел он недавно ночью домой от Рябцева, с Сыхова. Вспомнилось, как какая-то непонятная сила не дала ему перейти улицу, как его охватил непонятный страх, как воздух наполнился солью и соль эта еще долго оставалась на языке, не давая ему до утра заснуть и отвлечься от этого непонятного происшествия. Рябцев сказал, что женщины тоже ощущали на языке соль? То есть с ними происходило что-то похожее? Но ведь на них еще и напали!

Алик сходил во двор за водой, поставил на широкую конфорку старой печки чайник, а на вторую — джезву. Заварил одновременно и чай, и кофе. Чай оставил на потом, на ближайшее «потом», когда понадобится глушить чаем разбушевавшийся у него внутри кофеин. А пока налил себе чашку кофе и вышел с ней во двор, под мелкий моросящий дождик.

По Замарстиновской громче обычного из-за мокрой дороги проезжали машины. Низкое небо обещало продолжение дождя и, возможно, превращение мороси в ливень.

«Хорошо, что он не попросил меня к нему на Сыхов приехать», — подумал Алик о Рябцеве.

В такую погоду приятно оставаться дома, даже если дом такой маленький, как у Алика. Такая погода только подчеркивает уютность любого пространства, накрытого крышей и отгороженного от остального мира собственными стенами.

Появлению Рябцева во дворе предшествовало веселое бурчание мотора его «piaggio». Бывший капитан, однако, был не весел лицом. Зайдя в жилище Алика, он стащил с ног осенние ботинки, снял синюю клеенчатую плащ-накидку. Прошел и молча уселся в кресло у печки. Печка, будучи единственным источником тепла в этом жилище, уже успела нагреть воздух.

— Ну, здравствуй! — Рябцев уставился в глаза Алику, сидевшему на вечно разложенном диване. — Что будем делать?

— А что мы можем делать? — Алик пожал плечами.

— Надо спасать город! Это же наш город?! Надо бить во все колокола! Сообщить в «желтые» газеты — они наверняка поднимут шум! Вон, из-за какого-то негодяя «Доктора Пи» сколько шума! А тут дела посерьезнее! Может, хоть тогда милиция и контора задумаются о происходящем и его возможных последствиях?

Алик молча закивал. То, что эта тема должна быть намного ближе «желтой прессе», чем ему, серьезному человеку, работающему осветителем сцены в оперном театре, не вызывало у него сомнений. Но только почему тогда капитан приехал сюда, к нему, на Замарстиновскую, а не отправился сразу в редакцию газеты «Экспрес»?!

— Ну что? — нарушил паузу голос Рябцева. — Давай думать вместе!

— Я готов, — Алик посмотрел на бывшего капитана вполне серьезно. — Только я не знаю, как и о чем думать!

— Нет, ты не беспокойся! — Рябцев, получив положительный сигнал от Алика, расслабился. — Я буду говорить, а ты слушай и реагируй! Так мы быстро составим план действий и начнем эти действия! Так у нас было принято в конторе — всегда работало. Один говорит, двое-трое слушают и корректируют. Итак, что мы имеем? Аномальные природные явления. — Рябцев уставился в глаза Алику.

Алик понял, чего от него хочет его давний знакомый, и кивнул. Рябцев деловито улыбнулся и тоже кивнул. И продолжал.

— Аномальные природные явления, которые мы уже зафиксировали: выход наружу соленого морского воздуха с явным присутствием йода в различных районах города.

Алик кивнул.

— В местах выхода этого воздуха происходят нарушения атмосферы и, должно быть, магнитних полей, что приводит человека, оказавшегося в данном месте, в замешательство и в панику.

Алик снова кивнул в ответ на пристальный взгляд бывшего капитана. Ему вдруг понравилось, как четко и ясно Рябцев излагает свои мысли. Совсем не так, как он же пытался объяснить сонному Алику свое волнение этим утром по телефону. Алик вдруг понял, почему Рябцев так сумбурно изъяснялся по телефону — перед ним никого не было, перед ним не было внимающих ему глаз! Алик улыбнулся.

— Эти же локальные аномальные изменения в атмосфере приводят в панику не только человека, но и птиц, запрограмированных природой на жизнь возле моря, — то есть на чаек! — Рябцев приподнял правую руку, показывая указательным пальцем в потолок и очевидно имея в виду небо. — Значит, морской воздух пробуждает в чайках какой-то инстинкт... Скорее всего — инстинкт охоты! Чайки живут в стаях. Вероятно, одна из таких стай и разбила витрины рыбного магазина на Липинского, и они же выкрали оттуда всю имевшуюся в магазине живую рыбу...

Рябцев замер, словно сам был поражен собственными высказанными вслух мыслями. Его рот приоткрылся, он посмотрел на печку с пустой джезвой на конфорочных кругах, поднял взгляд на окошко.

— Слушай, а откуда во Львове чайки? — спросил он внезапно, возвратив взгляд на хозяина жилища.

Алик пожал плечами.

— Со свалки, наверное, с Грибовичей...

— Но до свалки они же где-то у воды жили?

— Не знаю, — выдохнул Алик.

— Ладно, вернемся к нашему анализу. Значит, мы с тобой согласились, что соленый воздух просачивается где-то из-под земли. Да?

Алик задумался. Это предположение всё-таки вызывало сомнения, но ведь всё остальное Рябцев изложил так складно и логично! Может, действительно из-под земли?!

Алик нерешительно кивнул.

— Видишь, нам надо действовать самим и провоцировать на действия других. А значит, сначала мы должны подбросить сенсацию газетам! Как ты думаешь?

— Согласен, — твердо произнес Алик.

— Если ты придешь в редакцию и расскажешь им обо всем, они подумают, что ты обкурился! — Голос Рябцева утратил уверенную интонацию. — Если приду я, они подумают, что их хотят использовать в какой-нибудь спецоперации... Надо, чтобы пришел кто-то третий...

— Кто? — спросил Алик.

— Это должен быть человек, вызывающий доверие, желательно, известный в городе...

— Писатель? — вырвалось у Алика.

Глаза Рябцева оживились.

— Почему писатель?

— А кому еще поверят? Политику, что ли?

— Нет, — согласился бывший капитан. — Политику не поверят. Но, например, какому-нибудь профессору университета поверят!

— Есть такой, — обрадовался Алик и ощутил, как его охватывает необычный азарт, будто он теперь стал причастным к неким великим событиям. — Он и писатель, и в университете преподает!

— Кто это? — Рябцев подался всем телом вперед.

— Юрко Винничук! Моего возраста...

— Что, тоже такой волосатый, из хиппи?

— Нет, наоборот, лысоватый, не хипповал, просто пил...

— То-то я подумал, что не слышал раньше о таком... А он, думаешь, согласится?

— Надо поговорить. У меня есть его телефон. Он в Винниках живет! — сказал Алик, и упомянутое им самим название львовского пригорода переключило его мысли на бесплатный душ и бесплатную стирку одежду, которые ему предлагали там же, в Винниках.

Рябцев выжидательно смотрел на задумавшегося Алика. За окном продолжался дождь. Алик вспоминал круглолицую Оксану. И думал о горячем душе. Ему действительно вдруг захотелось в горячий душ. Нет, не для того, чтобы намылиться и пройтись по своему телу мочалкой. Это он мог сделать в любой день после окончания спектакля в душе за актерскими уборными. Нет, захотелось просто стоять и «слушать» всем телом льющуюся по коже горячую воду. И чтобы на улице шел сплошной, беспрерывный холодный дождь. Он представил себе это ощущение, эту картину. Представил себя под горячим душем. Стало жарко. На лбу выступила испарина.

— Ну что? — нетерпеливо спросил Рябцев. — Придумал что-нибудь еще?

— Нет, — Алик отвлекся от своего горячего воображения. — Сейчас позвоню Винничуку...

Он достал мобильник, «залез» в список контактов.

Через десять минут под проливным дождем на желтом «piaggio» они уже ехали на встречу с Юрком Винничуком. Снова Алик сидел сзади, неловко обхватив бывшего капитана руками, сомкнув их на его животе. Ему было бы удобнее дотянуться руками до руля, но вести мотороллер вдвоем, да и еще по мокрой дороге, было чревато аварией.

Широкополая кожаная шляпа Алика явно мешала их более быстрому продвижению по дороге, но зато частично спасала от дождя. Сдуть ее мог встречный ветер только вместе с головой — натянутая лямка шляпы резала подбородок. Но ведь за всякое удобство надо платить каким-либо неудобством. Волосы, однако, были уже совершенно мокрые, с них вода ручьями спускалась вниз и слетала на дорогу уже раздерганными ветром гроздьями крупных капель. Макушка Рябцева, в которую при сильном торможении Алик обязательно бы ударился своим подбородком, блестела мокрой лысиной, почти не заметной в сухую погоду.

Юрко Винничук ждал их в баре «Волшебный фонарь» на Федорова. Он сидел за барной стойкой с бокалом белого вина. Серые выглаженные брюки, начищенные черные утконосые туфли и бежевый свитер крупной вязки придавали ему необычную солидность. «В таком наряде водку не пьют!» — подумал Алик, одновременно заметив на вешалке мокрый черный плащ и внизу, на деревянном полу, лежащий в небольшой лужице воды свернутый зонтик.

— Юрко, — Алик представил старинного знакомого бывшему капитану.

— Рябцев, — представился тот и протянул руку.

— А имя-отчество? — поинтересовался Юрко Винничук.

Алик хотел было вставить быстро имя-отчество Рябцева в этот словесный момент знакомства, чтобы быстрее перейти к делу, но с удивлением понял, что не знает ни его имени, ни отчества. Ошарашенный, он «прыгнул» в память, но и там наткнулся только на комбинацию «капитан Рябцев».

— Пан Юрий, — заговорил Рябцев удивительно вежливо. — Я не пользуюсь, честно говоря, своим именем уже лет сорок, если не больше. Пока мать была жива, пользовался, а потом перестал... Дело в том, что я служил в КГБ.

— Во Львовском? — уточнил Винничук.

— Да, но мы к вам по другому поводу приехали... Давайте присядем, — предложил Рябцев и оглянулся на свободный столик у витражного окна.

— Вам что-нибудь взять? — спросил Юрко, переставляя свой бокал с барной стойки на выбранный столик.

— Кофе и пятьдесят грамм «Vana Tallin», — заказал Алик, расслабляя лямку и снимая шляпу.

Он повесил шляпу на вешалку рядом с плащом Винничука. Рябцев тоже снял плащ, встряхнул его так, что брызги воды усеяли пол вокруг.

— Мне тоже кофе, — сказал он.

— Тоже с ликером? — спросил Юрко Винничук.

— Нет, я за рулем. Мне лучше пятьдесят коньяка.

— Так что у вас за сенсация? — нетерпеливо проговорил Винничук, аккуратно перенеся на стол и кофе, и ликер с коньяком.

Рябцев, внимательно глядя в глаза писателю, четко и подробно рассказал свою теорию происходящих во Львове аномальных явлений. Юрко Винничук, слушая бывшего капитана, хмурился, иногда едва сдерживал губы от иронической улыбки. Рябцев не мог этого не заметить, и его голос под конец рассказа несколько обмяк. Алик поймал себя на мысли, что переживает за своего бывшего гэбистского «куратора». Ему хотелось, чтобы Винничук серьезнее воспринимал слова Рябцева, но одновременно вспомнились ему давние совместные пьянки, во время которых Юрко любил зло пошутить, всегда иронизировал, ничего никогда не воспринимал на веру и всерьез. «Может, надо было кого-то другого подыскать?» — подумал Алик. И снова «прыгнул» в память. Однако не было у него больше в запасе знакомых писателей.

— Да-а, — дослушав рассказ Рябцева и выдержав двухминутную паузу, выдохнул Винничук. — Однодневную сенсацию из этого можно было бы слепить...

— Пан Юрий, — перебил его Рябцев. — Спросите у Алика, он не даст соврать... Всё это происходит на самом деле!

— Может, у вас во Львове и происходит, а у меня в Винниках всё тихо и спокойно! — неспешно продолжил Винничук. — Ночные выбросы соленого воздуха или газа — это вот может быть интересно... Скорее всего какое-то подпольное производство или лаборатории... — Глаза Винничука постепенно загорались идеей. — Если лаборатория, или нарколаборатория работает, то должен накапливаться какой-нибудь газ... Они могут его задерживать до ночи, а ночью выпускать... Это уже интереснее. Или даже эксперименты с газом? — Винничук совершенно серьезным пытливым взглядом уставился в глаза Рябцеву. — А вы не помните, в советское время на территории города хранилось химическое оружие?

— Да везде оно хранилось, — Рябцев пожал плечами. — Потом его вывезли... Химическое оружие не пахнет, оно, если что не так, просто убивает... И запах у отравляющих газов другой, не йодистый...

— А вы всё про газы знаете? — спросил Винничук, и Алик, уловив в его голосе ехидную интонацию, скривил губы.

— Нет, — по-простецки признался Рябцев. — Я не был специалистом по газу, я был специалистом по хиппи.

Взгляд Винничука мгновенно стал веселым, и он перевел его на Алика.

Алик, в это время допивавший свой кофе, чуть не поперхнулся.

— Так вы что, с того времени вместе? Связанные одной цепью? — нараспев произнес Винничук.

— Нет, пан Юрий. — Рябцев вздохнул, опустил взгляд на бокал с остатками коньяка и снова поднял его на писателя. — Мы с Аликом с 1986 года по этот сентябрь не виделись! Я его всегда уважал и буду уважать! Просто существовала одна важная вещь, которую я должен был рассказать Алику. Поэтому я его в сентябре и нашел.

— И что же это за вещь? — заинтересовался Винничук, округлив глаза.

Алик только было открыл рот, чтобы рассказать, как краешком глаза заметил приподнявшуюся над столом ладонь бывшего капитана.

— Не надо, — произнес Рябцев голосом, в котором неожиданно зазвучал металл. — Если пан писатель не верит тому, что мы ему сейчас рассказали, то он не поверит и во всё остальное!

Алик допил ликер, оглянулся на барную стойку, размышляя: взять ли еще рюмочку?

— Вы, пан Рябцев, не думайте, что я над вами смеюсь, — лицо Винничука стало более приветливым. — Я всё запомнил и буду над этим думать. Я очень люблю думать, но обычно в одиночестве... Такая у меня привычка. Бокал вина, я и мысли. Телефон Алика у меня есть. Если я что-то придумаю или возникнут еще вопросы, я вас найду... Вы, кстати, колонки мои читаете? — Винничук посмотрел на бывшего капитана с обезоруживающей улыбкой на лице.

— Колонки? — переспросил растерянно Рябцев. — Я газеты редко покупаю...

— А Интернетом пользуетесь?

— Нет, у меня другое увлечение, — признался Рябцев. — Голуби. Может, я вас как-нибудь к себе приглашу...

Рябцев тут же покосил в сторону Алика, проверяя его реакцию на собственные слова. Алик, ощутив на себе быстротечный, ищущий поддержки взгляд бывшего капитана, едва заметно кивнул.

Глава 28

Дождливое утро принесло Тарасу e-mail-сюрприз из России. Незнакомый человек по имени Арнольд предлагал себя в качестве эксклюзивного агента Тараса по Рязанской области.

«Откуда он обо мне узнал?!» — удивлялся Тарас, читая длинный и подробный e-mail, больше похожий на бизнес-план.

Арнольд обещал поставлять двадцать-тридцать клиентов в месяц за тридцать процентов комиссионных и долю в бизнесе. «Доля в бизнесе» заставила Тараса напрячь уставшие мозги еще сильнее. Прошедшая ночь не была особенно тяжелой — камни у очередного клиента-поляка оказались мелкими и податливыми. Хоть их и было три, но вышли они относительно легко, точнее — быстро. Уже в три ночи Тарас освободился и полтора часа простоял у ночного обменника, болтая с Даркой и медленно распивая из «венецианских» пепельниц крепкий черный кофе.

Кофе и сейчас горчил на языке у Тараса, а в ушах до сих пор звенел встревоженный голос Дарки. Нет, пока они пили кофе, голос у нее был ласковый и веселый. Это потом, когда он уже вернулся домой пару часов назад, Дарка вдруг позвонила и рассказала о странном клиенте, который подошел к окошку в половине шестого и попросил стакан пресной воды.

— Может, он был пьяный. Я ему объяснила, что воды у меня нет. Он ушел, но меня потом полчаса трясло, пока Орест Васильевич за мной не приехал, — говорила она ему всё еще дрожащим голосом.

«Почему она назвала его клиентом?» — удивлялся мысленно Тарас, припоминая дословно их недавний телефонный разговор.

Снова посмотрел на e-mail из Рязани на экране ноутбука.

«Какая еще к черту «доля в бизнесе»? — невнятное раздражение охватило Тараса. — Мне что, старый автобус покупать, чтобы из этих рязанцев камни оптом вытрясать?!»

Устало покачал головой. Посмотрел на часы — начало восьмого. На улице сухо, во дворе тихо, только время от времени простучат под окнами шаги жителей глубинных парадных двора.

Тарас свернул окошко Интернета, перешел на плеер и включил в режиме бесконечного повтора гимн Украины. Разделся, уменьшил громкость до минимума и залез под одеяло.

Сон пришел сразу, но оказался кошмаром, из которого Тарасу не удавалось выбраться последующие несколько часов. Во сне они с Оксаной вышли из какого-то кафе.

Был ранний, но удивительно безлюдный вечер. Они шли по Коперника, и, когда дошли до магазина «Семена», Тарас захотел показать ей дворик, в котором когда-то жил его давний знакомый. Во дворике, заплетенном виноградом и плющом, на них сверху обрушились птицы — огромные белые чайки с черными головками. Они сбили их обоих с ног и стали клевать. Тарас лежал на спине, отмахивался ногами от птиц, которых не видел, но слышал. Ладонями он закрывал щеки и глаза. А птицы опускались, хлопая крыльями, и били острыми клювами по тыльной стороне ладоней, по рукам. Рядом кричала Оксана. Он отбросил руки от лица, одновременно отпугивая птиц, и обернулся, посмотрел на Оксану. Она сидела на земле, размахивая руками. Ее лицо и ладони были в крови. Несколько чаек ходили вокруг нее, опустив головы и готовясь к атаке, одна падала сверху.

— Осторожно! — крикнул Оксане Тарас, надеясь, что она сейчас посмотрит на него.

Но Оксана его не услышала. Чайка, падавшая сверху, острыми когтями вцепилась ей в волосы и сильно ударила ее клювом. Оксана закричала, подняла руки, толкнула чайку в бок, но чайка не испугалась, а только, извернувшись, клюнула Оксану в ладонь.

И тут резкая боль в шее заставила Тараса завыть и забыть об Оксане. Он рукой схватился за шею, по его пальцам потекла кровь, теплая и липкая. Он посмотрел наверх и увидел над головой несколько кружащихся в небе чаек. Они опускались всё ниже и ниже. Резкая боль в ногах заставила его взглянуть вниз. Только что клюнувшая его в ногу чайка отскочила на метр в сторону и снова, нагнув шею, готовилась к атаке. Тарас, наполненный болью и злостью, прыгнул к чайке и ударил ее ногой, как мяч. Чайка отлетела в сторону, но боль в ноге стала сильнее, и неприятнейшее болевое ощущение заставило Тараса сцепить зубы. Он наклонился, чтобы посмотреть на ногу, и понял, что правая штанина прилипла к ноге ниже колена и насквозь пропиталась кровью. И тут новый удар-укол клюва в спину. Тарас оглянулся на Оксану — она неподвижно лежала на земле лицом вниз. По ее спине и ногам ходили три чайки с окровавленными клювами. Другие чайки стояли рядом.

Тарас проснулся только после того, как во сне умер, разорванный-разодранный хищными птицами. Проснулся мокрый под мокрым пододеяльником. Уселся на диване. Несколько минут приходил в себя, потом набрал полную ванну горячей воды. Лежал в ней не меньше получаса.

Только к трем пополудни, напившись крепкого кофе, Тарас смог полностью отделить свой кошмар от реальности. Но кошмар всё еще оставался перед ним, в нем самом. Он всё еще ощущал эхо боли в ногах, руках, на шее. Он всё еще слышал зловещий птичий хохот и хлопанье больших белых крыльев. Он всё еще слышал крик Оксаны. И вот теперь новое, реальное беспокойство охватило его, беспокойство об Оксане. Может, не случайно во сне именно она была с ним? Не Дарка, с которой, если не считать странного «клиента», просившего стакан пресной воды, ничего неприятного прошлой ночью не приключилось, а именно Оксана!

Тарас вспомнил разбитый аквариум в квартире Оксаны, разбитое окно, кровь чайки, капавшую на пол с подоконника, застывший ужас в глазах Оксаны. С Даркой ничего такого не происходило, иначе бы она ему сказала. Вот почему во сне именно Оксана оказалась рядом с ним, с Тарасом, и они оба стали жертвами больших хищных птиц.

Тарас вспомнил фильм Хичкока, тоже про птиц, нападавших на людей. Но там, в фильме, птицы были мелкие и черные, кажется, дрозды. Да и фильм был совсем не страшный, может быть, даже черно-белый. Утренний кошмар пугал Тараса гипернатуральной яркостью красок, сочностью крови, гиперболизированной белизной самих чаек. Кошмар был куда страшнее и натуральнее любого из фильмов ужасов. Хриплый крик-смех чаек до сих пор рвал слух, царапал ушные перепонки. И какой-то еще зловещий шум фоном присутствовал за этим неутихающим криком чаек.

Тарас зажал пальцами уши. Закрыл на мгновение глаза, мотнул головой, словно пытался сбросить с нее назойливо-неприятную шумовую паутину. Обернулся, остановил взгляд на музыкальном центре. Поставил компакт ДДТ, пультом нашел песню «Свобода», поднял громкость до максимума, и только когда музыка сверху, со всех сторон, и даже басовыми вибрациями деревянного пола снизу окружила его, только тогда он освободился от утреннего кошмара, вытеснил его из своей головы.

Прослушав еще три песни компакта на полной громкости, Тарас выключил музыкальный центр и позвонил Оксане.

— С тобой всё в порядке? — спросил он, голос Тараса звучал очень серьезно, но не взволнованно.

— Да, а что?

— Мне кошмар про тебя приснился, про нас с тобой, — сказал Тарас. — И я забеспокоился...

— Кошмар? Про меня? — голос Оксаны задрожал. — Ты занят?

— Нет.

— Я сегодня дома. Приезжай, расскажешь! Это может быть серьезно... Я тебя картошкой с грибами накормлю. Ты ведь наверняка сегодня не обедал.

— И не завтракал тоже, — вспомнил вслух Тарас. — Хорошо. Скоро буду.

Уже поднявшись на второй этаж и остановившись перед дверью в Оксанину квартиру, Тарас пережил вдруг эмоциональное дежавю — ему стало на несколько моментов страшно, именно как тогда, когда Оксана вызвала его с Ежи к себе, сообщив перепуганным насмерть голосом, что в ее квартире кто-то есть.

— Ты такой бледный, — удивилась Оксана, впуская приятеля. — Заходи в комнату, я уже всё подогрела!

Тарас разулся, оставил куртку в коридоре на стенке-вешалке, отделявшей от коридора маленькую кухоньку и ванну с туалетом. Прошел и уселся за передвижной сервировочный столик.

— Я уже поела, — сообщила Оксана, опуская перед Тарасом тарелку с грибным рагу, вилку и блюдце с тонко нарезанным салом. — Ну, кушай и рассказывай!

Тарас жевал и говорил. Оксана сидела напротив и, замерев, смотрела ему в глаза. Когда он дошел до дворика на улице Коперника, Оксана достала с нижней полочки столика две рюмки и бутылку водки. Налила. Жестом руки остановила рассказ Тараса и указала взглядом на рюмки. Они выпили. Оксана кивнула — мол, продолжай!

Тарас вслушивался в собственную речь, удивляясь, что рассказывает, как ему сейчас показалось, больше и подробнее, чем пережил во сне.

И вдруг в комнате резко и громко прозвучал крик чайки, отчего Тарас вздрогнул, вилка выпала у него из руки, ударилась о край тарелки и полетела на пол. Тарас ощутил холод.

— Ой, это моя! — Оксана подскочила с табуретки. — Я ей после кормления забыла клюв скотчем склеить! Помоги!

Они подошли к окну, Оксана сдвинула занавеску, и Тарас увидел перед собой в картонной коробке знакомую чайку с перевязанными крыльями, с мощным клювом. Хозяйка квартиры отрезала ножницами полоску скотча от рулончика, лежавшего тут же. Оглянулась на гостя.

— Схвати ее за шею, только нежно, мягко!

Тарас дрожащими руками дотянулся до птицы, аккуратно взял ее левой рукой за шею, а правой прижал сверху. Оксана привычными движениями рук склеила скотчем клюв и облегченно вздохнула. Они вернулись за стол. Тарас занял свое место на диване. Ему на плечо упала плюшевая крыска, одна из коллекции «диванного зоопарка» Оксаны.

— Она тебя любит, — сказала Оксана, сказала и улыбнулась.

Она еще раз наполнила рюмки.

— Ты не спешишь? — спросила хозяйка квартиры.

Тарас отрицательно мотнул головой.

— Такие сны просто так не снятся, — произнесла Оксана, на ее лице не осталось и следа от недавней улыбки.

— Я ж поэтому и позвонил, — проговорил Тарас. — Наверное, тебе лучше от нее избавиться! — Тарас показал взглядом на вновь занавешенное окно, за которым сидела теперь обезмолвленная скотчем чайка.

— Я ее выпущу, когда раны заживут.

— А рыбки где? — поинтересовался Тарас.

— На другом подоконнике. — Оксана кивнула в сторону коридора.

В комнате на несколько минут воцарилась тишина. Тарас молча доедал картошку с грибами, наблюдая за лицом Оксаны, на котором отражалась вся эмоциональная палитра ее мыслей: беспокойство, сомнения, уверенность и неуверенность. Вдруг ее лицо сосредоточилось, глаза «проснулись».

— Ты со мной сходишь? — спросила она.

— Куда?

— Тут рядом, к моей знакомой, — Оксана замялась, нахмурилась, подбирая подходящие слова. — Я с ней иногда советуюсь по поводу снов... Это ее работа.

— К гадалке? — с сомнением уточнил Тарас.

— Не совсем, — уклончиво ответила Оксана.

Глава 29

Лаборатория паранормальных явлений находилась от Оксаны в двух кварталах. Тарас знал этот странный домик, первый этаж которого был выкрашен в голубой цвет. Несколько раз прежде останавливался он тут, оказавшись случайно рядом, чтобы рассмотреть странных слонов, украшавших фасад, почитать непонятные, словно специально запутанные цитаты, трафаретом нанесенные на стекла окон. Останавливаться останавливался, но никогда любопытство не вынудило бы его зайти внутрь. А тут ведущей, или, если точнее — заводящей внутрь этого здания, силой оказалась Оксана. Вопрос присутствия или отсутствия любопытства даже не обсуждался. Оксана просто остановилась перед дверью и послала со своего мобильника эсэмэску. Через минуту дверь открылась, и крупная дама в длинном черном платье впустила их.

— Это с вами? — спросила дама Оксану, указав тяжелым взглядом карих глаз на Тараса.

— Да-да. — Оксана кивнула и пошла вперед, заставив даму в черном уже следовать за ней, забыв о спутнике посетительницы.

Оксана подошла к широкому письменному столу, покрытому бордовой скатертью, уселась на стул, сделанный под старину, с высокими подлокотниками. Дама обошла стол и важно опустилась в свое кресло. Поправила раскрытый перед ней ноутбук, стукнула наманикюренными ноготками по клавиатуре и снова подняла голову.

Тарас остановился за спиной Оксаны и сразу почувствовал на себе тяжелый взгляд дамы в черном.

— Возьмите там стульчик. — Она указала на соседний стол, попроще и без скатерти. — И присаживайтесь!

Далее лицо дамы приняло совершенно другое, менее строгое и формальное выражение. Лицо стало приятно-вспросительным, и смотрела она теперь в глаза внезапно замершей Оксане.

— Рассказывайте! — Мягкий голос дамы в черном легко вытолкнул слово изо рта, приоткрыв напомаженные губки и тут же прикрыв их.

— Ему... сон про меня приснился, — взволнованно заговорила Оксана, бросив взгляд на Тараса.

Дама перевела взгляд на молодого человека.

— Говори! — попросила Оксана, тоже обернувшись к нему.

Тарас стал подробно пересказывать свой страшный сон, глядя несколько безразличным взглядом на сотрудницу лаборатории паранормальных явлений. С одной стороны, удручала его эта пустая трата времени, с другой — Оксана в данной встрече явно видела для себя важность и смысл, так что ничего из увиденного во сне и запомнившегося Тарас в своем пересказе не упускал, стараясь при этом звучать убедительно и заинтересованно.

Прошло минут пять-шесть, прежде чем пересказ сна подошел к финалу. Сухость во рту заставила рассказчика оглянуться по сторонам в поисках если не бутылки минералки, то хотя бы графина с водой. Дама в черном, тем временем, поднялась. Вышла из просторной комнаты через узкую деревянную дверь, оставив посетителей наедине друг с другом.

Тарас осмотрелся внимательнее. Теперь уже не в поисках воды, а из чистого любопытства. Приглушенное освещение заставляло прищуриваться. Противоположный край комнаты как бы терялся за искусственной непрозрачностью воздуха. Тарас рассмотрел там, в глухом, без окна углу более деловой стол, на котором слева от плоского компьютерного монитора лежали книги, одна из них раскрытая. Над книгами зависла своим «немым» микропрожектором настольная лампа-трансформер. Тарас мысленно включил ее и «увидел», как приятный, нежный, почти домашний конус света упал на книги. Не было на том столе никакой помпезной скатерти, а на стене рядом висела карта-схема города.

«Что там за книги?» — подумал Тарас и уже собрался было встать и подойти туда, как вдруг беззвучно открылась узкая деревянная дверь и в комнату опять вошла дама в черном.

Усевшись на свое рабочее место, она уронила на мгновение взгляд на монитор ноутбука, и снова цокнул ее ноготь о клавишу клавиатуры.

— Молодой человек, — ее карие глаза смотрели прямо в глаза Тараса.

Тарас вжался в спинку стула, ощутив некое, чуть ли не физическое давление, исходящее от хозяйки этого плохо освещенного пространства. Дискомфорт от обращенного на него взгляда дамы в черном постепенно трансформировался из физического в психический. Чувство ущербности или неполноценности возникло в Тарасе, и ему захотелось спрятаться, отойти на пару шагов, пригнуться. Нет, он не сдвинулся с места. Более того, Тарасу удавалось фиксировать все эти мельчайшие посторонние движения в его психике. А глазам вдруг стало жарко, и они заслезились.

— Молодой человек, — твердый, густой, объемный голос дамы в черном снова зазвучал над столом. — Мне надо задать вам несколько вопросов... Вам сейчас неуютно потому, что вы зашли сюда только ради вашей знакомой, пытаясь от нее спрятать собственные скептические мысли о нашей лаборатории... Минут через пять вам станет лучше, и это будет означать, что скептические мысли покинули вас навсегда. Надо потерпеть. Понятно?

Тарас кивнул.

Прошло несколько минут умиротворяющей, целительной тишины, и Тарас действительно успокоился и успел зафиксировать установившееся в нем странным, необъяснимым образом чувство душевного равновесия. Вместе с этим чувством к нему пришло иное понимание мира, а вместе с этим пониманием возникло доверие к даме в черном и ко всему этому плохо освещенному «лабораторному» миру. Он оглянулся на Оксану — она сидела неподвижно, взгляд ее был опущен на темно-бордовую скатерть.

— Я думаю, мы можем продолжить, — нарушила тишину хозяйка стола. — Вы, молодой человек, случайно не киноман?

Тарас удивился вопросу.

— Нет, я в кино почти не хожу, — сказал он.

— А фильмы ужасов любите?

Тарас пожал плечами.

— Хорошо, будем конкретнее, — продолжила она. — Вы знаете фильм Хичкока «Птицы»?

Тарас кивнул.

— Может, вы его на днях смотрели?

— Да я даже не помню, когда его в последний раз смотрел. Вспоминал его из-за этого сна — это точно.

— У вас есть женщина?

— Есть женщина, которая мне нравится, — неохотно ответил Тарас.

— Она вам снится?

— Иногда да.

— Вы бы назвали сны с ее участием кошмарами?

— Нет, — поспешно выдохнул Тарас и оглянулся на Оксану. — А почему вы спросили про фильмы ужасов?

— Люди, увлекающиеся фильмами ужасов, часто видят во снах продолжение этих фильмов.

— А-а, — Тарас на мгновение задумался, — понятно... Но я думаю... — Он снова оглянулся на Оксану.

— Что вы думаете?

— Мне кажется, я начинаю понимать, откуда взялись чайки... Точнее... Оксана! Ты рассказывала о своем окне?

— Нет. — Оксана словно проснулась, ее голос прозвучал по-детски удивленно. — А что, надо?

— Окно? — переспросила дама в черном. — Расскажите!

И Оксана поведала хозяйке стола историю о разбитом аквариуме, разбитом окне и большой раненой чайке.

— И эта птица до сих пор у вас?! — поразилась дама в черном. — Почему вы раньше к нам не пришли?

— Я не думала...

Тарас тяжело вздохнул.

— Знаете, — заговорил он, — со мной в последнее время больше кошмаров происходило наяву. И они, кажется, тоже все связаны с чайками. Три раза я не мог пройти ночью по улице к себе домой из-за криков чаек и внезапного ощущения страха... А пару дней назад ночью к нам во двор забежала окровавленная женщина, утверждавшая, что на нее «напали сверху, как птицы»...

— Угу, — промычала дама в черном, и лицо ее вдруг утратило строгость черт. — Я больше специалист по сновидениям... А то, что вы сейчас рассказываете... Это не ко мне!

— Но ведь кошмар обо мне ему снился? — встрепенулась Оксана. — И в прошлый раз вы мне очень помогли, когда объяснили сон с подземным трамваем и падающей ратушей...

— То был чистый сон, — покачала головой дама в черном. — А это... это явные вибрации... Вам надо к Симону Федоровичу... Но он вас, Оксаночка, не примет. Он только мужчин принимает!

— Он что, голубой? — удивилась Оксана.

— Нет, что вы! Просто сюжетно-смысловое толкование снов — это дело, которым интересуются в основном женщины. Пересказать сновидения, конечно, могут и женщины, и мужчины... А объяснить и пересказать вибрации могут только мужчины... Мужчины и ощущают их лучше, чем женщины... Потому что мужчины не такие эмоциональные. Я думаю, — дама перевела взгляд на Тараса, —

вам надо обязательно записаться на прием к Симону Федоровичу. Он вам всё растолкует. Лучшего толкователя вибраций вы в Украине не найдете! Он, кстати, и доктор наук по физике.

— Доктор наук? — удивленно повторил Тарас.

— А что тут такого?! — возмутилась удивлению Тараса дама в черном. — Я тоже человек образованный, кстати, кандидат наук по ботанике. Вы же пришли в лабораторию, а не домой к какой-нибудь предсказательнице Тамаре!

— Да-да, — Тарас примирительно закивал головой. — А как записаться? По телефону?

— Да я вас сейчас сама запишу! — разулыбалась внезапно дама, поднялась, отошла в противоположный угол большой комнаты, к столу, который ранее вызвал у Тараса доверие. Раскрыла тетрадь, щелкнула шариковой ручкой с выдвижным пишущим «жалом» и, наклонившись над столом, грациозно произвела, казалось бы, совершенно ничтожное канцелярское действие — внесла на бумагу некую запись.

— Послезавтра в час ночи, — сказала она, возвратившись на свое место. — Будете первым! Это важно! Обычно под конец приема у него снижается внимание, да и слух тоже. А в самом начале он всё слышит и очень внимателен. Только вам надо хорошо подготовиться. Лучше письменно, чтобы ни одного лишнего слова. Это мой вам совет! Напишите всё четко, как в книге, а потом ему медленно прочитаете, а если он захочет, то отдадите ему листок и он сам еще раз прочитает!

— Так а мне что делать? — несколько обескураженно спросила Оксана, оказавшаяся вдруг «за бортом» разговора.

— Лапочка, не переживайте! — Рука дамы в черном протянулась в сторону посетительницы, словно желая погладить ту по плечику. — Потерпите! Надо определить природу сновидения! Если это чистое сновидение, то мы к нему еще вернемся, а если это как-то связано с вибрациями, то он, — дама кивнула на Тараса, — вам всё, что Симон Федорович скажет, передаст.

— Знаешь, мне что-то коньячка захотелось, — грустно призналась Оксана Тарасу, когда они вышли из лаборатории.

— Пошли! — с готовностью ответил ее приятель. — В «Доминик» или в «Волшебный фонарь»?

— Пошли в «Фонарь», — сказала более решительно Оксана и вздохнула.

Глава 30

Полуночный проспект Черновола медленно вел Алика в сторону дома, до которого было еще далековато. Небо, подгонявшее в спину тяжелыми мрачными тучами, застывшими над оперным театром и старым городом, вдруг расслабилось, очистилось и даже удивило живуших под ним внезапным появлением круглого желтка луны. Значит, дождь или отменялся, или был зарезервирован только для жителей центра.

Алик несколько раз на ходу задрал голову и посмотрел вверх, прежде чем мыслями отвлекся от дороги, полностью доверив ее ногам.

Впереди зима, не впереди по дороге, а впереди по времени. И наступить она может и через две недели, и через месяц. Алик припоминал прошлую зиму, несколько затянувшуюся, но вполне приятную по одной-единственной причине: снег лучше дождя! И хотя жить под постоянными дождями не так уж и страшно — живут же люди в Лондоне и вообще в Англии и в Ирландии, где дождит куда чаще, чем во Львове! Но снег — как чистая, свежая простыня. Снег обновляет ощущение жизни. Омолаживает. По нему можно наново отфокусировать взгляд. Хорошо, что зрение не изнашивается из-за всего увиденного в жизни, хорошо, что на мир может Алик смотреть еще без очков. И даже ночью ему всегда кажется, что он видит так же, как днем. А зимней ночью и подавно! Зимняя ночь освещена снизу, с земли, освещена снегом, глядящим вверх, отражающим небо. А если еще луна на небе, как сейчас, то снег тянется своим светом к ней, искрится, и эти искринки делают ночь еще ярче и живее.

Алик, дойдя до парка «700-летия Львова», снова бросил взгляд на небо, на луну. Удивился, с какой легкостью ему сегодня шагается. Подумал о том, что за годы своей жизни прошел эту дистанцию от театра до своего дома на Замарстиновской сотни, даже нет — тысячи раз! На его глазах тут исчезали старые и появлялись новые здания. Выстраивался медицинский центр Святой Параскевы, поднималась мачта с большой желтой буквой «М» «Макдональдса», в который он ни разу не зашел. Если хотя бы приблизительно возможно было подсчитать их, все эти пройденные километры, и потом, превратив их в прямую линию, нарисовать ее на карте, оттолкнувшись от Львова! Добралась бы эта линия на карте до Берлина или Парижа? Наверное, да!

Алик улыбнулся, почувствовав, как близок вдруг оказался Париж.

А сверху что-то зашумело. И Алик, задрав голову, увидел на небе между собой и желтой луной стаи ворон, летевшие в сторону центра. Они летели ему навстречу, но, говоря языком пилотов, находились они — вороны и Алик — на разных эшелонах высоты.

Алик остановился, не сводя глаз с сотен черных точек, пересекавших его личное ночное небо. Вороны летели молча, не перекаркиваясь между собой, словно обо всем давным-давно договорились. Только общий шелест их крыльев опускал вниз, на землю, звуковое доказательство их движения.

Встречное пересечение неба воронами закончилось минут через пять, и снова небо замерло в своей темной одномерности, ослабленной только светом луны.

Вот уже и короткая Варшавская улица осталась позади, и шагал он теперь по своей, не самой короткой улице Львова — по Замарстиновской.

А мысли легко и непринужденно отнесли его назад, к скверику у Пороховой башни, усадили его на скамейку, на которой он уже не раз сиживал, и напомнили о скоплении нечесаных, немытых, нечистых и голодных бомжей, собиравшихся там по четвергам.

Вот и сейчас наступил четверг, но пока он созреет до полноценного дня, пройдет еще часов семь-восемь.

«Интересно, появится сегодня там, в сквере, эта круглолицая кучерявая женщина со строгим взглядом и большим фотоаппаратом?» — подумал Алик. Подумал и усмехнулся, вспомнив, как она приняла его за бомжа!

Интересно, как это его, свободного человека, могли принять за бомжа?! И тот худой мужик, что подсел к нему на скамейку в прошлый раз, он тоже разговаривал с ним, как с бомжом... Хотя что, бомжи ведь тоже совершенно свободные люди, по сути, те же хиппи, только не по уму, а по своей физической природе. Потянуло их пьянство или некий инстинкт на улицу, вот и сделали они всё, чтобы улица стала их родным домом.

— Наша крыша — небо голубое, наше счастье жить такой судьбою, — замурлыкал Алик на ходу песенку из «Бременских музыкантов».

И вдруг не совсем внятное беспокойство охватило его, оборвав песенку из мульфильма. Алик остановился. Задумался. Осмотрелся по сторонам, одинаково пустынным и тихим. Нет, это было совсем другое беспокойство, не то, которое сопровождается страхом и оцепенением. Это беспокойство было более легким, немного поверхностным. Но всё-таки оно присутствовало.

Алик полез в карманы джинсовой куртки, вытащил мобильник из правого и переложил в левый. Проверил карманы джинсов. И понял, в чем дело! Он искал ключ от своего дома, от своего флигеля, в котором прожил всю жизнь. Этот ключ всегда лежал в правом кармане куртки или, если он оставлял куртку дома, в правом кармане джинсов. Но сейчас его не было, не было нигде.

Поначалу больше растерявшись, чем огорчившись, Алик снова и снова проверял карманы, перебирая пальцами вслепую мелочь, какие-то бумажки, выпавшие давным-давно из упаковки таблетки от кашля и прочие мелкие вещественные подробности, обычно называемые «содержанием кармана». Ключа не было. Последние сомнения в его отсутствии исчезли, и теперь надо было решать: что делать дальше? Дверь, конечно, фанерная. Выломать ее ничего не стоит, но этим нарушится не только внутренний мир Алика, но и внутренняя аура его жилья. Взламывать двери — это насилие. Это всё равно что ломать руку живому существу. А его флигель был именно живым существом, согревавшим его долгие годы, сохранявшим его спокойствие и душевный мир. Нет, ломать нельзя. И ведь странно! Это был последний ключ! Несколько лет назад у него еще было два ключа, но потом второй пропал, и вот теперь исчез и последний...

Алик достал мобильник, покрутил его в руке, размышляя: кому позвонить и зачем позвонить? Да, есть фирмы, которые за сто долларов откроют любой замок или сейф, но у него нет ста долларов, да и обращаться в такую фирму это то же самое, что обращаться к киллерам с просьбой наказать обидчика. Нет, надо придумать что-то другое. Но что?..

Желтая луна опять привлекла внимание Алика, только теперь он уже посмотрел на нее взглядом человека, нуждающегося в помощи.

«Лучше бы где-нибудь переночевать, а утром уже можно спокойнее решить эту проблему», — подумал он.

И удивился тому, как прежние мысли о бомжах и свободе вдруг показались издевательски-актуальными. Он тоже стал бомжем. Пусть хоть и на одну ночь! Зато теперь он сможет лучше понять этих людей, лучше ощутить, что такое абсолютная свобода!

Что же делать? Вернуться в парк «700-летия Львова», устроиться на скамейке, накрыться газетами? Но ведь и газет нет, да и не заходил он давно в этот парк. Может, там и скамеек нет?

В руке пикнул телефон — палец случайно нажал на клавиатуру. Алик опустил взгляд. Подумал: кого бы он мог сейчас, в столь поздний час, потревожить? Старых друзей беспокоить из-за такой глупости не хотелось. У кого-то из них семьи, да и так они уже давно спят. Не спать могут романтики и люди изначально несчастные, не нашедшие себе в жизни надежного места.

При этих мыслях появился перед глазами Алика капитан Рябцев, растерянный, напуганный, полный сомнений и страхов.

Снял Алик телефон с блокиратора и набрал номер Рябцева.

— Да! Что? — услышал Алик уже после второго гудка.

Не спал, видимо, бывший капитан.

— Доброй ночи, — проговорил Алик. — Я тут ключ потерял... Не знаю, что делать...

— Ключ? От дома? — Голос Рябцева успокоился. — А ты где?

— На Замарстиновской, в самом начале...

— И что хочешь делать?

— Не знаю... Хочу спать, но... Нет, надо где-то переночевать, а утром что-нибудь придумается...

— Ты не пьяный? — спросил Рябцев.

— Нет, я... я огорченный.

— Ну так бери такси или попутку и приезжай ко мне! Переночуешь!

— Нет, — тяжело выдохнул Алик. — Тут никаких машин... Да и денег на такси до Сыхова не хватит...

— Ладно, тогда иди навстречу, я тебя заберу... Где-то через минут тридцать-сорок. Куда ты за полчаса успеешь дойти?

Алик прикинул.

— Где-то до Вербовой, наверное.

— Хорошо, буду тебя там искать! Жди!

Спрятав мобильник в карман куртки, Алик развернулся и отправился назад, в сторону центра города, прочь от своего родного дома. Прямо по проезжей части дороги. Несколько раз запрыгивал на бровку, пропуская редкие, мчащиеся на большой скорости машины, и снова возвращался на твердый, надежный асфальт.

Бывший капитан КГБ Рябцев подобрал его раньше, чем обещал, что приятно удивило Алика, еще не успевшего дойти до улицы Вербовой.

Мчался желтый «piaggio» через спящий город слишком быстро. Алик даже хотел было попросить Рябцева не спешить, но, оценив, насколько твердо держат руки капитана руль мотороллера, промолчал.

Дорога до Сыхова по почти пустынным улицам показалась Алику в этот раз слишком долгой. Пару раз он вдруг проваливался в дрему, но тут же с испугом вскидывал голову и выталкивал себя силой воли на «поверхность» сознания и слуха. Сильнее обхватывал руками щуплого, одетого в серый плащ Рябцева, пытался сцепить ладони на его животе в надежный замок.

Бодрость вернулась к Алику, только когда желтый «piaggio» остановился у дома Рябцева на Освицкой. Тут капитан попросил Алика подождать и повел по узкой тропинке свое транспортное средство к голубятне.

Алик, чья бодрость уже приближалась к нулю, стоял, покачиваясь, перед парадным. Смотрел на темные окна многоэтажки и ощущал, как тело его становится словно резиновым, растянутым, но готовым вот-вот сжаться, стянуться, сложиться, стать маленьким и неприметным.

Уже наверху, в квартире, Рябцев предложил Алику пятьдесят грамм «коньячного снотворного». Алик кивнул. Выпили они два раза по пятьдесят, после чего хозяин квартиры устало хмыкнул что-то, похожее на «спокойной ночи», и исчез, не сказав, где Алику ложиться.

И Алик, разувшийся в коридоре, сам увидел диванчик, на который прилег, не раздеваясь, и тут же заснул.

Утро настоящего, освещенного дневным светом четверга наступило для Алика только в одиннадцать часов. Он поначалу лежал с открытыми глазами, слушая по-военному ровное и четкое дыхание Рябцева и глядя в потолок. Потом, приподнявшись и опустив ноги на линолеум, он увидел капитана, спавшего на другом диване. Тот лежал, частично накрытый пледом.

Пока Алик думал, будить его или не будить, Рябцев сам открыл глаза, нашел несколько замутненным взглядом своего гостя, кивнул ему и снова заснул, перевернувшись на другой бок.

Алик, положительно оценив тот факт, что одеваться не было нужды, так как поднялся он уже одетым, прошел на кухню и заварил себе чаю. За окном моросило, под домом темнел лесок и виднелась почти сливающаяся краской с этим лесом голубятня Рябцева. Где-то у соседей за стенкой громко говорило радио, словно само с собой. А хотелось тишины. И Алику удалось каким-то образом убрать из окружения своего слуха неприятный радиоголос. Он уже даже задумался о той проблеме, которая неожиданно заставила его заночевать в противоположном конце Львова. О решении этой проблемы. Он уже себе представлял, что его хлипкую, обклеенную всякой хипповской всячиной дверь можно просто поджать чем-нибудь, какой-нибудь стамеской снизу вверх, и тогда, возможно, язычок замка сам выскочит из паза. Сколько там этого язычка — сантиметра полтора, не больше. А стамеску можно будет попросить у соседей, у них наверняка есть. Да и у него самого в сарайчике имеются какие-то железки, оставшиеся от отца. Там тоже может оказаться что-нибудь подходящее для этой операции, которая уже не казалась Алику сложной и требующей особых умений и навыков.

— Что ж ты меня не будишь? — На кухню заглянул хозяин в темно-синих «боксерских» трусах. Лицо его из-за неполноценного сна еще не приобрело осмысленное выражение.

— Да я еще не в себе, — признался Алик.

— Завтракал? — Рябцев кивнул на холодильник.

Алик отрицательно мотнул головой и понял, что надо расчесать волосы.

— Ну посиди, а я сейчас! — Рябцев развернулся и ушел.

Через пару минут он еще раз заглянул на кухню, но был уже одетым и обутым.

— Карманы проверил? — спросил он. — Ключа точно нет?

— Нет, — выдохнул гость.

Хлопнула дверь. Стало тихо. И Алик заметил, что соседский радиоголос тоже замолк. Решение проблемы, как теперь твердо чувствовал Алик, было найдено. Оставалось только вернуться к дому, на Замарстиновскую. Но сначала надо дождаться возвращения хозяина, выпить с ним по чашке кофе, съесть по уже далеко не утреннему бутерброду и сказать большое человеческое спасибо за то, что посреди ночи бросился через весь город к нему, человеку, которому он ничем не обязан, на помощь.

Рябцев вернулся с пакетиком, из которого аккуратно выложил на кухонный стол перед гостем несколько яиц. Алик сразу обратил внимание на грязные руки Рябцева. «Наверное, что-то делал с мотороллером», — подумал он.

Рябцев, подойдя к мойке, налил себе на ладони средство для мытья посуды, долго и старательно тер ладони, а потом так же долго промывал их под горячей водой.

— Ну что, яичницу или, может, по парочке сырых выпьем? — снова обернулся он к Алику, вытирая руки кухонным полотенцем.

Алик задумался. Вопрос требовал сознательного ответа. В прежние годы, бывало, пил по утрам он по яйцу-другому, особенно после серьезного застолья. Делал дырку в верхнем кончике яйца, пробивал противоположный конец и высасывал содержимое за несколько секунд, предварительно бросив на язык щепотку соли. Теперь-то он не пьет так, как прежде. Да теперь и пить-то не с кем. Только с собратьями по духу из Прибалтики, но не так уж часто они приезжают. А когда приезжают — не выдерживает Алик больше двух-трех застолий...

Воспоминания об утреннем вкусе сырого яйца определили ответ Алика. И Рябцев обрадовался. Поставил на стол два блюдца, протянул гостю чайную ложечку, перенес с подоконника на стол наполненную солью солонку и уселся за стол так энергично, словно собирался не завтракать, а заниматься более ответственным делом, требующим решимости и энтузиазма.

Вскипел чайник. Запах молотого кофе взбодрил кухонный воздух.

Два яйца выпились так быстро, что Алик бросил хищный взгляд на три остававшихся яйца, переложенных на отдельную тарелку.

— Бери-бери! — кивнул Рябцев. — Время-то почти обеденное, да и неизвестно, когда ты теперь есть будешь!

«Известно, — подумал Алик, взяв с тарелки еще одно яйцо. — Если только захочется снова в центр выезжать!»

— Ну, извини, что я тебя домой не подвезу, — говорил минут через пятнадцать Рябцев Алику, завязывавшему шнурки на тяжелых ботинках.

— Да не надо. — Алик, сидевший на корточках на полу, бросил взгляд вверх, на хозяина квартиры. — И так уже слишком много для меня сделали!

— Ну, еще не слишком... Но кое-что еще у меня для тебя есть, — произнес Рябцев загадочно.

Алик поднялся, застегнул свою джинсовую куртку на все металлические пуговицы, не сводя взгляда с него.

Тот вытащил из кармана брюк и протянул Алику свернутую тряпочку.

Тряпочка показалась гостю тяжеловатой. Алик вытрусил из нее на ладонь ключ, липкий, то ли в машинном масле, то ли в какой-то смазке.

— Ты же замок не менял? — спросил Рябцев, в его глазах промелькнуло беспокойство.

— Последние лет тридцать не менял.

— Вот видишь, как хорошо! Иногда прошлое может тоже принести неожиданную пользу.

— Так это что, от моей двери? — удивился Алик.

Рябцев кивнул. Его лицо на мгновение приобрело виноватое выражение, почти сразу же изменившееся на выражение легкой, почти романтической грусти.

— Когда-нибудь я тебе расскажу о тех деталях твоей жизни, которые ты сам давно забыл... Если ты захочешь и если я буду в настроении... А вообще я из прошлого взял в настоящее совсем мало... Почти ничего. Да и то, что взял, по праву мне не принадлежит, вот как этот ключ...

— А вы им пользовались? — осторожно спросил Алик, и показалось ему тут же, будто аукнулся в памяти какой-то не такой уже и давний разговор с Рябцевым. Разговор, в котором тоже вроде бы речь шла о жилище Алика.

— Да, — капитан открыто, бесстрашно посмотрел в глаза гостя, и не было в его глазах теперь ни смущения, ни сомнения. — Но я никогда ничего там не брал, не менял местами. Я должен был по службе заглядывать в твой дом каждые два-три месяца и писать отчет. Я приходил, иногда варил твой кофе и сидел на твоем диване или кресле. Только тогда, когда тебя не было в городе, обычно ночью, под утро, когда твои соседи и мачеха крепко спали. Это были чудные минуты... Ты не обижаешься?

Алик отрицательно мотнул головой.

— За ключ — спасибо! — сказал он, отходя к двери.

С одной стороны, ему вдруг расхотелось уходить. Ему показалось, что Рябцев сейчас настроен на разговор, как никогда прежде. Он, наверное, мог бы рассказать и про кисть Джими Хендрикса. Алику давно хотелось бы узнать подробности. Но с другой стороны — надо было ехать домой. Ехать, открывать дверь, не ломая ее, не выжимая язычок замка из паза. Ехать, чтобы потом ехать куда-то дальше, но уже из дома. Да и просто пора было идти. Рябцев всё еще выглядел уставшим, ему надо бы отдохнуть, даже если ему и хотелось говорить и рассказывать. Во всяком случае, при следующей встрече Алик сможет снова спросить его про ключ от своего замка, и тогда этот разговор плавно перейдет на другие темы.

Крепкое рукопожатие Рябцева у открытой двери на лестничную площадку забросило Алику последнее сомнение — теперь уже относительно усталости бывшего капитана. Но «уходя — уходи!»

И Алик ушел.

Почему-то гудели ноги. Он и так не собирался идти к себе пешком. Во-первых, разгар рабочего дня, во вторых — расстояние. Тут даже на маршрутках около часа езды!

Когда садился в первую маршрутку, в кармане куртки зазвонил мобильник.

— Я же совсем забыл рассказать тебе об аномалиях! — ворвался в ухо взбудораженный голос бывшего капитана. — Мы не должны с тобой забывать об этом! Ты твоего друга-писателя еще раз видел?

— Нет, пока не видел.

— Мой тебе совет: обходи стороной начало Черновола, Грушевского, Франко и Пекарскую. Там за последний месяц восемь самоубийств и больше двадцати нападений на ночных прохожих!..

— Хорошо, — пообещал Алик.

— Мы должны что-то сделать, — повторил Рябцев, но голос его уже утратил твердость.

— Сделаем, — пообещал Алик.

Глава 31

Ключ, полученный от Рябцева, вошел в замочную скважину двери так гладко и легко, что Алик не смог сдержать удивления. Его потерянный накануне ключ то и дело застревал в скважине, противился выполнению своей единственной функции. Должно быть потому, что за долгие годы работы его железный язычок стерся, деформировался. А этот новый ключ мгновенно нашел «общий язык» с замком. И Алик с благоговением, чуть ли не торжественно зашел в свое однокомнатное жилище. Разулся за дверью, уселся в кресло у печки и ощутил непривычный прилив эмоций. Словно случилось чудо, спасшее его уют от исчезновения.

Алик опустил взгляд на ключ, поднес его поближе к глазам. Резковатый запах машинной смазки ударил в нос. Взяв со стола бумажную салфетку, он стал оттирать ключ. Плоский стальной кругляш очистился довольно легко. А вот бороздки язычка не хотели освобождаться от заполнившей их темно-коричневой жирной субстанции. Да и малоприятный механический ее запах, казалось, стал сильнее, словно из-за стараний Алика смазка, освобождая от себя ключ, уходила в воздух, испарялась.

Алик чихнул, удивленно понюхал ключ и снова чихнул, удостоверившись в интенсивности запаха, более подходящего для какой-нибудь автомастерской.

Бросив черную от смазки салфетку в корзину для мусора, Алик опустил ключ на край печки и прилег на диван. Отдохнув несколько минут, снова уселся и уставился задумчивым взглядом на ключ. Запах смазки показался Алику еще сильнее. Некий полусерьезный, игривый азарт овладел Аликом, и он, решительно поднявшись, вышел во двор. Постучал в дверь к соседу — владельцу старого «москвича». Попросил у него керосина. Сосед-пенсионер, человек приветливый и всегда готовый помочь, выдал вечному хиппи поллитровую банку желтоватой жидкости.

Вернувшись домой, Алик оторвал кусок половой тряпки и, вымочив ее в керосине, снова принялся за ключ. Минут через пять тот блестел, бороздки на нем тоже блестели, очищенные от смазки, запаха которой больше не чувствовалось. Правда, теперь в воздухе царствовал запах керосина. Оставив ключ в покое, Алик открыл настежь дверь и две форточки. Однако неподвижность воздуха на дворе не способствовала проветриванию жилья. И теперь уже керосин, точнее, его запах, стал раздражать хозяина комнаты. Он вынес закрытую капроновой крышкой банку с керосином на улицу. Постоял там, поглядывая с надеждой на серое осеннее небо. Потом вернулся, но тут же снова вышел на свежий воздух. На губах — саркастическая улыбка. Теперь ему казалась смешной его закончившаяся странной победой борьба с запахом смазки.

Запах керосина уже превратился во вкус керосина на кончике языка. И это раздражало Алика сильнее, чем запах обильно смазанного ключа.

Этот вкус керосина и подсказал вечному хиппи дальнейшие действия — захотелось выпить кофе.

Он насыпал молотого кофе в джезву, наполнил ее водой и поставил на железный круг печки, под которым вырывался из газовой трубки синеватый огонь.

Как только вода нагрелась, запах кофе дотянулся до стоящего у плиты хозяина комнаты. И он, уставившись на джезву, стал ждать, когда же кофейная пена покажется у краев, знаменуя готовность напитка к употреблению. Кофейный аромат парил над печкой, уже и пена стала подниматься в джезве, но Алик, наблюдая за приготовлением своего главного наркотика бодрости, замер, задумавшись. Кофе, сбежав, зашипел на раскаленных кругах конфорки. И снизу вверх понеслась целая волна горячего кофейного воздуха. Алик, как зачарованный, следил за выкипанием кофе и убрал джезву с конфорки только тогда, когда в ней не осталось ни одной капли напитка. Комната теперь наполнилась приятным ароматом, который проник и на язык Алика. Керосин был побежден, победил кофе, а Алик почувствовал себя двойным победителем.

— Что у тебя тут такое? — услышал он дрожащий голос мачехи.

Она заглянула в открытые двери, нашла его взглядом.

— Тебе нельзя столько кофе пить, сердце не выдержит!

Снова прилегший на диван Алик поднял голову. Их взгляды встретились.

— Аличек, ты мне не поможешь? — спросила она, внезапно поменяв тон с вопросительного на просительный. — Я хочу шкаф передвинуть.

В просторной главной комнате дома, где обитала его мачеха, было чисто.

— Куда его? — спросил Алик, остановившись у высокого старомодного платяного шкафа.

— Вот сюда, — показала жестом мачеха. — Помнишь, как он стоял пять лет назад?

— Так что, на старое место? — уточнил Алик.

— Да! Как раз сегодня пять лет, как мы его переставили. Мы тогда еще и кровать мою передвинули от окна, помнишь?

— Помню.

— Давай и ее переставим.

— Тоже на старое место?

— Нет, под стену, на место стола. А стол ближе к окну.

— Так вы решили всю обстановку поменять местами! — удивился Алик.

— В моем возрасте это полезно. Возникает ощущение новизны. Да и пол можно под шкафом вымыть. Там столько пыли! А от пыли можно заразиться раком легких!

— От пыли? — озадаченно повторил Алик. — Кто это вам такое сказал?

— По телевизору! В программе «Исцели себя сам».

Алик пожал плечами.

Справившись за пятнадцать-двадцать минут с заданием, он выпил с мачехой чая и вернулся к себе.

Странное дело, вернулся он, наполненным какой-то чужеродной энергией. Возникло желание и в своей комнатке переставить мебель местами. Но как только обвел он свое жилище взглядом, это желание пропало. Старую кирпичную печку ведь не переставишь. Диван тоже стоит только там, где помещается. Умывальник в левом от окна углу, под окном журнальный столик, а между столиком и печкой втиснуто кресло. Какие тут могут возникнуть фантазии? Никаких! Ничего лишнего и всё на своём месте. Полный феншуй, как любит говорить о ситуациях, которые невозможно изменить, его знакомая гардеробщица из театра.

Алик, успокоив свои мысли, сварил кофе. На этот раз уже не комнате и ее воздуху, а себе. Потом позвонил Юрку Винничуку и, договорившись о встрече, отправился на остановку маршрутки. Идти пешком не было сил.

Глава 32

Встретились они с Винничуком в кафе на Армянской, где уже встречались и десять, и двадцать, и даже, кажется, тридцать лет назад.

— И зачем ты с этим гэбистом возишься? — удивлялся вслух Юрко Винничук, попивая кофе. — Он какой-то бред несет, а ты его слушаешь!

— Так ты думаешь, что это бред? — совершенно серьезно спросил Алик.

— Ну, если он не сумашедший, то это не бред, а просто полнейшая чепуха! Я поспрашивал у нашего университетского геолога. Подниматься могут только грунтовые воды. Если земля отравлена стройками или удобрениями, то поднимающаяся вода может быть соленой, полной химии, но доисторическое Карпатское море тут ни при чем. А ты уверен, что он нормальный, твой знакомый?

— Не уверен, — Алик вздохнул. — Но ведь я не уверен, что и я — нормальный, и не уверен, что ты — нормальный. Что это такое вообще — норма? Девяносто—шестьдесят—девяносто? Или водка—пиво—таранка?

— Норма — это не комбинация водки и закуски. — Юрко посмотрел на старого приятеля преподавательским взглядом. — Норма — это не-нарушение индивидуумом принятых обществом писаных и неписаных правил. Ты, кстати, никогда нормальным не был. Поэтому с тобой и боролись в советское время!

— А-а! — Алик улыбнулся. — Точно, нас же тогда называли «ненормальными!» Но в этом случае капитан Рябцев совершенно нормальный! Это же он пытался, правда, очень слабо, вернуть нас, хиппи, в «норму»! Хотя, как оказалось, лично он в этом не был заинтересован!.. Он даже помогал.

— Значит, и он ненормальный, — быстро пришел к заключению Юрко. — И чем он вам помогал?

— Рябцев недавно признался, что это он с друзьями сделал так, что кисть мертвого Хендрикса из Штатов через Прибалтику попала к нам на Лычаковское.

— Что?! — И без того круглые глаза Винничука округлились еще больше. — Ты что, веришь, что в той могиле лежит кисть Хендрикса?

— Конечно, верю, я ее видел. Да мы ее сами туда закопали вместе с Аудрюсом и Витасом. И еще человек семь из наших были там. Могут подтвердить. Те, кто жив...

— И что ты видел?

— Что? Кисть, высохшая, запаянная в твердый пластик. И следы ожога на ней!..

— Ладно, хочешь верить в чудеса — верь! — отмахнулся Юрко. — Можешь и дальше помогать своему гэбисту искать доисторическое море! Я не против! Более того, я — за! Мне это нравится как стёбный перфоманс в исполнении бывшего хиппи и бывшего гэбиста.

— Я не бывший хиппи, — несколько обидевшись, проговорил Алик.

— Ну да, и он — не бывший гэбист! Точно, бывших гэбистов и бывших хиппи не бывает! — Винничук, довольный своим красноречием, улыбнулся саркастически.

— Что-то сегодня с тобой не то, — задумчиво произнес вдруг Алик, пристально уставившись в глаза писателю. — Может, ты себя неважно чувствуешь?

Улыбка сползла с лица Винничука.

— Черт побери! — фыркнул он. — Кто из нас двоих инженер человеческих душ? Ты?.. Да, угадал! У меня печень болит... Выпил вчера неудачного вина у соседа...

— Так остался бы дома, зачем ты сюда приехал?

— Но ты ведь попросил! — Юрко Винничук развел руками. — Как я мог тебе отказать? Извини за болтовню! Действительно, мне как-то хреново сегодня... Так что не обращай внимания на то, что я тебе тут наговорил! Я, кстати, давно чувствую, что что-то у нас в городе не в порядке! И запахи я в разных местах города странные ощущал. Может, где-то под домами на самом деле хранится старое химическое оружие или отравляющие газы? Хрен его знает... Короче, пусть твой гэбист лучше в военных архивах пороется. Это будет куда полезнее, чем искать, где проступает из-под земли Карпатское море!

От Армянки до Пороховой башни пешего ходу не больше десяти минут. Сухая погода позволила Алику прогуляться по старинным улочкам центра медленно, а в скверике у башни он сразу увидел, что его привычная скамейка свободна!

Уже расслабившись на скамейке, Алик осмотрелся вокруг. Заметил на скамейках поодаль, возле башни, несколько бомжей. Недалеко от них — машина-«пирожок» с надписью «Оселя», но около нее только две женщины в зеленых рабочих жилетках поверх курток. Они, казалось, уже сворачивали на сегодня свою благотворительную деятельность.

Алик поднялся и прошелся по аллее в сторону машины. Приостановился метрах в десяти от женщин в зеленых жилетках. Молодые незнакомые женщины возились у открытой задней дверцы, протирали или закрывали большие продуктовые бидоны-термосы.

Алик подошел поближе. Одна из женщин, молодая брюнетка лет тридцати, заметила его.

— Что ж вы так поздно пришли, — сказала с сочувствием. — У нас уже ничего не осталось...

— Спасибо, я не голодный, — миролюбиво ответил Алик, рассматривая вблизи продуктовые бидоны-термосы. — А мне одна ваша сотрудница говорила, что у вас горячий душ есть...

— Да, в Винниках, — закивала брюнетка. — Если хотите, можете сегодня приезжать. Душевая до шести вечера.

Алик покачал отрицательно головой.

— Не успею, — выдохнул.

— А вы можете с нами, — предложила брюнетка, осмотрев его внимательным взглядом с ног до головы. — Только назад мы вас привезти не сможем...

Алик задумался. Горячий душ на фоне холодной осени показался ему вдруг чем-то невероятно приятным и желанным. И действительно, его спартанский образ жизни, его тело, привыкшее к холодной воде и безропотно переносившее ее даже зимой, вся его прошлая и нынешняя жизнь, лишенная судьбой горячего водоснабжения, всё это вдруг надавило на него сверху с такой силой, что первый раз за долгие годы ощутил он себя ущербным, обиженным, лишенным человеческого тепла, загнанным в глухой угол.

Женщины тем временем закрыли задние дверцы машины. Брюнетка оглянулась на него. И Алик твердо кивнул.

С ней рядом он и устроился на заднем сиденье. И выехала машина осторожно со сквера, спрыгнула с бордюра на дорогу и поехала дальше, набирая скорость. Правда, скорости она так и не набрала, почти тут же уткнувшись в тянучку городского движения.

Через час он уже стоял в душевой кабинке под горячим душем. Стоял и тщетно пытался сосредоточиться. Вода щедро текла по его голове, спине, по животу и ногам. Она текла, нагревая его тело до какого-то невероятно приятного градуса, до состояния если не блаженства, то, во всяком случае, гармонии, точнее, восстановления гармонии тела, нарушенной когда-то давным-давно и нарушенной именно задержавшимся в его жизни холодом. Не холодом в отношениях с миром, а холодом быта, к которому он, казалось, так привык и который чуть ли не ценил как отличительную особенность собственной жизни.

— У нас есть три шампуня! — послышался снаружи кабинки неуверенный женский голос. — «Персиковый», против перхоти и вшей и «Крапивный»! Вам какой?

— «Крапивный»! — ответил Алик и тут же увидел, как пластиковая бутылка с густой зеленой жидкостью зависла сверху над бортиком душевой кабинки.

— Я полотенце тут на столике оставлю! — добавил женский голос, принадлежавший рыжей коротко остриженной женщине, встретившей его тут, в душевой. Она, в белом халате и махровых тапочках, улыбнулась ему приветливо и, ни слова не сказав, провела сюда, в большую комнату, где душевая кабинка занимала лишь малую часть пространства. Вдоль стен на полках стояли книги, посреди комнаты — стол и коробки с играми, шахматная доска. На другом столике у окна — электрочайник, несколько чашек и сахарница.

Женщина сначала постучала и только потом зашла в комнату.

— Тут у вас, как в гостинице! — сказал Алик, уже согревшись и помывшись под душем, вытершись и одевшись.

Он теперь сидел за столиком и просто отдыхал, слушал тишину.

— Нет, — усмехнулась она. — Гостиница у нас не тут, а рядом! Точно, что гостиница, только бесплатная. Я там год прожила. Теперь комнату снимаю...

Алик понимающе кивнул. На лице этой женщины была словно написана ее нелегкая биография, щедро политая алкоголем. Но глаза были живые. Не только потому, что она подкрасила их небесным голубым цветом. Сами зрачки были болтливыми, и даже если она молчала, они продолжали говорить за нее.

— Я ж тоже из бомжей, — сообщила она через минуту. — Испугалась, что умру, и вернули они меня к жизни. — Женщина кивнула в сторону окна. — Хорошую вам одежду подобрали. — Она перевела взгляд на джинсы и джинсовую рубашку Алика. — Надо и мне к Соне сходить, посмотреть: что там нового! Нам сейчас много одежды приносят, тем более, что зима скоро...

Упоминание про зиму сбило мысли Алика. Не успел он объяснить ей, что не является бомжем и пришел в своей собственной одежде. Но теперь это не имело никакого значения. Пусть она думает о нем всё, что хочет! Может, ей приятно думать, что она стала благодетельницей для такого же бомжа, каким сама была?! Пускай! Она действительно — благодетельница, повелительница горячей воды.

Алик сидел и понимал, что уходить ему не хочется. Женщина тоже присела за стол, но теперь задумчиво молчала.

Алик посмотрел в окно, уперся взглядом в кирпичную стену одноэтажного дома, в котором располагалась то ли столовая, то ли прачечная. Между окном и этой стенкой было метров шесть-семь. Воздух за окном серел, приближался вечер.

Расспросив у женщины о дороге к ближайшей остановке, где можно было бы сесть на маршрутку до Львова, Алик поблагодарил ее и ушел.

Собственное тело показалось ему вдруг удивительно легким, словно он похудел под душем килограммов на десять. Остановку маршрутки он нашел быстро, и уже минут через пятнадцать встряхивала его дорога своими ямами и буграми. Старенькая «газель» легко и смело поднималась вверх на основную трассу. Сзади и внизу оставались Винники, взявшие на себя груз и смелость кормить и мыть львовских бездомных и примкнувших к последним граждан, одним из которых и оказался в этот день Алик Олисевич.

Глава 33

Ночной визит к Симону Федоровичу в лабораторию паранормальных явлений приближался. Тарас помнил о нем как бы боковой памятью, как о чем-то не слишком важном. Но уже к пятничному вечеру его охватила тревога. Если б хоть клиенты появились, можно было бы отвлечься. Но поляки приедут только в воскресенье, чтобы заполнить привычным делом его ночь с воскресенья на понедельник. А сейчас пятница. За окном темно и тихо. И это «темно и тихо» совсем не означает «спокойно». Из арки, ведущей во двор, долетает иногда через открытую форточку шум проезжающих по Пекарской машин. Долетает выборочно, словно арке удается предотвратить проникновение во двор всех подряд звуков с родной для Тараса улицы.

Тарас сидел на кухне, расстелив перед собой на столе белый лист формата А-5. В правой руке он держал китайское увеличительное стекло на ручке, купленное за восемь гривен в магазине «Всё по 3 гривны». На белом полотне бумаги лежали маленькие серенькие камешки, которые человеку постороннему могли показаться совершенно одинаковыми. Тарас подкатил указательным пальцем руки один из них поближе, принялся рассматривать через лупу. Был этот камешек, впрочем, как и другие, кругловатый, но не круглый. Это ведь и неудивительно. Эти камешки относительно мягкие, и в процессе прохождения по своему нелегкому пути «на свободу» они теряют острые углы, выступы, причиняя своим недобровольным хозяевам иногда совершенно дикую боль.

Тарас наклонился, присмотрелся к серому камешку-конкременту. Его многократно увеличенная поверхность напоминала луну. И эта мысль вызвала у Тараса улыбку, оттолкнув предстоящий через несколько часов визит в лабораторию снова в «боковую» память.

«Да, точно! Очень похож на луну! — увлеченно думал Тарас. — Может, и луна такого же, почечного происхождения?! Сформировалась и выросла в почках какого-нибудь гиганта, а потом, выходя, убила его, разорвала... И так возникла вселенная! Может, и земля тоже оттуда родом? Только земле повезло больше — ее вытрусило в сырое место, отсюда и жизнь, и гниль, превратившая планету в зеленую и цветущую?!»

Тарас подтолкнул пальцем аккуратненько еще три камешка и остановил их рядом с первым. Они были как братья! Даже кривые бороздки, видимые через лупу, чем-то были схожими на всех этих камнях. Словно пули, выпущенные из одного пистолета. Но ведь «пистолеты» в большинстве случаев у всех камней были разные!

Тарас задумался. Потом обратил внимание на камешек, отличавшийся цветом, — был он светлее остальных, почти белым. Жалко, что стерлось из памяти лицо этого клиента, поляка из Гданьска. Невыразительным было его лицо, сероватым. А вот камень «снес» он необычный, словно был внутренним альбиносом. И линии на светлом камне отличались от линий на серых. «Может, инопланетянин?» — подумал Тарас и улыбнулся.

Странно, но рассматривание коллекции камней успокаивало Тараса, приводило его душу в состояние идеального равновесия и гармонии. К тому же всякий раз возникало в нем чувство «глубокого удовлетворения» от осознания, что делает он, в общем-то, добро, избавляя мужчин от боли и мучений. А они, его клиенты, давали ему возможность жить. Не богато, но и не бедно. Запросы у него были невелики, словно специально подформатированные под доходы. Правда, в последнее время мечталось ему пойти с Даркой в ресторан, но ее работа пока не позволяла этой мечте осуществиться. Зато в кафе они ходили уже несколько раз. На кафе у него всегда деньги есть, даже если целую неделю перед этим не было клиентов.

Около десяти вечера Тарас аккуратно собрал камешки в пластиковый тубус из-под таблеток. Закрыл. Вспомнил, что в этот раз он их не посчитал. Обычно пересчитывание камешков доставляло ему некое удовольствие, но теперь будущая встреча со специалистом по вибрациям опять перескочила из «боковой» памяти в основную и немного сбила его мысли. Впрочем, последний раз он пересчитывал камешки всего лишь три-четыре дня назад, и тогда их было семьдесят семь. Клиентов в последние дни не было, значит, число камешков уменьшиться или увеличиться не могло.

Около полуночи Тарас забеспокоился. Стал раздумывать: идти ему пешком в лабораторию или подъехать на машине? Машину он обычно без необходимости не тро-

гал, оставлял во дворе. Но идти одному пешком ввиду последних ночных событий было просто страшновато. Хотя вроде и недалеко!

Уже выйдя из квартиры, Тарас, переступая через пятую ступеньку, вспомнил автоматически о соседе. Со двора посмотрел на его окна и к своей радости увидел в них свет. Ежи не спал!

Тарас вернулся в парадное, позвонил соседу в дверь.

— Есть дело, — по-заговорщицки полушепотом сообщил Тарас Ежи, стоявшему в спортивных штанах и майке.

— Какое дело? — Ежи уставился на полуночного гостя.

— Я записался на прием в лабораторию паранормальных явлений, на час ночи...

Глаза Ежи округлились, а на губах нарисовалось снисхождение.

— Это там, где на картах гадают? — спросил Ежи после многозначительной паузы.

— Это днем там на картах гадают, а серьезные консультации дают только ночью! Там мужик есть, Симон Федорович, специалист по паранормальным вибрациям, доктор наук... Он, кстати, женщин не принимает. Только мужчин... Пойдем?

Ежи раздумывал, жевал тонкие губы.

— Это ж одеться надо поприличнее, — наконец выговорил он и осмотрел Тараса с ног до головы.

— Ну, желательно, — кивнул Тарас. — Дело-то серьезное... Я им про чаек рассказал!..

— Ну, подожди. — Ежи закрыл дверь, даже не предложив соседу подождать в коридоре.

Тарас вышел, осмотрелся, прислушался. Согласие Ежи составить ему компанию освободило мысли от беспокойства. Теперь можно было настроиться на серьезный разговор. Хотя откуда Тарасу знать, что скажет на всё это доктор наук Симон Федорович. И почему он не Семён, а Симон?

Тарас решил пока не думать об этом специалисте по вибрациям с уважением. Мало ли! Вдруг тоже окажется шарлатаном, а перестраиваться в разговоре с уважения на сарказм будет трудновато.

Дверь парадного открылась, и на темный двор вышел Ежи Астровский в выглаженных брюках, рубашке с галстуком и в пиджаке. В руке — зонтик и старомодный кожаный портфель. С виду — пустой и легкий.

На Пекарской было посветлее, чем во вдоре. Многие окна домов еще светились. Проезжали мимо машины, расталкивая ночной непрозрачный воздух светом своих фар.

— Ты рыбок кормил? — спросил Ежи на ходу.

— Да, — обманул Тарас и сразу решил, что покормит их, как только вернется домой.

— Я уже семнадцать бездомных и неимущих подстриг. — Ежи легко поменял тему разговора. — Ты Оксане скажи! У меня и список есть, могу ей передать...

— С адресами и номерами мобильников бомжей? — пошутил Тарас.

— Они, кстати, нормальные люди. — В голосе Ежи звякнул металл недовольства. — И у некоторых есть адреса дома... Ты, кстати, окна утеплил?

— Нет еще, — удивился вопросу Тарас. — До снега еще месяца полтора!

— А они уже свои подвалы утепляют! — назидательно произнес Ежи.

Окна лаборатории паранормальных явлений не светились. Весь перекресток и маленький скверик напротив были погружены в неглубокую городскую темноту.

— Закрыто! — прошептал Ежи.

Тарас пожал плечами.

Они подошли ко входной двери. Тарас нажал на кнопку звонка на переговорном устройстве.

— К кому? — тут же скрипнул из устройства мужской голос.

— На час ночи к Симону Федоровичу, — отчеканил Тарас.

Щелчок замочного механизма подсказал, что дверь открылась.

Свет, показавшийся излишне ярким, ударил Тараса и Ежи по глазам, как только они зашли в помещение.

— Сюда проходите! — донесся мужской голос откуда-то справа.

Глаза у Тараса заслезились. Он поднялся по трем ступенькам, и вдруг яркий свет словно отрезало. Теперь в глазах потемнело.

— Куда «сюда»? — спросил он вслух раздраженно.

— Закройте глаза на минутку и нее открывайте! — посоветовал тот же голос. — Подышите ровно! И вы тоже, господин с портфелем!

Тарас стоял с закрытыми глазами и напрягал слух, пытаясь уловить хоть какие-то звуки. Но стерильная, абсорбирующая тишина поглощала даже собственное дыхание Тараса.

— Можете открыть глаза! — Мужской голос показался Тарасу в этот момент приветливее.

Он открыл глаза и увидел перед собой мужчину лет пятидесяти, лысоватого, в белом костюме и белых лакированных туфлях. Обтягивающий голубоватый гольф четко повторял линии подкаченной грудной клетки. Ворот гольфа, поднятый под самый подбородок и завернутый там аккуратной манжетой, полностью скрывал шею.

— Симон Федорович, — представился мужчина, пожимая руку Тарасу, а потом и Ежи Астровскому. — Проходите! — Он широким жестом хозяина направил их к своему рабочему столу, уже знакомому Тарасу по прежнему своему визиту в лабораторию.

В помещении было несколько сумрачно. Слева у окна стоял стол со скатертью, за которым принимала клиентов знакомая Оксаны. А на столе специалиста по вибрациям в ярко-желтом конусе света от включенной настольной лампы-трансформера лежала открытая книга.

Тарас улыбнулся, вспомнив, как он представлял себе свет от этой лампы.

Симон Федорович уселся на свое место, подождал, пока гости устроились на стульях по другую сторону стола.

— Я вам не предлагаю кофе или чая, — заговорил он осторожно и негромко, — потому что горячие напитки делают беседу приятной, но слишком легкомысленной. Итак, я вас слушаю...

Тарас и Ежи переглянулись, после чего Тарас понял, что сосед будет исполнять скорее роль мебели, чем рассказчика. И Тарас, немного сбивчивее, чем пару дней назад, начал говорить о нескольких пережитых им случаях внезапного страха на ночных улицах, и о женщине, забежавшей к ним ночью во двор, и о сне, в котором на него и на Оксану напали чайки.

Симон Федорович слушал внимательно, время от времени бросая взгляд на кивавшего головой Ежи Астровского.

Когда Тарас закончил, в помещении наступила тишина. Специалист по вибрациям впал в глубокую задумчивость. Его открытые глаза никуда не смотрели, что подталкивало к мысли, что он просто отключил свой взгляд на время размышлений. Минут пять спустя Ежи кашлянул. Симон Федорович вздрогнул и вернулся вниманием к своим посетителям.

— Да, — выдохнул он, — знакомая история.

Он выдвинул верхний ящик письменного стола, вытащил оттуда тонкую палочку длиной в два карандаша и передал ее Тарасу, после чего полуразвернулся влево и уставился на висевший на стене большой план Львова.

— Там кнопочка, нажмите! — сказал он Тарасу, заметив, что тот не знает, что делать с полученной от хозяина стола указкой.

Подождав, пока Тарас разобрался с лазерной указкой, Симон Федорович снова повернулся к плану города.

— Покажите, где вы живете! — попросил он.

Красная точка указки прошлась по Пекарской и остановилась.

— А где еще с вами происходили эти случаи?

Тарас стал припоминать. Сначала показал отрезки Пекарской на углу Донцова, Филатова. Потом вспомнил, как страшно было Дарке, и показал на плане место, где стоит ее обменник.

— Ага, — закивал Симон Федорович. — Ладно.

Он снова выдвинул ящик стола и вытащил оттуда широкую папку, из которой извлек с десяток листов формата А-5. Положил их поверх раскрытой книги под конус света.

Верхний лист напоминал частично заштрихованную карандашом контурную карту.

— Видите, — Симон Федорович развернул карту к Тарасу и Ежи. — Это зафиксированные аномалии на тринадцатое сентября в два двадцать ночи.

Тарас наклонил голову, увидел, что действительно на карте был изображен фрагмент центра города, проспект Свободы со стороны Коперника. Заштрихован был как раз угол проспекта и Коперника.

Хозяин стола опустил поверх первой вторую контурную карту с другим фрагментом центра. Тут уже заштрихованным оказался целый отрезок улицы Франко от Грушевского до Зеленой. Сверху ручкой было написано «15 сентября 3.45 утра».

— И что это значит? — подал вдруг голос Ежи Астровский.

— Это значит, что мы имеем дело с аномалией, не привязанной к конкретному месту, или с аномалиями, связанными с несколькими конкретными местами, — спокойно ответил Симон Федорович. — Вы не первые, кто обратил внимание на эти, скажем так, малоприятные вещи. Я как раз занимаюсь негативными вибрациями... Если вы хотите мне помочь...

— Конечно, — с готовностью поспешил Тарас.

— Ну, тогда вы можете взять здесь напрокат изобретенный мною прибор и контурные схемы, а я вас проинструктирую, как и что делать. Согласны?

— А сколько стоит прокат прибора? — поинтересовался Ежи Астровский.

— Сто гривен за ночь.

Ежи скривил губы, оглянувшись на Тараса.

— Ну, а что будет дальше? — спросил Тарас.

— Дальше мы вместе с вами в конце концов обнаружим и ликвидируем причину этих аномалий, и город снова сможет спать спокойно, — улыбнулся Симон Федорович.

— Город и так спит спокойно, — проговорил Ежи, наклонив голову к контурной схеме.

— Я бы не стал так преувеличивать, — Симон Федорович бросил на Ежи снисходительный взгляд. — Если бы город спал спокойно, у нас бы не было всплеска ночных самоубийств и немотивированных преступлений именно во время и в местах, отмеченных на картах! — Он кивнул на пачку контурных схем. — Все эти страхи и птицы — это мелочи по сравнению с суицидами!

— Мелочи?! — повторил озадаченно Тарас. — А то, что ночью вдруг пропадает электричество в самом центре города, а Львовэнерго говорит, что никаких аварий и перебоев с электричеством не было? Это мелочи?

— Да, мелочи, — спокойно произнес специалист по вибрациям. — Это всё «человеческий фактор». Пьяная рука дежурного по подстанции нажала не ту кнопку, а потом сообщила начальству, что всё было в порядке... Вы же взрослые мужчины и должны понимать, что есть только две причины любых аномалий: природа и человеческий фактор. Природа не будет вгонять в страх случайных ночных прохожих или отключать электричество.

Тарас задумался.

— Хорошо, — сказал он после минутной паузы. — А чем поможет этот ваш прибор?

— Прибор покажет наличие и интенсивность негативных вибраций, вы зафисксируете границы этих вибраций на карте. Потом мы вычислим закономерности по времени и месту и общими усилиями, может, даже привлекая милицию или другие органы, возьмем источники аномалии в кольцо и вытащим их на свет божий.

— Источники аномалии?

— Ну да. Скорее всего, это группа каких-то веселых и талантливых студентов развлекается, не понимая всей серьезности последствий их экспериментов.

Тарас обмяк. Последние слова Симона Федоровича вызвали в нем прилив недоверия к этому человеку. Обвинить в происходящем каких-то студентов?!

— Вы ведь замечали, что одновременно с появлением страха в этих местах воздух вдруг казался солоноватым? — спросил Симон Федорович.

Тарас задумался, припоминая.

— Да, казался, — сказал он.

— Вот видите! Это всё может оказаться реакцией человеческого организма на какой-нибудь распыленный на определенном участке улицы газ... Вполне могут студенты-химики баловаться...

— Какое же это баловство?! — возмутился Ежи Астровский, резко вскинув голову.

— Для них — баловство, — уточнил свою мысль специалист по вибрациям. — Для нас и для города — серьезная проблема.

— А птицы? — спросил Тарас.

— Вы знаете, если надышаться определенных газов, то вы увидите и услышите не только птиц, но и динозавров! Вы извините, — Симон Федорович посмотрел на свои часы, — у меня через десять минут следующий посетитель. Давайте подытожим! Вы будете брать прибор?

— Да, — решительно ответил Тарас.

— Он очень простой в обращении. Сейчас я вам всё покажу и расскажу!

Аппарат одновременно напоминал счетчик Гейгера и старый переносной транзисторный радиоприемник. Удобная блестящая ручка охватывала темно-зеленое прямоугольное устройство с двумя индикаторами сверху. Обе стрелки в индикаторах лежали на «нулях», зеленый фон левой половины первого индикатора подсказывал, что левая зона определяла «норму», а вот фон правой половины своей кричащей краснотой предупреждал об опасности лучше любых слов и знаков. По полукругу шла штриховая разметка, поверх которой стояли цифры. Фон второго индикатора был полностью красным. Симон Федорович во время пояснений ни разу не назвал единицу, которой измеряются вибрации, но об этом Тарас подумал только на улице, когда уже шли они молча с Ежи в сторону Галицкого рынка. Ежи деловито нес файлик с десятком сложенных вдвое одинаковых контурных схем города.

Вдруг пустынную улицу перед ними перебежала кошка.

— Черная? — спросил, резко остановившись, Ежи, голос его слегка дрожал.

Тарас тоже остановился, попробовал отыскать животное взглядом, но оно уже исчезло за углом дома.

— Я не рассмотрел, — признался он. — То, что не белая, — это точно...

— Ты давай, включи эту штуку, чтобы мы случайно не зашли в какую-нибудь вибрацию, из которой потом живым не выберешься! — Страх овладевал Ежи постепенно, и это отражалось в его голосе.

Тарас нажал на кнопку аппарата. Оба индикатора засветились. Стрелка левого индикатора вздрогнула и приподнялась, но замерла на зеленом фоне. Стрелка второго индикатора даже не шевельнулась.

— Всё нормально, — Тарас оторвал взгляд от аппарата и оглянулся на соседа.

Тот с облегчением вздохнул.

— Мы домой? — осторожно спросил он, на ходу оглядываясь по сторонам. Они вышли к памятнику Даниле Галицкому.

— Давай немного пройдемся по Пекарской, недалеко... Надо проверить, как он работает!

— А вторая стрелка для чего? — Ежи на ходу ткнул пальцем во второй индикатор.

— Если не хватает негативного диапазона на первом индикаторе, то автоматически включается второй, который на позитивные вибрации вообще не реагирует, — повторил Тарас слова Симона Федоровича, сам удивившись, что так четко и легко запомнились ему пояснения доктора наук из лаборатории.

Ежи закивал. Он на ходу еще несколько раз наклонился, проверяя положение стрелки первого индикатора, после чего, удостоверившись, что она не покидает зеленого поля, расслабился. Свернули на Пекарскую, подходя к арке, ведущей к их дому, автоматически замедлили шаг. Но прошли мимо.

Тарас ощутил необъяснимый прилив бодрости. Улица была спокойна, редкие горящие окна старых польских домов рассеивали темноту. Иногда мимо проезжала машина, на которую стрелка индикатора тут же реагировала легким качанием.

— Я надеюсь, ты не собираешься идти до Лычаковского? — спросил Ежи. — Давай уже назад, а завтра утром продолжим. Днем как-то уютнее...

— Днем нельзя. — И снова услышал Тарас в своих словах голос Симона Федоровича. И удивился теперь не этому, а тому, что Ежи, который всё время сидел рядом с ним по другую сторону стола от специалиста по вибрациям, оказывается, не слушал никаких объяснений этого специалиста. О чем он думал?

— Нельзя? — удивленно переспросил сосед.

— Днем в городе преобладают естественные негативные вибрации, от машин, загазованности, человеческой агрессии. Поэтому трудно отличить естественные вибрации от аномальных... Ты разве не слушал его?

— Этого мужика в голубом гольфе? Слушал! Но он всё время на тебя смотрел, когда говорил... Не, я кое-что помню. — Лицо Ежи выдало своим выражением очевидное напряжение мысли. — Он же еще говорил, при каких показателях нельзя приближаться к источнику вибраций!

Тарас кивнул. Как раз он-то, Тарас, и не зафиксировал эту информацию жестко и намертво, чтобы в момент гипотетической опасности не растеряться или, наоборот, не проявить глупое мужество с малоприятными и неизвестными последствиями. Вторая отметка второго индикатора являлась тем пределом, за который им было не велено заходить. Но второй индикатор спал спокойно.

Тарас остановился. Ежи понял эту остановку как начало пути домой и, развернувшись, спокойно отправился назад по Пекарской. Тарасу ничего не оставалось, как догнать его. Но у брамы двора возникло у Тараса острое ощущение не до конца исполненного долга. И, попрощавшись с соседом, Тарас решил продолжить ночную прогулку по ближайшим окрестностям в одиночку.

Собственно, как только Ежи исчез в середине двора, и буквально через десять секунд хлопнула негромко дверь их парадного, планы Тараса конкретизировались. Он позвонил Дарке.

— Привет, как ты там? — спросил.

— Ничего. Скучаю, — ответил знакомый голос.

— Знаешь, у меня нет кофе, но есть интересный прибор! Я сейчас к тебе подойду!

— Ты меня и без кофе бодришь! — рассмеялась в ответ Дарка.

Только оказавшись у обменки, Тарас понял, что за время короткой прогулки ни разу не посмотрел на индикаторы. Зато сейчас, подняв и поставив его возле ниши для денежного обмена на прилавок-подоконник, он заметил, что стрелка стразу поднялась и остановилась почти на границе зеленого и красного фона.

— Что это? — спросила Дарка и ткнула в стекло со своей стороны пальчиком, показывавшим на прибор.

Тарас смотрел через окошко обменки на ее руки. Темно-зеленые перчатки уходили под рукава такой же темно-зеленой блузки, поверх которой Дарку согревала еще и трикотажная безрукавка черного цвета. На левом запястье поверх перчаточной ткани — красного цвета часы, прямоугольный пластиковый корпус которых переходил в пластиковый же гладкий браслет. Тарас отодвинул аппарат и сам коснулся рукой стекла по другую сторону от ее пальчика. Хотелось ощутить ее тепло. Стекло ведь может проводить тепло, как железо проводит электричество! Стекло даже усиливает тепло солнечных лучей! Он представлял себе теплоту ее рук. Он уже ходил с нею, держась за руку, всегда одетую в перчатку, но всегда же казавшуюся удивительно горячей, даже жаркой. Нет, перчатки не мешали ему и его фантазиям. Наоборот, раскрашивали их, его фантазии, в свои собственные «перчаточные» цвета.

— Да вот, взял в лаборатории паранормальных явлений аппарат на прокат. Ищу теперь привидения! — улыбнулся он.

И вдруг улыбка соскользнула с его лица. Дарка это заметила.

— Что? — спросила она.

— Забыл забрать у соседа карты центра.

— А зачем они тебе, ты что, центр не знаешь?

— Да нет, надо отмечать места, где есть аномалии.

— Ой, интересно! — всплеснула ладошками Дарка. — Это как в фильме «Ску-Би-Ду»? Я бы с тобой пошла!

— А у тебя есть ключ от своей клетки? — ехидно спросил Тарас.

Дарка отрицательно мотнула головой. Ее глаза стали на мгновение грустными.

— Ничего, ничего, мы можем начать искать привидения прямо у тебя в клетке! — немного наигранно весело проговорил Тарас и придвинул аппарат вплотную к стеклу окошка.

На его глазах стрелка дернулась и стала плавно подниматься. Остановилась она уже на красном фоне, правда, зашла на его территорию недалеко, на пару миллиметров.

— У тебя тут что-то не в порядке, — опять перешел на серьезный тон Тарас.

— Конечно, не в порядке. — Дарка взглянула на Тараса с легкой иронией. — Смотри! — сказала она решительно, наклонилась и тут же выложила по свою сторону стекла несколько банковских упаковок долларов, евро и гривен.

И Тарас действительно обомлел, наблюдая, как тут же стрелка уже на целый сантиметр влезла на «красную» территорию индикатора.

— Ну это как-то банально выходит, — огорченно выдохнул Тарас. — Деньги — грязные, это ясно. Но при чем тут негативные вибрации?

— А может, это не от денег, а от меня! — Дарка, говоря, спрятала деньги под прилавок, и стрелка опустилась на свое прежнее место.

— Как это «от тебя»? Посмотри! — Тарас задумчиво уставился на подругу.

— Да ладно! Что я буду смотреть! — отмахнулась рукой Дарка. — Спасибо, что подошел! А то сидишь тут всю ночь ради одного-двух клиентов, можно и с ума сойти!

— Уходить тебе отсюда надо, — проговорил Тарас совсем серьезно.

— Когда-нибудь уйду. Но не сейчас.

— Знаешь, давай, я пойду кофе заварю? — предложил он неожиданно, проникшись в который уже раз сочувствием к этой замечательной и загадочной девушке.

— Правда?! — обрадовалась она. — Давай! С меня поцелуй!.. Воздушный.

— А не воздушный? — спросил Тарас.

— А не воздушный потом!

Тарас, так и не выключив аппарат, веселым, бодрым шагом направился в сторону дома. Было уже совсем темно. И только светофоры своим желтым миганием распугивали темноту на перекрестках.

И вдруг, уже на Пекарской, в самом начале, неприятное волнение охватило его. Бросив взгляд на подсвеченный индикатор, Тарас увидел, как стрелка рванула в красную зону и даже ударилась о «предел» — маленький стопор, толщиной с оконный гвоздик.

Тарас остановился. Стрелка чуть отошла от стопора и тоже остановилась. Тишина зазвенела у Тараса в ушах.

Он сделал пару шагов назад, не отрывая взгляда от индикатора. Стрелка поползла дальше по красной территории. Отошел еще на пару шагов назад и уже не по стрелке, а по собственному состоянию понял, что что-то тут не так. Дрожь пробежала по телу. Он оглянулся по сторонам. В двух метрах от него — закрытые деревянные двери в парадное дома.

Тарас попытался успокоиться и поймал себя на странном раздвоении ума и тела. Умом он кое-как управлял и панике в этот раз не поддался, а вот тело вело себя как-то по-детски непослушно. Он чувствовал дрожь в пальцах, неприятный холодок коснулся шеи.

Тарас приподнял аппарат и подошел к двери в парадное, ощущая одновременно, как сами ноги сопротивляются его продвижению. Стрелка уперлась в стопор. Дрожь поднималась от пяток и пальцев на ногах к коленям и выше.

Почему-то стало не хватать воздуха, и он сделал глубокий вдох, тут же ощутив, как на язык от этого вздоха осела соль, морская соль. И птичий крик-хохот, уже слышанный раньше, снова зазвенел над головой. Он хотел из последних сил воли открыть дверь и заглянуть в парадное, но тут тело сдалось, окончательно отказавшись подчиняться командам.

И Тарас отошел на шаг, потом еще на два от двери, и даже там, несмотря на то что теперь до двери в парадное было не меньше полутора метров, он стоял с трудом, с трудом сдерживая себя от желания бежать, бежать прочь.

Стрелка всё еще оставалась на красном, но близость ее к зеленому полю чуть успокаивала.

Тарас всё-таки отошел еще метра на три и снова проверил индикатор. Стрелка остановилась на границе красного и зеленого. Тарас вздохнул с облегчением. Ноги ожили, словно неприятная судорога отпустила их. Он вновь оглянулся по сторонам, опять вспомнил о контурных схемах, унесенных соседом. Бросил взгляд в темное, затихшее, освободившееся от птичьих криков небо. И тут соль на кончике языка напомнила о себе, точнее, об этом моменте физического, телесного страха, пережитого тут несколько минут назад.

Он запомнил двери, запомнил дом, запомнил молчаливые темные окна. «Надо будет с утра забрать карты и заштриховать это место», — подумал он.

И продолжил путь домой, забыв на какое-то время об обещании, данном Дарке, и одновременно думая о том, что не от денег возникают эти странные негативные эмоции. Деньги «фонили» и «фонят» всегда! Он не удивился бы, если бы они излучали радиацию! Но у них нет солевого вкуса. Во всяком случае, деньги никогда не вызывали у него страха, оторопи, дрожания пальцев. Деньги не вызывали у него ни вкусовых, ни звуковых галюцинаций. А значит, они тут ни при чем!

Уже дома он отключил аппарат, заварил кофе и, налив его в термос, снова отправился на ночную прогулку. Только теперь к обменнику на Франко он пошел другим путем, чтобы не проходить мимо дома, из входа в парадное которого излучались с такой пугающей силой необъяснимые негативные вибрации.

С Даркой он простоял около двух часов, сначала попивая кофе из «веницианских» пепельниц», а потом, когда кофе закончился, просто болтая о разном и время от времени подзуживая ее по поводу «не воздушного» поцелуя.

— Знаешь, — сказала Дарка уже напоследок, когда он уходил. — Мне пообещали антиаллергическую губную помаду! Может, я ее на тебе испытаю?

— Тогда кто из нас будет испытателем помады? — спросил он весело.

— Кто-кто?! Конечно, ты!

Глава 34

Встав и внимательно выслушав на кухне радионовости, Рябцев сходил в ванную, где спокойно — в новостях ведь ничего огорчающего не было — побрился, умылся и так же, в синих «боксерских» трусах босиком, вернулся на кухню. Осенняя сонливость еще не покинула его, и он, механически зажигая газ под чайником с водой, ни о чем не думал, а только внутренне настраивался на новый день. Раньше ощущение бодрости посещало его всякий раз, как только он открывал глаза, врываясь в новый день сначала взглядом, потом мыслью, потом телом. Теперь, и это было следствием приблизившейся вплотную старости, которая тоже чем-то очень похожа на осень, в каждый новый день Рябцев входил медленно, неспешно. Будто боялся, что из-за резких движений может закружиться голова или пошатнуться всё тело.

Взгляд в залитое дождем снаружи окно пробудил первую мысль — мысль о том, что надо одеться. Не так уж на самом деле и тепло было в его квартире.

И пока чайник закипал, Рябцев натягивал брюки, надевал майку, а поверх нее — старый зеленый свитер.

Как только съел два бутерброда с сыром и выпил чаю, что-то «щелкнуло» у него внутри, словно заменили одну из нескольких батареек, приводивших его в движение. И этот, пусть хоть и незначительный прилив энергии вызвал у Рябцева тихую радость, которой он тотчас захотел поделиться со своими питомцами, живущими в голубятне.

Сняв с вешалки зонтик-трость с логотипом киевского пива, найденный недавно на автобусной остановке, Рябцев хлопнул дверью и поспешил вниз по ступенькам.

За дверью парадного раскрыл зонт и дальше отправился уже под монотонную дробь дождевых капель.

Еще два десятка шагов, и он «занырнет» в свой собственный мир, где легче собираться с мыслями и чувствами, где он всегда в гармонии с природой и природа всегда добра и любопытна к нему, ничего не значащему для иного окружающего мира человеку пенсионного возраста.

Уже остановившись у деревянной дверцы с ключом, зажатым в пальцах правой руки, Рябцев заметил на мокрой траве, метрах в двух от голубятни, подозрительное белое пятно. Сунул ключ обратно в карман, подошел, присел на корточки, всё так же держа в левой руке раскрытый над головой зонтик, и ужаснулся. Перед ним лежал один из его белых серпокрылых голубей, растерзанный, с запекшейся на перьях кровью, с откинутой назад маленькой головкой и разбросанными в стороны крыльями.

Рябцев осторожно взял мертвую птицу в свободную руку, поднялся. И тут же заметил еще трех своих голубей, неподвижно лежавших на траве чуть поодаль.

— Как это? — прошептал Рябцев и оглянулся на крышу своей голубятни.

Двускатная крыша с ребрами-дощечками для сидения голубей блестела от дождя. Рябцев с мертвым голубем в руке отошел в сторону и оттуда взглянул на приполок. Увидел открытую дверцу летка и одного из своих голубей, с опаской выглядывающего с выгула наружу.

— Как это? — повторил ошарашенный Рябцев и стал прокручивать в памяти вчерашний день и вечер.

Он помнил, как принес из дома наново заряженный аккумулятор, как включил свет. Как сидел под голубями на табуретке и слушал их воркование. Вспомнил, как услышал косой дождь, застучавший по левой стене голубятни. У него в этот момент как раз в руке была стопочка водки. Что он сделал потом? Выпил, поставил пустую стопочку на тумбочку, вскарабкался по лестнице к выгулу и открыл дверцу. Зачем?! Рябцев задумался. И тут память подсказала ему: в голубятне было очень душно. Дождь освежает воздух, вот и захотелось ему освежить тут воздух и для себя, и для голубей...

Тяжело вздохнув, бывший капитан отошел к растерзанным голубям, постоял над ними. Увидел рядом на земле чужое, не голубиное перо, большое и белое с серой каймой.

На глазах выступили слезы.

— Простите, — прошептал он и попятился назад, к голубятне. — Простите меня...

Внезапными торопливыми движениями он открыл замок и зашел внутрь и, бросив раскрытый зонт в угол, постоял, дрожа, минут пять, взглядом упершись в свой желтый «piaggio».

Слева от мотороллера на деревянном полу, посыпанном истоптанной уже соломой, выделялся квадрат входа в погреб.

Вспомнился вдруг Алик Олисевич, которому Рябцев на днях очень помог, достав оттуда, из своих секретных закромов, ключ от двери в его жилище на Замарстиновской. Это тоже было на днях, но до вчерашнего вечера. Время запуталось в мыслях Рябцева. Исчезла хронология последних дней. Мысли словно сами испугались своего расшатанного, не организованного состояния.

Рябцев тряхнул головой, вскарабкался на второй этаж, опустил мертвого голубя на покрытую газетой тумбочку. А сам покарабкался дальше, под крышу. И закрыл дверцу летка. Голуби шарахнулись от него по выгулу, как от чужого. Он пересчитал их. Вместо двенадцати пар его теперь окружало десять.

Левая рука нащупала в кармане мобильник. Нащупала и сжала в ладони, словно он был живым и способным помочь в трудную минуту.

Но не стал Рябцев никому звонить. Знакомым голубеводам сообщать о своей глупости и вине?! Нет, они его и так всерьез не воспринимают! Старым коллегам по службе? Еще более глупо! У них свои проблемы. Алику? Тот, конечно, может, и поймет, и посочувствует, но зачем Рябцеву это сочувствие?!

Слезы в глазах высохли, в мысли вернулась прежняя молодцеватая жесткость.

«Да, я допустил промах, и этим промахом воспользовались враги, — решил Рябцев. — Теперь дело моей чести поквитаться с ними!»

Спустившись в подземную часть голубятни, Рябцев поправил стоявшие одна поверх другой большие картонные коробки, потом пролез в щель между ними и кирпичной кладкой внутренней стенки в самый тупик, где хранились два деревянных ящика с инструментами и всякие хозяйственные мелочи. Среди этих мелочей нашел он свою старую саперную лопатку.

Мокрый из-за продолжающегося дождя, он выкопал под ближайшей сосной четыре маленькие могилки. Опустил в них своих голубей и присыпал их землей.

Снова вспомнились знакомые голубеводы. Никто из них так и не стал ему ни другом, ни хорошим знакомым. Были они, конечно, людьми, в чем-то интересными и энергичными, но разбирающийся в человеческой природе Рябцев избегал искренних и откровенных отношений с ними. Они не вызывали доверия. И вот сейчас, стоя над могилками своих голубей, он снова вспомнил, за что он еще недолюбливал своих коллег по пернатому хобби. Когда у них умирали птицы, а бывало это нередко, хозяева просто бросали их в мусорный бак, словно мертвый голубь — просто мусор. Этого Рябцев ни принять, ни понять не мог. Да, птицы, особенно голуби, живут недолго. Да, бывает, что какой-нибудь чужак принесет заразу, бывает, что болезни «выкосят» голубей, и тогда приходится человеку начинать всё сначала, дезинфицировать голубятню, ехать на птичий рынок или к друзьям-коллегам. Но вот так не уважать смерть, пусть даже простую птичью смерть? Нет. Он своих умерших голубей никогда не выбрасывал. И не будет.

Рябцев оглянулся по сторонам. Дождь ослабел. Небо, казалось, стало чуть светлее.

Очистив скомканной газетой саперную лопатку от земли, Рябцев оставил ее в углу за своим любимым желтым мотороллером. Замкнув навесной замок на дверце голубятни, он поднял с земли большое белое перо с серой каймой и с ним в правой руке, с открытым зонтиком в левой пошел к дому.

Вернувшись в квартиру, Рябцев сварил вкрутую три куриных яйца, очистил от скорлупы, положил в большую чашку, полил сверху майонезом, после чего растолок их вилкой и съел, закусывая куском черного ржаного хлеба.

Утирая рукой губы, бросил взгляд в окно — дождь закончился.

Посидев еще несколько минут на кухне, Рябцев прошел в комнату, достал из-под дивана чехол с охотничьим ружьем, из которого еще ни разу в жизни не стрелял. Вытащил его, повертел в руках, вздохнул.

— Я их не защитил, — процедил он сквозь зубы. — Мало того, это я их подставил...

Злость, возникшая в нем и обращенная на самого себя, как бы добавила и так тяжелому ружью веса, и бывший капитан уселся на диван, опустил ружье на колени.

Сидел, смотрел, думал, наливался душевной тяжестью, да так ею наполнился, что явная горечь выступила на языке.

Глава 35

Город в эту ночь не мог спать спокойно. Ему было сыро, холодно и иногда страшно. Где-то погрёмывали вагоны грузового состава, и шум этот слегка напоминал отдаленную грозу.

Рябцев в застегнутом сером плаще с поднятым воротником мчался на своем «piaggio», наклонившись к рулю, из-за чего ремень зачехленной винтовки был натянут так, что сама винтовка торчала чуть вперед и вверх, как мачта подгоняемой сзади ветром яхты.

Доехав до угла Грушевского и Драгоманова, капитан остановился и заглушил мотор. Вслушиваясь в ночь, он водил напряженным взглядом по темным окнам домов по обе стороны улицы. Прошел несколько шагов до самого перекрестка и заглянул в другую улицу, как в колодец.

Вверху, в небе, что-то хлопнуло, и Рябцев мгновенно сдернул с плеча ружье, расчехлил, заслал в затвор наполненный дробью патрон и, держа оружие наготове, попробовал пробить глазами мутно-серо-темный потолок города. Но оттуда больше не доносилось ни звука. Он, этот нижний небесный потолок, был обездвижен и беззвучен. Рябцев, устав держать голову опрокинутой взглядом в небо, расслабился против своей воли, опустил ружье, зажмурил глаза, уставшие от бесполезного напряжения, кивнул себе, словно признавая некую свою ошибку или просто слабость. Постояв еще пару минут, он вернулся к желтому «piaggio» и уже с расчехленным ружьем за плечом оседлал мотороллер, завел мотор.

Дальше, вдоль по Грушевского, он ехал медленно, и ему казалось, что ворчание двигателя не скроет от него другие, посторонние звуки города. Удивительная пустынность улиц внушала острое чувство собственной ответственности за всех спящих и живущих за окнами домов. Он ощутил себя охранником, городовым, следящим за ночным порядком, за ночным покоем города. То, что кроме него никто за порядком явно не следил, одновременно и пугало Рябцева, и придавало ему дополнительной значительности.

«Где же милиция, где их патрульные машины? — думал он. — Где эсбэушники в штатском? Почему никого нет?»

И тут, словно в издевку, увидел он, как открылась и тут же закрылась мокрая железная входная дверь, отбросив на влажный булыжник мостовой отраженное зеленое пятно светофора. Светофор тут же сменил цвет на желтый. Но Рябцев еще до желтого сигнала остановил мотороллер и снова заглушил мотор.

Он выдвинул железную стопу мотороллера и, оставив его у бровки, прошел к стене ближнего дома, где и замер.

Тишина, казалось, смеялась сейчас над его подозрительностью. Он стоял, прислонившись к кирпичной стене, и чувствовал, как вот-вот ворвутся в его уже утомленные мысли едкие сомнения относительно собственного рассудка и вообще сегодняшнего дня, так плохо и грустно начавшегося и так глупо и бессмысленно заканчивавшегося.

Но сомнения не успели выплыть на поверхность. Та самая дверь, до которой сейчас было метров тридцать, открылась снова, и из парадного дома осторожно выглянул, а потом и вышел мужчина в длинном пальто и шляпе. Это был тот самый человек, который буквально пару минут назад туда поспешно заходил.

Тонкие губы Рябцева едва заметно выразили напряженную улыбку охотника, приметившего дичь. Подозрительное поведение мужчины в пальто как бы доказывало своевременность появления Рябцева именно в этом месте.

А мужчина в пальто оглянулся по сторонам, потом перешел дорогу на красный сигнал светофора и, еще раз оглянувшись, осторожно зашел в парадное углового дома.

— Интересно, — прошептал Рябцев, не двигаясь с места.

Его глаза теперь сосредоточились на темных окнах этого дома, словно чуяли, что сейчас одно из них зажжется желтым светом, подсказав Рябцеву, куда хотел попасть или куда попал этот подозрительный ночной странник, что-то или кого-то здесь ищущий.

Давний профессиональный инстинкт взбодрил Рябцева. Он даже напряг на мгновение мускулы рук, проверяя свою боеспособность. Однако ружье оставалось у него за спиной. Руки не тянулись к оружию. Наверное, потому, что чутье старого гэбиста подсказывало: если перед ним сейчас и противник, то слабый и не представляющий угрозы. Сильные противники не оглядываются по сторонам в ожидании опасности.

Дверь углового дома на другой стороне улицы вновь открылась, и из парадного вышел тот же человек в пальто и шляпе. Снова остановился, осмотрелся по сторонам и вдруг присел на корточки, замер в такой странной позе, упершись локтями в колени и обеими ладонями подперев подбородок.

Рябцев хмыкнул, пораженный его поведением. В ночном незнакомце теперь не оставалось ни капли от возможного врага или противника. Всё его подозрительное поведение было перечеркнуто этой позой. «Может, он пьяный и ищет малознакомую женщину, чтобы попроситься к ней переночевать?» — предположил Рябцев, уже готовясь «отклеиться» от стенки и вернуться к своему «piaggio».

Однако ночью временной промежуток между решением и действием удлиняется, вот и в этот момент — не успел Рябцев сделать шаг в сторону мотороллера, как мужчина поднялся на ноги, в его руках вдруг вспыхнул фонарик, и он более решительным шагом, чем прежде, отправился к ближайшей арке и скрылся в ней.

Рябцев опять напрягся. Украдкой прошел метров семь налево, чтобы оказаться как раз напротив этой брамы по другую сторону улицы. Двор, в который вела арка, был отсюда не виден. Темнота в ограниченных стенами домов пространствах всегда насыщеннее и гуще.

Вдруг темень двора прорезал луч мощного фонарика. Луч «прошелся» по земле двора, выхлестнулся на мгновение в арку, осветив ее часть и «выпав» желтым пятном на тротуар и на мостовую. И тут же «вернулся» во двор. И погас.

Рябцев быстрыми шагами пересек мостовую, заглянул во двор, но там снова было темно. Темно и тихо.

Озадаченный, бывший капитан КГБ неслышимыми шагами дошел до внутреннего края арки. Темнота перед его глазами медленно разделялась на стены-окна домов и на обширный двор-колодец между ними. Ни луча фонарика, ни человека, зашедшего в этот двор, Рябцев сейчас не видел. Он аккуратнейшим образом и совершенно беззвучно сделал три шага из арки и за угол, где прижался спиной к стенке и тут же почувствовал некоторое неудобство из-за того, что приклад висевшего на ремне за спиной ружья вдавился ему левый бок. Шурша рукавами плаща, Рябцев стянул ружье с плеча, опустил на землю. Теперь ему стоялось удобнее. И ничто не отвлекало его внимания от всматривания в темноту двора и вслушивания в его тишину.

Скрипнула дверь, открываясь. Четвертая или пятая от арки. Из нее вышел уже знакомый взгляду незнакомец. И прямо под низкими окнами первого этажа прошел к следующей двери. Зашел в парадное, придержав дверь, чтобы не хлопнула.

Рябцев оценил ситуацию. Если он, этот человек, проверяет все парадные, то вскоре он сделает «круг» по прямоугольному двору и окажется возле дверей последнего парадного, всего метрах в пяти от Рябцева и от края арки.

Рябцев оглянулся по сторонам уже привыкшим к темноте взглядом. Спрятаться тут было негде. Выходить на улицу тоже не имело смысла. Ведь надо было понять причину странного поведения этого человека. Что он может искать по парадным?! Рябцев задумался, и снова ему стало некомфортно от собственных мыслей, которые подсказывали ему сейчас, что он просто зря тратит время, имея дело то ли с сумашедшим, то ли с человеком, страдающим от лунатизма или чего-то подобного.

Но эти мыслишки хоть и появились в его голове, но повлиять на решения Рябцева никак не могли. Да и человек в пальто и шляпе вдруг слишком торопливо вышел из парадного и, остановившись и придерживая дверь открытой, посветил фонариком внутрь и только потом прикрыл ее за собой. Постоял там с минуту и отправился к следующему парадному.

Рябцев, который вдруг понял, что если просто будет наблюдать за происходящим, то рано или поздно захочет спать, решил ускорить события. Он, забыв про оставленное на земле ружье, прошел к первому слева от арки парадному и зашел внутрь. Фонарика у него, увы, не было. Но в парадном горела тусклая лампочка, и в ее свете осмотрел бывший капитан истоптанные, давно не крашенные деревянные ступеньки, железную, недавно поставленную дверь квартиры номер один справа и слева, в глубине, низенькую полутораметровую деревянную дверцу, за которой, должно быть, начинался подвал. Эта дверца была полуоткрыта. Рябцев подошел. В нос ударил запах сырости. Он открыл дверь и увидел перед собой усыпанные мусором ступеньки вниз. Достал мобильник, подсвечивая им, стал спускаться.

Отойдя пару метров от последней ступеньки, Рябцев споткнулся о лежбище, сделанное из старого дивана. Опустился на корточки и осветил мобильником ближайшее пространство. Перед ним раскинулось место обитания явно интеллигентного бомжа. За лежбищем стояла табуретка. Под ней — несколько тарелок и пластиковое ведро с водой. На табуретке — третий том полного собрания сочинений Ивана Франко.

— Да уж, — выдохнул, поднимаясь с корточек, Рябцев. — Всюду жизнь...

Экран мобильника потух. Жилище неизвестного бомжа снова погрузилось в темноту. Со стороны открытой дверцы в подвал проникал тусклый свет. Надо уходить. Сейчас снова захрустит под ногами мусор на ступеньках.

Бомж, читающий Франко, мог бы и подметать свои ступеньки! Рябцеву стало грустно.

А в парадном хлопнула дверь. И кто-то зашел громко, по-свойски. Зашел и остановился. Рябцев замер.

«Может, это снова тот, в шляпе?» — подумал Рябцев.

Совсем рядом чиркнула спичка. Раздался шорох одежды. Волна нового света выкатилась из открытой дверцы в подвал и упала на ступеньки. И следом на верхнюю ступеньку лестницы опустился грубый черный ботинок, и второй ботинок тут же опустился рядом. Судя по их размеру, человек, которого еще не было видно полностью, был намного крупнее Рябцева.

Рябцев сделал пару шагов в глубину подвала, и тут голова его ударилась о что-то закругленное. Он ощупал рукой препятствие и понял, что это водопроводная труба. Холодная и мокрая.

— Кто здесь? Аня, ты? — нервно спросил мужской голос.

Владелец грубых ботинок осторожно спустился вниз, держа в руке горящую свечу. Он остановился около нижней ступени и поднял свечу повыше, осматриваясь по сторонам. Через несколько секунд он замер, и Рябцев понял, что его заметили.

— Руки вверх! — рыкнул бывший капитан КГБ. — И оставайтесь на месте, иначе буду стрелять!

— Не надо! — дрожащим голосом попросил мужчина и поднял левую руку вверх к правой, в которой он держал горящую свечу. — Кто вы?

— А вы кто? — спросил Рябцев, нервозность которого была успокоена страхом незнакомца, так легко поднявшего руки вверх.

— Я тут живу... временно... Пытаюсь начать жить сначала... Пить бросил, стал книги читать...

— Имя, фамилия?

— Петро. А зачем вам фамилия?

— Ладно, не нужна мне ваша фамилия... Опустите руки. Вы там, на улице, сейчас никого не видели?

— Нет, — ответил Петро.

— Вы тут уже долго живете?

— Почти год.

— Что-нибудь странное тут, в подвале, замечали? Например, соленый запах и появление воды?

— Трубу один раз прорвало... А запахи... Нет, соленого не было. Бывает, что просто воняет. Трубы ведь старые...

— Хорошо. Спасибо. Оставайтесь на месте! — скомандовал Рябцев и твердой походкой приблизился к Петру, посмотрел внимательно в его лицо, стараясь на всякий случай его запомнить, а после этого выбрался по лестнице из подвала и закрыл за собой маленькую полутораметровую дверцу.

Уже на дворе вспомнил, что не попрощался с хозяином лежбища. Но возвращаться не стал. Да и говорил он с ним таким образом, при котором любой признак вежливости оказывается неуместным. Старая школа дала о себе знать.

Во дворе было тихо. Рябцев постоял несколько минут у дверей первого парадного и вышел через арку на улицу. На улице, глядя на красный сигнал светофора, он вспомнил о ружье и нервными шагами поспешил обратно во двор. Ружье лежало там, где он его оставил. Забросив его за плечо, но всё еще взволнованный своей опасной забывчивостью, Рябцев пересек улицу и, усевшись на мотороллер, завел двигатель.

Проехав следующий перекресток, Рябцев заметил слева на тротуаре неспешно идущего человека в пальто и шляпе. Резко затормозил.

— Вы не подскажете, как проехать к Галицкому рынку? — окрикнул его Рябцев.

Мужчина обернулся на ходу и тут же остановился, всматриваясь в лицо спросившего.

Рябцев тоже немного нагнул голову вперед, вглядываясь в явно знакомые черты этого ночного странника.

— А вы заблудились? — с явным подвохом в голосе спросил мужчина в шляпе.

— Немного, — ответил Рябцев, перебирая в памяти свои нечастые в этой фазе жизни знакомства последнего времени.

— Вы, наверное, море ищете?! — снова в голосе человека в пальто и шляпе прозвучала ирония. — Или на охоту едете? — Его глаз дотянулся до ружейного дула, торчавшего из-за плеча Рябцева. — А почему в одиночку? Почему без Алика Олисевича?

— Пан Винничук?! — полуутвердительно произнес бывший капитан госбезопасности. — Вы?

— Да, я, товарищ капитан!

— А что вы тут делаете? — поинтересовался Рябцев.

— Гуляю. Ищу вдохновение.

— В подвалах и в парадных?

— Вы что, за мной следите? — Рябцеву показалось, что Винничук вдруг огорчился.

— Нет, я не за вами следил. Я следил за подозрительно ведущим себя человеком, которого я заметил в районе улиц, где за последнее время произошло немало преступлений и странных происшествий... Странно, что этим человеком оказались вы!

— Писатель, как и актер, может оказаться любым человеком, любым героем из собственных книг. — Винничук снисходительно улыбнулся.

— Вы меня извините, пан Винничук, я не знаю героев ваших книг. Не читал. Если подарите, то прочту и тогда сможем обсудить ваше творчество.

— Что это за привычка: просить у автора книги в подарок?! — возмутился писатель. — Вам что, купить трудно?

— Вы не обижайтесь, но если выбирать между книгой и витаминами для голубей, то я выберу второе. По моему твердому убеждению, нынешние книги не окрыляют и не заставляют задумываться о смысле жизни! Так вы что-нибудь интересное в тех подвалах и парадных нашли?

— Двух бомжей, — после минутной паузы ответил Винничук. — Я собираю человеческие истории для будущего романа. — И он вытащил из кармана портативный диктофон и фонарик. Посветил фонариком на диктофон и многозначительно с вопросом во взгляде уставился прямо в глаза Рябцеву.

— Извините, — выдохнул Рябцев. — Я вижу, что вы искатель приключений... А я — искатель преступлений. Наша ночная встреча — ошибка... Я зря потратил на вас время! До свидания!

Мрачный, внезапно ощутивший прилив усталости капитан завел двигатель и уехал. Винничук проводил его взглядом. Хмыкнул в ответ на какие-то свои мысли и, развернувшись, зашагал обратно, в сторону начала улицы.

Глава 36

План Тараса посвятить следующую ночь поиску аномальных зон с помощью аппарата, взятого напрокат у Симона Федоровича, был нарушен телефонным звонком.

— Нас трое, — сообщил по-польски некто Вацлав. — И поэтому просим дать нам скидку!

Тарас не удивился и согласился на скидку. Попросил их выпить по стакану коньяка за два часа до назначенной встречи и посидеть потом не меньше часа в горячей ванне. Встретиться договорились в полночь у гостиницы «Леополис» на Театральной.

Уже выходя во двор, Тарас всё-таки взял с собой прибор для измерения вибраций вместе с контурными картами центральных районов Львова. Не забыл и термос с крепким кофе.

Неприятная стоячая в воздухе морось увлажнила лицо и руки. Стекла «опеля» тоже были покрыты ею. Тарас положил сумку в багажник, взял оттуда тряпку и протер зеркала и стекла. Перед тем как выехать со двора, заметил, как к своему окну подошел Ежи Астровски. Его немного размытая фигура в наполненном желтым домашним светом окне выглядела картинно и даже привлекательно. Мысли о соседе вызвали улыбку. Фары «пробили» морось двора двумя сильными лучами, и машина выехала из брамы на улицу.

Дорога была скользкой, это Тарас заметил сразу, как только притормозил перед первым светофором. Легкое беспокойство поднялось в душе, но вскоре улеглось, забылось. И мысли плавно перескочили на трех поляков, которых он должен возить этой ночью до достижения положительного результата. Конечно, тяжелая машина подпрыгивает не так высоко, как полупустая. И Тарас, глядя вперед на дорогу, стал продумывать сегодняшний маршрут. Хотелось ведь еще и довольно быстро справиться сразу с тремя клиентами, чтобы успеть к Дарке с еще не остывшим кофе. Но предсказать, как быстро освободятся поляки от своих камней, было невозможно. Единственное, что можно было предпринять, чтобы ускорить процедуру, так это сразу вывезти их на «жесть», например на Старознесенскую.

Однако, встретив у гостиницы клиентов, оказавшихся и симпатичными, и вежливыми, Тарас сразу ощутил себя виноватым и вернулся к отработанным и проверенным маршрутам.

Поначалу поляки были разговорчивыми. Видимо, из-за выпитого коньяка. Один из них, тот, что помоложе, отозвал Тараса на минутку в сторону и попросил быть с Вацлавом почтительнее. «Вацлав из княжеской семьи, — сказал он шепотом. — В нем течет королевская кровь!». Тарас мысленно улыбнулся услышанной новости, но вежливо и уважительно кивнул. Вернулся к машине. Вацлав, севший на переднее сиденье, сразу начал шутить по поводу своих почечных камней, которых у него было три. Правда, уже после пяти-шести километров по относительно «мягкой» дороге улыбки и вообще осмысленные выражения покинули лица пассажиров. Вацлав даже заметно побледнел. Тарас проехался три раза по Городоцкой, два раза по Лычаковской и решил, что пришла пора попробовать «короткие вибрации». Когда Крымская улица осталась позади, он остановил машину, включил свет в салоне и оглянулся на клиентов.

— Ну как, чувствуете движение камней? — поинтересовался он.

Вацлав кивнул, двое на заднем сиденье отрицательно мотнули головами.

Тарас понял, что быстрого результата не будет, и смирился с этим относительно легко.

Развернул машину и снова поехал в сторону Городоцкой.

К пяти утра один из сзади сидевших пассажиров завыл и ударил кулаком в спинку сиденья Тараса. Тот автоматически выжал до конца педаль тормоза, и машина, завизжав, остановилась на мрачной обочине возле бетонного заводского забора.

Пассажир, скрючившись, развернулся, открыл дверцу и словно вывалился на проезжую часть дороги. Тарас выскочил из машины, захватив стеклянную литровую банку. Поляк левой дрожащей рукой взял банку, одновременно правой дрожащей пытаясь расстегнуть «молнию» на джинсах.

Эта львовская ночь была наполнена звуками, но влажность воздуха их удаляла и искажала. Тарас стоял в метре от поляка, неуклюже наклонившегося вперед, и слушал. Слушал всё, что слышалось. Через пару минут он уловил легкий удар камешка о стеклянное дно банки и тут же — журчание струи. В душе наступило облегчение. Даже легкую гордость и радость ощутил он, подумав мимолетно о своих врачевательных заслугах.

Спина поляка медленно выпрямилась. Он оглянулся по сторонам, остановил взгляд на Тарасе. Тот подошел, взял у него банку и показал рукой на приоткрытую дверцу машины. Пассажир неспешно уселся на свое место, а Тарас, присев на корточки, аккуратно слил мочу, придержав почечный камень пальцем. Потом, вытащив из кармана куртки салфетку, завернул камешек и сунул в карман.

Второй поляк «снес» свой камень относительно легко уже через полчаса после первого. А вот третий, Вацлав, мучился дольше. Он два раза просил остановить машину, но ничего у него не получалось. «Княжеские камни выходят дольше!» — с легким раздражением подумал Тарас. А рассвет приближался, на дорогах появились машины и сильно разгонять старый «опель» по неровностям мостовых Тарас уже не мог. Около шести он выехал на Лесную и помчался по этой короткой улочке вверх, не пытаясь объехать ямы и бугры. Тут наконец лицо Вацлава посинело, и он умоляюще посмотрел на водителя, видно, будучи не в состоянии говорить из-за возникшей резкой боли.

Тарас остановил машину. Пока Вацлав стоял, сгорбившись, лицом к горе, с банкой в руке, Тарас смотрел на желто-оранжевый давно знакомый дом, в котором на его глазах только что зажглись сначала два, а потом еще три окна. У жильцов дома начинался новый день, а у Тараса еще не закончилась рабочая ночь. Но вот-вот должна была закончиться. Единственное, что огорчало, так это то, что Дарки он этим утром не увидит, да и кофе в термосе уже давно не горячий. Вспомнив о термосе, Тарас вытащил его из багажника, выпил из чашки-крышки, потом снова наполнил ее и предложил сидящим на заднем сиденье клиентам. Те с благодарностью допили кофе.

Воздух под утро становился легче, суше. Тут, на Лесной, было еще тихо, намного тише, чем час назад на Лычаковской. Здесь, видимо, активная утренняя жизнь начиналась чуть позже, да и гора с парком наверху хорошо защищала улицу от части городских шумов и звуков.

Где-то далеко прогремел неожиданный выстрел, и тут же, на его фоне, услышал Тарас, как ударился камешек о стекло банки. И зажурчала струя.

Вздохнул с облегчением. Тяжелая ночь позади. Теперь можно домой, где он наверняка заснет без «снотворного» государственного гимна. Усталость уже пыталась закрыть ему глаза, но пока он держался и продержится до самого возвращения домой, в свою уютную квартиру.

Передав Тарасу банку, Вацлав, постанывая, медленно сел в машину. Тарас опустился на корточки. Слил из банки желтую жидкость, придержал пальцем камень. Сразу заметил, что размером этот камень был намного больше обычных. Поэтому так долго и не выходил. Стало быть, был Тарас прав, когда шутил мысленно о том, что у князей и камни большие, княжеские. Уже взяв его в салфетку, обратил внимание на странный цвет. Приблизил к глазам. В сумрачном предрассветном воздухе показалось, что камень переливается разными цветами, блестит. «Как я устал», — усмехнулся шуткам своего зрения Тарас и, хорошо завернув камешек в бумажную салфетку, спрятал в карман.

Завел машину, бросил взгляд на всё еще бледного Вацлава.

— У меня еще два там сидят, — грустно покачал головой поляк. — Я надеялся, что все выйдут...

— Они у вас слишком крупные, — произнес Тарас негромко. — Отдохните и приезжайте через пару недель!

Вацлав кивнул.

Тарас подвез клиентов к гостинице. Расплачивался один из сидевших сзади. Попрощались тепло, по-человечески.

Вернувшись домой, Тарас бросил рыбкам сухого корма, осмотрел кактусы. Снова мимолетно вспомнил о соседе снизу, приучившим его к дисциплине в деле кормления рыбок. Разделся и решил перед сном посмотреть ночную добычу. В трусах уселся на холодный табурет на кухне. Подложил белый лист бумаги, вытащил три завернутых в салфетки камня, взял в руку увеличительное стекло. Первые два камня были совершенно обычные, похожие на маленькую луну, но камень Вацлава заставил Тараса замереть. Он действительно переливался различными цветами и казался отполированным, словно перламутр, прошедший через руки хорошего ювелира. Тарас в конце концов взял его пальцами, поднес поближе к глазам и снова рассмотрел в лупу.

— Не может быть! — прошептали его губы. — Это же жемчуг! Настоящий жемчуг!

И он задумался о жемчуге, услышал в памяти шум моря, моря, которого он никогда не видел и на берегах которого он ни разу не сидел. Оно виделось ему сейчас настолько реальным и живым! Он увидел на песочном берегу разбросанные ракушки, раскрытые бабочкой пустые моллюски разнообразной формы, увидел и половинку устричной раковины с блестящей жемчужиной в середине. Зажмурился, мотнул головой. Снова ощутил усталость и, оставив камни и лупу на столе, вышел из кухни.

Глава 37

Странным образом и море, и жемчужина перескочили в короткий сон Тараса, а значит, сон, несмотря на всю усталость тела, оказался у Тараса слабым и поверхностным. И бродил Тарас во сне по безлюдному песчаному пляжу с найденной жемчужиной, зажатой между большим и указательным пальцами правой руки, бродил и смотрел под ноги на лежавшие на песке ракушки в поисках следующих жемчужин. Но других жемчужин нигде видно не было.

Может, именно разочарование из-за безрезультатных поисков, заслонившее собой радость от находки первой жемчужины, еще более ослабило его сон, и уже часика три спустя, то есть около десяти часов утра, Тарас открыл глаза и еще минут двадцать просто лежал на спине, уставившись в потолок. Пробуждение тела наступало медленнее, чем пробуждение мыслей. Тяжесть усталости перетекла в ноги, и Тарас ощущал ее, но не обращал внимания потому, что голова его работала легко, словно позади был полноценный восьмичасовый сон. И та же жемчужина, или точнее — перламутровоподобный почечный камень Вацлава, — занимала по-прежнему главное место в мыслях Тараса. Он поднялся, сходил на кухню, еще разок рассмотрел необычный камешек в лупу и, убедившись окончательно, что всё это ему не приснилось и не привиделось, вернулся и снова прилег на диван.

На лице появилась мечтательная улыбка. Вспомнил о Дарке. Нашел взглядом мобильник, оставленный утром на тумбочке.

«Она, наверное, спит еще после своей ночной смены», — подумал.

А сам уже представил, как показывает ей через лупу этот удивительный камешек. Представил, как она удивляется и не верит ему. И ведь, наверное, не поверит! Хоть и не знает ничего из медицины... А может, всё-таки поверит?!

Тарас перевел взгляд с мобильника на окно, за которым продолжалось позднее, но довольно светлое утро. Значит, небо сегодня поднялось повыше и не давит на прозрачность воздуха своими обычными осенними тучами.

Около полудня Тарас всё-таки набрал номер Дарки и страшно обрадовался, услышав после двух длинных гудков ее бодрый и звонкий голос.

— Ты не спишь? — спросил он.

— Нет, — ответила она. — Мне сегодня надо было к зубному врачу на десять.

— Что, зуб поломала?

— Нет, для профилактики. Всё в порядке! Мне снова разрешили кусаться! — рассмеялась она.

— А помаду антиаллергическую когда будем испытывать?

— Да хоть сегодня вечером, — игриво поддержала тему Дарка.

— А пораньше? У меня кое-что интересное есть! Увидишь — обалдеешь! Может, через часок?

— Я подумаю, — пообещала Дарка. — А что ты мне хочешь показать?

— Не скажу! А то вдруг нас кто-то подслушивает! Еще отберут!

— А если оно мне понравится, то подаришь?

— Ну ты и наглая! — Тарас рассмеялся. — Хорошо, если по-настоящему понравится, то подарю!

— Ладно, тогда через час в «Кабинете»!

Тарас был счастлив. Он забрался под душ, дважды вымыл голову шампунем. Тер себе бока мочалкой, намыленной до пены эвкалиптовым мылом.

Спускаясь по деревянной лестнице парадного, вдруг остановился, увидев, что пятая ступенька покрашена в красный цвет. Попробовал вспомнить: заметил ли он это, когда поднимался к себе домой ранним утром. Но вспомнить так и не смог. Опустился на корточки, потрогал ступеньку пальцем. Краска была свежая.

Переступив, Тарас вышел из парадного и легкой походкой отправился по Пекарской в сторону центра. В левом кармане куртки он нес увеличительное стекло с удобной металлической ручкой, а в правом — жемчужину, хорошо завернутую в мягкую салфетку и вместе с нею засунутую в отдельный пластиковый тубус из-под гомеопатических таблеток-шариков от кашля.

Кафе «Кабинет», несмотря на дневной неурочный час, удивило Тараса своей заполненностью. Яркие куртки, развешанные на спинках стульев и на вешалках, веселили взгляд. За столиками болтали девчонки-студентки, и только один бородатый парень сидел отдельно у окна и, попивая кофе, листал фотоальбом, явно взятый с одной из книжных полок кафе.

Тарас прошел вглубь и уселся в тупичке справа от барной стойки за длинный деревянный стол. Этот зал, похожий на нишу, молодежь особенно не любила. Наверное, потому, что здесь было не так светло, да и дверь, ведущая в кухню, постоянно открывалась и закрывалась, из-за чего возникало впечатление, что рядом стоит милицейская машина, у которой замедленно крутится проблесковый маячок. Но по крайней мере этот стол оказался свободен. А Дарки еще не было. Тарас посмотрел на часы и успокоенно сам себе кивнул. Это он пришел на десять минут раньше.

Дарка появилась на десять минут позже, и это своеобразное совпадение вызвало у Тараса забавную мысль о том, что они с Даркой во всем «зеркально» совпадают. Она сбросила свою зеленую куртку — тоже яркую. Повесила ее и уселась напротив Тараса, подперев подбородок руками, одетыми в атласные перчатки изумрудного цвета, которые почти незаметно уходили под рукава темно-зеленого джемпера.

— Ну, привет! — сказала она бодро. — Что-нибудь уже заказал?

— Тебя ждал, — ответил Тарас и тут же поднял руку, привлекая внимание проходившей за спиной Дарки официантки.

Официантка остановилась, выслушала Тараса и, кивнув, ушла к барной стойке.

— Так что там у тебя такое? — Дарка игриво наклонила голову набок, глядя на Тараса пристально и весело.

Тарасу хотелось потянуть время, подразнить ее, но, чувствуя силу ее любопытства, он полез рукой в карман и вытащил пластиковый тубус. Опустил его перед собой на стол.

— Ты что, лечишься? Заболел? — Голос Дарки вдруг стал взволнованным.

— Нет, других лечу. А сам я здоровее лабораторной мыши!

— А что, разве лабораторные мыши всегда здоровые?

— Ну, здоровые, перед тем как их заразят какой-нибудь гадостью. Ты, кстати, антиаллергическую помаду принесла?

Дарка поднесла свой изумрудный атласный пальчик к губам и улыбнулась.

— Так что там у тебя?

Тарас открыл тубус, вытащил оттуда свернутую салфетку, развернул. Взял в руки перламутровую горошину и поднял ее на уровень глаз. Камешек блестел и переливался разными цветами.

— Что это? — спросила Дарка, подавшись вперед, присматриваясь.

— Ты не поверишь! — Тарас тоже наклонился над столом. — Это камешек из почек клиента.

— Не поверю! — рассмеялась Дарка. — Шутишь! Дай посмотреть!

Она взяла перламутровую горошину и поднесла к глазам. Тарас с наслаждением наблюдал за ее лицом, которое, казалось, своей живой мимикой выдавало все ее мысли. Она с детским любопытством рассматривала камешек, то поднося его ближе к глазам, то отводя руку в сторону окна, словно хотела проверить камешек на прозрачность. Вдруг ее лицо выразило резкое изменение мысли, взгляд, не отрываясь от горошины, стал удивленным и несколько озадаченным.

— Что? — испуганно спросил Тарас, решив, что Дарке стало нехорошо.

— Он греется, — прошептала она, снова приблизив горошину к своим глазам. — Он нагревается, я чувствую пальчиками...

Тарас пожал плечами.

— Это тебе кажется, — снисходительно проговорил он.

Но на лице Дарки теперь царило радостное изумление. Она взяла перламутровую горошину пальчиками левой руки и словно прислушалась. Потом опустила ее на ладонь правой.

Тарас наблюдал за ней, за ее увлеченной игрой с камешком, и думал, что она по своему поведению совсем ребенок, которого так легко удивить! Но ему уже хотелось просто говорить, а она всё еще была отвлечена и увлечена этим необычным почечным камешком. И Тарас протянул ладонь, желая получить камешек назад и спрятать его, чтобы ее взгляд доставался не горошине, а ему. Дарка с удивлением посмотрела на протянутую над столом ладонь.

— Это же подарок? — спросила она, взглядом указывая на горошину.

Тарас вздохнул.

— Да, конечно! — кивнул он.

— Если бы таких было много, можно было бы бусы сделать! — мечтательно произнесла она и снова поднесла горошину к глазам.

Тарас почувствовал легкое раздражение, но в этот момент произошло нечто удивительное. Дарка переставила кофейную чашку с блюдца на деревянную столешницу, а горошину опустила на блюдце, после чего левой рукой стянула длинную атласную перчатку с правой и осторожно взяла перламутровую горошину голыми пальцами.

Тараса прошиб пот. Он впервые увидел оголенную кисть Дарки, и его взгляд схватился за ее красивую тонкую кисть, как орел хватается взглядом за увиденную полевую мышку перед тем, как поймать ее и съесть. Во рту пересохло, и губы вдруг стали тоже удивительно сухими. Тарас сделал глоток кофе. И всё это время его взгляд ни на секунду не оторвался от ее кисти.

— Странно, — прошептала она. — Он точно греется и дает тепло, будто живой! Смотри, никакой реакции! А у меня такая чувствительная кожа! Значит, он идеально чистый... Так приятно!

— Ты уверена? — с сомнением спросил Тарас, несколько обеспокоенно глядя, как тонкие изящные пальчики Дарки сжимают подушечками горошину этого необычного почечного камня.

Дарка пожала плечиками, опустила перламутровый камешек на блюдце и осмотрела свою кисть. Ее лицо тоже вдруг выразило легкое беспокойство.

— У тебя монетка есть? Или бумажные деньги? — спросила она.

Тарас вытащил из кармана куртки несколько купюр.

Дарка боязливо протянула руку и коснулась грязной и мятой десятигривневой банкноты. И тут же одернула руку, а на лице возник испуг. Она перевела взгляд на пальчик, которым дотронулась до купюры, и на который тоже напряженно смотрел Тарас. На его глазах пальчик вдруг покраснел, и на самой тыльной стороне ладони появились красные аллергические пятна. Взгляд Дарки наполнился жалостью к себе, в глазах заблестели слезы, она всхлипнула, и Тарасу стало не по себе. Хотелось ее обнять, успокоить, утешить.

Дарка опустила уже другой, огорченный и тяжелый взгляд на лежащий на блюдце камешек и снова взяла его в руку, зажала между большим и указательным пальчиками покрасневшей и чуть-чуть опухшей руки. Зажала и замерла.

Тарас смотрел на ее кисть, которая только пару минут назад была удивительно красивой и желанной, но теперь, покрасневшая, вселяла в него жалость и страх. Смотрел и снова думал о том, что надо бы обратиться к какому-нибудь гениальному аллергологу, чтобы тот вылечил Дарку, освободил ее от этой невыносимой жизни «человека-в-футляре». Но как выйти на такого аллерголога, Тарас не знал. Все его предыдущие попытки найти врача в Интернете, как поляки находят в Интернете самого Тараса, ни к чему не привели. На всех сайтах аллергологов висела похожая информация, которая реальной помощи в данном случае не обещала.

— Тише! — прошептала неожиданно Дарка, наклонившись над своей оголенной покрасневшей кистью. — Тише!

— Я ничего не говорил! — очнулся Тарас.

Но Дарка, не отвлекаясь от своей правой руки, подняла левую, призывая к тишине. Тишина, конечно, была относительная. За столиками в главном зале ярко освещенном окном и лампами, болтали студентки, звякали ложечки о чашки, слышно было и движение транспорта на улице. Но в их не шумном закутке было спокойнее, хотя «тише», о чем только что просила Дарка, быть не могло. Главное, что и так было не громко, когда можно спокойно, не напрягаясь, разговаривать.

— Смотри! — прошептала Дарка, всё еще глядя на свою кисть.

Тарас увидел, что краснота медленно исчезает. И исчезает довольно странно. Пальчики, которые держат камешек, уже совсем очистились от нездорового покраснения, им вернулся естественный цвет, который сейчас, на глазах у Тараса, словно сталкивал красноту вниз с кожи кисти. Через пару минут от аллергической реакции на деньги не осталось и следа. Изумление снова выразилось на лице Дарки, а вслед за ним в глазах засветилась удивительная радость, и тотчас этот взгляд, полный радости, достался Тарасу, отчего он вздрогнул, как от легкого удара током. Дарка смотрела на него так ошеломленно радостно, что эта радость будто бы переливалась из ее взгляда в душу Тараса, и он снова ощутил сухость на губах, и губы словно сами потребовали соприкосновения с ее губами. Тарас наклонился над столом. Дарка, сидевшая напротив, привстала и тоже наклонилась. Их губы соприкоснулись, и новый удар странного и не страшного тока поразил Тараса в самое сердце. Он замер. Он чувствовал вкус ее губ и даже не думал, что он чувствует скорее вкус ее помады, чем вкус губ. Но что такое губы без помады? Это как вода без газа. Чистая, прозрачная, приятная и освежающая. А у этой помады был приятный вкус, и не могло быть, чтобы в этом вкусе не присутствовала освежающая чистота самих губок Дарки!

Краем взгляда Тарас заметил уставившуюся на них официантку. Опустился на место. Попросил принести два кофе-латте. Слава богу, что официантка тотчас кивнула и развернулась.

Дарка сидела напротив с заговорщицким видом и то смотрела игриво на Тараса, то возвращала взгляд на перламутровую горошину в своей руке.

— У меня никогда еще не было таких приятных ощущений, — сказала она нежным голосом.

Тарас улыбнулся, сначала подумав, что ее слова имеют отношения к их первому поцелую. Но ее взгляд, тут же возвращенный на перламутровую горошину, заставил Тараса засомневаться в правильности своего первого предположения. Она держала теперь горошину на ладони. Лобик был чуть нахмурен мыслями. Неожиданно в ее глазах вспыхнула решительность. Она вновь опустила горошину на блюдце и стянула с левой руки длинную атласную перчатку. У Тараса захватило дыхание. Теперь он видел две ее руки, две кисти — тонкие, грациозные, музыкальные. Он не знал, играет ли Дарка на пианино, но сразу представил ее пальчики над белыми и черными клавишами. Ему даже послышалась музыка, вылетевшая из-под ее пальчиков, нежная, негромкая, завораживающая.

А камешек вновь оказался на ее ладони, и она накрыла его второй ладонью и в который уже раз за время встречи замерла, изумленно глядя на свои руки.

— Это чудо, — прошептала она после минуты молчания. — Спасибо тебе!

Ее взгляд опять одарил Тараса благодарным теплом. Тарас сидел и боялся пошевелиться, боялся отвлечь Дарку от ее чуда, к которому он, Тарас, точно имел отношение. Он, конечно, и не думал, к чему приведет его желание похвастаться перед любимой девушкой необычным камнем, от которого он избавил польского клиента. Не думал, но теперь был и счастлив, и приятно озадачен.

Дарка сама завернула камешек в салфетку и засунула ее в пластиковый тубус, после чего натянула на руки свои длинные атласные перчатки изумрудного цвета и обернулась, бросила взгляд на куртку, висевшую на вешалке. Тарас вскочил, помог ей одеться, и они вышли на улицу.

— Ты мне принесешь утром кофе? — спросила Дарка, на ходу заглянув ему в глаза.

— Конечно, — ответил он. — Извини, что сегодня утром не смог... Как раз из-за этого камня!

Дарка усмехнулась.

Глава 38

В пасмурную погоду даже днем легко притворяться, что уже вечер. Особенно, если человек один дома и окна закрыты занавесками. Вот и для Оксаны не составило труда настроиться на короткий дневной сон, чтобы к вечеру, когда надо будет петь, танцевать и вообще веселить банкет одного именинника, быть свежей, как только что научившаяся летать ласточка.

Она переоделась в розовую фланелевую пижаму и полезла по крутой лесенке на шкаф, в своё удобное «гнездышко», тоже напоминавшее гнездо ласточки, ведь ласточки любят жить высоко, под самой крышей. Тело Оксаны было послушным, и как только облачалась она в мягкую розовую фланель, так сразу хотелось ей спать. Стоило лечь, и глаза сами закрывались, все жизненно важные процессы затихали в организме, который словно ждал, когда наступит легкая анестезия сна, чтобы продолжиться уже «по умолчанию», не мешая отдыху своей хозяйки.

Будильник в мобильном телефоне был поставлен на шесть вечера, сейчас половина третьего.

Оксана уже лежала с закрытыми глазами и чувствовала, как расслабляется ее тело, как ступни, чуть уставшие от утренних пеших переходов по центру города, отключились. Она их больше не слышала внутренним слухом, каким человек обычно слышит каждый свой орган, каждую конечность.

И тут в темной, занавешенной от серого дождливого дня комнате что-то застучало. Оксана не открыла глаза, но прислушалась, пытаясь понять, что это за звуки. На холодильник, который иногда вдруг ни с того ни с сего начинал ворчать, это не похоже. Больше у нее никакой техники, способной на самовольное шумовыделение, не имелось. Но шум повторился и, казалось, донесся снизу, из самой комнаты.

Оксана вздохнула. Поняла, что это чайка в картонном ящике под окном шумит. У нее, у чайки, и клюв был замотан скотчем, и раненые крылья перевязаны бинтом и им же, бинтом, накрепко прижаты к телу, чтобы она сама свои раны не могла инстинктивными движениями усугубить.

Оксана, успокоившись, задумалась о чайке. Неудобно ведь чайке с неоткрывающимся клювом, с которого скотч только два раза в день снимают! Оксана представила себе, будто ей самой скотчем рот заклеили, а ведь и говорить надо, петь хочется, знакомого на улице окликнуть. Нет, с человеком такое делать — преступление! Но ведь человек и не кусается без повода, не клюется, как чайка! Эта мысль, однако, вызвала у Оксаны некоторые сомнения в правильности своего обращение с дикой морской птицей. И тут же вспомнила она, что утром чайке только две последние мойвочки из холодильника достались. Больше просто не было. Это уже перед обедом она принесла еще килограмм рыбы, купленный в ближайшем продуктовом магазинчике. Но, вернувшись, Оксана сама пообедала, хотя это громко сказано — пообедала. Она поклевала чуть-чуть, как птичка. Бутерброд с сыром и чай! Но все равно, чайку она не покормила. И теперь мысли ее вертелись вокруг птицы, которая, как теперь ей стало понятно, просто проголодалась и из-за этого шумела, проявляла недовольство.

Оксана тяжело вздохнула, повернулась на бок в сторону комнаты, глянула с высоты шкафа вниз. Но в комнате было темно, и глаза ее хоть и смотрели на пол под окном, где стояла картонная коробка с птицей, но саму коробку не видели.

Чувство вины перед чайкой заставило Оксану подняться и спуститься вниз. Она достала несколько мойвочек из кулька, разложила их красиво на блюдечке, словно чайка могла оценить красоту подачи еды, и вернулась в комнату. Отдернула занавеску с окна над картонной коробкой, и в комнате сразу посветлело, но не настолько, чтобы Оксане захотелось зажмуриться после темноты.

Опустив блюдце в коробку, она левой рукой придержала перебинтованную чайку, а пальчиками правой подцепила кончик скотча на ее клюве и сняла его. Чайка, у которой свободными были только лапы, сразу открыла клюв и застыла так на мгновение с широко раскрытым клювом и с маленькими глазками, направленными на Оксану.

— Ну что ты, — сказала ей хозяйка квартиры. — Бери! Кушай! Рыбка свежая!

Чайка несколько раз раскрыла и закрыла клюв, наклонилась к мойвочкам. Схватила одну и тут же, подняв ее в клюве кверху, заглотнула.

Оксана улыбнулась. Подготовила новый кусочек скотча, чтобы заклеить птице клюв после ее обеда. Но чайка вдруг замотала головой и, словно забыла о лежащей на блюдце рыбе, закричала-захохотала резко и неприятно.

Оксана отшатнулась.

— Ты ешь давай, а кричать будешь потом, там, на свободе! — она кивнула на окно.

Но чайка продолжала орать, и крик ее становился громче и противнее. У Оксаны заболела голова.

— Только этого не хватало! — выдохнула она в сердцах. — Ну что, не будешь есть, тогда до вечера я тебе клюв не освобожу!

Чайке, похоже, было плевать на угрозы человека. Она стала метаться по картонной коробке, подпрыгивая и крича. Видно было, как напрягается ее покрытое белыми перьями тело, как она пытается расправить зажатые бинтами крылья.

Оксане вдруг показалось, что в комнате запахло морем. Неприятный запах гниющих на берегу водорослей защекотал у нее в носу, и она зачихала.

Потом, привычно прижав левой рукой чайку ко дну коробки, она попыталась правой одновременно закрыть птице клюв и замотать его скотчем. Но чайка словно с ума сошла. Она попробовала клюнуть левую кисть хозяйки, а Оксана, у которой кусочек скотча свисал с указательного пальца, старалась ухватить клюв птицы большим и средним пальцами правой руки. Но клюв, как ножницы парикмахера, открывался и закрывался с какой-то невероятной скоростью, и в какой-то момент ощутила Оксана резкую боль и увидела на руке кровь — чайка таки клюнула ее в тыльную сторону ладони правой руки. Оксана была в шоке. Она подняла руку к лицу и ощутила, как горячая кровь полилась вниз к запястью. Еще немного, и она испачкает рукав пижамы!

Вскочила и бросилась через кухню в ванную. Пустила холодную воду, подставила кисть и увидела, как вода тут же стала розовой. В носу снова защекотал неприятный морской запах. Оксана мотнула головой, настроение у нее рушилось, портилось. Она присмотрелась к ране, очищенной струей воды. Кровь по-прежнему шла, но теперь Оксана видела, что чайка просто содрала кожу. Девушка оглянулась на шкафчик, в котором лежала аптечка. И тут же представила себя вечером, в артистическом костюме и с перебинтованной рукой. «Только этого не хватало!» — подумала.

И снова отвлек ее запах моря. Теперь показалось, что он стал сильнее и насыщеннее и что исходил от холодной воды, струей падающей на подставленную раненую руку. Она наклонилась к воде — запах стал еще сильнее. Левой ладошкой зачерпнула ее, поднесла ко рту, опустила в нее губы. И, пораженная, замерла. Вода действительно была соленой, морской. И снова закричала в комнате чайка — противно, громко и резко.

Оксана зажмурилась, попробовала несколько раз глубоко вдохнуть и выдохнуть, как советовали в одной статье, посвященной достижению внутренней гармонии. Не помогло. Тогда она достала аптечку. Ватой закрыла рану, потом накапала на рану зеленку и снова прижала ватой. После этого забинтовала кисть и уселась на табуретке за свой маленький кухонный столик, где только она одна и могла разместиться.

Голова болела, птица кричала, рана щемила. Худшего с ней сегодня произойти просто не могло. Она опять сделала дыхательную гимнастику, и показалось ей, что гимнастика чуть-чуть помогла. Во всяком случае появилась вполне рациональная мысль: позвонить в ЖЭК и пожаловаться на качество воды.

Она набрала номер диспетчерской ЖЭКа. Рассказала о воде, попросила прислать сантехника и вообще разобраться, почему в кране соленая вода. Женщина-диспетчер проявила чудеса вежливости. Она несколько раз мягким голосом уверила Оксану, что заявку приняла и сразу передаст ее дальше. А Оксане хотелось жаловаться, и она никак не заканчивала уже не имеющий никакого смысла телефонный разговор. Наконец диспетчер спокойным голосом произнесла: «Спасибо за звонок!» — и положила трубку.

Оксана снова сделала дыхательную гимнастику, но в этот раз никаких изменений к лучшему в своем состоянии не ощутила. И она позвонила Тарасу.

— Тарас, миленький! Меня чайка укусила! — пожаловалась она.

— Господи! Она еще у тебя?! Да выпусти ты ее! Что ты себе проблемы коллекционируешь!

— Надо сначала ветеринара вызвать, чтобы проверил, зажили ли у нее крылья!

— Ну так вызови! Заодно пускай ветеринар и твою рану обработает! Сильно укусила?

— До крови!

— Хочешь, чтобы я приехал?

— Нет, не надо...

И тут снова чайка закричала громко, и Оксана левой рукой прикрыла ухо.

Поднялась, зашла в комнату с мобильником, прижатым к уху, включила свет. Посмотрела на подпрыгивающую и мечущуюся по картонной коробке чайку, опять ощутила во рту и в носу соленый морской воздух. Подошла к окну. По внешнему стеклу бежали капли дождя, и вода размывала неясное изображение двора ее дома. Она перевела взгляд на рыбок и к своему ужасу увидела, что те мечутся, как сумасшедшие, поднимая на поверхности маленького аквариума волны.

— Ой, — сказала она. — Я, кажется, всё поняла! Собирай самое ценное и выбегай из дома!

— Ты чего? — удивился Тарас. — Куда выбегать?

— Будет землетрясение! Животные его приближение лучше чувствуют, чем люди. Наверное, поэтому и чайка сошла с ума! И рыбки мечутся, как бешеные! Посмотри на своих!

— Да я возле них стою, — ответил Тарас спокойным голосом. — Они тут у меня на одном месте, лениво плавничками машут, никакой суеты...

— Странно, — выдохнула Оксана. — Тогда я не знаю, что делать...

— Первое, — голос Тараса стал учительским, — позвони и вызови ветеринара. Второе — сделай себе травяного чая и успокойся. Третье — открой окна и проветри квартиру — свежий воздух прекрасно действует на голову! Поняла?

— Да, — ответила Оксана.

— Тогда делай то, что я тебе сказал, а я тебе через часик перезвоню!

Разговор с Тарасом немного успокоил Оксану и помог ей собраться с мыслями. Она тут же позвонила ветеринару, и, к счастью, знакомая женщина-ветеринар была свободна и пообещала тотчас прийти. После этого Оксана набрала в чайник воды и поставила его на плиту и только потом открыла окна. В комнату ворвался сырой, прохладный воздух.

В двери позвонили. Оксана, открывая, удивилась, что ветеринар пришла так быстро. Но это была другая женщина.

— Я из санстанции, — сказала она. — Вы жаловались на качество воды, нам из ЖЭКа звонили.

Оксана кивнула и пропустила ее в коридор.

— Я не хочу тут у вас пол пачкать. — Женщина в синей форменной куртке и в черной длинной юбке достала из сумки большую пробирку, вытащила из нее пробочку и протянула хозяйке квартиры.

— Наберите сюда холодной воды! — попросила она.

Оксана выполнила просьбу. При этом она снова ощутила явственное присутствие запаха моря.

— Это первый раз у вас такое? — спросила женщина, пряча пробирку в сумку.

— Да, — Оксана кивнула.

— В последние недели у нас уже с десяток таких случаев, но все прежние — на Грушевского и на Черновола. Тоже ни с того ни с сего из крана начинает течь соленая вода. Где-то, видимо, поднялись грунтовые соленые воды и попали в разъеденную ржавчиной водопроводную трубу. У вас на улице такого еще не было! Всё, спасибо!

— А что мне делать теперь? — спросила Оксана, увидев, что женщина собирается уходить.

— Ничего не делайте! — сказала она, обернувшись. — На Грушевского и Черновола соленая вода сама исчезла и после этого пошла обычная. Думаю, что и у вас такое будет!

Озадаченная Оксана уселась в кресло и удивилась тому, что продолжавшая всё это время кричать чайка перестала ее раздражать. Но как только она об этом задумалась, как раздражение от резких и невыносимых для ее нежного слуха криков вернулось.

Через час пришла ветеринар. Она ловко заклеила чайке скотчем клюв, потом так же ловко перемотала ей скотчем лапы и только после этого разрезала бинты, освободив птице крылья. Чайка словно поняла, что сопротивляться не стоит, и терпеливо ждала, пока ветеринар осматривала ее зажившие раны.

— Всё в порядке, — сказала она наконец. — Можете ее выпускать, если, конечно, не хотите оставить дома в качестве домашнего питомца.

Оксана тут же отрицательно замотала головой.

— Да, — согласно закивала врач, — это не самые приятные птицы, да и запах от них... — И она отвернула голову.

— Вы тоже чувствуете запах моря? — спросила Оксана.

— Нет, рыбой пахнет, — ответила ветеринар. — И холодно у вас!

— Это я квартиру проветриваю.

Ветеринар ушла, спрятав в своем кошельке сто гривен, полученных за вызов на дом. Оксана стояла над коробкой, в которой на боку лежала птица со свободными крыльями, но со связанными лапами и клювом.

— Ну всё, будем прощаться! — решительно произнесла Оксана и, подняв коробку, вышла в коридор, где захватила с подоконника ножницы.

Во дворе, не обращая внимания на дождь, она стащила скотч с клюва птицы и ножницами срезала его с лап. Ей показалось, что чайка посмотрела на нее подозрительно и агрессивно.

Оксана испугалась: а вдруг чайка опять ее клюнет?! Ведь теперь она — совершенно свободная птица.

Но чайка, задрав голову, уставилась на прямоугольник неба над длинным двором-колодцем. И тут же подпрыгнула и, снова крикнув, взмыла вверх, громко хлопая крыльями.

Оксана проводила ее взглядом и, оставив коробку на дворе, вернулась домой.

В квартире было холодно. Запаха моря больше она не ощущала. Закрыла окна, посмотрела на чайник, который давно закипел. Заварила себе травяного карпатского чая, сыпанула ложечку сахара и с чашкой прошла в комнату.Уселась в кресло. Перевела дух и поднесла чашку ко рту.

Чай был соленым.

Глава 39

Оставив чай на столе, возмущенная Оксана поднялась. Подошла к окну, выглянула во двор, и огорченный ее взгляд немного оттаял, остановившись на родной «Чебурашке». Машина стояла во дворе мокрая из-за дождя, и Оксана привычно ее пожалела. «Бедненькая, — подумала она. — Ей там и холодно, и одиноко!..» Мысли плавно перешли на себя, и Оксана с той же нежностью и легкостью пожалела и себя, не сводя глаз с «Таврии». Но унывать она не любила, а потому взяла себя в руки и решительно оглянулась на вешалку. Переодевшись, вышла из квартиры и, открыв деревянные ворота брамы, всегда запертые на ключ, выехала на машине со двора на улицу.

Две лапки «дворников» старательно сбрасывали воду с лобового стекла. Дорога блестела. «Чебурашка» ехала бодро, как верная лошадка.

До вечернего выступления оставалось еще почти четыре часа, а этого времени больше чем достаточно, чтобы съездить в Винники поболтать с подругой Лесей, женщиной, всегда вызывавшей в ней восхищение своей заботой о совершенно чужих и несчастных людях. Именно она, Леся, основала приют для бездомных, который назвала «Оселя», и теперь этот приют не только был наполнен жизнью, но и даже в определенном смысле — переполнен ею, переполнен неукладывающимися в голову несведущего об этой стороне жизни человека многократно переломленными людскими судьбами. Мастерская по ремонту мебели, где работали жившие в приюте бездомные, два магазинчика, мастерская, в которой еще двое занимались расписыванием тарелок. Это был особый, свой мирок. Но он был открыт для всех, попавших в безвыходное положение и желающих найти из него выход. По четвергам они выезжали к Пороховой башне, чтобы кормить голодных и несчастных, в обычные дни любой из львовских бездомных мог приехать сюда, чтобы помыться под душем или постирать свою одежду. Здесь даже в хмурую погоду светило свое маленькое солнце, светило и согревало. И звали это солнце — Леся.

Оксана миновала спуск к озеру, повернула минут через пять направо и по извивающейся дороге стала спускаться вниз, в ложбинку, где раскинулся этот большой и разнородный по своей застройке львовский пригород.

Выйдя из «Чебурашки» уже во дворе «Осели», Оксана поспешила в дом. Вошла и тут же, удивленная, остановилась. В обычно пустом и просторном коридоре, из которого через дверь слева можно было сразу пройти в офис приюта, под окнами и по другую сторону, у стенки, на стульях расположились обитатели «Осели», отмытые, чисто одетые, но всё еще несущие на лицах печать уличной, тяжкой жизни. По центру коридора стоял Ежи Астровский. Точнее, не стоял, а двигался в каком-то своем танце, щелкая парикмахерскими ножницами вокруг женщины, сидевшей на стуле. На ее лице блаженствовала улыбка, а глаза были закрыты. Одежда, руки были спрятаны под простыней, накинутой на плечи и достигавшей своими краями пола.

Пораженная увиденным, Оксана пару минут не могла сдвинуться с места. Ежи Астровский вдруг остановил свой танец, заметив ее. Обрадовался.

— Ой, здравствуйте! — воскликнул он. — Я не ожидал!!!

— Я тоже! — очнулась Оксана и быстрым шагом прошла в офис.

Закрыв за собой дверь, она кивнула девушке-бухгалтеру и сразу обернулась к столу, за которым обычно сидела Леся.

— Она вышла, на пять минут, — сказала девушка-бухгалтер.

Оксана кивнула и уселась на стул возле тумбочки, на которой стояли кружки, сахарница и электрочайник.

Леся появилась через пару минут. В ней что-то изменилось. Оксане вдруг показалось, что ее подруга помолодела, и в мыслях возникло крамольное предположение, что Леся ходила к косметологу.

— Ну, как тебе? — спросила Леся, приветливо кивнув.

— Что — как? — не поняла Оксана.

Подруга показала жестом на свои волосы, и тут Оксана всё поняла. У Леси была новая прическа. Ее волосы теперь были короче, и лицо из-за этого выглядело лет на пять-семь свежее.

— Чай будешь? — спросила Леся, не дождавшись от подруги оценки своей новой прически.

Оксана кивнула. Ее мысли начинали путаться, теряться среди обилия сегодняшних впечатлений.

— Ой, а что это у тебя с рукой? — испуганно поинтересовалась Леся.

— Чайка клюнула, — ответила Оксана.

— Сильно?

Оксана огорченно поджала нижнюю губу и утвердительно кивнула. Но взгляд ее вновь поднялся на новую прическу подруги. И она только сейчас обратила внимание, как изменились черты ее лица. Раньше, когда волосы Леси были до плеч и причесаны без всяких там выкрутасов, лицо ее выражало мягкость и нежность, и даже когда Леся сердилась, с трудом в ее сердитость верилось. Теперь ее привычно мягкие черты лица словно обострились и носик казался чуть острее из-за возникшей под воздействием ножниц геометрии новой прически.

— Это тебя тот болтун подстриг? — спросила Оксана.

Леся улыбнулась.

— Тебе нравится?

— Прическа да, а он — нет, — совершенно откровенно выдала Оксана.

И тут, словно почувствовав, что речь идет о нем, в офис заглянул Ежи. Заглянул и тут же стукнул по приоткрытой двери, привлекая к себе внимание.

— Можно? — спросил, приветливо глядя на Лесю. — Я тут решил перерывчик сделать, минут пять.

— Присаживайтесь, отдохните! — Леся указала ему на свободный стул. — Может, чаю?

— Нет, спасибо. — Ежи оглянулся на стул, но садиться не стал. Вместо этого подошел к двум подругам.

Теперь его взгляд поднялся на кудри Оксаны. Ей сразу стало некомфортно.

— Помните, вы обещали отдаться в хорошие руки, — неожиданно смело заговорил Ежи, опустив взгляд и глядя в глаза Оксане.

От возмущенного удивления у Оксаны самопроизвольно открылся рот.

— Что вы себе позволяете! — Она бросила взгляд на Лесю и тут же вернула его на парикмахера. — Что это за грязные разговоры?! Когда это и что я вам обещала?!

— Ой, извините, вы неправильно меня поняли! — Ежи сделал шаг назад, словно боялся получить оплеуху. — Но вы же говорили, что я смогу сделать вам прическу, когда подстригу бомжей.

— Ну и много вы бомжей подстригли? — ехидно и недоверчиво спросила Оксана.

Ежи вытащил из кармана клетчатого пиджака сложенный вчетверо лист бумаги, развернул и показал Оксане.

— Сорок семь, вот их имена и фамилии, можете проверить! И совершенно бесплатно! Там, — он кивнул на двери, ведущие в широкий коридор, — еще девять сидят и ждут! Будет пятьдесят шесть!

Оксана почувствовала себя неудобно из-за того, что накричала на парикмахера. Ведь он действительно старался, это было уже понятно.

— Ладно, — пробурчала она уже мягче. — Подстрижете! Но у вас там очередь!

— А вы сюда надолго? — поинтересовался Ежи Астровский.

— Нет, сюда и сразу обратно, — ответила она. — У меня вечером работа.

Ежи с сожалением посмотрел на волосы Оксаны, из-за чего она опять занервничала, взялся правой рукой за свой острый подбородок, покачал головой.

— Вы же артистка, а так мало себе уделяете внимания...

Эти слова Оксану не рассердили, но явно огорчили, и Ежи почувствовал, что попал в точку.

— Давайте я их попрошу! Вас наверняка пропустят без очереди! Тем более, что они никуда не спешат, а у вас вечером работа! А я завтра сюда снова приеду и достригу, кого не успею. Обещаю!

Оксана тяжело вздохнула.

— Ладно, — махнула она рукой.

Выйдя в коридор, она уселась на стул. Ежи набросил ей на плечи простыню.

Ножницы защелкали, расческа побежала зубьями по кучерявым волосам Оксаны. Вниз посыпались первые отрезанные локоны.

От Ежи шел устойчивый запах одеколона. Обитатели приюта, ожидавшие своей стрижки, с интересом наблюдали за худым и грациозным мужчиной, сосредоточившимся до забвения на кудрях знакомой им женщины.

А сама Оксана вдруг расслабилась, погрузилась в себя. Ей показалось, что история с агрессивной чайкой произошла не сегодня, а несколько дней назад. Время как бы отошло от нее в сторону и спряталось за углом. Она жила ощущением этого момента, и пряный алкогольный аромат одеколона выбил из ее памяти запах моря и гнилых водорослей. А от рук Ежи, как от радиатора отопления, исходило тепло. Показалось, что от этого тепла у нее покраснели уши. Ей захотелось вдруг их потрогать, проверить: не «горят» ли они. И тут же смутилась Оксана, не будучи в состоянии легко вытащить руки из-под накинутой поверх одежды простыни. Поняла, что уши у нее «горят» от внезапно возникшего подросткового стыда. Что-то казалось ей в этом парикмахерском «акте» неправильным, нескромным. Словно не должна она была позволять этому мужчине делать себя красивой! Да ведь и вправду, настойчивость Ежи, уже порядком надоевшая ей, доказывала, что для себя хотел он сделать ее красавицей! Из чисто эгоистических побуждений. Но она всё равно не пойдет с ним пить кофе! Не нравится он ей как мужчина. Хотя в своем стремлении понравиться или угодить ей он добрался аж сюда, до Винников, до «Осели», зная, как беспокоится Оксана и о Лесе и ее верной команде помощниц и помощников, и об этих потерянных женщинах и мужчинах, для которых вернуться в новую жизнь так же тяжело, как в одиночку человеку тяжело построить с нуля новый дом.

Глава 40

Этим же вечером по странному стечению обстоятельств в Винниках оказался Алик Олисевич. Оказался после телефонного звонка Юрка Винничука, который очень хотел рассказать Алику что-то важное, но одновременно сообщил, что в ближайшую неделю во Львов не собирается. Винничук не был тем человеком, который бы звонил из-за пустяка и интриговал бы товарищей загадками. Поэтому Алик и решил к нему сюда заехать. И вот теперь сидели они в новом, недавно достроенном кирпичном доме писателя за большим столом, пили вино, обсуждали последнюю книжную ярмарку, на которой, правда, Алик не побывал. Хотя Юрко очень живо рассказывал о дружных писательских попойках на Коперника шесть, во дворе, где книжный человек Михайло Ватуляк накрыл на внутренней террасе, возле входа в свою квартиру, шикарный стол. Алик сначала слушал с интересом, потом с интересом пил домашнее красное вино, слушая уже в пол-уха и ожидая, когда же наконец Винничук расскажет ему «что-то важное». Ведь это «что-то важное» должно было каким-то краем касаться лично его, Алика. Иначе зачем бы Винничук ему звонил?

— Ты мне хотел рассказать... — наконец, не вытерпев, перебил Юрка Алик.

— Ах, да! — Винничук провел ладонью по лбу, словно разглаживая морщины. — Я твоего приятеля видел, гэбиста. Хотел тебе посоветовать держаться от него подальше! Он наверняка сошел с ума. Следил за мной ночью с ружьем за спиной! Представляешь?! Я вот думаю, надо бы ментам сообщить, а то хрен его знает, что ему в следующий раз в голову придет?!

— Да он нормальный, — вступился за знакомого старый хиппи. — Это он Карпатское море по-прежнему ищет.

— А почему с ружьем? — Юрко пытливо уставился прямо в глаза Алику.

На этот вопрос хиппи ответить не мог. Он попытался найти объяснение, но мысли ничего убедительного не подсказывали, и он после паузы пожал плечами.

— Ты меня удивляешь! — Юрко лицом посерьезнел и выразил что-то вроде разочарования. — Я, конечно, понимаю, что все мы тут садомазохисты, но ты упрямо держишь первое место! Дружить с гэбистом, который не давал вам спокойно жить и молиться своему богу — наркотикам, сексу и рок-н-ролу!

Алик скривил губы.

— Во-первых, он не мешал, а иногда даже помогал. Во-вторых, я никогда сексу и наркотикам не молился! В третьих, он сейчас совершенно одинокий, а от одиночества любой может с ума сойти!

— Ценю твой гуманизм, — выдохнул Винничук. — Я ведь тоже из гуманных побуждений всё это тебе говорю. Он плохо закончит! Не может хорошо закончить человек, который на желтом мотороллере с ружьем за плечом разъезжает по Львову и следит за прохожими. Если ружье висит за плечом, то рано или поздно оно выстрелит.

— На стене, — поправил Алик своего товарища. — Если ружье висит на стене! Я знаю эти слова, я же в театре работаю.

— Я не про театр, я про жизнь! — отмахнулся рукой Винничук. — Но я тебе обещаю: если я его еще раз ночью с ружьем в городе увижу, я сам сообщу и ментам, и психиатрам!

Наступила пауза, во время которой мысли в голове Алика вдруг ожили и заметушились, как муравьи в муравейнике. Что-то его в этом разговоре удивило и насторожило, и это что-то не было связано с Рябцевым. Но что? Мысли прыгали, хватали друг друга за хвост, смешивались. И всё это на фоне выпитого домашнего вина. «Вино в Винниках у Винничука!» — вдруг смешливо подсказала ему одна мысль, и он обрадовался внезапно возникшей скороговорке, в которой не было ни одной буквы «р»! И пожалел, что в слове «вино» только одна буква «н». Будь там две эти буквы, скороговорка была бы вообще идеальной!

А Винничук сидел молча рядом за столом, смотрел на свой недопитый стакан и многозначительно молчал.

И молчал он достаточно долго для того, чтобы Алик понял, что его смутило. И из этого понимания сразу родился у Алика вопрос.

— Юра, а ты что там делал? Ночью? В городе?

Винничук вздрогнул, медленно перевел взгляд с вина на приятеля.

— Ну, ходил... гулял, — сказал он, но голос его потерял твердость и самоуверенность.

— Гулял?! — повторил озадаченный Алик. — Ну, так, наверное, и Рябцев тоже гулял, точнее, катался по городу. Ночью ведь машин почти нет, а он любит на мотороллере ездить...

— А ружье за спиной?

— Ночь — темное время суток. Мало ли кто может попасться на пути, — Алик перешел на полушепот, при этом более пристально посмотрел в глаза писателя. — Ты же сказал, что он за тобой следил?!

Винничук кивнул.

— Значит, ты что-то делал. — Алик вдруг понял, что он анализирует ситуацию вслух почти с такими же интонациями, с какими недавно Рябцев анализировал происходящее в городе. — Если бы ты стоял и ничего не делал, он бы, наверное, проехал мимо... А что ты делал?

Винничук замер от неожиданности вопроса, потом хмыкнул, поднялся резко из-за стола и вышел. Озадаченный Алик проводил его взглядом, и смотрел на закрывшуюся за хозяином дверь, за которой был холл дома и коридорчик, ведущий в кухню.

«Да, — подумал он. — Странные люди, эти писатели! Черт его знает, что у них на уме?!»

Но на уме у Винничука, как оказалось, ничего странного не было. Он появился в комнате через минуту, неся в одной руке запотевшую бутылку водки, а в другой — чашку, из которой торчали маленькие соленые огурчики. Правда, лицо его было слишком серьезным для этой ноши и выражало то ли сомнение, то ли мысли, которыми человек не был полностью удовлетворен.

Он поставил бутылку на стол рядом с недопитой бутылкой вина, сдвинул винные бокалы в центр, достал из шкафчика рюмочки, наполнил их. Одну подсунул поближе к гостю и только после этого опустился на свое место.

— Я тебе расскажу, — заговорил он несколько замедленно, словно одновременно дослушивал какие-то собственные мысли. — Но для того, чтобы ты лучше меня понял, нам надо выпить по три-четыре рюмки. Это чтобы мы были на одной волне, так сказать...

Юрко оглянулся вокруг, пробежался взглядом по просторной комнате, словно что-то искал. Но, так ни на чем и не задержав свой взгляд, возвратил его на Алика.

Алик взял рюмку, посмотрел на товарища несколько озадаченно, не зная, что последует дальше.

— За взаимопонимание. — Винничук тоже поднял рюмку, поднес ко рту и на какое-то мгновение замер, потом неуверенным жестом протянул руку с рюмкой к Алику. Рюмки одна о другую звякнули и вернулись на стол уже пустыми.

Алик взял огурчик, откусил, смачно хрустнув. Хозяин тоже потянулся за огурчиком.

Наступила тишина, которую явно ни один из них не хотел нарушить первым. Юрко снова наполнил рюмки.

После четвертой Алик почувствовал неконтролируемое расслабление организма и испугался. Сколько уже раз он себе говорил: нельзя пить водку после вина! И всё равно наступал какой-то момент, не так часто, раз в полгода, когда вино заканчивалось, а водка на дружеском столе еще оставалась, или неожиданно, как в этот раз, водка заменяла вино с какой-то эзотерической, не полностью понятной целью.

— Ну, — протянул гость, глядя на хозяина смягченным водкой взглядом, в котором не было ни капли требовательности, а заметна была лишь мягкая ненавязчивая просьба.

Винничук тяжело вздохнул и налил по пятой.

Взгляд Алика наполнился испугом.

— Ты можешь не пить, — проговорил чуть замедленно хозяин дома. — Но лучше выпей! Я уже почти готов...

Последнюю, пятую, рюмку Алик в один глоток не осилил. Пришлось сделать два.

Винничук же, наоборот, словно бы даже ободрился после пятой. Вздрогнул, вытер ладонью губы.

— Я сейчас роман пишу, — начал он.

В глазах Алика появился страх. Он подумал, что сейчас товарищ будет рассказывать ему содержание своего нового романа, и что специально для этого он его, гостя, и напоил. Чтобы просто не было сил встать и уйти.

— Я не буду рассказывать — о чем, — продолжил Винничук, и у Алика отлегло от сердца, он расслабленно обмяк, чуть ссутулился, уперся локтями в столешницу и подбородок положил, как цветы в вазу, на открытые, соединенные в запястьях ладони. — Но у меня там был один персонаж... один русский моряк из Севастополя, случайно попавший во Львов. Ну, я думал, он в романе закрутит роман с одной замужней галичанкой...

Алик закрыл глаза.

— Э-э, ты не засыпай! Слушай! Иначе зачем мы водки выпили? — Голос Винничука, прозвучавший неожиданно громко и резко, заставил Алика не только открыть глаза, но и поднять голову с «постамента» своих ладоней.

— Короче говоря, стал мне этот севастополец мешать в романе. Да и не был он главным героем, так что я его убрал...

— Как убрал? — не допонял Алик. — Убил, что ли?

Винничук улыбнулся.

— Можно сказать, что и убил, но в данном случае лучше подходит компьютерное слово на английском — я его «deleted», то есть повычеркивал отовсюду. Но когда я про него раньше писал, я его так хорошо себе представлял... Его лицо, руки, манеру разговаривать, походку... То есть я его, словно живого, видел перед собой. И когда уже вычеркнул его, он мне приснился, выматерил меня, показал неприличный жест... Вот такой, — и Винничук поднял правую руку, согнутую в локте, кверху и ударил левым кулаком по внутреннем изгибу локтевого сустава. — И пообещал так отомстить, чтобы я на всю жизнь запомнил.

Алик пожал плечами. В глазах его не без труда выразилось недоумение.

Винничук, заметив это, наполнил рюмку Алика водкой, но Алик отрицательно мотнул головой.

— Ты же сказал, что роман пересказывать не будешь! — устало и сонно проговорил гость.

— Это не роман, — Винничук посмотрел на товарища со снисходительным неудовольствием во взгляде. — Тебе просто трудно понять! Тебя, видно, из грубой глины слепили!..

— Какой глины?

— Да дослушай ты до конца! — нетерпеливо, почти сквозь зубы прошипел хозяин дома.

— Ладно, — Алик кивнул.

— И вот после этого сна оказался я как-то ночью на Пекарской, возвращаясь из гостей, и увидел его — в бушлате, из-под которого тельняшка выглядывала, в черных штанах! — Глаза Винничука загорелись. — А он увидел меня и двинулся на меня, как танк, со сжатыми кулаками. От него исходила такая агрессия, что я первый раз в жизни так испугался! Я развернулся и быстро, почти бегом, ушел!.. Ты же книжки не читаешь, тебе трудно понять...

— Я твои книжки не читаю, — признался Алик. — А вообще читаю, про музыку.

— Было несколько романов, в которых герои вдруг уходили из книги и, материализовавшись, преследовали автора, мстили ему... И я думаю, он хочет мне отомстить за то, что я его выкинул из книги... Я его ведь даже с галичанкой не успел в романе познакомить. Как бы пообещал и не сделал...

— Ну и зачем ты мне всё это рассказал? — Алик пожал плечами и широко зевнул. — Чтобы я в сказки поверил?

Юрко тоже зевнул, потер пальцами виски, оглянулся на настенные часы, показывавшие почти полночь.

— Я тебе объяснял, что я делал ночью во Львове, когда твой придурок за мной слежку устроил, — терпеливо пояснил Винничук. — Я этого моряка искал, чтобы поговорить. Чтобы он оставил меня в покое...

— А-а, — закивал Алик и посмотрел на хозяина квартиры осторожным взглядом, как на опасного сумасшедшего.

— Там, в этом районе, много бомжей, а бомжи его тоже видели и в лицо знают. Он ведь тоже «Без Определенного Места Жительства». Я как раз к ним ходил, расспрашивал, когда и где они его в последний раз видели...

— Я у тебя переночую, хорошо? — Алик, уже потерявший последний интерес к болтовне Винничука, оглянулся по сторонам и остановил взгляд на диване с сине-зеленой гобеленовой обивкой.

— Да конечно, куда ты сейчас пойдешь! — согласился хозяин дома.

Алик поднялся со стула, подошел к дивану и, не раздеваясь, улегся на него лицом к потолку.

Винничук вышел, вернулся с пледом в руке. Алик уже спал. Хозяин дома накрыл товарища легким пледом и, выключив свет, осторожно, стараясь не шуметь, закрыл за собой дверь комнаты.

Глава 41

В начале первого ночи Рябцев, у которого беспокойство за своих голубей и за судьбу своего города снова вызвало бессонницу, взял охотничье ружье и вышел на улицу. Ночь была сухой, холодной. Холод сразу «ударил» по рукам, коснулся щек. Проскочила мысль о необходимости купить новые перчатки.

Бывший капитан, которого немного успокоило сочетание холода с тишиной и безветрием, прогулялся к своей голубятне. Постоял под ней, прислушиваясь.

Если бы у города было сердце, Рябцев бы сейчас наверняка услышал его удары — настолько было тихо. Но сердце города — это сотни тысяч человеческих сердец, а во время сна они стучат тихо, чтобы не мешать телу отдыхать.

Рябцев прошелся вокруг голубятни. Постоял над могилками недавно похороненных голубей. Вспомнил о чужом, не голубином пере, которое поднял тогда с земли. Вытащил его из кармана. Задумался.

И тут его мысль остановил далекий птичий крик-хохот, резкий и неприятный, сразу заставивший Рябцева посмотреть вверх, в темное ночное небо. Было непонятно, с какой стороны он донесся. Через минуту снова стало тихо, только тишина после этого одиночного крика наполнилась тревогой.

Рябцев открыл деревянную дверцу голубятни, вывел наружу свой желтый «piaggio», закрыл на замок дверь и, усевшись на сиденье мотороллера, замер в легкой нерешительности. Ему было понятно, что как только он заведет двигатель мотороллера, тишины не станет, она исчезнет и нескоро появится снова. А ведь в последнее время он ее почти не слышал! Не помнил он за последнее время такой ночи, чтобы ни звука не доносилось до его ушей, чтобы не было слышно далеко идущего поезда, или не долетало сверху, с неба, жужжание самолета, или чтобы не проезжала где-то поблизости машина с сиреной.

Но руки крепко взялись за руль, мотор, сразу поняв, что от него хочет хозяин, забубнил свою глуховатую мелодию.

Рябцев медленно проехал по тропинке, ведущей от голубятни к дому, свернул налево и дальше, набирая скорость, помчался уже по асфальту нормальной дороги. Зачехленное охотничье ружье, висевшее у него за спиной, уперлось прикладом в мягкое сиденье, и из-за этого его ремешок, натянувщись, неприятно резал правое плечо.

Холодный влажный воздух бил в лицо, пытался уложить на место встопорщенно поднятый воротник серого плаща. Бывший капитан на ходу поерзал задницей из стороны в сторону, стараясь столкнуть с сиденья приклад ружья. С третьей попытки ему это удалось, и ремешок ружья упал на плечо, а само ружье просто повисло на спине, как и положено, не создавая больше Рябцеву неудобств.

Сыхов потихоньку оставался позади. То там то сям попадались поздние прохожие. Одиночки передвигались молча, некоторые пошатывались, давая своей походкой понять, чем они занимались перед тем, как отправиться по домам. Те, которые шли группами, шумели, их голоса кололи и резали темный ночной воздух района, подсвеченный, однако, множеством огней — от уличных фонарей до горящих неонов магазинов и до светящихся до сих пор в изобилии окон многоэтажных домов.

Наконец всё это осталось за спиной Рябцева. А еще минут через пятнадцать запрыгал «piaggio» по булыжнику обычных городских мостовых. И тогда бывший капитан сбавил скорость и поехал уже внимательнее, успевая на ходу оглядываться по сторонам и даже бросать взгляд вверх, на опустившееся ниже из-за отсутствия городских огней небо.

Достигнув Грушевского, бывший капитан Рябцев остановился и заглушил мотор. В старых домах по обе стороны улицы все окна были темны. Здесь царила тишина, и тишина эта казалась Рябцеву подозрительной. Он снял и расчехлил ружье, после чего снова повесил его на плечо. Мотороллер завел через утопленный на въезде в браму двора бордюр тротуара и прислонил к стене дома, поленившись выдвинуть подножку, чтобы двухколесный друг просто стоял, упершись в дорогу. Замер, прислушиваясь.

Откуда-то донеслись звуки, похожие на тиканье старых часов. Рябцев напряг слух. Тиканье усилилось и перестало быть тиканьем. Теперь Рябцев четко слышал шаги спешащего человека. Звук подсказывал, что шла женщина.

Минуту спустя она появилась на той же стороне, где стоял Рябцев, и, видимо, заметив его, перебежала через пустынную мостовую и ускорила шаг. Рябцев, затаив дыхание, стоял неподвижно и провожал ее взглядом, пока она не свернула за угол. Снова стало тихо.

Рябцев растерялся. То ли усталость тела, то ли утомленность мысли дали о себе знать, и он осмотрелся по сторонам уже другим, не напряженным, а расслабленным и взывающим о помощи взглядом. Он вдруг ощутил себя совершенно чужим в этом городе. Чужим и не нужным. Город крепко стоял на фундаментах своих древних и новых домов, город цепко держался за землю под собой корнями тысяч деревьев, старых и молодых, растущих в парках, и скверах, и вдоль дорог в каменных лунках. Такой город не мог нуждаться в помощи Рябцева. Такой город вообще не мог нуждаться в помощи, он сам мог оказывать ее. И первую, и последнюю. И, наверное, Рябцеву, эта помощь города была сейчас более необходимой, чем, наоборот — городу, непонятная и самим Рябцевым не осознанная до конца помощь бывшего капитана бывшего КГБ, а теперь просто капитана мотороллера «piaggio»! Если бы рядом стояла скамейка, Рябцев бы рухнул на нее, даже не обратив внимания, мокрая она или нет. Но скамейки не было, город заставлял Рябцева стоять. А стоять — это уже испытывать напряжение. И ему, капитану Рябцеву, стало вдруг стыдно за слабость своих мыслей и чувств, за свое не мужское состояние. И он взял себя в руки, сжал кулаки, сцепил зубы и строго, по-военному, посмотрел вокруг. И показалось ему, что город мгновенно отменил стойку «вольно» и поднапрягся, чтобы соответствовать стойке «смирно!». Но в этот момент какие-то совершенно странные и расслабленные звуки нарушили тишину. Пьяный голос, сопровождаемый другими менее отчетливыми шумами, приближался, и интонации этого голоса подсказывали Рябцеву, что человек на ходу разговаривает сам с собой и задает вопросы в пустоту, то есть всему миру. Прохожий пьяница Рябцева не интересовал, и он прислонился спиной к стене дома рядом с мотороллером и пережидал теперь, когда этот гуляка пройдет мимо, чтобы вернулась тишина и помогла Рябцеву собраться с мыслями, сосредоточиться и попробовать понять: а нужен ли он вообще этому городу, со своим ружьем, на своем верном «piaggio», со своим странным желанием защитить город от невидимого врага, от притаившегося под подвалами Карпатского моря и связанных с ним аномалий?! Может, прав знакомый Алика Олисевича, этот писатель с высоким блестящим лбом и ехидным взглядом? Может, действительно, всё это чепуха и плод больного воображения одинокого и никому не нужного старика?!

— А шаланды? Шаланды, полные кефали?! — прозвучал пьяный голос совсем рядом, и Рябцев обернулся. Увидел в темноте метрах в пятнадцати от себя едва бредущего, пошатываясь, невысокого, но всё-таки на голову выше его, Рябцева, человека, в темной короткой куртке. В руках матово блеснула бутылка. — Я не вижу берега, — жаловался сам себе и всеми миру пьяный человек. — Я его не вижу!.. О! — Человек остановился, заметив Рябцева.

И тут Рябцеву стало плохо. Заболело сердце, воздух показался соленым, морским, запершило в горле, и, самое страшное, над головой он услышал резкий и противный крик-хохот чаек. Он задрал голову и увидел над домом нечеткое движение, услышал хлопанье крыльев. И, явственно ощущая, что силы его покидают, он успел стянуть с плеча ружье, поднять его дулом вверх и спустить курок.

Грохнул выстрел, не четкий военный, а «рассыпчатый», глухой, как на охоте. Дробь, вырвавшись из железного дула, пронзила воздух и рванула вверх, увеличивая захват территории поражения. Вниз, под ноги и этому пьянице, и стрелявшему, упали три окровавленные чайки, упали не мертвыми, а ранеными. И стали безобразно кувыркаться на тротуаре. Одна слетела с бордюра на дорогу.

В глазах у пьяницы блеснул ужас, он нелепо и неуклюже побежал, размахивая для равновесия бутылкой, зажатой в руке. Чайки остались. И остался, держась теперь рукой за сердце, Рябцев, перепуганный насмерть и впервые так остро ощутивший мимолетность собственной жизни.

Но сердце потихоньку успокаивалось. Воздух наполнялся влажностью, соли в нем теперь не было. И только чайки, лежавшие под ногами, две из которых уже не подавали признаков жизни, доказывали, что всё происшедшее только что не было плодом его, Рябцева, фантазии.

Он стоял бы еще долго в таком озадаченном состоянии, слушая оттаивание его бренного, перепуганного сердца и тела. Но откуда-то сверху вниз упал неяркий свет. И он, подняв голову, увидел, что в доме, к стене которого он прислонился, зажглось несколько окон. И скрипнула рама одного из них, открываясь. Женский голос испуганно спросил: — Что там?, а мужской ответил: — Тихо, может, убили?!

И понял Рябцев, что надо уходить. Понял, что он разбудил своим выстрелом город или просто малую его часть. То есть побеспокоил посторонних, не знающих ни о его существовании, ни об опасности, которая грозит то ли городу, то ли Рябцеву, то ли им всем. И в секундный момент появилась в голове у Рябцева и сразу исчезла мысль о том, что опасность городу исходит от него самого, от Рябцева. Это он сошел с ума и видит, слышит и даже обоняет придуманные им самим галлюцинации. Он толкнул ногой мертвую чайку, ближнюю к нему. И тело птицы отлетело на проезжую часть. Изумленный, он еще успел подумать о том, что его галлюцинации куда сильнее и страшнее, чем всё эти рекламируемые по телевизору киноэффекты «3D».

А где-то далеко зазвучала сирена. И мозг бывшего гэбиста сразу подсказал хозяину: кто-то из жильцов дома позвонил в милицию и теперь сюда мчались милиционеры, чтобы понять, найти и арестовать.

Заученными движениями сунул Рябцев ружье в чехол, взялся за руль мотороллера и вывел его на мостовую.

Он еще никогда так быстро не ехал по булыжниковым улицам, как этой ночью. И никогда еще не был он таким мысленно растерянным, вспоминая мертвых чаек на тротуаре, пьяного с его бормотанием и запах моря, который чуть не остановил его сердце. Было ли это наяву? Ответить на этот вопрос Рябцев не мог, крепко держась руками за руль мотороллера и глядя вперед перепуганными сощуренными, щемящимими от холодного влажного воздуха глазами. Сирена звучала по-прежнему где-то позади, но она не становилась ни громче, ни тише.

Глава 42

В ресепшене гостиницы «Леополис» Тараса, вбежавшего, запыхавшегося и из-за этого не ясно выразившего свой вопрос, поняли не сразу. А когда поняли, девушка, одна из двух сидевших за столиком, отрицательно мотнула головой.

— Они уже уехали. Полчаса назад, — сказала.

— А куда? — потерянным голосом спросил Тарас.

— На вокзал. Мы им такси заказывали. Поезд у них через час двадцать.

Тарас поблагодарил. Вышел на Театральную, и тут его осенило: он ведь может этих поляков прямо на вокзале найти! Если до поезда еще час двадцать, то с этим не будет никаких проблем. Жалко, конечно, что он оставил машину во дворе, но и тут, у Оперы, найти такси не составит труда!

Уже ворвавшись в здание вокзала и заглянув в платный зал ожидания, он сразу увидел их сидящими на высоких табуретках у стойки вокзального бара-кафе. Они пили кофе и живо беседовали со зрелой, бальзаковского возраста, барменшей.

Поляки, заметив подошедшего Тараса, удивились и замолкли. Барменша тоже обернулась, проследив за взглядом клиентов.

— День добрый, — выдохнул Тарас. — Ой, как хорошо, что я вас нашел!

— А что?! — настороженно спросил один из них, помоложе, тот, который предупреждал Тараса о голубых кровях Вацлава.

— Я хотел... хотел предложить вам остаться, — сбивчиво заговорил Тарас, глядя на Вацлава. — Мне как-то неудобно. Я вас недолечил... Всё-таки остались еще два камня... И я, из уважения, — Тарас бросил многозначительный взгляд на молодого поляка, у которого лицо уже оттаяло и выражало простое любопытство, — из уважения к вашему титулу... Вы же... королевской крови? — Тарас чуть поклонился, не сводя взгляда с лица Вацлава. Вацлав едва заметно кивнул. — Я вот хотел предложить вам остаться. Я уверен, что за следующую ночь мы всё закончим и тогда вы сможете вернуться домой налегке, так сказать... В полном порядке. И бесплатно, конечно, бесплатно!

Тарас смотрел на Вацлава таким просящим взглядом, что тот почувствовал себя неловко.

— Я не знаю, — заговорил он негромко. — Мы уже собрались... Но если вы думаете, что это будет легко?!. Я готов остаться... Нет, я, конечно, заплачу вам...

Тарас вздохнул с таким облегчением, что поляки переглянулись.

Они угостили Тараса кофе и сидели еще с полчаса, рассуждая о том, когда же наконец Украина догонит Польшу, постоянно приходя к промежуточному выводу, что никогда. Потом двое поляков отправились на поезд, а Тарас с маленьким кожаным «луи-виттоновским» чемоданчиком Вацлава в руке повел клиента с княжеским титулом на привокзальную площадь брать такси.

Он привез его обратно в «Леополис», где поляка снова разместили на одну ночь. Ночь, которую он, впрочем, не собирался проводить в гостиничном номере.

Первый, точнее, уже второй, камень вышел у Вацлава в начале второго ночи на Крымской улице возле недостроенной виллы. Последний, третий, неожиданно пошел буквально минут через сорок, когда ехали они мимо Лычаковского кладбища. Тут, правда, пришлось бедному польскому князю стоять в неудобной позе со стеклянной банкой в руке, не всегда сдерживая стоны и вскрики, довольно долго, минут двадцать. И стоял бы, возможно, он еще дольше, если бы вдруг в городе не прозвучал выстрел, эхом ударившийся в стены домов. Из-за выстрела Вацлав испуганно дернулся, вскрикнул, и Тарас услышал, как камешек звонко ударился о стекло банки, после чего зажурчала, вытолкнувшая этот камешек, струя.

Когда Тарас доставил Вацлава в гостиницу, тот выглядел ужасно, но на лице его прочитывались одновременно и утомленность, и счастливое облегчение. Такие выражения бывают у женщин сразу после родов.

Под гостиницей он протянул Тарасу сто евро и попробовал благодарно улыбнуться, что, надо сказать, у него не совсем получилось.

Уже дома, на кухне, Тарас вытащил свежедобытые камешки из тубуса и, взяв увеличительное стекло с подоконника, завис любопытным взглядом над добычей. У него от счастья захватило дух. Эти камешки были такими же! Ничего общего с обычными серыми почечными камнями-конкрементами они не имели. Перед Тарасом лежали на белом чистом листе две крупные жемчужины! Тарас представил себе будущую радость Дарки, когда он подарит эти камешки ей! Эту радость можно было максимально приблизить. Надо было только заварить хорошего кофе и залить его в термос.

Но, как ни спешил Тарас, а время шло быстрее, чем он думал. И у обменника на «бумеранговом» изгибе улицы Франко его машина остановилась только в начале шестого. Но поздноватая доставка горячего кофе, надо сказать, не уменьшила радости Дарки. Увидев Тараса, она просияла. И Тарасу стало любопытно: как же она обрадуется, когда он сделает ей неожиданный подарок?! Дарка сразу просунула в нишу для денег их «кофейные» венецианские пепельницы. И Тарас решил не торопиться с сюрпризом. Они пили кофе, болтали. Дарка сама вспомнила про первую «жемчужину», сказала, что еще пару раз проверяла ее воздействие дома, и что папа, которого вообще трудно чем-то в жизни удивить, был в шоке, в положительном шоке.

И вот тогда, после этих слов Дарки, Тарас достал маленький пластмассовый тубус из-под гомеопатических шариков и просунул его в нишу обменного окошка.

— Тут для тебя еще один подарочек! — произнес он загадочно.

Дарка открыла тубусик и выкатила оттуда на ладонь, покрытую бордовым атласом перчатки, два переливающихся разными цветами кругловатых камешка.

Ее рот открылся, ее взгляд поднялся, оторвался от горошин и остановился на его, Тараса, лице. В ее глазах он увидел восторг и благодарность.

— Бог троицу любит, — прошептал Тарас, улыбаясь.

— Откуда они у тебя? — спросила изумленная девушка.

— Подарок от одной особы королевских кровей, — сказал Тарас. — От польского князя. Я не шучу!

— Да, — закивала Дарка. — Простой человек такие подарки делать не может!

— А я? — Тарас наклонился вперед, лбом дотронувшись до холодного окошка. — Это же и мой подарок тебе!

— А разве я когда-то говорила, что ты — простой человек? — оживленно закивала она.

— Может, я подожду, пока тебя откроют, и поедем куда-нибудь на завтрак? — предложил Тарас, почувствовав себя теперь вправе требовать от Дарки больше внимания и больше времени.

Взгляд Дарки погрустнел. Она вздохнула.

— Не могу. Дядя Орест заедет за мной в шесть. Мне надо домой. Папа всегда волнуется, пока я с работы не вернусь. Я ему утром уколы делаю. Ты мне часика в два позвони, и тогда встретимся! Хорошо?

Тарас утвердительно кивнул.

Домой он приехал в отличном настроении. Поднимаясь на второй этаж, переступил пятую ступеньку, выкрашенную красной краской. Зашел в квартиру и включил радио. Оно пока молчало, но часы подсказывали, что через три минуты радиоточка споет ему государственный гимн Украины. Тарас быстро разделся, забрался под одеяло и, уже проваливаясь в уютный, теплый сон, услышал свою личную «государственную» колыбельную, без которой ему иногда так трудно бывало утром, после тяжелой ночи, заснуть.

Глава 43

В этот вечер, вернувшись домой на Пекарскую уже в полной темноте после свидания с Даркой, Тарас был в таком хорошем настроении, что у него возникло глубокое, необоримое желание творить добро. Учитывая, что находился он в этот момент у себя в квартире, его внимание сразу привлекли к себе рыбки и кактусы. Тарас высыпал в аквариум раза в два больше сухого корма, чем обычно. И рыбки под горящим, радостным взглядом Тараса ринулись к поверхности воды, стали хватать корм, раскрывая свои маленькие пасти намного шире, чем это казалось возможным. Потом Тарас зачерпнул в уголке бассейна чуть водички ладонью и обрызгал ею свои лысые кактусы.

Возвратив взгляд на рыбок, Тарас подумал о Дарке. Вспоминал этот удивительный вечер, особенно дорогу к ней домой. Он провожал ее, они шли пешком, держась, как подростки, за руки. Но в этот раз между их ладонями не скользил шелк или атлас ее перчатки. И разница поразила Тараса. Когда раньше они ходили по городу, но Дарка была в перчатках, этот жест — держание за руки — хоть и был желанным, но имел, скорее, символическое значение, словно соответствовал словам из песни Булата Окуджавы «Возьмемся за руки, друзья, чтоб не пропасть по одиночке...» В этот раз, и на самом деле в первый раз за время их знакомства, они шли и держались за руки крепко, в чем проявлялась не только теплота их чувств, но и настоящее желание быть вместе. Когда Дарка на глазах у Тараса стянула длинную бордовую перчатку с левой руки, он сразу заметил, что на запястье у нее что-то болтается. Она, заметив его взгляд, приподняла руку и показала Тарасу «фенечку» — кожаный шнурочек, на котором висела одна из подаренных Тарасом трех жемчужин.

— Папа просверлил, — сказала она, увидев в глазах Тараса удивление. — Теперь эта рука у меня защищена! — И она улыбнулась по-детски легко и искренне.

И сама пальчиками «защищенной» руки дотронулась до пальцев Тараса. Тогда они и взялись по-настоящему за руки и пошли, уже в полумраке опустившегося вечера, по улице, полной безучастных прохожих, в этот вечер почему-то напомнивших Тарасу медленно плывущих по своим неважным делам медуз. На самом деле медузы никогда не плавают по делам, они плавают по жизни, по своей жизни. Вот и эти прохожие, возвращавшиеся, вероятно, с работы, плыли себе по своей жизни, не мешая Тарасу и Дарке и не обращая внимания на их со стороны малозаметное счастье.

Рыбки очистили поверхность воды от корма довольно быстро, и Тарас уже хотел было подсыпать им еще этих мелких съедобных хлопьев, как в дверь квартиры позвонили.

— О! Прекрасно! Наконец-то я тебя застал! — обрадовался в открывшемся дверном проеме Ежи Астровский. — У тебя что, много работы было?

Тарас пропустил соседа внутрь. Сосед-парикмахер был одет не по-домашнему — в светлых брюках и в клетчатом светло-коричневом пиджаке, под которым его худобу и стройность подчеркивал белый гольф.

— Чаю? — предложил Тарас.

Они присели на кухне, и пока закипал чайник, Ежи сверлил хозяина квартиры хитрым взглядом. Сверлил и молчал.

— Может, тебя освежить? — неожиданно спросил он.

— Что? — не понял Тарас.

Ежи достал из бокового кармана клетчатого пиджака маленькую стеклянную бутылочку с резиновой грушей и прыскалкой. Прыснул себе на шею под затылком и изобразил на лице удовольствие.

— А! — понял, о чем речь, Тарас. — Давай!

Ежи приподнялся, опрыскал одеколоном шею Тарасу и снова опустился на свое место.

— У меня к тебе просьба, — заговорил он после короткой паузы.

Тарас напрягся. Он уже чувствовал, что это за просьба. И в который раз оказался прав.

— Я хочу с Оксаной кофе выпить... Ну, сам понимаешь!.. Ты же не слепой... Ко мне она, боюсь, больше в гости не пойдет, а к тебе пойдет! Ты ее пригласи, а я как бы случайно зайду! Кофе я куплю, ты не переживай!

— Ежи, — Тарас тяжело вздохнул, — ты же знаешь, как она к тебе относится... Ну, не в плохом смысле, а в том, что она сама по себе... Ей ухажоры не нужны... И не будет она тебе рада!

— Это как сказать! — перебил его Ежи. — После того, как я ее подстриг, возможно, и ее отношение ко мне изменится. И ты не думай! Я от нее ничего такого не хочу! Мне просто рядом с ней быть приятно. От нее такое излучение идет! Ну, как от Чернобыля! Меня сразу насквозь прогревает! Приятно, понимаешь!

— Ты? Ее подстриг? — Тарас озадаченно уставился на соседа, пытаясь найти в выражении его лица или взгляда доказательства того, что он шутит.

Ежи кивнул.

— Не только ее! Сначала почти пятьдесят бомжей, и у Пороховой башни, и там, в Винниках, где у них приют...

Тарас потер пальцами виски, попробовал сосредоточиться. Мысли о Дарке покинули его, но мысли об Оксане и Ежи как-то не хотели шевелиться, пробуксовывали. Ему вообще было трудно думать одновременно о соседе снизу и об Оксане, настолько они были разными и как бы из двух параллельных, не пересекающихся миров.

И вот, оказывается, они таки пересеклись и, значит, «станцевал» Ежи вокруг Оксаны свой ритуальный танец парикмахера, а теперь, в результате, считал, что может рассчитывать на более мягкое к себе отношение?!

Тарас вспомнил, как Ежи заманил его не так давно и, можно сказать, обманным путем подстриг. Это, кажется, по его собственным словам, была первая за долгие годы совершенная им стрижка, ведь именно перед этим он вдруг обнаружил в своей квартире длительное время хранившееся под какой-то накидкой парикмахерское кресло советских времен. То есть возвращение «в профессию» начал Ежи со своего соседа сверху, с Тараса, а продолжил с уже хорошей его, Тараса, знакомой.

— Ты, кстати, много аномалий за последние ночи нашел? — Ежи неожиданно поменял тему разговора.

— Аномалий?! — повторил Тарас, и обалдело посмотрел на парикмахера. — Я уже и забыл о них! Черт! У меня же этот аппарат! — Тарас бросил взгляд на открытую дверь в коридор.

— Так ты больше не ходил? — удивился Ежи.

Тарас отрицательно замотал головой:

— Надо поскорее аппарат отдать, я же по сто гривен в день за него плачу!

— Ну так отдай, — спокойно бросил сосед. — Чего деньги на ветер выбрасывать! Так позовешь Оксану на кофе?

Тарас кивнул, думая теперь о Симоне Федоровиче из Лаборатории паранормальных явлений.

— Когда? — спросил Ежи.

— Что когда?

— Когда позовешь Оксану на кофе? Может, завтра?

— Нет, сначала мне надо этот измеритель вибраций отнести...

— Давай сейчас отнесем! — предложил Ежи. — Завтра придется еще сто гривен платить за лишний день!

Тарасу совершенно не хотелось сегодня больше выходить на улицу, покидать теплый уют своей небольшой квартиры. Но мысли о приборе, без дела пролежавшем на полу в углу комнаты, начинали его раздражать. Он пересчитал мысленно свои денежные запасы в отечественной валюте. Получилось как раз впритык, если отнести этот аппарат обратно не завтра, а сегодня. Хотя Симон Федорович, кажется, не говорил, с какого часа начинается отсчет новых суток проката...

— И ты со мной пойдешь? — переспросил он Ежи Астровского.

— Конечно!

— Ну ладно! — Тарас махнул рукой.

Ежи налил чашку чаю, а сам пошел в комнату переодеваться, сменив из мягкой домашней шерсти спорткостюм на джинсы и свитер.

Пока они шли к лаборатории, Ежи посоветовал включить аппарат на случай, если они вдруг окажутся возле аномальных зон. Время от времени Тарас посматривал на обе стрелки измерителя негативных вибраций, но за время дороги они ни разу не пошевелились.

Дверь в лабораторию открыл им сам Симон Федорович. По выражению его лица было очевидно, что за дверью он ожидал увидеть кого-то совершенно другого. Но всё равно сделал шаг в сторону, пропуская посетителей внутрь.

— Как успехи? — спросил он осторожно, заглядывая в глаза Тарасу.

— Нет, нет успехов, — ответил Тарас и вздохнул. — Вот, хочу вам вернуть, чтобы не держать его без дела. — Он приподнял аппарат и оглянулся по сторонам, словно выискивая, куда бы его поставить.

— Пойдемте к столу. — Специалист по вибрациям тяжело вздохнул.

Они снова сидели за столом, так же, как и несколько ночей назад. Только тогда атмосфера беседы была таинственно-завлекающей, а теперь и Симон Федорович, и Тарас смотрели без энтузиазма на лежащий между ними прибор. Ежи был погружен в свои мысли и к возникшему в этом углу просторного помещения молчаливому напряжению «подключен» не был.

— Так что случилось? — нарушил кратковременную тишину Симон Федорович. — Вы же были так искренне обеспокоены! Проявили, так сказать, инициативу?..

— Знаете, я как-то потерял интерес, — признался Тарас. — Да и дороговатое это дело. А в последние ночи ни одной аномалии не почувствовал. Может, они прекратились?!

Специалист по вибрациям посмотрел на Тараса с явным разочарованием во взгляде.

— Они не могут прекратиться, — сказал он твердо. — Они могут ослабеть или, наоборот, усилиться... Вы, наверное, влюбились? Вдруг стали счастливым человеком?.. А? Счастливые, пока они счастливы, аномалий не замечают, но это временно. Аномалии всегда рядом!

Тарас, пораженный проницательностью Симона Федоровича, бросил взгляд на Ежи.

— Да, — сказал он. — Я действительно счастлив. Сейчас. Сколько с меня за прокат?

Симон Федорович раскрыл перед собой тетрадь, полистал, нашел нужную запись.

— Четыреста гривен, — сказал.

Тарас достал деньги, отсчитал нужную сумму и положил на стол.

— У вас почки здоровые? Камни не мучают? — спросил он вежливо.

— Да слава богу пока! — ответил специалист по вибрациям.

— Ну, если что, звоните! — и Тарас сверху на купюры опустил свою визитную карточку.

— Может, вы возьмете, поможете, так сказать, науке? — Симон Федорович отвлек Ежи от его размышлений и направил его взгляд на аппарат для измерения негативных вибраций.

— Нет, спасибо, — подумав, произнес Ежи. — Я, кажется, тоже счастлив!

— Это какая-то аномалия, — явно огорченно произнес Симон Федорович. — В городе сотни тысяч несчастных людей, куча аномалий и проблем, а ко мне сюда ночью пришли сразу двое счастливых! Вам, наверное, надо к доктору!

Тарас, уловив в недовольном голосе Симона Федоровича нотки раздражения, поднялся из-за стола и коснулся рукой плеча Ежи. Тот тоже торопливо встал.

— Вы извините. — Тарас действительно посмотрел в глаза специалисту по вибрациям виновато и с сочувствием. — Может, мы еще придем!

Симон Федорович закивал головой, словно уже не раз слышал подобные слова и ни капли им не верил. Он провел посетителей до выхода. На пороге они столкнулись с крепко сбитым мужчиной в коричневой дубленке с поднятым воротником.

— А, заходите, заходите! — обрадовался ему специалист по вибрациям. — Я вас уже ждал!

— Скоро зима! — выдохнул Тарас на ходу.

Они перешли на другую сторону Архивной.

— Ты видел, кто к нему пришел? — спросил Ежи.

— Кто? Тот, в дубленке?

— Ага, это писатель! Винничук! Видно, тоже чем-то таким занимается...

— Винничук? — с сомнением в голосе переспросил Тарас. — А разве он лысый? У него же были длинные волосы?

— Ты путаешь! У него не было длинных волос! Никогда! Это я тебе как парикмахер со стажем заявляю! Я его еще в советское время стриг! Да, так ты пригласишь завтра Оксану? Часиков на шесть вечера?

— Ладно, — пообещал Тарас. — Только кофе покупаешь ты!

— Да-да, — закивал на ходу Ежи. — И кофе, и пирожные!

Глава 44

Балет Чайковского «Лебединое озеро» Алик Олисевич освещал прожектором механически, не думая. Все три акта и четыре картины спектакля он думал о себе и прошлом. Однако всякий раз, когда, согласно репертуару Львовского оперного, на сцене танцевали лебеди, в мыслях Алика сначала возникал образ Леонида Брежнева, а потом и свой собственный, только намного моложе, чем сейчас. Всенародное заблуждение относительно любви Леонида Брежнева к Чайковскому и особенно к балету «Лебединое озеро», конечно, было связано с тем, что балет этот крутили на всех советских телеканалах в день смерти Брежнева, да и повторяли потом в дни смерти следующих очень мало правивших советской страной Андропова и Черненко. Иногда Алику вспоминались телекадры похорон Брежнева, как его гроб при спуске в могилу застрял, как кто-то над ним наклонялся и проталкивал его вниз то ли руками, то ли каким-то инструментом. Эти кадры вспоминались Алику в моменты душевного затишья после нескольких стопочек водки, а потом они словно повторялись, только в гробу вместо генсека Коммунистической партии СССР почему-то лежал Джими Хендрикс, прижимавший к груди электрогитару. Всё остальное было без изменений: и почетный военный караул, и кремлевская стена, и дряхловатые с озябшими от страха перед смертью лицами коллеги-соратники покойного.

«Да, — думал Алик, глядя на танцующих на сцене балерин-лебедиц в белых пачках, — без Брежнева почему-то невозможно провести логическую цепочку от балета Чайковского до смерти Джими Хендрикса!» Думал и удивлялся. И ждал, когда этот балет закончится, чтобы отключить свой рабочий прожектор и, попрощавшись с добрыми женщинами-гардеробщицами, регулярно угощавшими его чаем, уйти домой.

В этот раз, дождавшись финала и не удивившись отсутствию выкриков «браво!», Алик отключил осветительные приборы своей левой стороны, не обращая внимания на действия своего коллеги с правой стороны от сцены. Кивнул на прощание гардеробщицам и отправился к выходу.

Уже на улице его внезапно догнал напарник, освещавший сцену театра справа, и напомнил, что у него сегодня день рождения и они просто обязаны куда-нибудь зайти и выпить по рюмочке. Домой он не звал, что означало очередное ухудшение в их с женой отношениях.

Алик согласился из чувства рабочей солидарности. В баре неподалеку от театра именинник взял по сто грамм водки и простенькую закуску. Алик выпил за его здоровье и хотел было уже вежливо откланяться, но тут коллега взмолился, уговаривая посидеть с ним хотя бы полчаса. И Алик понял, что у того в душе тоска и боль. И подумал еще о том, что свой сорок девятый день рождения напарник отмечает только с ним, с Аликом, вдвоем. Учитывая, что особенно близкими друзьями они не были, хотя улыбались друг другу и перебрасывались словами регулярно, понял вдруг Алик, что у его коллеги плохо не только в личной жизни, но и в жизни вообще. Ведь если человеку не с кем праздновать свой день рождения, значит, никто вокруг о его дне рождения не знает и никто этим человеком не интересуется.

Именинник после вторых ста грамм начал было жаловаться на жизнь, но, уловив мгновенно изменившееся лицо Алика, замолчал и взял еще водки. Далее говорили о театре. Эти разговоры Алика всегда успокаивали и настраивали на отдых. Но до отдыха пока было ему далеко, ведь просидел он с именинником только полчаса, больше слушая и кивая, чем участвуя в полноценном диалоге.

После третьих ста грамм коллега стал говорить намного медленнее, а Алик ощутил усталость. Он вежливо попрощался, заметив, что именинник почти его не слушает, и вышел на улицу.

Влажный холод немного приободрил Алика. Он осмотрелся по сторонам, поприветствовал взглядом начинающуюся ночь, темную, беззвездную, и зашагал нетвердой походкой обратно к театру, чтобы уже оттуда, как самолету, лечь на давно начертанный во внутреннем «джи-пи-эсе» курс на свой дом, через проспект Свободы и проспект Черновола в самый конец Замарстиновской улицы.

Минут уже через двадцать небыстрой ходьбы ощутил Алик, как усталость перекочевала от головы и плеч вниз, опустилась в ноги, сделав их тяжелыми и почти неподъемными. Ему захотелось присесть. Он остановился, и тут же его зашатало, как тоненькую березку под сильным ветром. Оглянулся. По другой стороне дороги увидел комплекс Медицинского центра Святой Параскевы. Возвратил взгляд на свою сторону проспекта, всмотрелся в дворик ближайшего дома. Увидел перед домом низенький деревянный заборчик, за которым виднелись небольшой квадратный столик и обступившие его пеньки-табуретки для дружного пикника. Подошел, переступил неуклюже через маленький частокол, покрашенный в цвета детского садика — желтый и зеленый, опустился осторожно на пенек и снова осмотрелся по сторонам. Заметил детские качели и детский деревянный домик. Домик был не больше полутора метров в высоту, но Алику так захотелось забраться внутрь и, найдя там коротенькую для своего длинного тела кровать, улечься на нее, подогнув ноги. Но не было у него сил, чтобы встать с пенька. Он поправил широкополую шляпу, приподняв ее со лба. Сконцентрировался на внутренних ощущениях — они были достаточно неприятные и раздражали своей неконтролируемостью. Водка сильно нарушила связь между движениями тела и мыслями. Давно Алик не употреблял водку старыми, убийственными дозами «по сто грамм». Те его знакомые, которые раньше так пили, давно уже покинули гостеприимную землю, точнее — легли в нее смиренно и раньше положенного обычному человеку срока. Но коллега-осветитель, видимо, был или от природы крепок, или пребывал в состоянии отчаяния, когда человек отпускает себя так, как ребенок отпускает воздушный шарик, надув, но не завязав его, а потом следит, как тот, бедолага, сдуваясь, мечется по воздуху. Алик представил, где сейчас может «метаться» именинник, но память подсказала ему, что тот остался в баре, а значит, вполне еще может там сидеть и спать, опустив лицо на столешницу и отодвинув стаканчик в сторону.

Внутри у Алика происходила неподконтрольная и неприятная ему химическая реакция. В него, как в колбу, наполненную жидкостью, находящуюся в состоянии покоя, влили водку как сильный химический реагент. Теперь всё там внутри шипело, бурлило, раздражало первичные стенки этой живой колбы, и из-за данной реакции вверх, прямо в мозг, поднимался отравляющий газ. Он наполнял голову и делал ее одновременно тяжелой и как бы пустой, при этом газ давил на ушные перепонки изнутри, давил на виски и на лоб. И если бы его голова превратилась вдруг в надутый, но не завязанный в области шеи резиновый шарик, то взлетела бы она и заметалась бы над городом сумасшедшей, потерявшей ориентацию птицей. А потом, сдувшись, упала бы где-то лоскутком мелкой, незаметной и неприятной на ощупь материи, чтобы утром попасть под жесткую метлу трудолюбивого дворника.

Газ уже давил и на глаза. Алик сощурился и пытался удержать их закрытыми. А они словно сопротивлялись этому, хотели «вылупиться» из глазниц.

Глубокое сожаление о недолгом, но интенсивном застолье оставалось единственной здравой и целостной мыслью, но предчувствовал Алик, что вот-вот и эта мысль оставит его, и он, даже если не повалится набок, не упадет с этого не очень удобного и мокрого пенька, то замрет в напряженной неудобной позе и заснет так, наклонившись тяжелым лбом к квадратной столешнице.

Самокритично скривив губы, Алик приоткрыл глаза и посмотрел на ночь перед собой. Она была по-прежнему темной, плохо освещенной двумя окнами ближнего дома. И запах моря вдруг защекотал неприятно в носу, отчего захотелось Алику чихнуть. Но сил чихнуть не было, и он просто мотнул головой, прогоняя неприятные ощущения.

И услышал неясное бурчание, доносившееся откуда-то сбоку. Попробовал повернуть голову, но шея не слушалась. Покосил взглядом, но никого не увидел. Зато услышал шаги. Они приближались.

И запах моря не покидал ноздри, запах был соленым, йодистым. Так пахнут гниющие водоросли, выброшенные волной на берег.

— Я тут сяду, хорошо? — прозвучал рядом усталый нетрезвый голос.

Алику всё-таки удалось чуть повернуть голову и увидеть рядом на соседнем пеньке бородатого и лохматого мужика в странной короткой куртке из темной ткани. Крупные пуговицы стягивали эту куртку на груди незнакомца, и даже странный поднятый воротник тоже, казалось, был застегнут на пуговицу, и выпихивал беспорядочную бороду пришедшего от шеи вперед, и одновременно удерживал его голову, как какой-нибудь постоперационный корсет-«ошейник».

— Тебе тут плохо? — спросил мужик, заглянув в лицо Алику нервным, ошарашенным взглядом.

— Плохо, — выдохнул Алик.

— Это хорошо, — закивал мужик и откинулся спиной на несуществующую спинку пенька-сиденья. Упал, чертыхнулся, поднялся и снова уселся на соседний пенек.

— Почему хорошо? — удивился Алик и почувствовал, что его желание сосредоточиться и заговорить с этим незнакомцем вызвало новый прилив водочных газов в голову.

— Нормальному человеку должно быть плохо, — уже тише и как-то безразличнее произнес бородатый мужик. — Я вот нормальный человек... Мне плохо. Раз тебе плохо, значит, и ты нормальный... Ты, значит, тоже не в своей тарелке...

Алик подумал о еде, о том, что если бы он пил водку и хорошо ее закусывал, то спокойно бы сейчас шел домой и уже через часок лежал бы на своем диване, в тепле и уюте.

Сверху резко закричали-захохотали птицы.

Алик приподнял голову. Попробовал посмотреть в небо, но широкие поля шляпы помешали.

— Чайки, — выдохнул мужик и задрал голову кверху. — Обычно от меня тут все шарахаются, как от прокаженного, — продолжил он после короткой паузы. — Я же тут чужой! Застрял, как хрыч в болоте! И на вашем языке ничего хорошего сказать не могу... И никто меня тут у вас не понимает!..

— Чего ж не понимает? Я понимаю, — Алик пожал плечами.

— Ты понимаешь? — оживился мужик и снова наклонился вперед, чтобы заглянуть в лицо Алику. На этот раз и Алику удалось рассмотреть лицо соседа по скамейке и его явно пьяные, блуждающие глаза. — Ты понимаешь, что происходит, когда моряк оказывается вдали от моря?! Понимаешь?

— Моряк, — повторил Алик, снова пытаясь сосредоточиться. — А вы что, моряк?

— Давай на «ты»! — проговорил мужик. — Ночью говорить на «вы» как-то глупо! Ночь — не время для ненужной вежливости! Меня уже несколько раз ночью били здесь у вас, грабили!

— Ага, — кивнул Алик. — Так ты что, моряк?

— Моряк, — выдохнул болезненно мужик. — На сухогрузе плавал. Одесса—Констанца, Одесса—Стамбул, Одесса—Новороссийск... Ты в Одессе был?

— Был, — ответил Алик.

— Значит, ты знаешь, что такое море!

Алик пожал плечами.

— Моряк всегда должен быть или в море, или рядом с морем. — Мужик поднял перед своим лицом ладони, посмотрел на них. Потом сжал их так, будто схватился за весла, и сделал воображаемый гребок. — Если моряк окажется далеко от моря, он сойдет с ума. Но море может его спасти!..

Алику удалось чуть дальше повернуть голову в сторону пьяного собеседника. Он вдруг понял, что рядом с ним — сумасшедший. И ему стало страшно. Он проследил, как мужик сделал еще несколько гребков невидимыми веслами, впившись взглядом в какую-то точку впереди.

Потом мужик опустил весла, открыл ладони, снова посмотрел на них, словно проверял: есть ли волдыри. После этого обернулся к Алику.

— Меня море спасло! — сказал он твердым голосом. — Я когда сюда за Галей приехал, чуть не умер, чуть не задохнулся... У вас тут нечем дышать! Как вы можете тут жить?

Алик вдохнул воздух, попробовал ощутить его вкус и запах.

— И тогда, когда я почти умер, ко мне пришло море и спасло меня, — продолжил после короткой заминки мужик. — Теперь я верю в то, что мне старые моряки говорили, когда я только начинал! Они говорили, что когда моряк оказывается далеко от моря, то море само находит его и... море как бы селится у него внутри, он его носит с собой, пока не вернется к морю... и...

Тут, видно, мужика затошнило, его голова дернулась вперед, какой-то булькающий звук вырвался изо рта, и он зажал ладонью рот, замер, наклонив голову к земле.

Алику тоже стало нехорошо. Голова закружилась, запах йода вернулся в ноздри и осел на кончике языка. В руках он ощутил дрожь и положил их на колени.

— Ой, как мне плохо, — пожаловался мужик, подняв голову.

— Может, надо к врачу? — осторожно предположил Алик.

— Врач не вылечит от тоски. От тоски по морю... Да и нахрен врачу какой-то заезжий бомж!

Алик промолчал. Ему вдруг показалось, что водочный хмель стал потихоньку отпускать его. Но не успел он этому обрадоваться, как заболело сердце, как снова задрожали руки и всё тело проняла холодная, неприятная дрожь. И он инстинктивно обхватил свою грудь руками, схватившись ладонями за бока, словно пытаясь удержать тело от дрожи.

— О! И тебя сейчас шарахнет! — Мужик оглянулся на соседа по скамейке. — На, глотни, тогда отпустит! Я знаю!

И он протянул Алику открытую бутылку водки.

Алик отрицательно мотнул головой.

— Как хочешь! — хмыкнул мужик-моряк и сделал несколько жадных глотков из бутылки.

Воздух вокруг стал еще более соленым. Сверху закричали-захохотали чайки, противно и резко. Их крики становились всё громче, и Алик бросил в небо испуганный взгляд, понимая, что уж совсем не такой он пьяный, каким был, когда присел на скамейку. И ощущение физиологического дискомфорта пронзило его насквозь, его колотило, ему было холодно, в груди кололо, а рядом на пеньке с ополовиненной поллитровкой водки сидел и спокойно наблюдал за его мучениями этот пьяный бомж-моряк.

Алик поднялся на ноги, проверяя свою устойчивость. Бомж чихнул, и Алику в лицо ударили соленые брызги, как от разбившейся о причал волны.

— У вас внутри слишком много моря! — проговорил Алик, делая шаг назад.

Лицо бомжа-моряка стало недобрым. Он поднял на Алика тяжелый взгляд, но хиппи уже задрал голову вверх. Ему слышалось приближающееся хлопанье больших крыльев. Ему казалось, что он видит агрессивно падающую на него сверху чайку. И Алик сорвался с места и побежал прочь. Его шаги поскакали эхом по проспекту Черновола и назад, в сторону оперного театра, и вперед, в сторону «Макдональдса». Эхо, ударяясь о стекла окон, становилось звонче и звонче и звенело в голове у самого бегущего, и из-за этого он, слыша эхо, но не слыша своих шагов, на бегу еще сильнее отталкиваясь от дороги, ударял подошвами тяжелых ботинок об асфальт, даже не замечая, что бежит по проезжей части, а не по тротуару.

Устав, остановился. Осмотрелся вокруг, переводя дух. Понял, что добежал до улицы Детько. Теперь пару шагов, и начнется его родная Замарстиновская. Хмель почти исчез, в теле он ощущал непривычную легкость и отсутствие какой бы то ни было боли. Оглянулся назад и уловил слухом последние нотки затухающего эха ударов о дорогу его собственных подошв. Со лба на щеки и нос стекал пот. Докатившись до губ, пот посолонил их, но эта соленость ничего общего с морем не имела. В небе было темно и тихо.

Глава 45

Около полудня Алик проснулся на своем диване. В уютной маленькой комнатке, стены которой были оклеены старыми фотографиями и плакатами, сквозило. Откуда-то со стороны коридорчика дул холодный ветер, и после тяжелого сна Алик не мог понять, что происходит. Он лежал под ватным одеялом, поверх которого был наброшен плед, но одеяло было коротковатым, и, как часто бывало, его пятки торчали снаружи. Уже привыкнув к этой повторяющейся ситуации, Алик собственными ступнями определял утреннюю температуру в комнате и, отталкиваясь от нее какими-то внутренними чувствами, вызывал в теле соответствующую температуре бодрость, чтобы встать, поставить на конфорочные круги печки турочку с кофе, подбавив в печке газа, и только потом умыться из своего садового умывальника, висящего на стенке в правом углу.

Этим поздним полуденным «утром» Алику вставалось тяжело. Его ступни, вылезшие из-под одеяла, не чувствовали никакой температуры. Или, скорее, он не чувствовал свои ступни. Голова гудела. Она отказывалась помочь Алику вспомнить его ночной путь домой. Водку, бар и коллегу-осветителя он помнил неплохо. Помнил даже, как вовремя покидал входящего в раж именинника. Яснее всего, как это ни странно, вспоминалась ему радость при виде пеньков за низеньким заборчиком, на один из которых он сразу уселся, обессиленный из-за борьбы тела с опущенной в него водкой. Дальше память выдавала слегка размытые изображения, на которых сидел рядом с ним на скамейке бородатый и лохматый бомж-моряк, пивший из горлышка водку. И всё бы ничего, но именно рядом с этим моряком, трезвея, ощутил Алик ночью ту самую дрожь, что пробивала его несколько раз на ночных улицах Львова, ощутил тот самый страх, который не давал ему в эти моменты продолжить путь. И сердце, которое всегда радовало Алика своим ненавязчивым и безболезненным присутствием в груди, так закололо, как никогда прежде. К тому же чайки, кричавшие над головой, и этот запах моря, гнилого и соленого...

«Надо позвонить Рябцеву,» — пытаясь игнорировать посторонний шум в голове, подумал Алик. И снова холодный ветерок погладил его небритые щеки.

Он уже сидел, опустив голые пятки на пол, сидел в холодной комнате возле холодной печки. Это всё было словно продолжением ночных аномалий. И болезненный, разочарованный в жизни взгляд Алика ушел в сторону коридорчика, в сторону входной двери.

Ветерок дул оттуда. В черных трусах и футболке Алик прошел к холодильнику, на котором стоял маленький телевизор. Там же слева находилась входная дверь, и она была приоткрыта. Алик закрыл дверь, нагнулся к печке и отодвинул ее железную дверцу, за которой обычно горел вырывающийся из приплюснутого кончика полудюймовой трубы газ. В печке было тихо и темно. Газ не горел. Опешивший Алик дрожащей рукой нашел на краю печки коробок спичек, встряхнул его, проверяя, не пустой ли. Приоткрыл закрытый вентиль и чиркнул спичкой. Газ вспыхнул синим пламенем, приятное шипение его горения чуть успокоило Алика. Он закрыл дверцу, насыпал в турочку молотого кофе, наполнил ее водой и оставил на конфорке.

Умываясь, растирая мокрыми ладонями лицо, не желавшее оживать и оттого ощущавшееся как приклеенная маска, Алик думал и думал об этом бомже-моряке. Думал потому, что казалось ему: он забыл что-то важное. Но важное не вспоминалось.

Только сидя за столиком, подперев спиной синюю тумбу, стоящую под умывальником, удерживая на языке горький, не подслащенный кофе, глядя через оконное стекло на огород и стоящую одиноко деревянную туалетную будку, вспомнил Алик другое недавнее не добровольное водкопитие — в Винниках, дома у Винничука. Не появись тогда на столе после вина водка, он бы раньше вспомнил рассказ приятеля-писателя. Но, возможно, не будь тогда за столом водки после вина, не стал бы Алик на трезвую голову слушать этот рассказ, сотканный, как ему тогда показалось, из лоскутков бреда и обычного нездорового писательского воображения. Винничук говорил, что ночью ходил искать сбежавшего из романа героя... Точнее, он сам этого героя — моряка — вычеркнул, выбросил из романа, а потом почему-то забеспокоился, думая, что тот каким-то образом материализовался в городе и представляет для кого-то опасность... Для кого — для автора? Это уж точно материал для психиатра... Но ночной бородатый и лохматый бомж чем-то очень напоминал этого вычеркнутого из книги персонажа. Может, надо позвонить Винничуку?!

Мысли Алика словно обгоняли его возможность их переваривать. Шум в голове не затихал, хотя в комнатке стало теплее и уютнее, сквозняк теперь отсутствовал, пахло кофе.

«Нет, — после паузы определился в своих размышлениях Алик. — Надо звонить капитану Рябцеву. Надо ему рассказать об этом моряке!..»

И он оглянулся в поисках своей джинсовой куртки, в кармане которой должен был лежать мобильник. Куртка нашлась на полу у дивана. Алик достал телефон и замер, снова осматривая пол комнаты. Его добротные старые ботинки-говнодавы лежали раздельно: один валялся в углу справа от холодильника, второй стоял под стулом возле печки. Джинсы примостились на этом же стуле, только широкий кожаный ремень с большой пряжкой почему-то свесился и почти доставал пряжкой до пола. Чего-то не хватало. Алик поднялся, снова прошел к двери, осмотрелся. Не хватало его любимой широкополой шляпы, защищавшей от дождя, ветра и даже от непонятных, падавших с неба агрессивных чаек. Он заглянул под кресло, под диван, отдернул занавеску, закрывавшую нишу с холодильником и стоящим на нем телевизором. Проверил все углы, которых тут было мало. Но шляпы так и не нашел.

Попытался вспомнить, была ли на нем шляпа, когда он шел домой. Когда бежал, кажется, шляпа была. Но память зафиксировала его путь домой только до улицы Детько, то есть до того момента, когда он, устав от бега, остановился. Дальше он наверняка просто шел. Но эту часть дороги вспомнить не мог.

Настроение ухудшилось. Надо было себя пожалеть или отвлечь.

И он набрал номер Рябцева. Рассказал ему о моряке, о том, что возле него пахло морем и над его головой кричали чайки. И еще о том, что когда моряка явно затошнило, то наружу из его рта вырвалось еще больше моря, потому что воздух стал еще солонее и йодистее.

— Ты уверен, что это всё было с тобой? — переспросил Рябцев.

— Да, — твердо произнес Алик. — Я ему еще сказал: «У вас внутри слишком много моря!» А потом меня чуть с ног не сбило и сердце заболело. И я убежал.

— А где это было?

— Проспект Черновола, где-то в начале. Я бы узнал!

— Ну, отдыхай, — деловито проговорил бывший капитан КГБ. — Я за тобой заеду через часик и отправимся, поищем, где живут львовские моряки!

Алик еще хотел было рассказать Рябцеву про Винничука и его «сбежавшего персонажа», но что-то остановило его. Вероятно, серьезность Рябцева, который и так слишком внимательно слушал его не совсем внятную ночную историю.

Глава 46

Под моросящим львовским дождем Алик и Рябцев приехали в центр. «Piaggio» оставили за оперным театром, а сами — Рябцев под зонтиком, а Алик в плащ-накидке с капюшоном — отправились на проспект Черновола.

Шагали медленно. Алик то и дело останавливался и осматривался по сторонам. Он, в принципе, знал тут каждый угол, ведь именно этим маршрутом сотни или даже тысячи раз ходил пешком на работу и с работы. Но знать каждый угол и помнить каждый угол — это разные вещи. Алик легко узнавал магазинчики, кафе, киоски на своем пути, но попроси его кто-нибудь указать на карте города, в каком доме какое кафе, он был не смог. На слишком знакомой дороге исчезает нужда в ориентирах. Дома сливаются в улицу, улица — в дорогу.

— А что там рядом было? — поинтересовался Рябцев, остановившись.

— Рядом?! — переспросил Алик Олисевич. — Рядом, через дорогу, что-то было... Больница... Точно, Центр Святой Параскевы!

— О! Молодец, — задумчиво произнес бывший капитан. — Тогда пошли к этой святой Параскеве! Посмотрим!

Минут через пять они остановились перед странно развернутым к улице трехэтажным домом. Между домом и проспектом слева стояли детские качели, за ними — детский деревянный домик. Справа, за зелено-желтым деревянным заборчиком вокруг столика, сработанного из небольшой квадратной столешницы, прибитой к двум пенькам, расположились маленькие пеньки-табуретки. У ближнего пенька лежала пустая бутылка из-под водки.

Алик уверенным шагом направился туда. Рябцев поспешил за ним. Остановились у мокрых пеньков.

— Здесь, — твердо произнес Алик, наклонился, поднял с земли водочную бутылку, понюхал.

Лицо его изменилось. Он поднес бутылку горлышком к уху, послушал, передал Рябцеву.

Рябцев тоже понюхал, поднес к уху и застыл. Лицо его выразило изумление.

— Море шумит, — сказал он и оглянулся по сторонам, словно в поиске этого моря. — Тут мы его днем не найдем. Разве что проверить подвалы этого дома... Нет, лучше сюда ночью прийти. Чтобы сейчас время не тратить.

— Ночью? — без энтузиазма в голосе переспросил Алик.

— Когда нормальные люди ходят по городу, бомжи прячутся в подвалах. Когда люди возвращаются домой, бомжи выходят в город. Это же понятно, — проговорил Рябцев. — А никто, кроме бомжей, нам про этого моремана не расскажет. Я так думаю... Кстати, ты по телефону сказал, что тебе плохо стало, когда около него сидел?

— Не сразу, пока был пьяным, как и он, было плохо, но в другом смысле... То есть было почти хорошо. А потом, когда стал трезветь, то замутило.

— Сильно?

— Да, сильно. Я же сначала совершенно пьяным был! Поэтому, наверное, и не мутило. И он тоже пьяный был. А потом и сердце заболело.

Рябцев тяжело вздохнул. Задумался. Присел на мокрый пенек и предложил Алику сесть рядом. Алик подтянул накидку, чтобы не намочить джинсы. Присел. Задрал голову вверх, и тут же мелкие капли дождя освежили его лицо своими холодными уколами.

— А ну-ка давай проанализируем! — предложил Рябцев, обернувшись к Алику. — Всё, что мы знаем об этих странных случаях, происходило ночью. То есть происходило, когда бомжи пьяные, если насобирают днем на бутылку... И ведь ты, когда ты на аномалии натыкался, был трезвым. Да?

— Да, — подтвердил Алик, размазав ладонью капли дождя по лицу.

— А вчера ты был пьяным, и ничего не ощутил, пока не начал трезветь. Да?

— Да.

— И ты ему почему-то сказал, что у него внутри много моря... Это очень интересно...

— Это он сам говорил. Говорил, что моряк вдали от моря мучается, и тогда море находит его и как бы защищает. То есть он потом носит море в себе, пока к морю не вернется!

— Да-а... — протянул Рябцев задумчиво. — Я, кажется, об одном похожем случае знаю! Еще в советские времена, тут, во Львове...

— Что, тоже с моряком?

— Нет, пришел один парень из армии, в Афгане воевал. И так привык к войне, что мучился и бродил ночами по городу, пугал всех собой. Не специально, а просто от него что-то такое шло. Какое-то страдание. Психика, конечно, была ни к черту! Он словно носил войну с собой, как этот моряк море в себе носит. И война из него время от времени вырывалась наружу. Думали сначала, что маньяк какой-то, ведь несколько человек так его ночью испугались, что инфаркт схлопотали. Психологи его вычисляли, милиция выслеживала. Наконец взяли его. Он психологам, как родной матери, всю душу открыл. Объяснил, как тяжело ему без войны...

— И что с ним сделали? В психушку забрали? — заинтересовался рассказом Алик.

— Нет, отправили обратно в Афган, и он там, слава Богу, быстро погиб.

— Почему «слава Богу»?

— Если человек без войны не может, то надо его на войну отправить... Ну а на войне вечно живым не будешь. Я имею в виду, что он успокоился в смерти. В общем-то, он сам ее искал, смерть. Наверное потому и бродил тогда ночью по городу. А во Львове ночью так быстро смерть не найдешь, как на войне!

— Так, может, нам надо этого бомжа обратно к морю отправить? — предположил Алик.

У Рябцева загорелись глаза.

— Молодец! Я сам почти дошел до этого, но ты быстрее! Да, это правильная мысль! Надо от него город избавить... Может, действительно из-за него все эти аномалии!

— Винничук, кстати, мне сказал, что он тогда ночью тоже моряка искал. Вроде как он этого моряка из своего романа вычеркнул, а тот материализовался...

Рябцев обернулся, посмотрел в глаза Алику тяжелым, металлическим взглядом.

— Твой Винничук — сам аномалия! — вырвалось раздраженно у бывшего капитана. — Ты бы лучше его стороной обходил! Да и вообще, было б у нас в стране меньше писателей, может, и жили бы лучше и нормальнее! Как в Европе!

Алик, захотевший было поначалу возразить Рябцеву, закрыл рот. Взаимная антипатия между Винничуком и Рябцевым была настолько очевидной и сильной, что самым разумным для Алика было бы просто не упоминать одного, находясь рядом с другим. Это он уже прекрасно понимал.

— Ну что, — Рябцев решительно поднялся с пенька. — Значит, сегодня ночью! Я заеду за тобой около полуночи!

Алик кивнул, думая о том, что этим вечером он вернется домой с работы на маршрутке. Просто чтобы немного отдохнуть перед ночными поисками влюбленного в море бомжа.

Глава 47

Проверив почту, Тарас выключил компьютер и расслабился. Следующие клиенты — и опять из соседней Польши — приедут послезавтра. Двое. А значит, и в этот день, и завтра можно просто наслаждаться жизнью. Конечно, относительно наслаждения жизнью сегодня вечером у Тараса возникали некоторые сомнения. Ведь утром приходил Ежи Астровский и вежливо напомнил об обещании Тараса пригласить к себе на кофе Оксану. То ли Тарас в тот момент еще не проспался, то ли пребывал в слишком легком и расслабленном состоянии, но как-то уж слишком быстро он в присутствии соседа позвонил Оксане и пригласил ее к себе в гости. — У тебя какой-то праздник? — спросила она, и, кстати, голос Оксаны был сонным, видно, поздно вернулась с работы. — Нет, просто так, без повода! — ответил он ей.

И довольный свидетель телефонного разговора Ежи Астровский расплылся в улыбке и, кивнув на прощание, покинул квартиру Тараса.

И вот только теперь Тарас задумался о нынешнем вечере и о кофепитии, участие в котором Ежи Астровского могло оказаться для Оксаны сюрпризом, и не из самых приятных.

Но время шло, и вечер приближался. Чтобы как-то смягчить возможное застольное напряжение, Тарас решил купить хороший, дорогой торт.

В гастрономе «Виктория» продавались самые обычные тортики: «Пражский», «Птичье молоко» и прочий ширпотреб. Тарас решительно развернулся и отправился назад, в сторону центра, в ближайшую «Цукерню». Там его глаза ожили — торты здесь были на любой вкус, но не на любой кошелек. Тарас кошельки и портмоне не любил, а деньги носил прямо в карманах. Из кармана джинсов он и вытащил двести гривен, чтобы отдать за приглянувшийся ему шоколадный торт. Торт весил больше килограмма, но шоколад не портится, особенно если его положить в холодильник. Так что после этого вечера будет у Тараса еще несколько раз возможность пить кофе с шоколадным тортом в гордом одиночестве или в менее гордой, но более теплой компании с Даркой, которая еще ни разу у него в гостях не бывала.

По дороге домой, неся торт, упакованный, как букет цветов, в хрустящий, жесткий и прозрачный целлофан, украшенный вверху конуса яркой красной ленточкой, Тарас думал о Дарке. И настроение у него снова немного испортилось из-за того, что этим вечером он должен был содействовать чужому свиданию вместо того, чтобы идти на свое.

Но эти обидные нотки прозвучали негромко на фоне всё равно бодрого и жизнерадостного настроения. Ведь завтра он будет полностью свободен — и от работы, и от обещаний, по неосторожности данных соседу, — и завтра они с Даркой обязательно увидятся!

И тут мысли перескочили на послезавтра, на тех двух поляков, которые приедут к нему, чтобы избавиться от своих почечных проблем. А вдруг среди них тоже окажется какой-нибудь аристократ и Тарасу опять достанется камешек-жемчужина, а то и два?! Тогда постепенно насобирает он этих благородных почечных жемчужин на хорошую вязку бус для Дарки! И он представил себе на шее Дарки переливающееся всеми цветами радуги «почечно-жемчужное» ожерелье. На лице промелькнула улыбка. То ли из-за забавной абсурдности самой мысли, то ли из-за правдоподобности предположения о том, что у представителей польских голубых кровей и белых костей обязательно должны быть жемчужные почечные камни!

Он чуть не рассмеялся, и тут же поймал на себе недоуменный взгляд проходившего во встречном направлении милиционера. Может, тот подумал, что именно над ним так хотелось Тарасу посмеяться? Но милиционер уже был у него за спиной и быстро удалялся.

Небо опустилось ниже, то ли обещая дождик, то ли из-за приближающегося вечера.

Включив свет на кухне, Тарас решил было положить торт в холодильник. Но тогда пришлось бы его распаковывать, доставать из праздничного, повязанного красной лентой целлофанового конуса. Оставив торт на подоконнике, Тарас сбросил куртку и разулся. Покормил рыбок, попрыскал водой кактусы, осмотрелся вокруг. Убрал со столика бумаги и всякие мелочи, которые регулярно выкладывал туда из своих карманов, возвращаясь утром с работы. Посмотрел на часы — половина шестого. Оксана подойдет к семи. Ежи наверняка будет сидеть у себя на кухне возле окна и прощупывать взглядом каждого входящего в парадное, и как только он ее увидит, то сразу же соберется, чтобы подняться на этаж выше, переступив через покрашенную в красный цвет пятую ступеньку.

В половине седьмого, когда Тарас уже закончил молоть на кофемолке кофейные бобы, зазвонил мобильный. Воздух в кухне так напитался кофейным ароматом, что Тарасу не хотелось отсюда уходить. Но мобильник лежал в кармане куртки, а куртка висела в коридоре на вешалке. Уже вытаскивая телефон из кармана, Тарас вдруг подумал, что это звонит Оксана с извинениями. Мол, не может она прийти сегодня вечером. И, испугавшись такого предположения, Тарас замер на мгновение, зажав мобильник в ладони. Бросил взгляд на экранчик телефона и с облегчением вздохнул — звонила Дарка.

— Привет! Как ты там? — спросил он радостным голосом.

— Лучше всех! — ответила она. — А ты?

— Тоже!

— Ты сегодня не занят? — спросила Дарка.

— Ну, — замялся Тарас, — у меня сегодня гости... Может, ненадолго... А что?

— Папа вдруг решил тебя на ужин пригласить. Я сама удивилась! Это на него так не похоже...

— На ужин? Сегодня? — растерялся Тарас. — Я не знаю... Я что-нибудь придумаю... Попытаюсь...

— Пожалуйста! — попросила Дарка. — Я боюсь, что в следующий раз у него такая мысль не возникнет... Я вообще удивляюсь... К тому же он сам вдруг о тебе заговорил!..

— Хорошо, — более решительно произнес Тарас. — Во сколько надо прийти?

— Через полчасика, к семи. Успеешь?

— Успею, — пообещал он.

Опустил телефон обратно в карман куртки, тяжело вздохнул и задумался. Надо было что-то делать, и план напрашивался сам собой, но план этот явно напоминал бомбу замедленного действия, обезвредить которую никому не удастся.

Тарас оделся поприличнее и спустился вниз к соседу.

— Ежи, — сказал он, — мне надо будет уйти. Ты можешь встретить Оксану у меня дома? Я там уже всё приготовил — и торт, и молотый кофе.

Сосед настороженно посмотрел на Тараса.

— Было бы лучше, если бы ты ее встретил, а потом и ушел, если хочешь оставить нас наедине.

— Я не хочу оставлять вас наедине, — несколько раздраженно произнес Тарас. — У меня просто срочные обстоятельства... Я постараюсь вернуться как можно скорее..

— Не надо сердиться, — пошел на попятную Ежи Астровский. — Я тебе и так премного благодарен! Я ее встречу, можешь не сомневаться! И мы тебя дождемся!

— Хорошо, — кивнул Тарас. — Я тебе через пару минут занесу ключ. Дверь будет просто захлопнута, так что пол-оборота направо, и она откроется!

Глава 48

Дарка встретила Тараса возле дома. В сумраке, слегка разбавленном тусклым светом уличного фонаря, Тарасу показалось, что он не видит ее рук. Знакомое Тарасу короткое пальто — до колен — было темно-синего цвета. Но сейчас оно казалось черным. На улице не было так уж холодно, чтобы втягивать кисти рук в рукава, как он сам в детстве делал зимой, особенно когда терял варежки.

— Тебе холодно? — спросил он Дарку, приветливо кивнув вместо «здрасте».

— Нет, — ответила она и протянула руку к его лицу.

Черная холодная, непривычно жесткая кожа перчатки дотронулась до его щеки. Тарас был удивлен. Он уже так привык к ее «атласному» прикосновению пальцев, а тут — кожа! Но ведь впереди зима и каждый вечер холоднее предыдущего.

— Я вышла тебя встретить, — прошептала Дарка, подойдя совсем близко, так близко, как могли бы стоять только что разъявшие объятия влюбленные. — И предупредить...

— О чем предупредить?

— Ты же моего отца не знаешь... Он хороший, но тебе может показаться странным... Ты поэтому просто слушай, что он тебе говорит, и не обращай внимания, как он говорит... Понимаешь?

Тарас отрицательно мотнул головой.

— Но я буду слушать, — пообещал он.

Она немного напряженно улыбнулась и легким взмахом руки позвала за собой. Нажала на кнопки кодового замка. Высокая дверь открылась.

Они поднялись по ступенькам, показавшимся Тарасу мраморными. Впервые во Львове он видел, что ступеньки парадного освещались настенными бра, да и вообще всё парадное блестело от чистоты.

— Твой папа что, олигарх или политик? — осторожно спросил Тарас.

— Нет, нам повезло! — Дарка на ходу обернулась. — Соседнюю квартиру купил киевский депутат. Он сюда раз в месяц и всегда с новой блондинкой приезжает — Львов показать. Зато в парадном ремонт сделал! Теперь тут всё так же, как до тридцать девятого года было!

Квартира Дарки располагалась на третьем этаже. Она впустила Тараса в коридор, сбросила пальто. Коридор был широким, почти два метра. Тараса удивила тишина. Но Дарка, переобувшись в пушистые тапочки и подсунув Тарасу тапочки большего размера, взглядом позвала его за собой.

Завела в просторную гостиную, где хватало места и для обеденного стола с шестью стульями, и для отдельного, в левой части комнаты, мягкого уголка — дивана, двух громоздких кресел и журнального столика со столешницей из толстого стекла, заваленного газетами. Овальный обеденный стол, как и мягкая мебель, был слишком современным для старинной люстры, свисавшей с потолка, для неоднократно реставрированного дубового паркета, который приятно и негромко поскрипывал под ногами. Но это несоответствие стилей не казалось ни кричащим, ни раздражающим взгляд. Здесь не было ничего лишнего, не было акцентов. Никто ничем не хотел хвастаться, словно всё случилось в этой квартире само собой. Она сама избавилась от чего-то старого и что-то новое появилось в ней само по себе, появилось и прижилось.

На овальном столе на бежевой льняной скатерти стояли тарелки, бокалы. Справа от каждой из трех тарелок расположился керамический желтоватый стаканчик, из которого, как карандаши, высовывались своими рабочими частями кверху ножи, вилки и ложки. Тараса позабавила креативность того, кто придумал этот способ сервировки. Он оглянулся, чтобы спросить Дарку, но она вдруг исчезла за дверью. Со стороны открывшейся и тут же закрывшейся за Даркой двери долетел приятный запах свежежареного карпа.

За спиной у Тараса раздался легкий скрип паркета. Он обернулся и увидел перед собой невысокого мужчину в джинсах и темно-синем пиджаке, надетом поверх тонкого черного свитра. Тот стоял босиком на паркете, спрятав руки в карманы пиджака, и смотрел прищуренным взглядом на гостя, при этом губы его шевелились так, словно он проговаривал беззвучно какие-то слова.

— Добрый вечер. — Тарас шагнул ему навстречу и протянул руку.

Рукопожатие мужчины было сильным. Он кивнул.

— Я — Тарас, — представился гость, понимая, что хозяину квартиры и так это известно. Но надо же было с чего-то начать разговор.

Мужчина снова кивнул. Вытащил из кармана пиджака правую руку. Тарас заметил в ней что-то, похожее на фонарик. Отец Дарки опустил взгляд на этот аппарат, нажал на нем невидимую Тарасу кнопку, и в тишине комнаты зазвучало несильное жужжание. После этого отец Дарки приставил аппарат к горлу под правой щекой.

— Добрый вечер, — прозвучал его странный, немного механический голос, дребезжащий и вибрирующий. — Меня зовут Борис... Извините за звук... Я могу только так разговаривать... У меня был рак горла, и врачи удалили голосовые связки. Вы меня хорошо понимаете?

Тарас, лицо которого продолжало выражать шок и удивление, закивал.

— Да, да... Извините, я не знал...

— Все сначала удивляются, — отец Дарки грустно улыбнулся. — Давайте присядем! — Он показал жестом руки на мягкий уголок вокруг журнального столика.

Тарас опустился на диван, отец Дарки — на кресло напротив.

— Я вам очень благодарен, — продолжил он. — Скажу честно: мне вы сначала не понравились... Дарка — моя единственная дочь, и так случилось, что наша семья уже три поколения страдает от глупости моего прапрадеда, женившегося на своей двоюродной сестре. Жена тоже умерла от генетического заболевания... У меня — свои проблемы, у Дарки с рождения аллергия на всё. Но в последнее время у нее была аллергия только на деньги. Я знаю, что вы занимаетесь медициной, и теперь я очень счастлив, что вы ей так помогли!

— Да я... — Тарас пожал плечами, сопротивляясь внезапно обрушившимся на него комплиментам.

Борис отвел руку с аппаратом от шеи и приподнял ее так, что Тарас понял — отец Дарки просит его молчать и слушать. И гость закрыл рот. На мгновение обернулся в сторону двери, за которой пять минут назад исчезла Дарка. Дверь была прикрыта.

— Я вам очень благодарен, — продолжал Борис, вернув руку с вибрирующим аппаратом к шее. — В сказках в такой ситуации короли обычно давали молодцу, избавившему принцессу от тяжелого заболевания, полкоролевства и саму принцессу в жены. У меня полкоролевства нет, но я готов отдать вам дочь в жены. Поверьте, это самое дорогое, что у меня есть...

Отец Дарки тяжело вздохнул и опустил руку с аппаратом на колени. Теперь он смотрел в лицо Тараса. А Тарас растерялся, раскрыл рот. Его руки вдруг ощутили холод, и самому вдруг стало как-то прохладно, возникло желание накрыться пледом. С головой. Он думал, что Дарка зовет его просто познакомиться с отцом, и это вполне нормально и естественно. Как естественно любому отцу захотеть познакомиться с ухажером своей дочери. Да, вспомнил Тарас, она просила его слушать то, что говорит ее отец, и не обращать внимание на то, как он говорит. Теперь было понятно, что она имела в виду. Понятно было по поводу «как», а вот по поводу «что»? Неужели она знала, о чем он будет вести речь?!

От этой мысли Тарасу внезапно стало жарко, его бросило из холода в жар, и лоб покрылся испариной. Взгляд его бегал «вслепую», отражая мельтешение сбитых с толку мыслей и не видя ничего вокруг. Но когда мысли остановились или просто отошли куда-то за пределы сосредоточения, Тарас поймал на себе серьезный и неожиданно тяжелый взгляд Бориса, отца Дарки. И заметил, что выражение его лица стало тоже тяжелым.

— Да, спасибо... — забормотал Тарас. — Я не ожидал... от вас... такой доброты... Извините!.. Мне Дарка очень дорога, поверьте!

Отец Дарки улыбнулся, услышав это. Поднес руку с аппаратом к шее.

— Я знаю, что она вам дорога. Иначе я бы с вами не говорил!.. То, что вы сделали, это чудо, и я знаю, что чуда без настоящей любви не бывает.

Теперь закивал Тарас и снова обернулся, бросив взывающий о помощи взгляд на двери, за которыми исчезла Дарка.

— Вы понимаете, — Тарас усилием воли выровнял свой голос, убрал из него дрожь и неуверенность. — Я даже предложения ей еще не сделал! Она ведь не знает, о чем мы говорим!

Борис левой рукой отмахнулся от слов Тараса, а в глазах появились живые искорки.

— Вы для нее сделали больше, чем предложение, — сказал он. — Я не пью, но могу вам предложить! Виски? Вино? Водка?

— Вино, — попросил Тарас. — Красное, если есть.

— Есть, — произнес механическим, вибрирующим голосом Борис и поднялся с кресла, оставив на стеклянной столешнице маленький, похожий на ручной фонарик, аппарат.

За овальным столом они сидели молча. Ели жареного карпа с картофельным пюре, салат из квашеной капусты, напоминавший о том, что за окном осень. Тарас пил красное вино, Дарка — белое, ее отец — минералку.

Атмосфера была тихая и мирная, но лицо Тараса выражало испуганное счастье, и глаза его время от времени вспыхивали по-особенному, когда взгляд его возвращался — и не мог этого не делать — к ее обнаженным кистям, к ее тонким пальцам. На обеих кистях ее грациозных рук поблескивало по знакомой Тарасу жемчужине, надетой на тонкий кожаный шнурочек. На кожаном шнурочке потолще, на ее шее, висел серебряный кулончик в форме сердечка размером с двухкопеечную монетку, в центр которого была умело вмонтирована третья жемчужина.

Глава 49

Домой Тарас возвращался в странном состоянии, не чуя ни ног под собой, ни ночи вокруг. И дорога поэтому не запечатлелась ни в его памяти, ни в мыслях — настолько он был погружен в себя. В голове всё еще вибрировал механический, словно искусственый, да в чем-то и действительно искусственный голос отца Дарки. Но то, что говорил ее отец, было намного страннее его голоса. Дарка, проводив Тараса до двери, коснулась его губ своими, и на его губах осталась легкая сладость. Он нес ее домой, эту сладость на губах. Нес и вспоминал разговор с Борисом.

Сам не заметил, как зашел в свой двор на Пекарской, как поднялся на второй этаж, как открыл двери и включил свет. Он бы так, незаметно для себя, и разделся бы, и лег спать. Но в комнате под ногами что-то хрустнуло, и, опустив взгляд, он увидел на полу у стола разбитую чашку. На столе — тарелки со следами кондитерского крема, сахарница, блюдца.

— Елки-палки! — прошибло его вдруг.

И он вспомнил, что пока он ужинал у Дарки, в его квартире состоялось не совсем преднамеренное Тарасом свидание Ежи Астровского с Оксаной. И чем оно закончилось — можно было только догадываться. Во всяком случае разбитая чашка о многом говорила. Да и очень легко мог себе представить Тарас Оксану, вышедшую из себя. А то, что сосед-парикмахер мог ее легко вывести из себя, сомнений у Тараса не возникало. С ужасом представил он, что́ Оксана могла подумать, когда поняла, что ей придется пить кофе вдвоем с Ежи и без хозяина квартиры! Надо бы позвонить, объяснить, что ничего такого он специально не имел в виду и не придумывал.

Тарас нервно достал мобильник, и на экранчике мобильника увидел время — ноль часов сорок восемь минут. Для телефонного звонка поздновато. На его и так непростое настроение легла тень вины за неизвестные, но случившиеся на его территории обстоятельства, явно приведшие к бросанию посудой.

Бессильно опустился Тарас за стол, пожевал в расстройстве губы. И уловил тот самый сладкий вкус прощального поцелуя Дарки. Тяжело вздохнул. Решил, что утром позвонит Оксане и объяснится. Осмотрелся вокруг. В остальном комната была в порядке.

И мысли перепрыгнули с комнаты и порядка в ней на Дарку. И подумал Тарас, что теперь так просто встречаться с Даркой не получится. После разговора с ее отцом в их отношениях что-то не могло не измениться. Надо было рассказать Дарке обо всем. Он бы и там, у нее дома, рассказал бы ей, но ведь Борис, ее отец, ни на минутку не оставил их наедине.

Тарас долго не мог заснуть этой ночью, и забылся только под утро, около четырех. А потом, около шести, проснулся, но тут очень вовремя долетел до него из радиоточки на кухне через незакрытые двери гимн родной страны. И он снова заснул, уставший и неожиданно довольный, словно только что вернулся с работы, оставив отработавшую вместе с ним старую и верную свою иномарку во дворе.

Разбудил его шум. Голова немного болела. Где-то рядом раздавался стук, визг какого-то инструмента. Такое уже было, когда соседи с третьего этажа делали ремонт.

Умывшись, а потом и подставив голову под кран холодной воды для более быстрого пробуждения, Тарас вышел из ванной комнаты хоть и покачиваясь, но уже чуть-чуть бодрее. Шум продолжался, и доносился он прямо с лестничной площадки.

Натянув спортивные брюки, надев свитер, Тарас выглянул за дверь. И увидел внизу на лестнице спину толстяка, одетого в синий рабочий комбинезон. Он стоял на коленях задницей к Тарасу и, перегибаясь еще ниже, что-то там строгал.

Тарас спустился на несколько ступенек вниз и встретился взглядом с Ежи Астровским, стоявшим возле открытой двери в свою квартиру и следившим за работой человека в комбинезоне. Присмотревшись, Тарас увидел, что красная покрашенная ступенька уже снята и прислонена к стенке, а на ее место рабочий пытается приспособить другую деревянную ступеньку, но, видимо, она упрямо туда не ложилась.

— Справа надо подпилить! — подсказал хрипловатым голосом Ежи.

— Да я вижу, — пробубнил недовольно человек в комбинезоне. — Уже ж подпиливал!

— А что вы тут делаете так рано? — спросил Тарас, спустившись еще на ступеньку вниз.

— Как это рано? — удивился Ежи. — Второй час дня! Ты, кстати, когда домой пришел? Мы тебя долго ждали!

— Вы меня долго ждали? — нахмурился Тарас.

— Ну, не мы. Я тебя долго ждал. Оксана ушла раньше.

Рабочий в комбинезоне приподнял голову и явно прислушался к их разговору.

— Вот, будет наконец новая ступенька, совершенно тихая, — сказал после паузы Ежи. — Оксана мне вчера из-за нее устроила! Я, оказывается, обещал ее поменять еще месяц назад! Ну куда мне всё упомнить, что я обещаю!..

— Ты потом зайди ко мне! — попросил Тарас соседа снизу и, дождавшись, пока тот кивнет, вернулся к себе.

Захотелось выпить кофе. Как только заварил его, вспомнил вчерашний шоколадный торт ручной работы, который он только взглядом облизал, а на язык так и не попробовал. А ведь это как раз то, что ему надо: крепкий горький кофе и шоколадный торт!

Открыл холодильник, но торта в нем не было. Задумался. Вдвоем Ежи с Оксаной весь торт съесть не могли. Может, где-то на подоконнике?

Тарас вернулся в комнату, но и там тортика не нашел. Не нашел он его и в кухне, хотя заглянул даже под стол. Озадаченный, слушая всё еще доносящийся с лестничного пролета строительный шум, он пил горький кофе и просто ждал, когда снова наступит тишина и в этой тишине в дверь позвонит сосед, зайдет и всё расскажет. И после этого будет Тарасу понятно, за что он конкретно должен извиняться перед Оксаной.

Минут двадцать спустя за дверью действительно стало тихо. И почти сразу зазвенел дверной звонок. Ежи вызвал Тараса на лестничную площадку и повел вниз, где показал свежеустановленную деревянную ступеньку и попросил наступить на нее. Тарас послушно наступил, и ступенька не издала ни малейшего звука.

— Ты попрыгай! — попросил Ежи.

Тарас неохотно, с мрачным выражением лица подпрыгнул пару раз, кивнул и поднялся на пару ступенек вверх, откуда вопросительно оглянулся на Ежи.

— Видишь? — спросил радостно Ежи. — Точнее, слышишь? Ведь ничего не слышно!

Тарас еще раз кивнул. Новенькая ступенька молчала, как советский партизан в советском фильме на допросе в гестапо.

— Я под нее сантиметровой толщины лист резины подложил, у знакомого сапожника взял! — объяснил Ежи.

— Может, зайдешь? — настойчиво, сквозь зубы проговорил Тарас, показывая взглядом на свою открытую дверь.

— Ладно, — согласился Ежи. — Только ненадолго. А то мне сегодня нехорошо.

Глава 50

Усевшись за стол с неубранной со вчерашнего вечера посудой, Ежи вдруг помрачнел и попросил чаю. Казалось, он хочет остаться один.

Тарас, удивленный желанием соседа, заварил ему чаю и с горячей кружкой в руке вернулся в комнату. Опустил кружку перед гостем, уселся на стул напротив и очень вопросительным взглядом уставился на Ежи.

— Ну, так что тут произошло? — спросил он и показал взглядом на осколки кофейной чашки на полу.

— Да ничего особенного. — Ежи пожал плечами, тоже бросив мимолетный взгляд на пол. — Оксана уронила чашку, уже пустую... А так очень мило беседовали. Она всё спрашивала, когда же ты придешь...

— Ага, — выдохнул недоверчиво Тарас. — Ну а торт как, вкусным был?

Ежи побледнел и вздрогнул, резко подняв ладонь ко рту, словно его затошнило.

— Тебе плохо?

Сосед кивнул, поднялся и выбежал в коридор. Тарас проводил его удивленным взглядом. Осмотрелся по сторонам. Показалось, что в комнате темновато. Подошел к окну и отодвинул занавески. Бросил взгляд на мокрую крышу своего «опеля», стоявшего во дворе. Посмотрел на мирно и медленно плавающих в аквариуме рыбок. Подсыпал им корма. И услышал за спиной шаги вернувшегося в комнату Ежи.

Оглянулся. Тот уже сидел на своем месте и пил чай из кружки.

Тарас тоже вернулся за стол.

— Так вы что, — спросил он соседа, — весь торт съели?

Ежи тяжело вздохнул.

— В общем-то да, — тяжело проговорил он. — Весь. Только не мы, а в основном я... Но я не хотел...

— Не хотел, но съел? — удивился Тарас.

— Заставили... Оксана заставила.

Глаза у хозяина квартиры округлились.

— Как заставила? — пораженный услышанным, спросил он.

Лицо Ежи приобрело страдальческое выражение.

— Да вообще-то... я сам виноват... Напросился... Я это... Я поцеловать ее хотел... А она сказала, что если я съем весь торт, то поцелует... Ну я съел... Мне сразу нехорошо стало... Всю ночь не спал — печень болела. Думал «скорую» вызывать...

Тарас смотрел на Ежи, который становился всё бледнее и бледнее, и голос его дрожал неприятно и звучал как бы из последних сил.

— Мне опять нехорошо, — жалобно проговорил Ежи и нагнулся над столом, почти касаясь острым небритым подбородком кружки с недопитым чаем. — Я лучше пойду...

— Врача вызвать? — участливо предложил Тарас, испугавшись, что соседу сейчас станет совсем плохо.

— Я сам, я сам, — приговаривал Ежи, поднимаясь и держась обеими руками за живот.

Он вышел, и в квартире у Тараса зазвенела тишина. Зазвенела так сильно, что Тарасу захотелось заткнуть пальцами уши. Он, закрыв за соседом двери, зашел на кухню. Уселся у окна, закрыл глаза. Звон явно исходил не снаружи, а прямо из его головы. Что-то было и с ним, с Тарасом, не в порядке. Или мало спал, или этот шум с лестницы был виноват.

За окном пошел косой дождь, и мелкие частые капли забарабанили по стеклу. Тарас отвлекся, смотрел, как вода размывает картинку двора, убирает линии и углы, всё сглаживает. Видно, переключение внимания на дождь ослабило нудный странный звон в голове, и он, как плачущий ребенок, который вдруг затихает, осознав, что на него никто не обращает внимания, исчез, замолк. Теперь уши Тараса внимали шуму дождя, и шум этот был скорее успокаивающим, чем наоборот. О соседе думать не хотелось, как не хотелось уже и шоколадного торта, и кофе.

Вспомнился вечерний разговор с Борисом, отцом Дарки. И Тарас, словно зачарованный, следя за тем, как бегущая по стеклу вниз «капельная» вода пыталась смыть привычную картинку двора, понял одну важную и одновременно пугающую своей простотой мысль: ему надо и хочется сделать Дарке предложение. Иначе получится, что за него, Тараса, всё решил ее отец.

Тарас чувствовал, что для таких решительных действий он сейчас слабоват. Не в смысле того, что не созрел, хотя и это было вполне возможно. Но гораздо больше ему мешало внутреннее состояние, отвлекающие его то и дело от Дарки мысли об Оксане и его соседе. Да и шум от утренних ремонтных работ в парадном всё еще стоял в голове далеким нудным эхом. Как говорится, всё сложилось в одну кучу. И не выбраться бы Тарасу до позднего вечера из этого малоприятного и совершенно не эффективного состояния, если бы не звонок Оксаны.

— Ты мне ничего не хочешь сказать? — требовательно и недовольно произнесла она, даже не поздоровавшись.

— Давно хочу, — признался Тарас. — Но так всё на меня сразу навалилось.

— Что же на тебя навалилось? — спросила Оксана, но в голосе ее не было привычной заботы и теплоты.

— Давай я к тебе подойду, всё расскажу, — предложил Тарас.

Из мобильника донесся ее тяжелый вздох.

— Ладно, я дома. Подходи!

Прогулка под дождем немного успокоила Тараса и привела в порядок его суматошные мысли. Двадцати минут как раз хватило, чтобы определиться со своими извинениями, которые он в любом случае должен принести давней подруге, и чтобы решить, как плавно перевести потом разговор в другое русло, которое отвлечет Оксану и от «устроенного» им, Тарасом, их свидания с Ежи. От наступившей в голове гармонии мыслей Тарас не смог сдержать улыбку. Так, с улыбкой, он и зашел во двор дома номер восемь на площади Рынок.

— Ты чего такой довольный? — удивилась Оксана, впустив Тараса в квартиру.

Тарас поспешно убрал улыбку с лица. Снова стал серьезным и немного несчастным. Разулся, направился в комнату. Сел на диван, и тут же ему на плечо упала плюшевая серая крыска — один зверек из плюшевого минизоопарка, расположившегося на спинке дивана.

— Если бы я так давно тебя не знала, я бы больше никогда тебе не звонила! — заявила Оксана, усевшись на пуфик по другую сторону стола-тележки, за которым они и вдвоем, и в большей компании уже не один десяток раз ужинали, обедали и просто пили и закусывали. На этот раз, правда, столик был непривычно гол. Только скатерка и никаких тарелок, вилок, стопочек.

— Оксаночка! — Тарас набрался смелости. — Извини! Я не виноват! Я не хотел вас вдвоем оставлять! Просто позвонила моя невеста и сказала, что ее папа хочет со мной срочно переговорить...

У хозяйки квартиры от удивления открылся рот.

— Ты женишься?

Тарас обреченно кивнул.

— И даже со мной не посоветовался?

— Я как раз хотел. Сейчас...

— А не поздновато? — Кругленькое лицо Оксаны приобрело привычное заботливое и задумчивое выражение.

Тарас пожал плечами.

— Но ты хоть по любви женишься? Не по глупости? Не по беременности?

Тарас отрицательно мотнул головой.

— У нас с ней еще никакой близости не было. Мы только один раз целовались, да и то не по-французски.

Взгляд Оксаны наполнился ужасом непонимания. Она хотела было что-то сказать, открыла уже рот, но промолчала. Только покачала головой.

— Нет, ты не думай! — проговорил Тарас. — Я ее люблю. Это точно! Она совершенно странная... Но...

— А как ее зовут?

— Дарка. Она обменщица в ночной обменке на Франко, знаешь, где трамвайная остановка, в самом начале...

— Это важно? — спросила озадаченно Оксана.

— Что?

— Что она обменщица?

— Нет, — ответил Тарас. — Хотя, может, и да. Иначе я бы с ней не познакомился... У нее была сильная аллергия на денежные знаки... На всё, что как-то касается денег... Я ее случайно вылечил... И...

Тарас вдруг замолчал. Показалось ему, что даже такому давнему другу, как Оксана, не стоит рассказывать всё! Она всё-таки женщина. А когда женщинам рассказывают про других женщин, у них появляются совершенно неожиданные мысли и выводы.

— Ты ее вылечил? — удивилась Оксана.

— Ну да, только это сложная история... Я тебе потом расскажу... Короче, я хотел позвать тебя свидетельницей на нашу свадьбу.

— Меня? — обрадовалась вдруг Оксана. — Конечно! Только ты меня с ней заранее познакомь! Как ее зовут?

— Дарка, я же говорил! — Тарас посмотрел на хозяйку квартиры немного странным взглядом.

— Ты извини, я всё еще нервная, со вчерашнего вечера...

— Оксана, — Тарас заговорил тише, — а что у вас там произошло?

Оксана поджала губки, лицо ее приняло уставшее выражение. Она потерла правой ладонью лоб.

— Твой придурок заявил, что я «сладкая»...

— Он не мой придурок! — воспротивился определению Тарас.

— Ну, твой сосед! Сказал, что я такая сладкая, что ему очень хочется меня поцеловать.

— И ты ему пообещала, что если он съест весь торт, то ты его поцелуешь? — вспомнил Тарас слова Ежи Астровского.

Оксана отрицательно замотала головой.

— Нет. Я сказала, что если он любит сладкое, то должен сначала съесть весь торт, а потом мы продолжим разговор... Он его действительно съел и сразу посинел весь. Я предложила «скорую» вызвать, а он рот зажал себе, словно его вот-вот вырвет, и на меня рукой замахал, мол, уходи! Ну я и ушла!

У Тараса отлегло от сердца. Слава богу, никаких попыток насильственного физического контакта со стороны Ежи! Только слова. Слова и торт.

— А чашку ты не разбивала? — спросил Тарас.

— Нет, когда я уже выходила из квартиры, там что-то зазвенело. Это, наверное, он.

— Ну ты его прости, — попросил Тарас. — Он одинокий, никому не нужный... Психически неуравновешенный...

— Психически очень уравновешенный, да и не одинокий! — заговорила ехидно Оксана. — Ему уже пол-«Осели» приветы передают! Создал у бомжей о себе миф как о человеке, которого волнует судьба несчастных...

— Почему миф? — спросил Тарас. — Мне кажется, в нем это есть. Конечно, он сначала с тобой познакомился, а потом уже судьбой несчастных заинтересовался.

— Сначала со мной несчастной познакомился? — переспросила Оксана. И вдруг вся ехидность выражения ее лица трансформировалась в что-то другое, в жалость. Только не было понятно Тарасу, касалась ли эта жалость Ежи Астровского или ее самой.

— А ты себя считаешь счастливой? — поинтересовался неожиданно, после недолгой паузы в разговоре, Тарас.

Оксана задумалась.

— Обычно я счастливая, — проговорила она почти шепотом. — Иногда, понятное дело, одиноко. Но я привыкла, и мне так легче. Если однажды встречу кого-нибудь, с кем смогу быть еще счастливее, буду рада. Но сама искать его не буду... Любовь — это ведь как помощь, а взаимная любовь — взаимопомощь...

— Ну ты как мать Тереза, — полушутя выдохнул Тарас.

— А чем тебе мать Тереза не нравится? — Оксана посмотрела в глаза гостю мягко, но критично.

— Нет, мне нравится. Тем более, что она уже умерла... Не боишься, что тебя будут когда-нибудь называть «мать Оксана».

— Не боюсь, — усмехнулась Оксана. — Не будут так меня называть. Сначала Лесю из «Осели» будут называть «мать Олеся»! Выпить не хочешь?

Тарас задумался. И понял, что ему совершенно не хочется выпить. Так искренне и открыто он еще никогда с Оксаной не говорил. «Может, она хочет выпить? — закралась мысль. — Тогда не грех бы ее и поддержать!»

И он кивнул.

Они выпили по стопочке коньяка.

— Когда свадьба? — спросила Оксана.

— Не знаю. Я еще предложение не сделал!

— Как не сделал? — пораженная Оксана уставилась на Тараса, как на идиота.

— Нет, я сегодня сделаю. Обязательно. Я хотел только сначала с тобой поговорить.

Оксане понравилось услышанное.

— Ты когда к ней пойдешь, скажи, где вы встречаетесь! Я буду там и понаблюдаю за вами незаметно!

Глава 51

Ближе к полуночи дождь решил сделать передышку. Алик, выпив крепкого кофе для ночной бодрости, вышел во двор и прислушался. Рябцев должен был бы уже подъезжать, но характерного урчания его желтого мотороллера слышно не было. Мимо дома в сторону Брюховичей проносились редкие машины, шипя шинами по мокрому асфальту. В сторону центра города, казалось, никто не ехал.

Алик вернулся в свой флигель. Постоял у печки, от чугунных конфорочных кругов которой разливалось по комнате домашнее, доброе тепло. Присел в кресло и зевнул. Можно было бы включить музыкальный центр и разбудить, растормошить свое тело хорошей роковой вибрацией, но тогда проснется мачеха и сердито застучит по стенке, разделяющей их жилые территории, собранные под одной крышей родительского дома Алика. Ему не хотелось, чтобы роковые вибрации растормошили старенькую вдову его отца. Пусть спит! В ее возрасте спокойный сон — штука полезная.

Алик вспомнил слова своего давнего приятеля. Похоронив отца, приятель сказал, что когда оба родителя были живы, они ЖИЛИ, а когда осталась одна мать, ее жизнь быстро превратилась в ДОЖИВАНИЕ. И она еще лет десять после смерти мужа доживала свою жизнь, доживала ее скучно, безрадостно, но терпеливо.

Вот и мачеха терпеливо доживает свою. Алик тяжело вздохнул. Прислушался снова. И услышал едва уловимый скрип кровати за стенкой. Всё-таки ее сон не был спокойным. Да и она сама постоянно жаловалась. То на суставы, то на одышку, то на сердце.

Алик поднялся, посмотрел на часы. Решил, что если Рябцев не приедет до часу ночи, то никуда они уже не поедут.

Но без двадцати час знакомое урчание мотороллера влетело в открытую форточку. И Алик снова вышел во двор. Повернул направо к воротам и увидел бывшего капитана, заводящего в открытую калитку свой желтый «piaggio» уже с выключенным двигателем.

— Может, сразу поедем? — спросил Алик, решив, что Рябцев хочет выпить кофе или просто посидеть на диване.

— Поедем, поедем! — закивал Рябцев. — Только мой мотороллер я у тебя оставлю. Чтобы не беспокоиться!

— А на чем тогда мы поедем? — удивился Алик.

— А я такси вызвал. Минут через пять будет. Нам же пить придется, а пьяный я за руль не сажусь. Ну, почти не сажусь... Где его лучше оставить?

Алик помог Рябцеву затолкать мотороллер в свой маленький сарай, деревянной дверцей смотревший в сторону огорода и туалетной будки.

— Подержи! — Рябцев передал Алику спортивную сумку, в которой тут же что-то звякнуло.

Сумка оказалась довольно тяжелой.

— Что там? — спросил старый хиппи.

— Анестезия. Литр водки и нормальная закуска, чтобы в кому не впасть, — пояснил Рябцев.

За домом на дороге остановилась машина.

— О! Это за нами! — обрадовался бывший капитан.

— К Опере! — скомандовал Рябцев таксисту, когда они уже уселись на заднее сиденье.

— А не поздновато? — пошутил таксист.

Рябцев проигнорировал шутку. Машина развернулась, чуть не задев огромное бетонное заграждение от танков, оставшееся лежать на обочине Замарстиновской со времен Второй мировой.

— А может, раньше выйдем? — зашептал Алик бывшему капитану КГБ. — Можно ведь прямо к тому двору!

Рябцев отрицательно мотнул головой.

— Пойдем от Оперы так, как ты шел той ночью! Вдруг он в другом месте сидит?!

Возле оперного театра было безлюдно и тихо. На проспекте привычно работали светофоры, но свои сигналы подавали они вхолостую, так как и машины, и пешеходы отсутствовали. Мокрый асфальт блестел под ногами. Алик и Рябцев шли молча деловитой походкой.

— Что-то мне подсказывает, что сегодня его тут нет, — грустно проговорил Рябцев. — Идем дальше по твоему маршруту. Ты же всегда этой дорогой домой ходишь?

Алик кивнул.

Вернулись на тротуар и зашагали дальше по проспекту Черновола.

Окна в домах не горели. Зато горели уличные фонари и светофоры на перекрестках. Мимо проехала милицейская машина. Чуть притормозила, словно милиционеры хотели присмотреться к ночным прохожим. Однако тут же ее водитель снова нажал на педаль газа, и она умчалась прочь.

Очередной светофор впереди сменил зеленый цвет на красный. И тут Алику стало нехорошо, закололо сердце. Он пошатнулся, словно теряя равновесие. Успел испугаться, подумав, что у него резко подскочило давление. Глянул на Рябцева, прося о помощи. И увидел, что капитан побледнел и тоже беспомощно смотрел на Алика.

Тут же припомнились похожие ситуации из совсем недавнего прошлого, и Алик, развернувшись, переламывая силой воли боль и внезапную слабость, побежал назад от перекрестка. Рябцев, сообразив, в чем дело, последовал за Аликом.

Они остановились метрах в тридцати от того места, где им стало плохо. И оба ощутили облегчение. Несколько минут стояли молча, прислушиваясь к своему сердцу, к своему телу.

— Он там, он опять там, — прошептал Алик и оглянулся на видневшуюся крышу чуть утопленного во дворе трехэтажного дома, до которого они не дошли метров пятьдесят.

Рябцев кивнул.

— Значит, так, — бывший капитан опустился на корточки и махнул длинноволосому приятелю рукой, призывая тоже присесть. — Извини, что без удобств!..

Бывший капитан бжикнул «молнией», открывая свою спортивную сумку. Вытащил газету. Развернул и постелил прямо на асфальте тротуара. Потом на газету выложил пакет с едой, поставил бутылку водки и два одноразовых пластиковых стаканчика, которые тут же наполнил.

Алика замутило от взгляда на стакан, полный водки. Рябцев тем временем достал из пакета нарезанное сало, две чищенных луковицы, солонку, два ломтя черного хлеба и два вареных яйца. Потом поднял взгляд на хиппи.

— Хиба хочешь? Мусишь! — с сочувствием произнес он и взял стаканчик в руку.

Алик взял свой, поднес ко рту. Понюхал. Водка была хорошей, без запаха.

— Ну давай, за успех! — произнес Рябцев и залпом выпил.

Тут же схватил луковицу, и захрустела она у него на зубах. Сильный запах лука ударил Алика по глазам. Он зажмурился и тоже выпил водку залпом. Его рука потянулась к салу.

Минуты три они молчали.

— Давай еще по одному, — сказал после паузы Рябцев. — На всякий случай!

Они выпили еще по стаканчику. И Алик сразу почувствовал, как его ноги становятся тяжелыми. Он с трудом поднялся с корточек и уже сверху наблюдал, как Рябцев чуть замедленными движениями убирал еду, водку и стаканчики обратно в спортивную сумку. Газету он свернул и взял с собой. После этого поднялся на ноги.

Два стакана водки изменили походку Алика. Он шел слегка покачиваясь. Походка Рябцева была более твердой.

Остановились на тротуаре, как только слева вынырнул край знакомого трехэтажного дома.

— Как самочувствие? — спросил бывший капитан.

— Нормально, — выдохнул Алик.

— Видишь, — прошептал Рябцев, — работает!

И вдруг над головой резко закричали-захохотали чайки. И Алик, и Рябцев задрали головы и увидели крупных белых птиц, беспокойно кружащих над крышей дома.

— Пойдем! — скомандовал Рябцев.

Они сошли с тротуара во двор. И увидели большую чайку прямо на дорожке, ведущей к низенькому желто-зеленому заборчику, за которым на пеньках перед квадратным столиком кто-то сидел. Алик присмотрелся.

— Их там двое! — прошептал Рябцев.

— И один из них в моей шляпе, — недовольно добавил Алик.

По мере их неспешного приближения к столику сырой ночной воздух становился плотнее. Он словно мешал им идти, хотя ни в каком движении не пребывал. Не было не только ветра, но даже и ветерка.

Пошатываясь, Рябцев и Алик остановились у пеньков и столика. Сверху захлопали крыльями обеспокоенные чайки. Снова закричали-захохотали противными голосами.

— К вам можно? — спросил уже слегка заплетающимся голосом бывший капитан КГБ.

Два человека, сидевшие друг напротив друга, обернулись. Пораженный Алик понял, что знает их обоих. И этого лохматого моряка в черном бушлате поверх грязной тельняшки, на голове которого теперь хорошо сидела его, Алика, коричневая кожаная широкополая шляпа, и своего приятеля Юрка Винничука, выражение лица которого подсказывало, что пил он в этот вечер отнюдь не вино. Юрко снял с носа очки, протер их платочком и снова надел, уставился на непрошеных и нежданных гостей.

— Если со своим пришли, то садитесь! — сказал лохматый моряк.

— Со своим, — закивал Рябцев, приподняв рукой спортивную сумку так, чтобы им было видно.

Алику первым делом захотелось снять с головы моряка свою шляпу. Но он сдержался, помня старый принцип: «все проблемы решаются любовью, а не силой».

— Так мы, когда к Марселю подходили, — снова заговорил моряк, возвратив взгляд на Винничука, — всегда справа замок графа Монте Кристо оставляли. Он там совсем рядом с портом...

— А? — Юрко Винничук дернулся, отвлекся от Алика с Рябцевым и уставился на рассказчика. — А он что, точно там сидел?

— Точно! — кивнул тяжелой головой моряк. — И не он один! Там и наши сидели...

— Ваши? — переспросил Винничук и снова краем глаза покосил на присевших рядом непрошеных гостей. — Нет, ты мне скажи, как ты сюда попал!

— Надо налить, а то душа болит очень! — бомж-моряк тяжело вздохнул.

Винничук поднял с земли бутылку водки и налил в пустые стаканы. Снова покосил взглядом в сторону пришедших, но теперь как-то основательнее. Успел кивнуть Алику, а на Рябцева посмотрел пренебрежительно.

Рябцев положил спортивную сумку себе на колени, раскрыл ее и спокойно и методично вытащил из нее и разложил на столе еду, поставил между собой и Аликом бутылку водки, достал те же одноразовые стаканчики. Наполнил.

— Сюда?! — после короткой паузы выговорил моряк. — Да это когда по Черному на сухогрузе ходил... Ночью, когда на вахте стоял, русалка подплывала поговорить... Сказала, что она галицкая или, как ее, гуцульская... короче та, что с Галичины... Красивая была, сука! И говорила по-украински, но так, что почти понять нельзя! Ну точно, как тут у вас говорят! Галя ее звали... Говорила, что со Львова. Адрес называла, только я его забыл. У меня три месяца отпуска накопилось, вот я за ней сюда и поехал...

— А где ты ее искал? — спросил Винничук.

— Где только ни искал, — покачал головой моряк. — И по паркам, и в центре... Нет ее...

— Надо было ее сфотографировать, — полушутя подсказал Алик, наклонив набок голову, чтобы заглянуть под шляпу в глаза моряка. — С фотографией человека искать легче!

Бомж занервничал. Зачесал пальцами лоб. Посмотрел на Алика настороженно.

— Я тебя где-то видел! — сказал он через минуту.

— А мы с вами тут, за этим столиком, совсем недавно водку пили!

— Может быть, может быть, — проговорил он растерянно.

— И у вас на голове моя шляпа! — добавил Алик.

— Да, — кивнул бомж, и поля шляпы повторили этот кивок элегантно и плавно. — Может, и ваша... Но вы же не будете ее после моей грязной головы носить!

— Почему не буду? — не согласился Алик. — Вы же ее после моей грязной головы надели?

Озадаченный бомж снял шляпу и опустил на стол, после чего еще пристальнее уставился на длинноволосого собеседника.

— Можешь забрать! — сказал он.

Алик осторожно протянул руку и взял шляпу, но на голову ее сразу надевать не стал. Опустил рядом на скамейку.

— А как вы здесь оказались? — неожиданно и явно запоздало спросил Юрко Винничук, уставившись на бывшего капитана.

— Мы его искали. — Рябцев показал взглядом на бомжа.

— Я его нашел первым! — с гордостью произнес Юрко Винничук, и вдруг на его лице отразилась физическая боль. Он скривился, судорожно протянул руку к стакану, выпил в два глотка водку и с очевидным мгновенным облегчением опустил стакан на столешницу.

— А когда ты его нашел? — серьезно спросил Алик.

— Два часа назад.

— А я его нашел вчера ночью, спроси у него! — Алик кивнул на бомжа, прикрывшего глаза и что-то бормочущего себе под нос.

Рябцев закашлялся, стал оглядываться по сторонам ищущим взглядом, хотя вокруг было темно. Темно и тихо.

— Опять морем запахло, — сквозь кашель проговорил Рябцев.

Моряк-бомж вздрогнул, словно из-за услышанных слов. Не открывая глаз, он встряхнул головой и сделал громкое глотательное движение, после чего поднес правую ладонь ко рту и его тело содрогнулось, словно его тошнило.

Над их головами опять захлопали крыльями чайки, закричали.

Алик поднял голову, с опаской посмотрел вверх, в невидимое черное небо. Винничук тоже голову задрал.

— Это неважно, кто его нашел первым, — проговорил миролюбиво Алик. — Главное — избавиться от него!

— А как от него избавиться? — удивился Юрко Винничук. — Убить, что ли?

— Ну, это же твой персонаж? — усмехнулся Алик.

Юрко помолчал чуток, потом отрицательно мотнул головой.

— Не мой, — сказал. — Я бы до галицкой русалки Гали не додумался... Я не знаю, что с ним делать...

И он тяжело вздохнул.

В это время у Алика снова закололо в груди, он почувствовал усиливающееся беспокойство и тоже наполнил свой стаканчик водкой. Выпил. Беспокойство и боль отошли куда-то в темень. Тело приятно отяжелело, а голова, наоборот, стала легкой и управляемой, и мысли выстроились в ряд четко, как оловянные солдатики.

— Нам надо его из города убрать, — сказал Алик Винничуку совершенно серьезным и убедительным тоном. — От него одни неприятности! Если не веришь, проверь, сколько людей из этого дома, — Алик показал на спящий трехэтажный дом, во дворе которого они сидели, — обратятся завтра к врачу с жалобами на сердце и на прочие болячки! И не дай бог еще кто-нибудь повесится тут!

— А чего им вешаться? — пожал плечами Юрко Винничук.

— А мы с тобой для чего тут, рядом с ним, водку пьем? — спросил Алик.

— Потому что водка создает внутренний барьер на пути его негативных вибраций! — подал голос бывший капитан КГБ. — Если рядом с ним водку не пить, то можно сразу «скорую» вызывать. И скорее всего, она приедет слишком поздно!

— Да я это понял, — недовольно пробубнил Винничук. — Только куда его деть?

— Домой отправить, — предложил Алик. — К морю! Он же море в себе теперь носит и может в этом своем море половину Львова утопить! Понимаешь?

Юрко Винничук протянул над столом руку и стал тормошить задремавшего бомжа за плечо.

— Что тут, кто? — буркнул тот прежде, чем открыл глаза.

— А у тебя в Одессе квартира есть? — спросил Винничук, наклонившись к бывшему моряку.

— Да, на Котовского, у моря...

— А чего ж ты тут ходишь? — спросил Винничук строго.

— Дак там жена...

— А она что, тебя не пустит?

— Пустит, наверное... Но не в таком виде... Да и денег у меня на дорогу нет...

— Деньги мы тебе найдем, — снова заговорил капитан Рябцев, отдохнувший от приступа кашля. — Только где такой поезд взять, чтобы тебя до моря довез? Может, какой-нибудь товарняк?!

— Почему товарняк? — Винничук удивленно, если не сказать возмущенно, посмотрел на Рябцева.

— Во-первых, — Рябцев натянуто улыбнулся, — ваш друг воняет. И одежда его воняет. Кроме того, из-за его вибраций другим пассажирам может стать очень плохо. Я уже не говорю о проводниках!

Юрко Винничук задумался. Алик смотрел на своего приятеля-писателя и тоже думал, тоже искал выход из этой ситуации. И нашел его раньше других.

— Я знаю, где его помыть и переодеть! — радостно сказал он. — Я там сам мылся! В Винниках!

Юрко Винничук испуганно посмотрел на своего длинноволосого товарища.

— Ты, надеюсь, не имеешь в виду мой дом? — спросил он.

— Нет, там есть приют для бездомных. «Оселя». А рядом у них склад с одеждой, прачечная и душевая с горячей водой. Там его быстро отмоют и новую одежду подберут.

— Я переодеваться в гражданское не буду! — твердо заявил бомж. — Вот только так, как есть! — и он погладил рукой свой черный бушлат.

— А на чем его в Винники отвезти? — спросил Рябцев. — Трезвый водитель его не довезет, а пьяному за рулем опасно!

— У меня есть знакомый таксист, который всегда пьяный за рулем, — сказал спокойно Юрко Винничук. — Могу позвонить и вызвать!

— Вызывай! — согласился с предложением Рябцев.

Глава 52

Глубокой ночью серебристая «Волга», то ли украшенная, то ли для безопасности оборудованная гнутыми хромированными трубами со всех сторон, забрала всех четверых от двора дома номер тридцать девять по проспекту Черновола. Водитель Ваня, знакомый Юрка Винничука, приехав, поздоровался только с ним, а остальных обвел безразличным взглядом и лишь жестом руки дал понять, что предлагает им сесть в машину.

Алик уселся впереди, а Юрко, Рябцев и бомж-моряк устроились сзади, при этом моряка посадили посередине, словно он мог захотеть на ходу выпрыгнуть.

Минут через пять дороги водитель Ваня, здоровый и крепкий мужик лет пятидесяти, бросил слегка обеспокоенный взгляд назад.

— Что-то у меня от вас голова болит! — сказал он недовольно.

— Так мы же молчим! — удивился Винничук.

— Может, поэтому, — уже не оборачиваясь, проговорил водитель. — Лучше уж говорите о чем-нибудь. Только тихо!

— А может, мы тебе лучше стаканчик водки нальем? — предложил Винничук.

— Ты что, я же за рулем! — возмутился водитель Ван

— Но перед тем, как за руль садиться, ты же выпил? — миролюбиво заспорил Юрко Винничук.

— Да, выпил. Но то было перед тем, как за руль садиться. А за рулем я не пью!

— Ладно, — выдохнул Винничук, — тогда придется разговаривать.

Он посмотрел на мрачного полудремлющего моряка, потом перевел взгляд дальше, на Рябцева. Особого желания говорить с бывшим капитаном КГБ у него не было, но с моряком разговора в любом случае не получится. Так он подумал. А если говорить с Аликом, сидящим впереди, то не получится тихого разговора.

— Товарищ капитан, а как вы поняли, что древнее Карпатское море к аномалиям никакого отношения не имеет? — не без ехидства в голосе спросил он Рябцева.

— Это не я понял, — спокойно ответил бывший капитан. — Это Алик! Я всегда говорил, что он далеко пойдет... Он, правда, никуда не пошел... Зато остался собой и остался таким же сообразительным, каким был.

— А вы с ним случайно в советские времена вместе водку не пили? — опять не смог удержаться Винничук от колкости.

— В старые советские времена он пил портвейн, а я коньяк, так что мы с ним пересекались только по моей службе...

— Коньяк пить нельзя, это полнейшая гадость, — пробурчал вдруг моряк.

— Юрко, кончай ты его цеплять, — обернулся к Винничуку Алик. — Что он тебе плохого сделал?

Винничук вздохнул, снял с носа очки, протер их вытащенным из кармана куртки носовым платочком и снова надел.

— Что-то у меня сердце закололо, — пожаловался водитель Ваня.

— Это уже серьезно, — Алик обернулся назад, только на этот раз взгляд его остановился на Рябцеве. — Налейте всем по стаканчику, а то черт его знает, чем наша поездка закончится!

Первым стаканчик водки выпил водитель Ваня. Он даже машину для этого не остановил. Только скорость сбросил, потом одним глотком опустошил одноразовый стаканчик и отдал его Алику, сам же снова положил правую руку на руль. Вторым выпил свою дозу «анестезии» Алик, моряку налили в самом конце.

Осталось справа и позади озеро, и минут через пять водитель снова снизил скорость, съехав на извилистый спуск к Винникам. Уже возле гостиницы «Святослав» он нажал на тормоз и обернулся к Юрку.

— Куда дальше? К тебе?

Лицо Юрка выразило суетливое движение мысли. Через пару секунд он отрицательно мотнул головой.

— Ко мне нельзя!

— А куда? — настаивал на конкретном ответе водитель Ваня.

— Который час? — поинтересовался сонным голосом Рябцев.

— Половина четвертого, — ответил водитель.

Юрко Винничук тяжело вздохнул.

— У меня ребенок маленький и жена... И собака во дворе. Она обязательно залает и всех разбудит... Нет. Ко мне точно нельзя.

— Да мы бы внизу или на кухне посидели бы, — просительно произнес Алик, которого уже с новой силой клонило в пьяный сон, а пьяный сон отличается от трезвого тем, что он не выбирает место сна для спящего, а может его повалить в любом закутке — хоть на клумбе, хоть на асфальте.

— Нет, — уже тверже произнес Юрко.

Теперь тяжело вздохнул Алик.

— А вы возле военгородка можете посидеть! Там и столик есть, и скамейки. Да и на улице сегодня не холодно! — предложил водитель.

— Да, там нормально, — оживился Винничук. — И народ там живет смирный, протестовать и милицию вызывать не станет!

Водитель воспринял эти слова как сигнал к действию, и машина опять тронулась с места.

Очень скоро она остановилась на лесистом холмике, где асфальт превращался в грунтовую лесную дорогу. Справа и слева стояли несколько двухэтажных домов, на два парадных каждый. Впереди неподвижно темнел сосновый лес. Слева виднелись кубики гаражей.

— Скамейка вон там, во дворе, — показал рукой водитель.

Пассажиры «Волги» выбрались на свежий и прохладный ночной воздух.

Алик сделал выдох и проследил за образовавшимся в результате его выдоха туманом.

— Холодновато, — сказал он. — Наверное, ноль градусов...

— Да нет, плюс четыре, — не согласился с ним Винничук. — Вы без меня тут до утра посидите?

— Почему без тебя? — спросил Алик. — Ты же местный, с тобой будет безопаснее...

— Да я хотел домой зайти, — замялся Юрко.

— Настоящие друзья друзей в беде не бросают, — проговорил, ни к кому не обращаясь, Рябцев.

— Мы с вами не друзья, — отрезал в ответ Юрко.

— А с Аликом? — спросил Рябцев, посмотрев на писателя пристально.

— Ладно, — Юрко опустил голову.

Потом подошел, пошатываясь, к открытой водительской дверце. Рассчитался с Ваней. Машина уехала.

Все четверо прошли к деревянному столу, уселись за него на скамейки в таком же порядке, в каком сидели час назад в совсем другом месте.

И снова Рябцев открыл свою сумку и, расстелив на столе уже влажную газету, занялся сервировкой. Юрко Винничук вытащил из карманов своей куртки два стеклянных стакана, а из внутреннего кармана — свеженькую поллитровку.

Алик осмотрелся. Воздух здесь был чище и свежее, и небо, казалось, отличалось более светлыми тонами и висело оно выше, чем обычно над Львовом, словно он из своей комнатки с низеньким потолком перешел в квартиру дома польской застройки с четырехметровой высоты потолком. Что-то неожиданно отвлекло его внимание от неба, на котором ни звезд, ни луны видно не было. Он остановил взгляд на горящем угловом окне дома, во дворе которого они обустроились для вынужденного продолжения ночного пикника. Свет в окне отличался непривычной, слегка оранжевой желтизной. Этот свет так подходил нынешней ночи! Словно застывший желтый сигнал светофора, говорящий «Внимание!». Алик еще раз оглянулся. И услышал, как журчит, выливаясь из бутылки в стакан, водка.

Посмотрел напротив, на Рябцева. Изумился, как хорошо было видно ему лицо бывшего капитана. И это при том, что сидели они почти в темноте, если не считать это окошко, бросавшее вниз, на палисадник, искаженный прямоугольник света.

— Твой душ для бомжей в котором часу открывается? — устало спросил Винничук, обернувшись к Алику.

— Часов в девять.

Винничук грустно закивал. Его рука потянулась за стаканом.

Сверху, над головой, раздалось хлопанье крыльев, и две или три чайки одновременно закричали пронзительно и с хрипотцой.

Глава 53

Прошедшая ночь огорчила Тараса глубокой бессонницей. Он, конечно, и не собирался этой ночью спать, а был настроен на работу. Но работы не случилось. Уже когда подошло время выходить из дому, чтобы ехать подбирать очередного польского клиента под гостиницей «Леополис», этот клиент позвонил и сообщил, что его поезд перед Львовом столкнулся на переезде с машиной и от аварии его камень сам вышел. Поляк вежливо извинился и предложил в виде компенсации угостить Тараса гостиничным завтраком. Но Тарас отказался. Новость об аварии на переезде его огорчила, словно из-за этого он потерял не разовый заработок, а всё свое будущее. Он лег на диван, закрыл глаза, но сон так и не пришел к нему до самого утра, до шести часов, до момента, когда из кухонной радиоточки не зазвучал гимн родного государства. Правда, когда он наконец заснул, ему вдруг начали сниться ужасы американской безработицы времен Великой депрессии. Как они пробрались в его сон, можно было только догадываться. Видимо, эта авария каким-то образом вызвала из памяти фильмы Чарли Чаплина.

В десять утра он открыл глаза и сразу прищурился из-за пробивавших через не занавешенное окно лучей солнца. Солнце пришлось Тарасу как нельзя кстати, и, как зеленый лист какого-нибудь дерева, он набрался солнечной энергии и почувствовал себя лучше и живее.

И тут же вспомнил о Дарке. И хвостиком за мыслью о Дарке пришли мысли о ее отце.

Тарас поднялся, подошел к окну, согреваемый неожиданно теплым в это время года солнцем. Подсыпал рыбкам корма, экономно полил кактусы и еще сильнее ощутил солнечное тепло на своих щеках и голых плечах. И, зажмурившись, представил себе Дарку, которая будто бы подошла сзади и обняла его, прижавшись грудью к его спине. Ее ладони тоже дарили ему тепло. Может быть, даже более сильное, чем солнечное.

И он решил, что сегодня же сделает Дарке предложение. Чтобы не оттягивать превращение его утренних фантазий в ежедневную и еженощную реальность.

Достал мобильник и набрал ее номер.

— Привет! — выдохнул радостно, услышав ее звонкое «алло!».

— Привет, Тарас!

— Давай пообедаем вместе! — предложил он.

— Давай! А где?

— В «Старом рояле». Там хорошая рыба!

— Во сколько?

— В час!

— Хорошо, до встречи! — сказала она.

Бессонная ночь была после этого разговора забыта навсегда. Тарас позавтракал, прогулялся по улице до ближайшего газетного киоска. Купил свежий номер «Высокого Замка». Зайдя в парадное и поднимаясь на свой второй этаж, он по привычке переступил пятую ступеньку. Уже у двери в квартиру остановился и задумался. Постояв минутку, он снова спустился вниз и снова поднялся, уже не переступая через нее. Наоборот, он наступил на пятую ступеньку со всей силы, чуть ли не ударив ее подошвой ботинка. Пятая ступенька смолчала, не подала ни звука.

«Жизнь меняется к лучшему», — подумал Тарас и зашел к себе.

Через минут десять в дверь позвонили.

На пороге стоял Ежи. Он был одет в черный спортивный костюм «Адидас», на ногах — кроссовки.

— Ты что, бегал? — удивился Тарас.

— Нет, — ответил Ежи. — В магазин «Все по 3 гривны» новую партию сэконд-хэнда привезли. Из Европы. Видишь, какие вещи! С виду новые! Кофе сделаешь?

— Проходи! — Тарас кивнул соседу на открытые двери в комнату, а сам отправился на кухню.

— Ну, как дела? — спросил Ежи хозяина квартиры, зашедшего в комнату с кофейником и сахарницей в руках.

— Нормально. — Тарас налил себе и Ежи кофе и уселся за стол напротив гостя. — Только у меня сейчас очень мало времени. Сегодня очень важный день.

— Важный? — заинтригованный Ежи Астровский вопросительно уставился в глаза Тарасу. — А чем он важный?

— Буду предложение делать...

— Предложение?! — недопонял сосед. — Что, квартиру продаешь? — спросил он неуверенно и осмотрелся.

— Нет, предложение своей будущей жене, — пояснил хозяин квартиры.

— А-а. — На лицо Ежи возвратилась улыбка. — Я ее знаю?

— Нет, ты из моих знакомых только Оксану знаешь! Кстати, она будет свидетельницей у меня на свадьбе!

Ежи раскрыл рот и опустил чашечку с кофе на блюдце, так и не донеся ее до рта.

— А что, свадьба так скоро?

Тарас кивнул.

— Чем скорее, тем лучше, — сказал он. — Я чувствую, что в моей ситуации промедление со свадьбой смерти подобно!

— Ого! — выдохнул Ежи. — Она что, ждет ребенка?

Тарас отмахнулся рукой от предположения соседа.

— Нет, но скоро будет ждать. Если всё будет в порядке!

— А кто будет свидетелем? — осторожно спросил Ежи.

Тарас замер. О свидетеле он еще не думал. Перебрал в голове галерею своих друзей и знакомых и ни на ком даже для начала не остановился.

— Не знаю, — после паузы сказал он.

— Тарас, — Ежи Астровский заговорил так сладко, словно только что положил себе в рот из сахарницы две полных ложки. — Возьми меня! Мы же знаем друг друга не первый год!

— Да ты что! — вырвалось у Тараса с искренним недоумением. — Да какой из тебя свидетель на свадьбу!

— Почему?! — оскорбился гость. — Я уже несколько месяцев не пью, слежу за собой, помогаю бездомным и честно зарабатываю на жизнь!..

— Да нет, я не об этом, — Тарас вздохнул. — Свидетель должен быть молодой и не женатый...

— Я не женатый, — почти шепотом произнес Ежи. Его лицо побледнело, а взгляд потух.

— Нет, — уже мягче проговорил Тарас. — Ты не подходишь. Извини!

Ежи встал из-за стола и резко, словно все его мышцы вдруг расслабились, рухнул перед сидящим Тарасом на колени.

— Возьми меня! — взмолился он. — Ты не понимаешь, как это для меня важно!

— Оксана будет против! — задумчиво произнес Тарас.

— Только с виду! Это у нее поза такая неприступная! А внутри, в душе, она будет только рада! Понимаешь! Женщины, они все такие! Говорят громко: «Нет», чтобы потом тихо сказать: «Да!». Я опытный, знаю, что говорю!

— Ну... Я у нее сначала спрошу!

— Не надо! Ну как ты не понимаешь, — в глазах у Ежи появились слезы. — Это ведь вопрос моей жизни и смерти! Если ты не возьмешь меня свидетелем, то в день твоей свадьбу пройдут мои похороны!

— Ежи, это глупый шантаж, — Тарас скривил губы.

— Это не шантаж, это жизнь! Тебе, видно, на мою жизнь наплевать! А я ради тебя ступеньку на лестнице заменил!

— Ради меня? — возмутился Тарас. — Может, ты ради меня весь торт недавно съел?!

Ежи Астровский, словно защищась, выставил вперед ладонь правой руки.

— Не будем об этом, — попросил он. — Я, кстати, по этой ступеньке не хожу. Я ниже живу! А ты живешь тут, на втором этаже!

— А ты ко мне в гости не ходишь по этой ступеньке?! Поднимись с колен и сядь за стол!

— Только если ты пообещаешь, что возьмешь меня свидетелем.

Тарас внезапно почувствовал себя усталым. «Только этого мне не хватало, в такой-то важный день!» — подумал он.

И опустил взгляд на всё еще стоящего на коленях соседа в черном костюме «Адидас» и в белых кроссовках.

— Посмотрим, — сказал Тарас.

Ежи отрицательно замотал головой.

— Я отсюда не уйду, пока не скажешь: «Да!», — проговорил он неожиданно твердо.

— Ты так и с женщинами разговариваешь? — Тарас огорченно покачал головой. — Ладно. Да... Наверное...

— Да или наверное...

— Наверное, да.

— Ты сам сказал: «Да», — проговорил Ежи, удивительно бодро поднимаясь с колен. — Только не забудь сказать когда и где! Надо будет в сэконд-хэнд зайти, я себе там костюмчик для твоей свадьбы подберу! Ой, а какой сегодня день?

— Среда.

— Среда, — заулыбался Ежи. — Мне пора! Я сегодня в Винниках бомжей стригу! Может, и Оксану увижу! Ей привет от тебя передать?

— Нет, пожалуйста, не надо! — попросил Тарас.

Закрыв за соседом дверь, Тарас зашел в ванную и основательно умыл лицо холодной водой. Он с ужасом представил себе, что скажет Оксана, когда узнает, что свидетелем на свадьбе будет Ежи. Нет, пока он ей говорить об этом не будет. Лучше в последний момент.

И тут зазвонил телефон. Оксана словно почувствовала, что он думает в этот момент именно о ней.

— Ну? — спросила она. — Где я могу посмотреть на твою избранницу?

— В «Старом рояле», в час, — сообщил он.

— Отлично, ты специально выбрал ресторанчик рядом с моим домом?! Спасибо!

После разговора с Оксаной Тарас долго и неподвижно сидел за столом и настраивался на счастье. Он вспомнил, как один знакомый, увлекшись восточными философиями, рассказывал, как каждое утро дает себе установку на счастье, и потом весь день у него проходит здорово, «как после выкуренного косячка с травкой». Минут через пять Тарас понял, что почувствовать себя счастливым ему не удастся. Видно, не хватало именно того косячка, о котором любил говорить знакомый. Поэтому оделся Тарас и отправился к площади Рынок, туда, куда через час само и на своих ножках должно было прийти его счастье.

Глава 54

Когда до входа в ресторан оставалось метров двадцать-тридцать, с неба посыпалась колкая ледяная крошка и ветер резко охладел. Удивленный Тарас остановился, посмотрел вверх и увидел сотни падающих ледяных крупинок. Они били по щекам, ударялись о тротуар и рассыпались под ногами, словно белые искры.

— Вот и зима, — Тарас вздохнул.

И сразу другой, более поспешной походкой заторопился к «Старому роялю».

В первом зале ресторана все столики были заняты. Обедавшие клиенты оживленно беседовали. Слова, вырывавшиеся из общего гула разговоров, подсказывали, что среди посетителей были и бизнесмены, и прокуроры. Второй зал, обычно используемый для банкетов, оказался почти пустым. Только одна парочка там обедала, с виду совершенно не влюбленная, а, скорее, объединенная какими-то деловыми отношениями. У женщины, красивой и немолодой, справа от приборов лежал большой калькулятор, к которому она регулярно возвращала взгляд, одновременно и пережевывая пищу, и разговаривая с прилично одетым мужчиной, у которого справа от тарелки лежали файлики с документами. Он то и дело менял их местами, наклонялся над очередным вытащенным на верх пачки файлом и что-то диктовал своей сообеднице.

Тарас занял угловой столик и посмотрел на мобильник. До встречи оставалось двенадцать минут. Но вдруг Дарка испугается, не увидев его в первом зале?

Тарас отправил Дарке смс-ку со своими точными координатами.

Подошла официантка, вручила ему меню в твердой обложке. Для начала Тарас заказал бутылочку боржоми.

Пробежав взглядом давно знакомое меню, он вдруг задумался не о еде, а о зиме. Что-то подсказывало ему, что она действительно вот-вот начнется и, как всегда, изменит не только температуру жизни, но и ее ритм. В работе, а значит, и в заработке, наступит сезонный перерыв. Езда по булыжнику, покрытому льдом или снегом, дело опасное, гнать нельзя, лететь на своем «опеле» вверх-вниз по Крымской или Лесной станет невозможно. Да и клиенты зимой обычно теряют интерес к собственному здоровью. А если и почувствуют себя плохо, то начинают заниматься самолечением, прибегая в основном к алкоголю и воспоминаниям о юности. Одно хорошо: запросы у него никогда не были высокими, он умел откладывать деньги на черный день, и этот черный день оказывался длинным и белым. Правда, эта наступающая зима могла оказаться дороже. Ведь они будут вдвоем, а значит, и денег надо будет вдвое больше. Нет, втрое больше! Ведь женщины обычно тратят деньги охотнее и даже с удовольствием.

И Тарас задумался о Дарке. От нее он ни одного хорошего слова о деньгах никогда не слышал. Но это было связано с ее аллергией. А теперь? Теперь, когда она вылечилась с его случайной помощью от этого странного недуга? Может, теперь ее отношение к деньгам улучшится?!

Тарас занервничал, подсчитывая свои финансовые запасы.

В кармане пиджака зазвонил мобильник. Он вытащил его, глянул на монитор. Звонила Оксана.

— Привет! — сказал он.

— Привет, — из телефона донесся ее шепот. — Я у тебя за спиной. Не оборачивайся! Всё в порядке! Приятного аппетита!

— Я еще ничего не заказал, — проговорил Тарас, не сразу заметив, что она уже дала отбой.

— Ну ты и спрятался! — у столика появилась Дарка.

На ее лице — радостная улыбка, на щеках — румянец, на руках — атласные зеленые перчатки.

Тарас вскочил, осторожно поцеловал ее в щечку. Помог снять дутую зеленую куртку на гусином пухе. Взгляд его замер на перчатках, но Дарка, присев за стол, быстро их сняла и спрятала в карман куртки.

— Как у тебя? — спросила.

— Хорошо, — ответил Тарас, но голос его прозвучал несколько неуверенно.

У стола очень вовремя появилась официантка.

— Вы уже решили? — спросила она.

— Одну минуточку! — попросил Тарас и, раскрыв меню, положил его на стол между собой и Даркой.

— Я рыбу хочу! — заявила Дарка.

— У нас свежий карп, очень рекомендую! — деловито, внушающим доверие голосом сообщила официантка.

Будь она молодой и смазливой, Тарас бы ей не поверил, но этой официантке было за сорок, и ее приятное серьезное лицо словно подчеркивало, что она за свои слова отвечает.

Дарка кивнула.

— Два карпа, — сказал Тарас.

Они еще заказали по салату и по стакану апельсинового фреша.

Официантка удалилась. Проводив ее взглядом, Тарас подумал, что настал подходящий момент для важного разговора.

— Дарочка! — обернулся он к своей любимой. — Я тебя люблю!

— Это я знаю, — довольным голоском произнесла Дарка.

— Нет, не знаешь! — отрицательно мотнул головой Тарас. — Я тебя так люблю, что хочу, чтобы ты стала моей женой!

У Дарки от неожиданности открылся ротик.

— Ты хорошо подумал? — спросила она после паузы. На ее лице больше не было улыбки.

— Да, — Тарас кивнул. — Очень хорошо!

Дарка вздохнула.

— Я не знаю, — прошептала она. — У меня такая работа... Мы ночью не сможем быть вместе... Тебе не понравится...

Тарасу показалось, что у Дарки в глазах блеснули слезы.

— Ты что, — зашептал он, наклонившись к ней и обняв за плечи. — Ты что! Надо только верить, что всё будет хорошо! Да и зачем тебе эта работа? Сидеть одной в ночной обменке?!

— А что я еще могу делать? — спросила неуверенно Дарка. — Сидеть днем в дневной?!

— Нет, у меня для тебя есть совсем другая идея!

— Какая? — Дарка посмотрела на Тараса жалобным взглядом. — Скажи!

В памяти Тараса вдруг пронесся образ Ежи Астровского, стоящего перед ним на коленях. Он даже не понял, почему Ежи вдруг появился в его мыслях именно в этот момент.

— Скажу, — пообещал Тарас. — Только ты сначала ответь, что согласна быть моей женой!

Дарка молчала. Она потупила взгляд и выглядела совершенно растерянной и сбитой с толку.

— Ну, хочешь, я стану перед тобой тут на колени и громко тебя попрошу?

— Не надо! Ты что? — испугалась она. — Тут же полно людей!

Тарас оглянулся и удостоверился, что и в их зале теперь не осталось ни одного свободного столика. До Оксаны, сидевшей за его спиной, его взгляд не дотянулся.

— Выходи за меня замуж! — повторил Тарас шепотом, только теперь его шепот звучал тверже и настойчивее.

«Она ведь не сказала нет!» — подумал Тарас, внимательно глядя в лицо Дарке.

Прошло пару минут ее неподвижности и вздохов, и Дарка кивнула.

Тарас от радости случайно укусил собственную губу. Он приподнялся, обнял Дарку и снова поцеловал в щечку. Попробовал поцеловать в губы, но она отвела его лицо нежным прикосновением ладони.

— Тут люди, — зашептала она.

Он сел на место.

Официантка принесла заказ. Дарка и Тарас принялись за рыбу. Карп таял на губах, хотя нижняя, укушенная губа Тараса немножко щемила. Особенно после очередного глотка апельсинового фреша.

— Вкусно? — спросил он.

— Да, — Дарка кивнула.

— Дарочка, а когда мы можем понести заявление?

— В ЗАГС? — переспросила она. — Давай весной, в апреле!

— Ты что, — Тарас даже вздрогнул, услышав сказанное. — Давай завтра! Или в пятницу! Но четверг лучше! Давай завтра!

— Ты так спешишь! — удивилась Дарка. — Обычно так спешат замуж беременные, — она снова улыбнулась.

— Я — беременный, — Тарас тоже улыбнулся. — Беременный тобой.

Дарка рассмеялась негромко, но звонко. Сидевшие за соседним столиком оглянулись.

— Надо папе сказать, — проговорила Дарка. — А вдруг он против?

— Он не против, я ему уже сказал, — соврал Тарас. — У меня даже свидетели для бракосочетания есть! Ну, по крайней мере, свидетельница!

— И кто это? — игриво спросила Дарка. — Одна из твоих бывших?

— Нет, что ты! Оксана, моя давняя подруга.

— Ты меня хоть заранее с ней познакомишь?

— Обязательно! — выпалил Тарас. — Могу прямо сейчас!

— Сейчас?

Тарас оглянулся назад и увидел Оксану, сидевшую за столиком в гордом одиночестве. Лицо Оксаны выразило испуг и непонимание.

— Пойдем, подсядем к ней, — прошептал Дарке Тарас. — Бери свою тарелку, а остальное я сам перенесу!

И они вдвоем со своей рыбой пересели за стол к перепуганной Оксане.

— Оксана! Это моя невеста, — заявил он, показывая взглядом на присевшую за стол Дарку, тоже перепуганную и побледневшую. — Познакомьтесь, а я пока остальное перенесу.

Но пока он носил салаты, соки и приборы, Оксана и Дарка сидели и молча смотрели друг на друга.

— Вы чего? — удивился Тарас, наконец усевшись рядом. — Оксана, это Дарка, Дарочка, это Оксана! — Он сопроводил свое представление дам друг другу элегантными жестами.

— Очень приятно, — выдохнула Дарка. — А вы что, знали, что будете свидетельницей до того, как он мне сделал предложение?

— Но он же уже сделал вам предложение? — осторожно поинтересовалась Оксана.

— Только что.

— И вы... вы согласились?

— Согласилась, — выдохнула Дарка.

— Ну, слава богу, — обрадовалась Оксана, и на ее круглом личике появилась ослепительная улыбка. — А то я уже испугалась! Думаю, чего это вы ко мне пересаживаетесь? Поссорились, что ли?!. Вам так повезло, Дарочка... Точнее, это ему повезло, — Оксана бросила опасливый взгляд на Тараса. — Он такой недотепа, непрактичный! Ест плохо и не регулярно! За ним глаз да глаз нужен...

— В каком смысле? — насторожилась Дарка.

— В хорошем, — быстро исправилась Оксана, поняв, что сказала нечто двусмысленное. — Он просто себя не бережет. А если уж брать мужчину в мужья, надо, чтобы он жил долго и был здоровым! Иначе какой от него толк!

— Мне от него толк не нужен, — проговорила Дарка без улыбки на лице.

— Ой, извините! Я так нервничаю, что я лучше помолчу! — заявила Оксана и заметила, что Дарка, раскрыв рот, пораженно смотрит на ее тарелку.

— Тарас, смотри! Оксана заказала то же самое, что и мы! — проговорила Дарка.

— Ну, это же хорошо, — Тарас пожал плечами. — Это говорит о единстве вкусов... Да и здесь карп — фирменное блюдо.

Оксана тоже посмотрела на своего недоеденного карпа и принялась старательно его поглощать. Разговор прекратился.

Доев, Оксана поспешно поднялась из-за стола.

— Ой, мне надо по делам! — воскликнула она. — Рада с вами познакомиться. — Она одарила Дарку искренней улыбкой. — Извините за болтовню, но я действительно буду счастлива, если возьмете меня свидетельницей!

Дарка кивнула.

— А насчет свидетеля у тебя уже есть какие-то мысли? — спросила Оксана.

— Есть, — ответил Тарас. — Но это пока секрет...

Оставшись вдвоем, они заказали по капучино.

— Странная у тебя подруга, — выдохнула Дарка.

— Понимаешь, она актриса! И всё время боится сфальшивить. А вообще она очень хорошая! Бедным помогает!

— А ты что, бедный? — усмехнулась Дарка.

— Нет, я — счастливый! Но мне она тоже помогала!

— А ты мне что-то обещал! — вдруг оживилась Дарка. — Помнишь?

— Когда?

— Сегодня! Обещал что-то сказать, если я соглашусь стать твоей женой!

Тарас задумался.

— По поводу другой работы, — подсказала Дарка.

— А! — Вспомнил Тарас. — Точно! Я тебе хотел кое-что предложить! Ну, чтобы ты тем же, чем я, занималась, но только с женщинами! Это легко. Я тебе старую иномарку куплю, сдашь на права! Я ведь только с мужчинами работаю...

— Но я ведь мединститут не заканчивала, — засомневалась Дарка.

— Я тоже не закончил. Бросил на третьем курсе! Но для моего «ноу-хау» много образования не надо! Если захочешь, получишь потом лицензию «народного доктора» или что-то в этом роде. Но и так можно. Главное — хорошо водить машину!

— Я подумаю, — произнесла Дарка серьезно. — Это интересно!

Глава 55

Рассвет еще не наступил, а в двухэтажном доме на два парадных зажглись почти одновременно все окна. Хлопнула дверь, и во двор вышел с маленькой собачкой на поводке пожилой мужчина в пижаме, тапочках и зимней шапке-ушанке серого цвета. «Уши» шапки не были связаны на макушке и поэтому торчали вразнобой: одно было направлено вверх, к небу, а второе немного перегнулось в сторону. Он наклонился, отстегнул поводок от ошейника собачонки.

— Ну иди, Филя, побегай! Сделай свои дела! — проговорил он ласково.

Филя бросился к столику, за которым, припав к столешнице, дремали четверо мужчин. Сначала он обежал столик, сохраняя тишину и подробно обнюхивая ноги людей и ножки вкопанного в землю стола. Потом остановился и залаял.

Один из спавших за столом зашевелился, поднял голову. И собака отбежала к хозяину.

— Опять бомжи приперлись! — недовольно пробурчал мужчина и разочарованно причмокнул языком. — Пошли, Филя, к сараям, там уж точно никого!

И он ушел за угол дома. Собачка помчалась за ним следом.

— Эй, товарищи! — Рябцев протер глаза и вытащил свой мобильник, чтобы проверить время. — Подъем! Уже семь утра!

Алик, сидевший напротив бывшего капитана КГБ, вздрогнул. Поднял голову. Тут же рукой нащупал на скамейке свою шляпу и с облегчением вздохнул.

— Чуть не замерз, — выдохнул он. — И голова болит...

Рябцев повернулся к сидевшему рядом Винничуку. Тот еще дремал.

— Пан писатель, — обратился к нему Рябцев. — Общий подъем!

Юрко Винничук промычал в ответ что-то невнятное и отвернулся лицом от Рябцева, при этом не поднимая голову и не открывая глаз.

— Ну да, — закивал сам себе бывший капитан. — Богема так рано не встает!

Видимо, слово «богема» как-то проникло в уши писателя, и он тяжело вздохнул, после чего оторвал голову от рук, на которых она лежала, и обернулся к соседям по ночному застолью.

— Темно ведь еще, — устало произнес он.

— В доме уже все окна горят! — сказал Рябцев.

— А в моем еще темно, — заторможенно произнес писатель.

— Юрко, — заговорил вдруг Алик, и его голос зазвучал удивительно свежо и трезво. — Ты себя хорошо чувствуешь?

— А чего? Хорошо, конечно! — ответил Винничук.

— А вы? — спросил хиппи бывшего капитана.

— Нормально, только гудит немного в голове. А что?

— Так мы ведь все протрезвели, — поделился открытием Алик Олисевич. — И сидим с этим моряком рядом! — Он кивнул на спящего бомжа.

— Ну и что? — не понял сути слов оживившегося вдруг Алика Юрко Винничук.

— А то, что никого из нас не мутит, хоть мы и сидим совсем рядом с ним!

Винничук задумался.

— Да, — сказал он. — Странно!

— Ничего странного! — отмахнулся рукой Рябцев. — Он протрезвел, и мы протрезвели! Видите, он, когда трезвый — не опасный! Если бы он не пил, то никаких бы и проблем не было!

— Точно, — согласился Винничук. — Трезвый и спящий, он не страдает, а значит, и не делится с миром своим страданием. У него сейчас полный штиль! Главное — не дать ему выпить, когда он проснется!

— А у нас есть что выпить? — поинтересовался Алик и, почувствовав, что его макушке стало как-то холодновато, взял со скамейки и напялил на голову свою широкую кожаную шляпу.

— У меня еще бутылка, — сказал Рябцев и глянул под ноги, где стояла спортивная сумка.

— У меня тоже бутылка, — признался Винничук.

— Сделаем вид, что водки больше нет?! — то ли спросил, то ли предложил Алик.

Но сделать вид не получилось. Десять минут спустя моряк проснулся, и в его глазах засветилась недобрым огнем такая жажда, что после первого же его упоминания о том, что надо бы продолжить, Винничук вытащил из внутреннего кармана пальто поллитровку и выставил на стол. Рука моряка быстро и жестко ухватила бутылку за горлышко и потянула к себе. Он снял винтовую крышку, сам налил в свой стакан.

— Секундочку, — остановил его Винничук. — Я сейчас домой побегу своих повидать, а вы спускайтесь к душевой! Найдете?

— Как же мы ее найдем, если мы не знаем, где мы? — спросил Алик.

— По вон той дороге всё время вниз и вниз, а потом будет широкая улица и по ней направо. Там узнаете! —

проинструктировал их Юрко и быстрыми шагами стал удаляться по только что рассказанному маршруту.

— А ты когда? — крикнул ему вслед Алик.

— Я к десяти туда приду. Или позвоню!

Алик тяжело вздохнул, и тут его затрусило и затошнило, и сердце закололо, как бывало уже не раз. Он бросил испуганный взгляд на моряка и понял, что тот только что выпил стакан водки. Отсупать было некуда. Алик быстро налил себе и Рябцеву. Они выпили поспешно и даже, казалось, не ощутили ни вкуса, ни крепости этой водки. Зато тошнота и боль отступили. Пришло какое-то объединяющее тепло и странное желание оставаться «втроем».

— Ой как мне хреново, — забубнил моряк, оглядываясь по сторонам. — Каждое утро одно и то же! Сушит и сушит!

— Может, закусить надо? — спросил Алик участливо.

— А что-то есть?

Алик бросил взгляд на Рябцева. Тот поднял с земли сумку, раскрыл. Вытащил четвертушку черного хлеба, большую чищеную луковицу, ножик. Порезал луковицу и хлеб.

Бомж вылил в свой стакан остававшуюся в бутылке водку и бросил пустую бутылку под стол. Рябцев нехотя достал свою водку из сумки.

— Ты особо не напивайся, — сказал он моряку. — Мы сейчас пойдем мыться, в душ.

— Одно другому не мешает, — произнес бомж и взял стакан в руку.

Рябцев налил себе и Алику уже из своей бутылки.

— За твой отъезд! — сказал, глядя в мутноватые глаза моряка.

— Куда это я еще должен ехать? — спросил тот недовольным голосом.

— Домой, к морю.

— Море и есть мой дом!

— И я об этом. Сегодня попробуем тебя отправить в Одессу!

Бомж, задержав стакан у рта, уставился на бывшего капитана КГБ.

— Шо, точно? — переспросил он уже «плывущим» от выпитой водки голосом.

— Точно, — подтвердил Алик, глядя на моряка очень сосредоточенно. — Но только после того, как мы тебя отмоем! А до душа надо еще дойти! Если мы вторую бутылку допьем, то всё придется отложить.

— Как отложить? — возмущенно вскинул голову Рябцев и посмотрел на приятеля-хиппи с недоумением.

— Понял, — миролюбиво произнес Алик. — Откладывать ничего не будем! Просто прячем бутылку, и оставшейся водкой потом отметим помойку, то есть душ...

Они выпили по второму стакану. Рябцев тут же убрал бутылку с недопитой водкой обратно в спортивную сумку. Забросил в рот пару кусков лука и смачно захрустел.

Закуска закончилась вовремя — в половине девятого. За это время из дома, во дворе которого они сидели, вышли несколько детишек со школьными портфелями и рюкзаками, несколько взрослых, а потом медленно выплыла из левого парадного дородная, похожая на большую пивную бочку бабушка и пошла, глядя себе под ноги, в их сторону. Не дойдя метров пять до столика, она подняла взгляд и резко остановилась, увидев перед собой неопрятных незнакомых мужчин. На ее лице сразу прочиталось несколько неприятных слов, подуманных в их адрес.

— Мы уже уходим! — Алик суетливо поднялся со скамейки.

Бабушка демонстративно отвернулась. Вернулась к парадному и присела там на лавочку.

Рябцев собрал со стола мусор, сложил в пакет и спрятал в сумку. Поверх опустил стеклянные и одноразовые стаканы.

— Ну что, пойдем? — оглянулся на Алика.

К домику, в котором располагались и прачечная, и душевая, они пришли только к половине десятого.

Алик стукнул по двери, а потом потянул за ручку. Дверь подалась. Они зашли внутрь, и тут же слева открылась другая дверь и в проеме появилась рыжеволосая короткостриженая женщина в белом халате и тапочках. Она с удивлением остановила взгляд на Рябцеве, точнее, на его добротных ботинках, на черных не так давно отглаженных брюках и сером плаще. Потом перевела взгляд на Алика.

— Доброе утро, — сказал он. — Помните, я у вас недавно был!

— Да-да, — закивала она и улыбнулась.

— Мы к вам товарища привезли. Его бы хорошенько помыть, — сказал дружелюбно и чуть заискивающе Алик Олисевич.

— Душ свободен, — сказала она, — проходите! Вы же знаете куда!

Они ввели бомжа-моряка в комнату. Тот оглянулся испуганно по сторонам. Но когда увидел в правом ближнем углу душевую кабинку, вздохнул с облегчением.

— Слава богу, — проговорил он хрипловатым голосом. — А то я уж думал, что вы меня хотите на органы разрезать...

Рябцев и Алик переглянулись.

— С какой стати? — недовольно воскликнул Рябцев и заметил, что работница этого благотворительного заведения отошла от окна и стала поближе, прислушиваясь к их разговору.

— Да мне рассказывали, что тут часто заманивают бомжей куда-нибудь под видом выпить, а потом вырезают из них органы и продают олигархам для операций.

— А у вас что, здоровые органы внутри есть? — ехидно спросил Рябцев. — Может быть, печень?

— Печень вряд ли, — задумчиво произнес бомж.

— Ну, тогда раздевайся и лезь под душ! — скомандовал бывший капитан.

Алик отошел к столу и уселся. Рыжеволосая женщина тоже присела рядом.

— Вы какой-то чистый сегодня, — сказала она, приветливо улыбаясь. — Но, наверное, тоже от душа не откажетесь?

— Нам главное — этого отмыть! — Алик жестом руки указал на бомжа, присевшего на корточки и пыхтевшего над запутанными разноцветными шнурками правого ботинка.

Алик вдруг обратил внимание, что левая нога бомжа была обута в полусапог с разорванной «молнией».

— От вашего друга плохо пахнет, — наклонившись поближе к Алику, прошептала женщина.

— Я знаю, — прошептал Алик в ответ.

— Давайте я ему новую одежду подберу! — предложила она. — У меня глаз наметанный, у него 54-й размер, а рост — около 170 сантиметров.

Алик одобрительно кивнул. Женщина вышла из комнаты. И очень вовремя, потому как Рябцев как раз заканчивал помогать бомжу раздеться. Трусы у бомжа-моряка напоминали сеточку, а возможно, они и не были трусами.

— Алик, — позвал Рябцев. — Помоги! Налей быстрее мне полстаканчика! А то что-то мутить начинает!

— И мне! — потребовал бомж.

— Тебе после душа! — строго произнес Алик, подходя к спортивной сумке Рябцева.

Наконец бомж вошел, пошатываясь в кубик душа. Алик, тоже выпивший полстакана для защиты здоровья от вибраций, исходящих от моряка, включил воду, проверил, чтобы она не была слишком горячей. Потом отошел к полке, на которой стояли шампуни. Увидел знакомый «Крапивный», но взял другую пластиковую бутылку, на которой виднелась этикетка с рукописной надписью «Против перхоти и вшей». Открыл дверцу душа. Оттуда сразу вырвался обжигающий пар. Алик отскочил. Пар, растворившись в воздухе комнаты, поредел, и Алик увидел стоящего под струями горячей воды бомжа с окаменевшим, несколько озадаченным выражением лица.

— Ты себя сваришь! — закричал Алик и ринулся снова к кабине. Просунул руку к стенке и прикрутил кран горячей воды.

— Дай ладонь! — скомандовал он бомжу, но тот не услышал.

Алик открутил крышечку с пластиковой бутылки с шампунем и выдавил на голову моряку немало густой тягучей жидкости зеленого цвета.

— Голову мой! — произнес он громко прямо ему в лицу.

Бомж очнулся, видимо ощутив на голове что-то чужеродное. Алик показал ему жестом на себе, что надо мыть волосы. И моряк лениво поднял руки и сначала медленно, а потом чуть интенсивнее стал прорывать пальцами свои грязные мокрые лохмотья волос.

Алик прикрыл дверь душевой кабинки и вернулся к столу, за которым уже сидел и отдыхал Рябцев.

— Знаешь, — повернулся к нему бывший капитан, — если дать ему протрезветь, то никаких проблем с ним в поезде быть не должно. Он же, когда трезвый, на окружающих не действует!

— Нереально, — отрицательно мотнул головой Алик. — Всё равно сорвется, и тогда...

Рябцев тяжело вздохнул.

— Ладно, — сказал он. — Я пойду на двор, позвоню знакомому, у него сын на вокзале работает. Может, он что подскажет? Лучше бы его в каком-нибудь почтовом вагоне, без людей!

Рябцев вышел. Алик смотрел на него через окно комнаты. Наблюдал, как Рябцев долго и сосредоточенно ищет в мобильнике чей-то телефон, потом его улыбка облегчения сообщает, что номер найден. Потом он звонит, и лицо его оживает во время разговора.

«Интересно, — подумал Алик. — У меня тоже так всё на лице движется, когда я по телефону говорю?»

Ответить себе на этот вопрос Алик не успел. Резко открылась дверь душевой кабинки, и шум воды стал громче. Алик обернулся и увидел голого бомжа, стоящего босиком на полу комнаты. От его тела вверх шли испарения.

— А еще шампунь такой есть? — спросил моряк, установив свой неустойчивый взгляд на Алике.

Тот поднялся, взял с полки пластиковую бутылку. Выдавил из нее зеленой жидкости на подставленную ладонь бомжа, после чего тот снова зашел в душевую и закрыл за собой дверцу.

В комнату вернулась рыжеволосая женщина, неся в руках аккуратно сложенные вещи: брюки, свитер, рубашки, носки. Она опустила стопку одежды на подоконник и оглянулась на Алика.

— Там и куртки хорошие есть. Даже старая дубленка, но она пока без пуговиц.

Алик одобрительно кивнул, и женщина, довольная своей полезностью и сообразительностью, улыбнулась ему короткой улыбкой, наполненной чувством собственного достоинства. Потом натянула на руки белые матерчатые перчатки, вытащенные из кармана халата, подняла с пола грязную одежду моряка и унесла ее. Осталась лежать у стенки только его непарная обувь.

— Мне перезвонят, — сообщил вернувшийся со двора Рябцев. — А он что, еще моется? — покосил он взглядом на душевую кабинку, над которой поднимался пар и скучивался возле большого, закрытого пластиковой решеткой, вентиляционного отверстия в углу комнаты под потолком.

— Да пускай, — махнул рукой Алик. — Вода облагораживает!

— Если этого моряка рассматривать с точки зрения воды, то я бы с тобой не согласился, — задумчиво произнес бывший капитан. — Там, кстати, у тебя мой мотороллер никто не утащит?

— У нас во дворе преступности нет, — ответил Алик. — За все годы ни одной кражи!

Женщина, пока бомж стоял под душем, заходила еще пару раз. Но потом сказала, что отойдет в магазинчик, и попросила, если придут другие бомжи, поторопить их товарища.

Их «товарищ», однако, вскоре выбрался из душевой кабинки сам. Его движения доказывали, что тело моряка вошло в фазу протрезвления, а значит, его голова была готова вот-вот вступить в противоречие с состоянием тела. И он, казалось, действительно собирался произнести свои несложные слова о том, что «пора бы выпить», но тут его взгляд, упавший на пол в том месте, где он оставил одежду, ничего там не увидел, кроме своего правого ботинка и левого сапога.

— А чего это?! — произнес озадаченно он.

Алику захотелось смеяться — настолько абсурдной и веселой выглядела эта картинка: голый бомж, бородатый, волосатый, с волосатой грудью и тяжелым тазом, с коротковатыми и толстоватыми ногами, несколько непропорционально смотрящимися по сравнению с нормальным торсом и длинными руками. И вот такое чудо уставилось на валяющиеся на полу ботинок и сапог.

Но смеяться, конечно, Алик не стал.

— Тебе чистую одежду принесли, вон там, на подоконнике! — подсказал он.

Бомж недоверчиво глянул на подоконник, нахмурился, подошел. Стал трогать и щупать брюки и прочие предметы одежды, не разрушая стопки. В конце концов взял в руки бордовый свитер, прикинул на себя, потом отложил обратно и потянул из стопки брюки.

— Это что, мне вместо моей одежды выдали? — спросил он. — Так не пойдет! У меня там тельняшка и бушлат! Я без них никуда отсюда не пойду! — твердо добавил он, но, тем не менее, оделся в чистое и устало присел за стол.

Голос его звучал четко, не чувствовалось в нем в этот момент водочных мотивов.

— Да я скажу, чтобы их постирали, — пообещал Алик. — Хозяйка вот-вот вернется!

— Скоро два часа, — замедленно произнес вдруг Рябцев. — А твой друг-писатель, кажется, про нас забыл!

— Он, наверное, с детьми возится, — предположил Алик Олисевич. — Или с женой... Или с собакой. Я ему потом позвоню!

Но позвонил ему Алик намного позже, часа через четыре, когда уже и старая одежда бомжа была постирана, и более или менее высушена в барабане электросушилки, и уложена в клетчатый баул; когда даже внешний облик моряка-бомжа изменился в лучшую сторону благодаря счастливому стечению обстоятельств, а если конкретнее — благодаря своевременному появлению в этот день благотворительного парикмахера, худого, остроносого и очень болтливого, но, тем не менее, подстригшего моряка очень аккуратно, и даже его разнонаправленную бороду превратившего в аккуратную короткую бородку, такую, какую носят иногда молодые преподаватели университетов для того, чтобы студенты не считали их своими одногодками.

К этому времени определились и их планы на вечер. Сын бывшего сослуживца Рябцева сообщил, что найти пьющего проводника не составит труда, причем на любом маршруте. Но главное, сказал он, чтобы в этом поезде и начальник поезда был хорошо пьющим. Бригада поезда «Львов—Одесса», отправлявшегося этим вечером, отвечала всем требованиям Рябцева. И поэтому, получив конкретную задачу, а точнее — конкретное время отправления поезда, Рябцев стал более собранным и сосредоточенным.

Рыжеволосая хозяйка благотворительного заведения уже часиков с трех стала поглядывать на посетителей напряженно. Особенно, когда моряк потребовал водки, а длинноволосый высокий мужчина, имени которого она не знала, быстро достал бутылку и налил всем троим. Но вели они себя при этом смирно и тихо. И поэтому женщина переключилась на воспоминания о своей предыдущей жизни, наполненной непредсказуемостью и алкоголем. И так пролетело время до шести, когда наступил момент закрытия и вежливого выпроваживания гостей.

Они просто стояли во дворе, снаружи у окна, через которое виднелась комната, где вся троица провела целый день. Именно там нашел их Юрко Винничук, отличавшийся от них в этот раз намного более здоровым цветом лица и вдумчивым взглядом.

Рябцев тут же просветил его относительно планов на вечер. Попросил снова вызвать водителя. И вновь серебристая «Волга», обнесенная приваренными хромированными трубками, как дом забором, подъехала и остановилась. Тот же водитель Ваня выглянул из машины и кивнул Винничуку, проигнорировав остальных.

Уже в машине моряк снова потребовал водки. И заблаговременно всё продумавший Юрко Винничук достал из внутреннего кармана пальто поллитровку, а из внешнего «набор охотника» — четыре вложенные друг в друга металлические стопочки. Из-за маленького объема стопочек пассажирам и водителю пришлось пить в дороге до вокзала четыре раза. Поэтому доехали они в целости и сохранности.

Дальше уже действовали по инструкции капитана Рябцева. Он знал и номер поезда, и номер вагона, и имя проводника, и от кого следовало к этому заранее предупрежденному проводнику обратиться.

Слава богу, что проводник встретил их уже с веселым, пьяным блеском в глазах. Он пожал всем руки, при этом ладонь его оказалась влажной. Завел гостей в тесное служебное купе. Уточнил, кто из них с ним поедет до Одессы, и особенно обрадовался, когда Винничук достал непонятно из каких карманов пальто еще три поллитровки и литровую фляжку и выложил всё это на приоконный столик.

— Сейчас не сезон, — сообщил радостно проводник, глядя на питейные гостинцы. — Пассажиров мало. Напрягаться не надо! Так что мы с ним доедем без проблем!

— Вы его, главное, назад не привезите! Его дома жена ждет! — предупредил Рябцев.

— Будет сделано в лучшем виде, — пообещал проводник, и рука его потянулась к ближней бутылке.

Винничук выложил на стол «набор охотника».

— Ой, не надо! — замахал руками проводник. — У меня тут всё есть! — И он достал из картонной коробки под столом большие стаканы для чая, пачку вафель «Артек» и пачку печенья.

В двадцать два часа пятьдесят девять минут поезд номер 228 отошел от платформы, на которой, покачиваясь, стояли, придерживая друг друга, Алик Олисевич, Юрко Винничук и бывший капитан Рябцев. Они внимательно провожали взглядами хвост поезда, подчеркнутый в темноте красненькими габаритными огоньками вверху.

И вдруг что-то изменилось в воздухе, и все трое втянули головы в плечи, словно в ожидании сильного града или дождя. Но колыхание воздуха на этот раз не было связано с климатом. Сверху раздалось множественное хлопанье крыльев и на этом фоне пронзили своим резким криком-смехом ночной воздух большие белые птицы.

Винничук, Алик и Рябцев смотрели вверх и пытались понять: что происходит? Над их головами в небе кружился птичий смерч, состоящий из сотен или даже тысяч чаек, и новые чайки подлетали со всех сторон, с криками присоединялись к этому странному торнадо, которое становилось всё громче и громче. И вдруг крики их стихли, только хлопанье крыльев продолжало звучать над головами. И бурлящее облако чаек, кружившихся над платформой, на которой стояли трое мужчин, вдруг переплавилось в клин, хорошо организованный острый, птичий клин чаек, который полетел вслед за поездом «Львов—Одесса».

Алик, Винничук и Рябцев не могли оторвать взгляд от этого клина, от этой бесконечной белесой полосы птиц, тянущейся по темному небу за ушедшим пассажирским составом. И всё новые и новые чайки подлетали и пристраивались в хвост этого клина.

Воздух стал потихоньку успокаиваться. И успокоился, позволив всем троим расслабиться и опустить головы.

— Видели? — спросил удивленно Рябцев. — Вся нечисть отсюда улетела!

Алик закивал и посмотрел на Юрка Винничука.

— Так, может, это действительно был твой герой, ну тот, из романа?

Винничук отрицательно замотал головой.

— Нет, я бы до гуцульской русалки, соблазнившей в Черном море русскоязычного одесского моряка, не додумался! Я вообще не понимаю, что может делать гуцульская русалка в Черном море! — раздраженно заявил он. — А вообще, у каждого книжного героя где-то по миру гуляет стопроцентный прототип. Это точно! И наоборот! У каждого человека в какой-нибудь книге бродит по страницам его точное отражение.

— Да-а, — вздохнул мечтательно Алик. — Может, и я по какой-нибудь книге брожу...

— Наверняка бродишь! — кивнул Юрко Винничук.

— Я теперь недели две пить не буду! — поменял вдруг тему разговора Алик Олисевич. — Ни капли!

— Я — месяц! — решительно произнес Винничук.

Рябцев глянул на них критическим взглядом, пожал плечами, но потом, после паузы, тоже кивнул.

Глава 56

Через неделю, однако, все трое собрались у Рябцева в голубятне. Ранний позднеосенний вечер был озвучен музыкой дождя. Дождь то затихал, то снова усиливался, его ритм то замедлялся, то оживал. Но внутри, на втором этаже голубиной башенки, воздух, согретый электрообогревателем и дыханием трех мужчин, поднимался вверх, к третьему, голубиному этажу, и даже согревал птиц, малоподвижных из-за приблизившейся зимы. То один, то другой голубь наверху вдруг расправлял и снова складывал крылья, и их шуршание добавляло в атмосферу вечера ощущение странного, потустороннего уюта. Внизу, возле желтого мотороллера стояли раскрытые три зонтика, готовясь снова через пару часов пригодиться своим владельцам.

Рябцев уже был тут, в голубятне, когда Алик с Винничуком постучались в деревянную дверцу. Он, оказалось, уже с обеда наводил порядок, хозяйничал. Результатом его хозяйничания оказался богатый, с точки зрения холостого мужчины, стол, на котором в тарелке красовалась толсто нарезанная «Докторская» колбаса, шпроты, пластиковое корытце с селедочным филе и прочие вкусности закусочного типа. По центру стола возвышалась стеклянным обелиском литровая бутылка «Немирова», обставленная тремя не самыми маленькими рюмочками. Но всё это гости увидели, только когда Рябцев торжественно убрал с сервированного стола две развернутых страницы из «Зеркала недели». И тут же посмотрел наверх.

— Присаживайтесь! — он указал на табуретки, также покрытые закапанными голубями газетами.

— Ну что, мы теперь — освободители Львова! — сказал Рябцев торжественно, разливая водку по рюмкам. — Только Львов об этом не догадывается!

— Главное, чтобы моряк не вернулся! — закивал Юрко.

— Уже не вернется, — уверенно заявил Рябцев. — Ровно неделя прошла! В Одессе штормит, вчера в новостях показывали!

— Так им и надо! — выдохнул Юрко Винничук.

Выпили за Львов и его освобождение. Закусили.

— Я вас не так просто позвал, — прожевав кусочек селедки, важно проговорил бывший капитан КГБ.

В глазах Винничука мелькнул ехидный огонек. Губы уже подготовились выразить саркастическую улыбку. Но Рябцев посмотрел на него так доброжелательно и одновременно виновато, что улыбка не осмелилась появиться на лице писателя.

— Сегодня я вас удивлю, — продолжил Рябцев. — Только не сейчас, позже! А пока... — он отклонился к деревянной внутренней стенке и, сбросив газету с магнитолы, нажал на «PLAY».

Винничук и Алик замерли.

Спокойную атмосферу разорвала гитара Джими Хендрикса. И тут улыбки, совершенно добрые, без единой нотки ехидства или недоброжелательности, расцвели на лицах гостей Рябцева. Сверху захлопали крыльями испуганные роком голуби. Рябцев бросил вверх строгий глаз, и птичий шум затих.

— Да, очень кстати, — закивал довольный Алик Олисевич.

«Hey Joe, where you goin' with that gun in your hand
Hey Joe, I said where you goin' with that gun in your hand

I'm going down to shoot my old lady
You know, I've caught her messin' around with another man
I'm going down to shoot my old lady
You know, I've caught her messin' around with another man
And that ain't too cool

Hey Joe, I've heard you shot your woman down,
shot her down, now
I said I've heard you shot your old lady down,
You shot her down to the ground...»

— Жалко, что он так до Львова и не доехал, — вздохнул Алик, когда песня дозвучала до конца и хозяин голубятни нажал на «стоп». — А мы так его ждали! И ребята со всего Союза жили в режиме «standbye», готовы были в любой момент выйти на дорогу и поднять большой палец правой руки вверх! Все бы ринулись сюда автостопом, поездами и автобусами. Если бы он только не умер так рано... в своем «Самарканде»!

— А разве он в Самарканде умер? — обернулся к Алику удивленный Юрко.

— Так называлась его последняя лондонская гостиница. Он там был со своей подружкой немкой... А если б не умер, то мы б побывали на его концерте тут, во Львове!.. Гастроли-то уже были объявлены... Ну, не официально, конечно. Но все знали...

Алик нырнул в воспоминания. А Рябцев отрицательно мотнул головой.

— Не приехал бы он, — с глубоким сожалением в голосе произнес бывший капитан.

— Но ведь слухи ходили! — Алик поднял взгляд на Рябцева. — Такие слухи на пустом месте не возникают!

— А они возникли не на пустом месте, — сказал Рябцев и вздохнул. — Эти слухи тогда контора запустила...

— А зачем? — удивился Алик.

— Две причины было. Сначала хотели проверить скорость распространения слухов в определенной среде, а потом у одного генерала возникла идея собрать всех хиппи во Львове и пропустить через «счетную комиссию». Проверить: всё ли у нас под микроскопом!

— Да, ваш «микроскоп» оставил по себе недобрую память, — произнес Юрко Винничук, но голос его прозвучал просто печально, без привычных претензий к Рябцеву.

— Бывший наш «микроскоп» сейчас просто в других руках, — усмехнулся Рябцев. — Он никуда не делся, и в музей его не сдали! Но я свои грехи искупил! Алик, ты ему говорил про кисть Джими?

Алик Олисевич пожал плечами.

— Не помню.

— Это вы про могилу на Лычаковском? — переспросил Винничук, и в голосе его снова зазвучали знакомые ехидные нотки.

— Да! Нам коллеги-прибалты помогли и, вы не поверите, коллеги из ЦРУ! — Рябцев посмотрел в глаза Винничуку открытым, честным взглядом. — А потом уже ваши прибалтийские друзья привезли ее сюда...

— Правую или левую кисть? — поинтересовался Юрко Винничук.

Рябцев задумался.

— Правую, — неуверенно произнес он.

— А Джими был левша, он левой играл, — сказал Винничук.

— Он и зубами играл, — добавил Алик Олисевич.

— Неважно, — Рябцев отмахнулся. — Правая у него сильнее обожглась, когда он на сцене гитару поджег! Да и если очень хотите, сейчас можно по ДНК всю правду установить!

— Зачем нам правда? — спросил Юрко Винничук. — Миф всегда важнее правды! Пускай всё остается так, как есть! Давайте за Джими!

Рябцев наполнил стопочки.

— Хендрикс жил, Хендрикс жив, Хендрикс будет жить! — произнес тост Алик.

Чокнулись, выпили. И Рябцев снова протянул руку к магнитоле. Голубятня приятно вздрогнула, услышав голос Джими:

«Well, I wait around the train station
Waitin' for that train
Waitin' for the train, yeah
Take me home, yeah...»

Около одиннадцати Юрко засобирался домой.

— Мне ж в Винники, — говорил он несколько рассеянно потому, что одновременно пытался понять, как он доедет домой в это время. Вызывать Ваню с его «Волгой» не хотелось.

— А самое главное? — спросил Рябцев.

— Что — самое главное? — Алик уставился на бывшего капитана.

Юрко тоже отвлекся от своего беспокойства.

— Пойдемте вниз! Как раз после этого можно и по домам! — Рябцев кивнул на дырку в полу, через которую они, поднявшись по лестнице пару часов назад, попали на второй этаж.

Уже внизу Рябцев сам сложил все три зонтика и отодвинул к левой стенке желтый «piaggio», освободив место вокруг квадратного деревянного люка в полу. Поднял люк и прислонил к стенке. Протянул шнур с вилкой к выносным розеткам, соединенным с аккумулятором.

В подвале загорелся свет.

Алик подошел и заглянул вниз.

— А что там у тебя? Винный погреб? — спросил.

— Будет, скоро будет! — кивнул Рябцев. — На днях начну! Но сначала надо его освободить! Вы мне сейчас поможете. Я вам буду подавать, а вы осторожно складывайте!

Юрко Винничук странно и непонимающе смотрел на Рябцева, осторожно спускавшегося в погреб по почти вертикальной лестнице. Потом и он подошел, заглянул вниз. Его взгляд «провалился» ниже, чем он ожидал. Глубина погреба была не меньше трех метров, да и стены его не совпадали со стенами голубятни, а были намного шире.

— Держите! — донесся снизу голос Рябцева, и в проеме люка показалось что-то упакованное в жесткую серую бумагу.

Юрко давно уже не видел подобной упаковочной бумаги. Он принял из рук хозяина голубятни негромоздкий, но тяжелый предмет и передал его Алику. Этот предмет был длиной около метра, но его вес располагался неравномерно.

Алик опустил упаковку на деревянный пол и тут же получил из рук Винничука еще одну. Потом еще одну. Минут через десять Рябцев выбрался из погреба, полтора десятка упаковок были сложены двумя стопками на полу. Алик и Юрко взглянули на бывшего капитана вопросительно. А он присел на корточки, потрогал руками и осмотрел все серые упаковки и наконец вытащил одну из ближнего к стенке ряда. Подержал в руках, рассматривая, и, подняв взгляд на Алика, передал упаковку ему.

Алик взял, но его вопросительный взгляд задержался на хозяине голубятни.

— Это твое! — произнес Рябцев. — Вы же, наверное, слышали, что иногда письма идут до адресата двадцать лет! — Он вздохнул. — Считай, что это заблудившаяся посылка!

Алик подошел к мотороллеру, опустил упаковку на его сиденье и, попросив Юрка Винничука придержать ее, стал разворачивать бумагу. Под бумагой он обнаружил вторую бумажную оболочку. Ее снять оказалось тяжелее, но уже под ней Алик увидел коробку с нарисованной электрогитарой.

— «Фендер Стратокастер»! — вырвалось у Алика. — Откуда?!

— Эту штуку прислали тебе из Америки в 1976 году. В акте о конфискации было написано: «Попытка ввоза нежелательного предмета под видом музыкального инструмента». Эти тоже, — он кивнул на оставшиеся лежать на полу упаковки, — не дошли вовремя до своих адресатов. Идеологический конфискат. Одну из них прислали Кацемоне...

— И что вы собираетесь с ними делать? — спросил Винничук.

— Я — ничего. Я уже сделал — конфисковал конфискованное в девяносто первом. Теперь вы их заберете и... можете подарить пацанам, которые играют рок! Они новенькие, фирмовые, должны звучать, как живые!

Юрко Винничук закивал. Достал из кармана пальто носовой платок, снял с носа очки и старательно их протер, после чего снова водрузил на нос и опустил взгляд на освобожденную от дополнительной упаковки фирменную коробку, внутри которой лежала электрогитара.

— Ваш сын играет на гитаре? — спросил его Рябцев.

— Он еще маленький, — ответил Винничук.

— Ну, это гитары на вырост! Они красивые. Можно даже просто для красоты на стенку повесить, а дальше уже как по Чехову: если на стене висит гитара, то рано или поздно она зазвучит!

Юрко Винничук улыбнулся. Мысль о том, что на стене может висеть электрогитара вместо ружья, ему понравилась.

— Ладно, — сказал он, достав из кармана брюк мобильник. — Я их пока заберу домой, а там мы с Аликом решим!

И он всё-таки позвонил своему вечно выпившему водителю Ване, продиктовал адрес, откуда Ваня должен был его забрать.

— Мы тебя завезем, — сказал он Алику, уже пряча мобильный телефон в карман только что надетого пальто. — А через неделю встретимся втроем у меня, в Винниках. Думаю, жена не будет против!

— Спасибо за приглашение, — проговорил негромко Рябцев. — Я обязательно приеду!

И он посмотрел на Алика. Тот тоже утвердительно кивнул.

Эпилог

Тарас и Дарка венчались девятого декабря в соборе Святого Юра, а расписывались в Галицком ЗАГСе на Грушевского. Ежи Астровский таки был свидетелем на их свадьбе, но обошлось всё мирно. Оксана проявила чудеса терпения, в результате чего путем долгих и непростых переговоров, напоминающих отдаленно переговоры России и Украины о цене на российский газ, удалось парикмахеру выторговать себе право делать Оксане прическу не реже, чем один раз в месяц. После свадьбы Дарка уволилась из обменника и переехала к Тарасу. Его жизнь изменилась в лучшую сторону. Радиоточка на кухне была временно, до наступления ранней весны, отключена, и утренний гимн больше не звучал в их уютной квартире. А вечерами они иногда сидели за столом и внимательно читали разделы «Б/у автомобили» в газетах бесплатных объявлений.

На улице шел снег. Во Львов наконец пришла полноценная зима. Она сковала город своим чуть влажноватым холодом, убеждая горожан чаще оставаться дома и больше общаться друг с другом.

Однажды вечером Тарас повел Дарку в оперный театр на «Веселую вдову» Франца Легара. Там он заметил в осветительной ложе левой стороны высокого и стройного, длинноволосого мужчину, показавшегося ему очень знакомым. Попытки вспомнить, где они могли встречаться, так отвлекли Тараса от оперетты, что он только иногда поглядывал на сцену. И лишь когда зал театра стоя аплодировал актерам, Тарас смирился со своей недостаточной памятью и обратил всё свое внимание на молодую жену, которую постановка привела в такой восторг, что она не удержалась и поцеловала мужа в губы прямо на глазах у соседей по ряду, забыв о своей стеснительности и скромности.

2010—2011

Оглавдение

Літературно-художнє видання

КУРКОВ
Андрій Юрійович

ЛЬВІВСЬКА ГАСТРОЛЬ ДЖИМІ ХЕНДРІКСА

Роман

(російською мовою)

Головний редактор *Є. В. Мєзєнцева*
Відповідальна за випуск *Л. І. Вакуленко*
Художній редактор *Б. П. Бублик*
Технічний редактор *Г. С. Таран*
Комп'ютерна верстка: *І. Л. Цибульник*
Коректор *Р. Є. Панченко*

Підписано до друку 19.06.12. Формат 70x108 $^1/_{32}$.
Умов. друк. арк. 19,60. Облік.-вид. арк. 18,00.
Тираж 1500 прим. Замовлення № 2-511.

ТОВ «Видавництво Фоліо»
Свідоцтво про внесення суб'єкта видавничої справи
до Державного реєстру видавців, виготівників
і розповсюджувачів видавничої продукції
ДК № 3194 від 22.05.2008 р.

61002, Харків, вул. Чубаря, 11
Електронна адреса:
www.folio.com.ua
E-mail: realization@folio.com.ua
Інтернет-магазин
www.bookpost.com.ua

Надруковано з готових позитивів
у ТОВ «Видавництво Фоліо»
61002, Харків, вул. Чубаря, 11
Свідоцтво про реєстрацію
ДК № 3194 від 22.05.2008 р.

«У житті найцікавіше — це життя», — сказав одного разу Андрій Курков, звертаючись до своїх читачів. І його новий роман «Львівська гастроль Джимі Хендрікса», де переплітаються дійсність і вигадка, де немає межі між реальністю і сюрреалізмом, яскраве тому підтвердження. Над сухопутним Львовом літають чайки, і в місті часом пахне морем. Колишні хіпі в компанії з екс-капітаном КДБ збираються на Личаківському цвинтарі біля могили... американського рок-співака і гітариста Джимі Хендрікса. А по стародавніх вулицях міста носиться ночами старенька іномарка з людьми, жадаючими вилікуватися...

КНИЖКИ ВИДАВНИЦТВА «ФОЛІО» ВИ МОЖЕТЕ ПРИДБАТИ:

склад-магазин у м. Києві
вул. Трьохсвятительська, 4
(044) 278-82-64
e-mail: foliokiev@kv.ukrtel.net

відділ роботи з роздрібною торгівлею
м. Харків, вул. Чубаря, 11
(057) 706-25-13
e-mail: market@folio.com.ua

Книга поштою
Книжковий клуб «Фоліо»
м. Харків, 61052, а/с 46
(057) 715-61-19 з 9.00 до 18.00
e-mail: club@folio.com.ua
Висилається
безкоштовний каталог.

гуртова торгівля:

ТОВ «Аргумент-Принт»
61005, м. Харків,
пл. Повстання, 7/8
(057) 7149-173, 7149-386
e-mail: topman2@argprint.com.ua,
info@argprint.com.ua

ТОВ «Видавництво Фоліо»
61002, м. Харків, вул. Чубаря, 11
(057) 700-44-29
e-mail: foliosp@kharkov.ukrpack.net
www.folio.com.ua

представництво в Києві
м. Київ, вул. Трьохсвятительська, 4
(044) 279-25-48
e-mail: foliokiev@kv.ukrtel.net

ВИДАВНИЦТВО «ФОЛІО» В ІНТЕРНЕТІ

Інтернет-магазин «Фоліо»:
www.bookpost.com.ua

Видавництво «Фоліо» — сторінка на Facebook
«Facebook-магазин Фоліо» (перехід зі сторінки видавництва «Фоліо» на Facebook)

Сторінка видавництва «Фоліо» на LiveJournal
www.folioua.livejournal.com

Сайт подарункових ексклюзивних книг «Фоліо»
www.elitbooks.com.ua

МАГАЗИНИ ВИДАВНИЦТВА «ФОЛІО»

м. Київ

«Книги Фоліо», магазин-склад
вул. Трьохсвятительська, 4
(044) 278-82-64

«Книгарня #1»
пр. Московський, 10
(біля виходу М Петрівка)

Книжковий ринок «Петрівка»
Центральний ряд, місце 25

м. Львів
«Книги Фоліо»
вул. Коперніка, 3, (032) 244-55-17

м. Харків
«Університетський будинок книги»
пл. Свободи, 6, (057) 705-20-66

Книжковий ринок «Райский уголок»
6-й ряд, місце 4

ОФІЦІЙНИЙ ПРЕДСТАВНИК У ЗАХІДНІЙ УКРАЇНІ

м. Тернопіль

Видавництво «Підручники і посібники»
вул. Поліська, 6а
(0352) 43-15-15; (0352) 42-10-21;
(0352) 43-10-31

E-mail: pp@pp.utel.net.ua
Сайт: www.pp.utel.net.ua

Магазини:
Книгарня «Ярослав Мудрий»
вул.. Руська, 19
(0352) 52-45-06

Книгарня «Підручники і посібники»
вул. Грушевського, 23
(0352) 25-86-00

МАГАЗИНИ-ПАРТНЕРИ

Вінницька область

м. Вінниця

Магазин «Емпік»
ТРЦ «Мегамолл»
вул. 600-річчя, 17 (0432)65-91-88
Магазин «Емпік»
пл. Гагаріна, 2 ЦУМ (0432)55-08-48
Магазин «Кобзар»
пр. Привокзальний, 2/1
Магазин «Книгарня-Є»
пр. 50-ти річчя перемоги, 26 (0432) 26-59-04
Магазин «Дім книги»
вул. Інтернаціональна, 3/2
вул. Коцюбинського, 33а

Дніпропетровська область

м. Дніпропетровськ

Магазин "Емпік"
ТЦ Гранд Плаза
пр. К. Маркса, 67 д, (056) 371-28-56
Магазин «Емпік»
ТЦ «Вавилон»
вул. Маршала Малиновського, 2
(056)760-11-19
«КС»
ТЦ «Московський»
вул. Глінки, 24 (056) 726-53-14
«КС»
ТРК «Мост-сіті Центр»
вул. Глінки, 2, (056)790-30-57
Магазин «Арт-етаж»
(подарункові видання)
пр. Леніна, 11 (2-й поверх) (056)744-55-38
Магазин «КартоГРАФ»
ул. Ленина, 11 (0562)361379
Магазин «Білокнижник»
вул. Червона Площа, 3 (056)745-10-60
Магазин «Книги»
Ул. Вокзальная, 5

м. Дніпродзержинськ

Магазин «Книги»
вул. Шепетова, 4

м. Кривий Ріг

«КС»
пл. Горького, 10, 95 квартал (056)404-76-41
Супермаркет «Эпицентр»
ул. Быкова, 33
Супермаркет «Ашан»
площа 30-річчя Перемоги, 1
Супермаркет «Фоззи»
Вечерний бульвар, 33

Донецька область

м. Донецьк

Магазин «Літера»
ул. Артема, 130 (062) 206-60-98
Магазин «Буклет»
вул. Артема, 160
Магазин «Читай город»
вул. Артема, 158-Б (062) 258-21-05
Супермаркет «Амстор»
пр-т Ильича, 23
ул. Стадионная, 3
ул. Соколинная, 38
ул. Землянская,10б
ул. Добровольского, 4
бульвар Шевченко, 41а

м. Горлівка

Супермаркет «Амстор»
ул. Ленина, 60А
ул. Пересыпкина, 19

м. Макіївка

Супермаркет «Ашан»
автомобільна дорога «Слов'янськ-Донецьк-Маріуполь», 114 км.

м. Маріуполь

«КС»
«Будинок книги» в ТЦ «Браво»
вул. Металургів, 53 (0629) 41-06-96

Житомирська область

м. Житомир

Магазин «Бібколектор»
вул. Київська, 19 (0412)472752
Магазин «Бібколектор»
вул. Черняховського, 12-А (0412)418726
«КС» в ТЦ «Сатурн»
вул. Московська, 16
Магазин «Книгоманія»
вул. Московська, 24 Б (0412) 42-25-41

Запорізька область

м. Запоріжжя

Магазин «Емпік»
пр. Леніна, 147 (061)270-00-89
Магазин «Літера»
пр. Леніна, 208
Книжковий супермаркет «Папирус»
ул. Гоголя, 32-32а (061)2226568
Супермаркет «Эпицентр»
ул. Запорожская, 1в
Супермаркет «Ашан»
вул. Запорізька, 1б.
Супермаркет «Амстор»
пр. Советский 13
ул. Новокузнецкая 41
ул. Чаривна, 74
ул. Бородинская, 24

м. Бердянськ

«КС»
вул. Леніна, 28/16
Супермаркет «Амстор»
ул. Комунаров, 75

м. Мелітополь

«КС»
пр. Б. Хмельницького, 42 (0619)43-66-94

Івано-Франківська область

м. Івано-Франківськ

Магазин «Лілея»
вул. Незалежності, 18/2
Магазин «Книгарня Є»
вул. Незалежності, 31 (0342)72-25-02
Магазин «Дім книги»
вул. Тичини, 61
Супермаркет «Эпицентр»
ул. Ивасюка, 17

м. Калуш

Магазин «Наш Формат»
вул. Грушевського, 50/1 (067)342-11-79

МАГАЗИНИ-ПАРТНЕРИ

Вінницька область
м. Вінниця
Магазин «Емпік»
ТРЦ «Мегамолл»
вул. 600-річчя, 17 (0432)65-91-88
Магазин «Емпік»
пл. Гагаріна, 2 ЦУМ (0432)55-08-48
Магазин «Кобзар»
пр. Привокзальний, 2/1
Магазин «Книгарня-Є»
пр. 50-ти річчя перемоги, 26 (0432) 26-59-04
Магазин «Дім книги»
вул. Інтернаціональна, 3/2
вул. Коцюбинського, 33а

Дніпропетровська область
м. Дніпропетровськ
Магазин "Емпік"
ТЦ Гранд Плаза
пр. К. Маркса, 67 д, (056) 371-28-56
Магазин «Емпік»
ТЦ «Вавилон»
вул. Маршала Малиновського, 2
(056)760-11-19
«КС»
ТЦ «Московський»
вул. Глінки, 24 (056) 726-53-14
«КС»
ТРК «Мост-сіті Центр»
вул. Глінки, 2, (056)790-30-57
Магазин «Арт-етаж»
(подарункові видання)
пр. Леніна, 11 (2-й поверх) (056)744-55-38
Магазин «КартоГРАФ»
ул. Ленина, 11 (0562)361379
Магазин «Білокнижник»
вул. Червона Площа, 3 (056)745-10-60
Магазин «Книги»
Ул. Вокзальная, 5
м. Дніпродзержинськ
Магазин «Книги»
вул. Шепетова, 4
м. Кривий Ріг
«КС»
пл. Горького, 10, 95 квартал (056)404-76-41
Супермаркет «Эпицентр»
ул. Быкова, 33
Супермаркет «Ашан»
площа 30-річчя Перемоги, 1
Супермаркет «Фоззи»
Вечерний бульвар, 33

Донецька область
м. Донецьк
Магазин «Літера»
ул. Артема, 130 (062) 206-60-98
Магазин «Буклет»
вул. Артема, 160
Магазин «Читай город»
вул. Артема, 158-Б (062) 258-21-05
Супермаркет «Амстор»
пр-т Ильича, 23
ул. Стадионная, 3
ул. Соколинная, 38
ул. Землянская,10б
ул. Добровольского, 4
бульвар Шевченко, 41а
м. Горлівка
Супермаркет «Амстор»
ул. Ленина, 60А
ул. Пересыпкина, 19
м. Макіївка
Супермаркет «Ашан»
автомобільна дорога «Слов'янськ-Донецьк-Маріуполь», 114 км.
м. Маріуполь
«КС»
«Будинок книги» в ТЦ «Браво»
вул. Металургів, 53 (0629) 41-06-96

Житомирська область
м. Житомир
Магазин «Бібколектор»
вул. Київська, 19 (0412)472752
Магазин «Бібколектор»
вул. Черняховського, 12-А (0412)418726
«КС» в ТЦ «Сатурн»
вул. Московська, 16
Магазин «Книгоманія»
вул. Московська, 24 Б (0412) 42-25-41

Запорізька область
м. Запоріжжя
Магазин «Емпік»
пр. Леніна, 147 (061)270-00-89
Магазин «Літера»
пр. Леніна, 208
Книжковий супермаркет «Папирус»
ул. Гоголя, 32-32а (061)2226568
Супермаркет «Эпицентр»
ул. Запорожская, 1в
Супермаркет «Ашан»
вул. Запорізька, 1б.
Супермаркет «Амстор»
пр. Советский 13
ул. Новокузнецкая 41
ул. Чаривна, 74
ул. Бородинская, 24
м. Бердянськ
«КС»
вул. Леніна, 28/16
Супермаркет «Амстор»
ул. Комунаров, 75
м. Мелітополь
«КС»
пр. Б. Хмельницького, 42 (0619)43-66-94

Івано-Франківська область
м. Івано-Франківськ
Магазин «Лілея»
вул. Незалежності, 18/2
Магазин «Книгарня Є»
вул. Незалежності, 31 (0342)72-25-02
Магазин «Дім книги»
вул. Тичини, 61
Супермаркет «Эпицентр»
ул. Ивасюка, 17
м. Калуш
Магазин «Наш Формат»
вул. Грушевського, 50/1 (067)342-11-79

Київська область

м. Біла Церква

«КС»

вул. Гагаріна, 11 (04463)3-50-10

Магазин «Буквоїд»

вул. Гагаріна, 8/10 (04463) 5-84-98

вул Таращанська, 191а, 2 поверх.

Торгова алея

(04463) 3-90-21

м. Бровари

«КС» «Будинок книги та медіа»

вул. Незалежності, 3 (0494)5-50-75

м. Буча

«КС» «Будинок книги та медіа»

ТЦ «Буча-пассаж»

вул. Жовтнева, 66а

м. Славутич

«КС» «Будинок книги та медіа»

Київський квартал, 130 (04479)2-34-13

Кіровоградська область

м. Кіровоград

«КС»

вул. Карла Маркса, 51 (0522)35-20-16

Магазин «Українська книга»

вул. В. Чорновола, 46

Луганська область

м. Луганськ

Магазин «Літера»

вул. Сосюри, 137

Магазин «Знання»

вул. Володарського, 59

Магазин «Глобус-книга»

вул. Радянська, 58

Магазин «Хоромі книги»

вул. Челюскінців, 6 (0642) 71-81-40

Волинська область

м. Луцьк

Магазин «Знання»

пр. Волі, 41

Магазин «Книги»

вул. Конякина, 37а

Магазин «Дім книги»

вул. Медведєва, 13

Магазин «Волинська обласна друкарня»

пр. Волі, 27 (0332) 24-41-73

м. Володимир-Волинський

«Культурний центр Є»

вул. Ковельська, 6 (0334) 22-19-57

с. Липини

Супермаркет «Эпицентр»

вул. Окружна, 37

Львівська область

м. Жидачів

Магазин «Українська книгарня»

площа Свободи, 5

Миколаївська область

м. Миколаїв

Магазин «Емпік»

ТЦ «Магелан»

пр. Героїв Сталінграда, 13 (0512) 67-48-34

«КС» «Кобзар»

пр. Леніна, 122 (0512)55-20-51

«КС»

«Молода гвардія»

вул. Радянська, 3 (0512)35-12-86

м. Кременчук

Супермаркет «Простір»

пр. 50-річчя Жовтня, 96

Супермаркет «Амстор»

вул. Халаменюка, 7

Одеська область

м. Одеса

Магазин «Літера»

ТЦ «Афіна»

пл. Грецька, 3/4

«КС»

вул. Черняховського, 1А (048)78-57-240

«КС» «Будинок книги та медіа»

вул. Люстдорфський шлях, 140 В (048)785-67-07

«КС» «Будинок книги та медіа»

вул. Буніна, 33 (0482)32-17-97

«КС»

вул. Новосельского, 60 (048)728-81-33

«КС»

вул. Преображенська, 4 (048)711-61-27

«КС» «Дім книги»,

вул. Дерибасівська, 27; (048) 722-47-99

Магазин «Емпік»

вул. Дерибасівська, 14 (0482)35-84-04(05)

Магазин «Книжкови казка»

вул. Академіка Глушко, 16 (048)249-47-56

Магазин «Горизонт»

Люстдорфська дорога, 54 (048)766-82-65

«КС»

вул. Дерибасівська, 18 (048) 743-02-10

Супермаркет «Эпицентр»

99, Таирово

м. Іллічівськ

ТЦ «Іллічівський» (Юнга)

вул. Леніна, 35

«КС»

вул. Леніна, 16 (04868)40-5-95

Магазин «Книгарня»

Центральний універмаг

вул. Леніна, 19 (04868)6-25-80

Полтавська область

м. Полтава

Супермаркет «Велика кишеня»

вул. Ковпака, 26

Магазин «Емпік»

вул. Ковпака, 26 (053)261-56-68

«КС» «Будинок книги та медіа»

вул. Шевченка, 29 (0532)61-26-76

«КС» «Будинок книги та медіа»

ТЦ «Київ»

вул. Зенківська, 6/1а (0532)51-12-90

Супермаркет «Эпицентр»

Київське шосе, 41

м. Кременчук

Супермаркет «Простір»

пр. 50-річчя Жовтня, 96

Супермаркет «Амстор»

вул. Халаменюка, 7

Рівненська область

м. Рівне

Магазин «Буква-ТОР»

пр. Миру, 16 (0362)620-465

Магазин «Знання»

майдан Незалежності, 5

м. Острог

Магазин «Острог»
вул. Незалежності, 20/3 (036)543-03-41

м. Севастополь

Супермаркет «Атриум»
ТЦ «Муссон», 2 этаж
ул. Вакуленчука, 29
Магазин «Солнечный»
Пр. Генерала Острякова, 80 (062) 473183

Сумська область

м. Суми

Магазин «Книголюб»
пл. Петропавлівська, 50
Магазин «Емпік»
вул. Кірова, 8 (0542)77-03-47

Тернопільська область

м. Тернопіль

Супермаркет «Сільпо»
вул. Текстильна, 28А
Супермаркет «Сільпо»
вул. Живова, 15а
Магазин «Ярослав Мудрий»
вул. Руська, 19 (0352)52-45-06
Магазин «Підручники і посібники»
вул. Грушевського, 23 (0352)25-86-00
Мережа магазинів «Дім книги»
вул. Танцорова, 11 8-0352-25-37-62
вул. Злуки, 37 8-0352-51-06-65
вул. Й. Сліпого, 1 8-0352-43-03-71
вул. Коперніка, 19 8-0352-43-01-39
Книжкова гуртівня
вул. Подільська, 44 8-0352-43-42-72
Мережа магазинів «Книжкова хата»
ТЦ Подоляки, 1 пов.
вул. Чорновола, 14 0352-522433
вул. Текстильна, 28 ч 0352-477909
Магазин «Книгарня Є»
вул. Валова, 7-9 (0352) 25-44-59

Закарпатська область

м. Ужгород

Супермаркет «Эпицентр»
вул. Бабьяка 7/1
Бовт «Файні книги»
площ. Шандора Петефі, 47

Херсонська область

м. Херсон

«КС»
вул. Комунарів, 21
Магазин «Емпік»
вул. Суворова, 22 (0552)22-60-47
Магазин «Букініст»
вул. Суворова, 8 (0552)392-570

Хмельницька область

м. Хмельницький

«КС»
вул. Подільська, 25 (0382) 65-60-73
Магазин «Ерудит»
вул. Кам'янецька, 63 (0382)700-31-5
Магазин «Книжка»
ул. Проскуровская, 62 (0382)702165
Магазин «Дім книги»
вул. Грушевського, 50 8-0382-704-004
Супермаркет «Эпицентр»
ул. Заречанская, 11/4
Супермаркет «Сільпо»
ул. Маршала Рыбалко, 2-а

Черкаська область

м. Черкаси

Магазин «Метро-книга»
вул. 30-річчя Перемоги, 50
Магазин «Будинок Книги»
вул. Хрещатик, 200
Магазин «Світоч»
вул. Байди Вишневецького, 38
Супермаркет «Эпицентр»
ул. 30 лет Победы, 29

Чернігівська область

м. Чернігів

Культурно-мистецький центр «Інтермеццо»
вул. Шевченка, 9 (0462)97-36-28,
(0462)97-36-29
КП «Будинок книги»
пр. Мира 45
«КС»
пр. Миру, 19 (0462) 67-51-72

м. Ніжин

Магазин «Масква»
вул. Воздвиженська, 4/1 (0463)12-01-04
Магазин «Освіта»
пр. Леніна, 2

м. Чернівці

Магазин «Наука»
вул. Заньковецької, 4 (0372)52-59-35
«КС» «Будинок книги та медіа»
пр. Незалежності, 90 (03722) 3-42-70
«КС» «Будинок книги та медіа»
пл. Соборна, 1 (0372) 52-00-19
Магазин «Українська книга»
пл. Центральна, 10 (0372) 58-55-58
Магазин «Лучаферул»
вул. О. Кобилянської, 39
Магазин «Здоров'я»
вул. О. Кобилянської, 25 (0372)522-444
Магазин «Букініст»
вул. Головна, 31 (0372)526-463
Магазин «Художня книга»
вул. О. Кобилянської, 37 (0372)526-[illegible]
Книжкова мережа «Книги»
вул. Кафедральна, 2,
корп. № 14 ЧНУ
(Чернівецький нац. ун-т)
вул. Університетська, 19,
корп. № 2 ЧНУ
вул. Коцюбинського, 2
корп. № 5 ЧНУ
вул. Л. Українки, 23,
бібліотека ЧНУ

Інтернет-магазини

www.petrovka.com.ua
(044) 3511052
Актуальний український інтернет-магазин
www.nashformat.ua
(044)273-29-17
www.yakaboo.ua
(044) 5377237